dtv

Guntrun Müller-Enßlin

Wenn der Mond erzählen könnte

Roman

dtv

Ausführliche Informationen über unsere Autoren und Bücher
www.dtv.de

MIX
Papier aus verantwortungsvollen Quellen
FSC® C019821

Originalausgabe 2019

Umschlaggestaltung: Ruth Botzenhardt unter Verwendung von Fotos von www.plainpicture/Ingrid Michel
Satz: C.H.Beck.Media.Solutions, Nördlingen
Gesetzt aus der Aldus 10,5/12,5˙
Druck und Bindung: Druckerei C.H.Beck, Nördlingen
Gedruckt auf säurefreiem, chlorfrei gebleichtem Papier
Printed in Germany · ISBN 978-3-423-21793-4

Für Robert, Julian und Syli,
für meine Eltern und Geschwister,
für meine Freunde und alle,
die mit mir auf dem Weg sind

When the night has come
And the land is dark
And the moon is the only light we'll see
No I won't be afraid, no I won't be afraid
Just as long as you stand, stand by me.

Ben E. King

Prolog

»Jetzt schreien Sie doch nicht so viel, atmen Sie! Denken Sie an Ihr Kind!«

Mein Kind?

»Dass es genug Luft bekommt, Sie wollen doch, dass es lebt, nicht wahr?«

Will ich das?

Der Schmerz verebbt und sie denkt an das Ferienzimmer in den Bergen und an den Atem jener Nacht, den Geruch nach Holz und Heu, der abgeklungenen Hitze eines Sommertags, das Bett, schmal und doch breit genug für zwei, es roch nach Aufregung und Liebe, nach losgewordenen Kleidern, Haut und Haar. *Tu nichts, was du nicht willst,* hat er gesagt. *Doch, ich will, ja, ich will, ich will, ich will …*

»Pressen Sie«, blafft die Hebamme mit Feldwebelstimme.

Sie ächzt und stöhnt, sie presst, sie fragt sich, ob sie alles richtig macht, sie presst und kämpft gleichzeitig mit einem Gefühl großer Vergeblichkeit.

»Nun pressen Sie doch endlich! Schließen Sie die Augen.«

Sie presst und weint. Ein tränenloses Weinen.

Ob alle Frauen so allein sind?

»Sehr schön, sehr schön machen Sie das. Die nächste Wehe veratmen wir. Einatmen, ausatmen, einatmen, ausatmen, sehr gut, sehr brav, gut machen Sie das. Wenn Sie wollen, denken Sie an etwas Schönes.«

Sie denkt: Ich werde das Kind nie aus mir herausbringen. Ich werde das nicht bewältigen. Vielleicht wird es so sein, wenn ich einmal sterbe. Auch das werde ich nicht bewältigen.

Da ist so eine Sperre in ihrem Leib, eine Schranke, ein Schlagbaum. Es tut so weh, denkt sie, ich will nicht durch den Schmerz. Schmerzen müssen nicht sein – das sagt ihr Vater manchmal, ehe er einem geplagten Patienten ein Rezept ausstellt. Sie weiß: Diese Schmerzen müssen sein. Sie hat sie geerbt von allen Müttern, die vor ihr Kinder aus ihrem Schoß gepresst haben. Was für Schmerzen! Und was für eine Welt, in der sie am Beginn eines Lebens stehen!

Denken Sie an etwas Schönes.

Als die Wehen für einen Moment den Griff lockern, seilt sie sich innerlich ab und flieht. Hetzt durch ein Labyrinth voll Spiegelscherben, in denen Erinnerungen aufglimmen. Sie klammert sich an Bilder. Grüne Wiesen, Kühe, Bergblumen, deren Duft man sich ausdenken muss, weil es dort, wo sie wachsen, zu kühl ist, als dass sich Aromen entfalten könnten. Eine rote Baumwolldecke ist da, oben in den Bergen zwischen Blumen, Enzian, Arnika, Lichtnelke, Gold-Pippau. Hände spürt sie, Küsse schmeckt sie. Alles ist plötzlich wieder nah. Was damals schön war, tut jetzt weh. Tut anders weh als das martialische Ziehen im Bauch, mit dem ihr Körper für eine einzige Sommernacht büßt.

»Nun pressen Sie wieder, pressen, pressen, pressen.«

»Ich kann nicht mehr.« Sie schluchzt. Wünscht sich Tränen dazu. Ihre Augen bleiben trocken. Brennen.

»Nicht weinen, Sie dummes Hühnchen, pressen, pressen.«

Ich werde es nie wieder tun. Nie wieder mit einem Mann, nie wieder …

»Das Kind hat rote Haare.« Die Hebamme fasst ihre Hand und lässt sie das Köpfchen ertasten.

Rote Haare, auch das noch.

»Noch einmal pressen!«

Sie presst, es geht jetzt fast von allein, als presste ein anderer oder eine andere, nicht sie selbst. Jemand schiebt und drückt in ihrem Leib gegen den Schmerz, bis dieser nachgibt und das Kind aus ihr herausgleitet, selbstverständlich, ungefragt, ungewollt, gewollt, gewollt, gewollt.

»Na also, geht doch.« Die Hebamme brummt zufrieden. Sie nimmt das Neugeborene zwischen ihren Beinen in Empfang wie eine an einem Paketschalter ausgespuckte Fracht.

»Ein kleiner Junge.«

Sie hebt ihn hoch, ein quäkendes Bündelchen Mensch mit zerknautschtem Gesicht und winzigen Ohren, vollkommen geformten Schneckenhäusern.

Die Hebamme legt ihr das Kind in die Armbeuge. Es wimmert, aber nur ein bisschen, und hört schon wieder auf. Augen, zu groß und zu wissend für das kleine Gesicht, schauen sie an. Augen, ein braunes und ein karibikblaues. Aljoscha.

1

Südtirol, Sommer 2015

Die Pension Blum gibt es nicht mehr, schreibt sie an ihre Eltern, oder doch, es gibt sie noch, es gibt das Haus noch, aber es ist verlassen, die Schrift *Café Pension Albergo* auf der Fassade blättert ab, innen sind die Vorhänge zugezogen, als gäbe es auch den Blick auf Rosengarten, Latemar und Schlern nicht mehr, aber den gibt es noch, den Blick, der einen zum König macht oder zur Königin, und wisst ihr noch, wie wir Uwe im Leiterwagen kutschiert haben und Uwe *avanti* gerufen hat?

Seit vergangenem Sonntag ist Vicky in Wünschnofen. Es war ein Augusttag mit vielen Wolken am Himmel und wenig Blau. Bis zum Abend konnte sich das Wetter nicht entscheiden, wie es sein wollte. Schließlich blähten sich die Wolken auf, türmten sich übereinander und platzten in jenem Moment zu einem wütenden Gewitterregen auf, als Vicky in ihrem Opel Vectra das Ortsschild passierte. Im Nu bildeten sich an den abschüssigen Stellen der Straße kleine Bäche, die die Räder durchdrehen und den Wagen schlittern ließen. Hagel prasselte gegen die Windschutzscheibe. Vicky kam sich vor wie auf einer Geisterfahrt durch ein menschenloses Dorf. Nur die Fenster, in denen Lichter aufflammten, zeigten an, dass hier jemand wohnte. Mit dem Regen war es dunkel geworden, ehe es Zeit dazu war. Das Navi versagte den Dienst, erst spät fand sie die

Abzweigung zum Hotel, das etwas außerhalb liegen musste. Der Wind peitschte immer noch Wasserfluten gegen die Frontscheibe, als sie die Umrisse des Hotels Panoptikum vor sich sah. Es hockte wie die Pension Blum auf einem Felsvorsprung, war aber um einiges größer und mondäner. Mit seinem Dachüberhang ähnelte es einer Frauengestalt, die sich unter einem weit über die Augen gezogenen Cape vor Wetter und Einsamkeit duckt.

Auf dem Parkplatz klebte gelbes Laub. Der Sturm hatte eine Birke halb ausgezogen; mitten im Sommer spielte er Herbst. Vicky stieg aus dem Wagen und machte sich klein, während sie, die Arme über dem Kopf, zu dem hellen Fleck rannte, ein Fenster, und dahinter brannte Licht. Daneben der Hoteleingang mit einer Tür, die beim Aufziehen einen Schnalzer von sich gab. Auf dem Tresen an der Rezeption eine Vase mit ein paar müden weißen Blumen und ein goldenes Glöckchen. Vicky nahm es und erzeugte ein paar helle Hallo-ich-bin-da-Töne. Eine Seitentür öffnete sich und ein junger Mann erschien. Jeans, weißes Hemd, welliges, nicht ganz kurzes dunkles Haar, zwei, drei Locken, die ihm in die Stirn fielen. Nur wenig älter als Aljoscha, dachte sie und wusste doch sofort, dass es kein Bediensteter, sondern der Hoteldirektor war.

Ich habe reserviert, sagte sie, während ihr das Wasser aus dem Haar in die Augen und in den Nacken rann, ein Einzelzimmer mit Panoramablick.

Heute Abend nicht mehr, versetzte er lächelnd, und als sie ein erschrockenes Gesicht machte, verbesserte er sich, ich meinte, den Panoramablick gibt es heute Abend nicht mehr, willkommen, ein schönes Wetter haben Sie da mitgebracht.

»Winter«, sagte sie und fuhr, als sie sein verblüfftes Gesicht sah, schnell fort: »Winter, so heiße ich, Vicky Winter, Winter wie Sommer.«

Während er auf dem Computerdisplay eine Liste rauf- und runterscrollte und nach ihrem Namen suchte, schaute sie sich um. Rechts ging es in den Gastraum, links neben der Rezeption öffnete sich der Eingangsbereich zum Foyer. Ein paar schwere großgeblümte Fauteuils gruppierten sich um ein Kaminfeuer. In einem der Sessel saß ein älterer Herr mit Glatze, die Beine von sich gestreckt, und spielte mit seinem Handy.

Der Hotelchef, der ihren Blick zum Feuer bemerkt hatte, sagte: »Normalerweise haben wir jetzt im August dreißig Grad, nicht abends natürlich, aber tagsüber. Haben Sie draußen das Schwimmbad gesehen?«

Sie nickte und er verkündete: »Sie haben Zimmer 106.« Er griff nach dem Schlüssel, der im Wandbord im Fach mit der entsprechenden Nummer hing, klimperte mit dem dicken Messingklöppel und fuhr mit ihr in den ersten Stock. Künftig würde sie zu Fuß gehen. Die Flure waren mit Teppichboden, freundlicher Stille, belegt, wie sie es mochte. Im Zimmer helle Möbel aus Fichtenholz, Garderobe, Schrank, Tisch und Stuhl, ein breites Bett. Das Bettzeug auf dem himmelblauen Laken kunstvoll arrangiert: eine zu einer langen weißen Rolle gewickelte Decke und ein aufrecht sitzendes, in der Mitte geknicktes Kissen, dessen beide obere Zipfel aussahen wie schneebedeckte Berggipfel. Draußen vor dem Balkon die graue Wolkenwaschküche, in der der Regen das Zepter an sich gerissen hatte; er wusch die Berge, wusch sie gründlich von ihren unsichtbaren Spitzen abwärts bis in die Talsohle.

»Die Aussicht gibt es erst morgen«, zwinkerte der

Hoteldirektor, »kommen Sie, ich helfe Ihnen mit Ihrem Gepäck.«

Der Fahrstuhl brachte sie wieder hinunter. Im Foyer schnappte sich der junge Mann einen Schirm, spannte ihn auf und hielt ihn über sie beide, während sie zum Parkplatz eilten. Er übernahm den Rollkoffer und die Henkeltasche, sie schulterte ihren Rucksack.

»*Avanti*!«, rief er.

Es regnete immer noch.

Vicky, Sommer 1989

Avanti, mein erstes italienisches Wort. Danach andere, *pensione, albergo, camere, spaghetti,* sie tröpfeln in unser Deutsch und ich sammele sie auf wie etwas Kostbares. Irgendwann werde ich meinen ersten Satz sprechen können, aber noch fehlen die Verben.

Nie sind wir in den großen Ferien weiter gekommen als bis nach Österreich. Papa ist in seinem Alltag ein ambitionierter Arzt, im Urlaub ein ambitionierter Bergsteiger. (Ambulanter Bergsteiger, hat Uwe gesagt, als er noch klein war.) Uwe darf Papa auf seine Bergtouren begleiten – Weißkugel, Großvenediger, Zuckerhütl und wie sie alle heißen. Er geht mit ihm auf Tages- und Zweitagestouren, obwohl er nicht fünfzehneinhalb ist wie ich, sondern erst zehn. Papa legt ihm dann die Hand auf die Schulter und sagt, das schaffen wir schon. Beide in Bundhosen, die unter dem Knie enden; die Hosen, die roten Wollstrümpfe, die schweren Bergstiefel und die Hand meines Vaters auf der Schulter meines Bruders machen sie zu Kameraden, einem großen und einem kleinen Kameraden. Mutter und ich bleiben während ihrer

Touren in der Pension Blum, jemand muss ja nach dem Großvater sehen. In Wirklichkeit sieht Großvater nach uns, nach Mutter und mir. Ich wette, Großvater weiß Bescheid. Er wusste es, noch bevor ich es selbst wusste. Neben meiner Mutter und mir sitzt er im Liegestuhl auf der Wiese unter der Schrift in kunstvollen schwarzen Lettern ›Café Pension Albergo‹. Wir lesen. Wenn Mama zu ihrem Mittagsschläfchen einnickt, flüstere ich »*Ciao*, Großpapa« und versuche aus meiner Liege zu kommen, ohne dass sie quietscht. Großvater nickt und sieht mir nach, wie ich mich davonstehle, hinüber zum Heuschober, in den Wald, zu den Beeren, zu ihm.

Sommer 2015

Südtirol ist Italien. Und Wünschnofen ist eins dieser Bergdörfer, die außer dem deutschen auch noch einen italienischen Namen haben: *Puntanova*. Die Pizzeria heißt *Pizzeria Marina,* obwohl das Meer weit ist. Sie lauscht dem Kauderwelsch der Runde am Nebentisch und horcht auf, wenn das Gespräch unvermittelt aus der Mundart ins Italienische wechselt. Die Männer sind nicht mehr jung und sehen knorrig aus, Vicky tippt auf Gemeinderat, der seine Sitzung in der Pizzeria abrundet und feuchtfröhlich begießt, so wie es früher die Stadträte, zu denen auch ihr Vater gehörte, zuhause in der einzigen Pizzeria Tunzheims taten. Sie versucht in den kantigen Südtiroler Gesichtern die Gesichter von damals wiederzuerkennen. In den Feisten sucht sie die Molligen von früher, in den Hageren die ehemals Schlanken. In einem der stattlichen Männer mittleren Alters den gutgebauten, damals achtzehnjährigen Jungen, der, drei Jahre älter als sie, heute vierundvierzig sein muss. Ob sein Haar immer noch rötlich blond und lockig ist wie damals oder schon von grauen Fäden durchzogen? Ob seine Nase noch bevölkert ist von winzigen Sommersprossen oder ob diese eingegangen sind in eine Bräune, mit der die Sonne die Gesichter derjenigen gerbt, die hier verwurzelt sind und zeitlebens nicht wegkommen? Was mag aus ihm geworden sein?

Sie lauscht der Unterhaltung am Nebentisch, als könne sie die Antwort aus den paar Wortschnipseln heraushören, die sie versteht. Der Dialekt klingt wie eine Fremdsprache. Südtirol ist ihr weniger nah als damals, als es rasch mehr wurde als ein Urlaubsdomizil: eine Gegend in ihrem Herzen, in der ein Junge residierte, der *sie* küsste. Der sie nicht langweilig fand, weil sie zurückhaltend und eine Spätzünderin war, zu langsam, um zuhause in Tunzheim, der Kleinstadt in Süddeutschland, Schritt halten zu können mit den anderen Mädchen und dem, was sie verlieben nannten.

Bevor sie sich entschloss, nach Wünschnofen zu fahren, hat sie ihr Fotoalbum herausgekramt, das ihr Vater für sie angelegt und in dem er akribisch alle Familienurlaube archiviert hat. Sie blätterte und fand die Seiten jenes Urlaubs vor sechsundzwanzig Jahren. Die Fotos waren beschriftet mit ihres Vaters kleiner akkurater Handschrift; Druckbuchstaben, für die er einen Bleistift ganz spitz gemacht hatte.

Vicky und Uwe auf der Boespitze, 3152 Meter. Der einzige Dreitausender ihres Lebens. Uwe, zehn Jahre alt, sammelte die seinen bereits damals wie Trophäen. Auf jedem Dreitausender ein Foto. Uwe hatte den gleichen blonden Wuschelkopf wie ihre Mutter, in dem sich zu deren Leidwesen kein Scheitel ziehen ließ. Für das Foto grinste er und entblößte dabei einen blitzenden Draht über seinen Schneidezähnen. Vor kurzem hatte er eine Zahnspange bekommen. Sie selbst, fünfzehn Jahre alt und einen Kopf größer, stand neben ihm mit den gleichen schweren Augenlidern, wie Robert Mitchum, ihr Lieblingsschauspieler, sie hatte lange braune Locken, die ihr bis weit über die Schultern fielen und fast prachtvoll wirkten, obwohl ihr Haar so fein war. Manche Mädchen sind frech und man rechnet ihr Aussehen auf ihr Frechsein hoch, so dass sie als ebenso hübsch wie frech gelten. Sie war nicht frech gewesen, sondern schüchtern und oft stumm.

Auf dem Foto, das ihre Mutter von Vater, Uwe und Vicky auf der Rotwandhütte gemacht hat, sieht es so aus, als stünde sie samt ihrem Leben im Schatten, trotz der Helligkeit. Mit zusammengekniffenen Augen blinzeln sie in die Sonne. Uwe und sie waren kurzsichtig und hatten Brillen verpasst bekommen, Gläser in biederen Gestellen, die sie hassten und nicht aufsetzten. Ihr Vater im Ferienlook hat die Arme um seine beiden Kinder gelegt. Sein Haar steht nach allen Seiten ab und gibt seinem Aussehen etwas beinahe Jungenhaftes.

Ihr Vater war wer – und in seinem Alltag legte er Wert darauf, dass andere sahen, wer er war: der Herr Doktor Winter, seit fast zwei Jahrzehnten Hausarzt für ganz Tunzheim, wohnhaft im opulentesten Fachwerkhaus des Orts, das auch seine Praxis beherbergte. Obwohl er ein »Reingeschmeckter« war, hatte er es zu was gebracht. Für fast jedes Leiden fand er eine Medizin, und bei den Tunzheimern stand seine Heilkunst hoch im Kurs.

Ihr Vater pflegte freundschaftliche Beziehungen zu

den Honoratioren der Stadt und war mit den meisten per Du. Alles, was im Ort Rang und Namen hatte, ging bei ihnen ein und aus. Möbelfabrikant Rappold, Architekt Huttenlocher, Sparkassenfilialleiter Gögelein, Herr Stein, der Geschäftsführer von Tiefbau Zügel – sie versammelten sich samt Gattinnen zu feinen Abendessen um den häuslichen Esstisch oder solo zu geselligen Runden in ihrem Wohnzimmer. Sie tranken Hochprozentiges und rauchten Pfeife; sie redeten über ihre Arbeit, ihre Geschäfte, ihre Gewinne, über Hinz und Kunz und ihre Entscheidungen im Stadtrat, in den ihr Vater im Frühsommer nach der Kommunalwahl eingezogen war.

In seinem Alltag trug ihr Vater das Haar gescheitelt und nach hinten gekämmt, so dass auf der rechten und linken Stirnseite die Ecken zum Vorschein kamen, in denen nichts mehr wuchs außer Alter und Würde. Im Urlaub wurde er jünger, was nicht nur an der Frisur lag und daran, dass er dann Kniebundhosen und häufig ein Hütchen mit Gamsbart trug. Das Gezwungene, Steife fiel von ihm ab und aus dem Doktor Winter wurde ein Sommerfrischler, Bergsteiger, Ehemann und Vater seiner Kinder. Im Urlaub trug ihr Vater bunte Flanellhemden mit aufgekrempelten Ärmeln; er rasierte sich seltener als sonst und Vicky konnte sich vorstellen, wie er ausgesehen hatte, als er jung gewesen war, und warum ihre Mutter sich in ihn verliebt hatte. Im Urlaub trank er ab und zu ein Weizenbier und prostete seinen Kindern zu, während er sonst ausschließlich mit Erwachsenen und nur mit Weingläsern anstieß.

Ihr Vater glaubte an die glatten Lösungen. »Der Kranke schweige bitte stille, es gibt für alles eine Pille«, war nur einer seiner vielen Sprüche. Er war nicht einfältig, nicht naiv, doch als Schulmediziner glaubte er, dass es für alles eine einfache Lösung gebe, ebenso wie es für jedes körperliche Übel ein Arzneimittel gab, um es aus der Welt zu schaffen. Ließ die Lösung aber einmal auf sich warten, war er gern bereit, seinem Glauben mit Taten nachzuhelfen.

Ihre Mutter glaubte an Vickys Vater. Sie war nicht klein, aber klein genug, um zu ihm aufzusehen. Solange er für die schnellen Lösungen sorgte, war die Welt für sie in Ordnung. Im Großen und Ganzen zumindest. Sie hatte Vickys Vater kennengelernt, als er achtundzwanzig, sie selbst gerade mal zwanzig war. Auf dem Fest eines seiner Kollegen, in dessen Praxis sie Sprechstundenhilfe war, waren sie einander begegnet. Ihm gefiel das Mädchen mit den honigblonden Locken, das ihn anhimmelte; und sie fühlte sich geehrt, dass ein Arzt mit eigener Praxis sich für sie interessierte. Sie waren lange miteinander gegangen, ehe sie miteinander ins Bett gingen, oder, wie Vickys Mutter es ausdrückte, »einander gehörten«. Ihr Sprachgebrauch war von einem schwäbischen Pietismus geprägt, nach dessen Moralvorstellungen die Großmutter, Großvaters Frau, sie erzogen hatte und dem sie ebenso treu blieb, wie sie ihrem Mann treu war. Als klar war, dass er sie heiraten würde, gab sie ihren Beruf auf. Wenn er wer war, so wurde sie nun die Frau an seiner Seite, die Frau Doktor; sie mutierte von der Arztgehilfin zur Gehilfin ihres Mannes, ließ ihn walten in ihrem Leben und waltete in Uwes und Vickys Leben und in der Küche; sie hielt das große Haus in Ordnung und hegte den noch größeren Garten mit seinem Dutzend alter Obstbäume, den Himbeersträuchern und Gemüsebeeten.

Vickys Mutter lachte gern und weinte oft. Sie war glücklich, wenn ihr Mann oder Gäste ihre Kochkunst lobten. Sie freute sich an blankgeputzten Fensterscheiben, an tadellos gebügelten Kleidungsstücken, am Wachsen des riesigen Philodendrons im Treppenhaus und an dem süßen Duft, der durch das Haus zog, ehe sie einen Zwetschgenkuchen aus dem Ofen holte. Sie weinte aus Verzweiflung, wenn sie ohne Erfolg versucht hatte, Vicky eine Mathematikhausaufgabe zu erklären. Sie weinte vorbeugend aus Furcht vor Uwes schlechten Schulnoten und dem Ärger ihres Mannes über Uwes schlechte Schulnoten. Sie tröstete mit Eis und Schokolade und war untröstlich, wenn kein Eis und keine Schokolade im Haus waren, mit denen sie trösten konnte. Dann wurde sie hilflos und kleinlaut. Die Stimmungen von Vickys Mutter wechselten wie Aprilwetter, rasch und unvorhersehbar. Dennoch war sie nicht temperamentvoll, sondern eher ein von den Launen irgendwelcher Böen oder Stürme hin und her geworfener Spielball.

Sonntagabend nach Vickys Ankunft in Südtirol, 2015

Es regnet und regnet und will nicht mehr aufhören. Jemand hat eine gewaltige Brause aufgedreht und Gefallen daran gefunden, das Gebirge zu duschen.

Der Hotelchef hat den Koffer in Vickys Zimmer gerollt. Er zieht die Vorhänge vor die Regenlandschaft, als wäre sie ihm peinlich. Ob sie noch etwas essen wolle, fragt er. Vicky winkt ab. Kurz hinter Brixen hat sie an einer Raststätte ein knatschiges Schinkensandwich zu sich genommen, das ihr noch im Magen liegt; mehr wird sie heute Abend nicht mehr brauchen.

Nachdem sich der junge Mann verabschiedet und die Tür mit einer Behutsamkeit hinter sich geschlossen hat, als sei sie bereits beim Einschlafen, dreht sich Vicky zweimal um sich selbst. Das Zimmer ist überschaubar und ihr Blick stößt überall an, aber es kümmert sie nicht.

Endlich allein, denkt sie, obwohl sie schon den ganzen Tag allein war, allein hierhergefahren ist, ohne Dirk, dem sie versprochen hat, eine WhatsApp zu schicken, wenn sie angekommen ist, nicht mehr. Sie zieht die Lederjacke aus, die während der Sprints zwischen Auto und Hotel nasse Flecken bekommen hat, und hängt sie an die Garderobe. Dann angelt sie sich den Rucksack und gräbt nach ihrem Smartphone.

Lieber Dirk, gut gelandet, tippt sie und verzichtet darauf, Kosenamen anzuhängen. Koseworte machen die mühsam geschaffene Distanz zunichte, zwar nicht die geografische von etwas mehr als fünfhundert Kilometern zwischen Stuttgart und Wünschnofen, aber die Distanz zwischen ihrem und Dirks Herzen, und sie ist so froh, dass sie es geschafft hat, sich loszureißen. Nicht für immer. Nur eine Auszeit, hat sie zu Dirk gesagt, ich brauche ein bisschen Zeit, ich muss etwas klären, etwas sortieren, mich sortieren, bitte versteh. Dirk hat genickt und nicht verstanden, wie hätte er verstehen sollen?

Vicky nimmt sich den Rollkoffer vor und sperrt sein Maul auf, dann öffnet sie den Kleiderschrank und schnuppert: Hier riecht es mehr nach Holz, das nicht mehr neu ist, als nach Seife, Waschmittel und Weichspüler. Vicky sortiert ihre T-Shirts, Sweatshirts, Hosen, Schlüpfer und Hemdchen in die Fächer, schließlich will sie vier Wochen bleiben, will hier noch einmal ankommen, um ein zweites Mal wegzufahren und die Vergangenheit, anders diesmal als vor sechsundzwanzig Jahren, dort lassen, wo sie hingehört. Sie weiß noch nicht genau, wo das ist, aber sie meint zu wissen, nur so und nicht anders kann sie in der Gegenwart leben und vielleicht sogar eine Zukunft haben, eine Zukunft mit Dirk.

Ein leuchtend rotes Sommerkleid mit ausgeschnittenen Ärmeln und weitem wadenlangem Rock hängt sie auf einen Bügel so vor den Schrank, dass sie die über die Spindtür herabfallende Farbkaskade vom Bett aus sehen kann. Auch vor sechsundzwanzig Jahren hat Vicky so einen Fummel dabeigehabt. Heute wie damals zweifelt sie daran, dass es in diesem Urlaub eine Gelegenheit geben wird, ihn zu tragen.

Sie legt die vier Romane, den Lesestoff, den sie sich am letzten Arbeitstag in der Buchhandlung für ihren Urlaub ausgesucht hat, auf den Nachttisch. Dirk unkt, dass der Stapel ungelesener Romane auf dem Nachtkästchen zuhause in Stuttgart, der immer höher wird, sie eines Nachts im Schlaf erschlagen wird. Darüber kann Vicky nur lachen. Bücher beruhigen, sie sind Freunde, die sie noch nicht kennt. Die nur darauf warten, sich ihr zu öffnen und zu ihr zu finden. Sie liebt es, lesend in einem anderen Leben unterwegs zu sein, und auch wenn sie mit ihrem eigenen Leben eigentlich genügend zu tun hat, wird sie den Einladungen der Schmöker auf dem Nachttisch bereitwillig folgen.

Als sie das Bord über dem Waschbecken in der Nasszelle mit Tuben und Döschen aus ihrem Kulturbeutel bevölkert und die elektrische Zahnbürste auf die Ladestation gesteckt hat, fühlt sie sich zuhause genug, um zu sich und sonst niemandem zu sagen, ich gehe schlafen. Sie zerstört die Schneelandschaft auf ihrem Bett, schlüpft in ein frisches Nachthemd und dann unter das Laken, das zu kühl ist für einen Sommerabend. Ihre nackten Beine frösteln bei der Berührung mit der Baumwolle. Ohne noch eine Zeile zu lesen, löscht sie das Licht der Nachttischlampe und lauscht dem gleichmäßigen Trommeln draußen auf dem Balkon.

So ist es in den Bergen. Wenn es regnet, regnet es. Das hat ihr Vater einmal gesagt, und sie hat es vergessen.

Wie war das vor sechsundzwanzig Jahren? Wenn sie die Augen schließt, sind es immer sonnige Landschaften, die vor ihr auftauchen, dabei muss es doch auch damals Tage gegeben haben, an denen es regnete. Sie kann sich nicht erinnern, nicht einmal an Wolken.

Sommer 1989

Eigentlich wollte ich dieses Jahr nicht mehr mit meinen Eltern in den Urlaub fahren.

Schon im Juni, lange vor den großen Ferien, haben die Wetterfrösche im Radio einen heißen Sommer vorhergesagt. Der Himmel war so blau und aufgeräumt, jeden Morgen gab er die Losung »Bahn frei für die Sonne« aus und blieb dabei. Wir verbrachten alle Tage auf die gleiche Weise, nämlich im Tunzheimer Freibad. Diesen Sommer war ich endlich mit dabei. Zuerst in Bettinas Schlepp, die sich vor nichts und niemandem fürchtet, und nach dem letzten Schultag, als Bettina nach Übersee aufgebrochen ist, notgedrungen ohne sie. Endlich gehörte ich dazu. Wie meine Mitschüler lag ich platt wie ein Pfannkuchen auf meinem Badehandtuch auf der Wiese rechts neben dem Sprungturm, zwischen Zeige- und Mittelfinger der rechten Hand eine halb gerauchte Zigarette, die weiterqualmte, während ich, schläfrig vor Sonne, das Gesicht im Gras, eindöste. Erst wenn der heruntergebrannte Glimmstängel die zarte Haut zwischen meinen Fingern versengte, schreckte ich auf. Bei Einbruch der Dunkelheit kam ich nach Haus, die Augen vom Chlor gerötet, das Haar klebrig und strähnig. Es ist ein Glück, dass Tunzheim überhaupt ein Freibad hat. Dort und nirgendwo sonst wollte ich die Ferien verbringen.

»Ich könnte doch auch hierbleiben und das Haus hüten«, habe ich vorgeschlagen, doch was das Haushüten angeht, hat Mutter mit unserer Nachbarin Frau Kaufmann einen Pakt für die Ewigkeit geschlossen. Ich wäre bloß im Weg, hat sie gesagt. Ich insistierte nicht. Das Wort, das ich auf den Lippen hatte, schluckte ich runter. Die Eltern haben uns beigebracht, dass es nicht »Scheiße«, sondern »schade« heißt, wenn das Schicksal mit uns umspringt, wie es will.

»Schade«, sagt Mama, wenn ihr der Kuchen im Backofen angebrannt ist. »Schade«, hieß es, als ich einen Schüleraustausch nicht antreten konnte, weil ich Mumps bekommen hatte. »Schade«, meinte mein Vater, als Fritzi, unser Wellensittich, entflogen war, weil irgendjemand zur falschen Zeit das Wohnzimmer gelüftet hatte. Uwe heulte, verteilte Faustschläge in die Luft und brüllte: »Scheibenkleister, Scheibenkleister.« Ich weinte tonlos ohne Schimpfwörter.

Es gibt noch mehr Worte in der Elternsprache, die mit einem Sch... beginnen, längere und ganz kurze.

»Scht!«, mahnt uns meine Mutter, »Papa hält sein Mittagsschläfchen!« Oder: »Scht! Papa übt Violine.«

Die Zeiten, in denen Papa seinem Lieblingshobby frönt, sind heilig. Er übt Geige oder Bratsche für das Hausmusikstündchen, das nach seinem Willen jeden Sonntag zur Kaffeestunde über uns hereinbricht, unausweichlich wie das allabendliche Zähneputzen. Mutter, die als Mädchen Akkordeon spielen gelernt hat, lernte nach der Hochzeit Violine spielen. Akkordeon spielen hat sie gelernt, weil sie Musik liebte, Geige spielen lernte sie, weil sie Papa liebte. Natürlich spielt sie die zweite Geige. Ich bin zum Cello verdonnert worden und Uwe geht, seit er sechs Jahre alt ist, zum Klavierunterricht. Sonntagnachmittags spielen wir mehrstimmig, was wir unter der Woche einstimmig geübt haben, Weihnachtslieder, leichte Trios oder Quartette von Mozart, Beethoven oder Schubert, arrangiert von Emmerich Bünemann. Wir spielen Bünemann rauf, runter und querbeet. Papa behauptet, gemeinsames Musizieren bildet und es stärkt das, was er »den Familiensinn« nennt. Manchmal lädt er Freunde zum Mitspielen ein, mit denen wir uns an Schwereres wagen, und dann wird es meistens richtig peinlich.

»Scht! Papa studiert ein neues Stück ein!«, herrscht uns Mama an, wenn Uwe und ich nicht leise sind. Oder sie fordert uns auf, uns zu schämen – über unsere Redelautstärke, über Lügen oder andere Schandtaten. Mit ihren Sch-Wörtern stellt uns Mutter immer in den Senkel. Man fühlt sich scheiße, auf gut Deutsch, aber das darf man ja nicht sagen.

Großpapa hat andere Sch-Wörter.

»Schätzelein«, sagt er, »Schnäbelchen, Schwalbe, Schneekönigin«, und diese Worte sind nur für mich. Ich frage mich, wie er auf sie gekommen ist und warum sie alle mit Sch beginnen. Ob sie einst Großmutter mit ihrem russischen Vornamen Schanna gehört haben und nach ihrem Tod zusammen mit ihrem Silberkettchen und dem zugehörigen Amulett eines segnenden Christus in mein Erbe übergegangen sind? Jedenfalls höre ich sie gern. Lieber als »Spinne«, wie die Eltern zu mir sagen.

»Schätzelein«, hat Großpapa gesagt, nachdem Mama auf meine Ankündigung hin, nicht mit in den Urlaub fahren zu wollen, ihr Veto eingelegt hatte, »Schätzelein, Schnäbelein, komm noch einmal mit, vielleicht ist nächstes Jahr alles anders.«

Er saß in seinem Stuhl mit den Armlehnen am Esszimmertisch, streckte die faltige Hand nach mir aus und zog mich auf seinen Schoß.

»Was soll anders sein?«, fragte ich mürrisch und nahm widerstrebend ganz vorne auf seinen Knien Platz. »Ich werde immer noch zur Schule gehen, immer noch zuhause wohnen und sonntagnachmittags auf dem Cello herumkratzen und mit Papa und Mama Katzenmusik machen.«

Ich wuschelte durch Großpapas schlohweißes Haar, das trotz seines Alters immer noch so dicht ist. »Immer die Berge«, beschwerte ich mich. »In den Dörfern dort wohnen doch nur Scheintote, die nachts in Särgen schlafen und ihre Beerdigung proben. Und mit Uwe in einem Zimmer kann ich noch nicht mal im Bett lesen. Großpapa, ich bin kein Baby mehr.«

»Weiß ich doch, Schwalbe«, schmeichelte er, »aber diesmal ist es Italien. In *bella Italia*, da waren wir noch nie, das kennen wir noch nicht, du und ich.«

»Stimmt ja gar nicht, Großpapa, du lügst, natürlich kennst du Italien«, widersprach ich störrisch, denn ich weiß, dass er im Zweiten Weltkrieg dort gekämpft hat.

»Das war vor hundert Jahren«, sagte Großpapa, »ich kann mich kaum erinnern.«

»Du bist erst sechsundsiebzig.« Ich zupfte einen Fussel von seinem dunkelgrünen Pullunder. »Du lügst schon wieder, was hast du bloß für einen miesen Charakter, schäm dich.«

Über sein Gesicht flitzte ein Lächeln. Er wusste, dass er gewonnen hatte.

»Okay«, sagte er. »Ich schäme mich. Aber nur, wenn du mitkommst, Schneekönigin.«

»Also gut, aber nur, weil du's bist.«

Und so wurde in der vierten Ferienwoche das Haus dichtgemacht. Meine Mutter drückte Frau Kaufmann die Hausschlüssel in die Hand und der schwere Daimler mit Papa am Steuer startete in der gleichen Besetzung in den Urlaub wie jedes Jahr.

Dieses Mal schienen die Straßen voller zu sein als sonst, aber vielleicht kam mir das auch nur so vor. Alle Welt schien unterwegs zu sein, ein Land reiste ins andere. In der DDR gehen die Lichter aus, sagt Papa, und viele versuchen irgendwie nach Westdeutschland zu kommen. Wir reisten von Norden nach Süden und hörten dabei eine Reportage über DDR-Bürger im Radio, die in der deutschen Botschaft in Budapest Zuflucht suchten und ihre Ausreise erzwingen wollten. Mutter, die neben Papa vorne saß, stellte die Sendung so laut, dass uns die Ohren dröhnten; anders hätte Großvater sie nicht verstanden. Wie immer saß er hinten links, ich rechts, Uwe in der Mitte. Von Tunzheim bis nach Wünschnofen sind es etwas mehr als fünfhundertsiebzig Kilometer. Hinter der österreichischen Grenze wurde die Radiosendung immer undeutlicher und ging schließlich in einem Rauschen unter.

Hinter dem Brenner hieß die Autobahn plötzlich *autostrada* und die Gebirge trugen italienische Namen: *Brenta, Sella, Marmolada*. Uwe und ich stellten fest, dass Italienisch eine leichte Sprache ist; bei vielen Wörtern genügt es, wenn man ein a oder ein o anhängt: *Italia, Brennero, Merano, Bolzano*. Wir sprachen ein paar Städtenamen aus und Uwe kam sich ziemlich lässig, cool und italienisch vor. Passend zu unseren ersten Versuchen in der fremden Sprache veränderte sich die Landschaft: Süden. Hinter Brixen – *Bressanone* – weitete sich das Eisacktal, die Hügel wurden sanfter. Auf den Hängen – Terrassen heißen sie, sagt Papa – wuchs Wein, so weit das Auge reichte.

»Magdalener, Lagrein Frauenrigl, Teroldego«, zählte Großvater auf, »lauter Rebsorten, ich erinnere mich.« Zwischen den Reben Burgen und kleine Dörfer, einmal eine Reihe Zypressen. Hier wäre ich gerne geblieben.

Aber wir bogen, nachdem wir bei Bolzano die *Autostrada* verlassen hatten, in ein Seitental ein. Bilder, wie wir sie von unseren bisherigen Urlauben kannten: steile, mit Tannen bewachsene Berghänge, grüne Matten, ein wild gurgelnder Fluss, der durch eine Klamm mit überhängenden Felswänden drängte.

Das Dorf Wünschnofen lag auf einer Art Hochebene. Nach der Enge der Schlucht atmete ich auf. Der Ferienort war nicht ganz so winzig, wie ich befürchtet hatte. Ich schöpfte Hoffnung, aber nur kurz, denn wir fuhren, kaum dass wir in das Dorf hineingefahren waren, gleich wieder hinaus und dann einen hell geschotterten Weg entlang, der unter den Reifen knirschte, in die Pampa führte und von dort ohne Umweg direkt ans Ende der Welt. Mit jedem Meter, den wir zurücklegten, näherte sich meine Laune weiter dem Nullpunkt, und ich dachte, oh Gott, das ist schlimmer als die letzten Male. Ich mag Natur, aber so viel davon auf einer Stelle musste es nicht sein.

Nach Ewigkeiten tauchte in der Ferne ein Haus auf und ich dachte wieder, oh Gott. Ein einzelnes Haus, das einfach so herumstand – das war schlimmer als gar kein Haus, auch wenn es auf Italienisch *casa* hieß.

Am Arsch der Welt, dachte ich und dass der Arsch der Welt demnach in Italien lag. Ich hätte gerne gefragt, was Arsch auf Italienisch hieß, aber das Wort steht auch auf Mamas Index. Wie das Sch-Wort, das mein Kopf in den Minuten bis zu unserer Ankunft etwa zehntausendmal buchstabierte. Immerhin war ich mit meinem Missmut nicht allein.

»Hast du gewusst, dass es derart jottweedee ist?«, fragte

Papa, während wir auf das Haus zuhielten. Meine Mutter schüttelte den Kopf und Uwe fragte: »Was heißt jottweedee?«

»Janz weit draußen«, murmelte Mama.

Uwe machte ein verständnisloses Gesicht.

»Am Arsch der Welt«, übersetzte Großvater.

Sommer 2015

Wie traurig ist ein verlassenes Haus, denkt Vicky und schreibt es nicht auf die Postkarte, die sie an ihre Eltern adressiert hat. Sie blickt an der Fassade mit den abblätternden Schriftzügen empor, lässt ihre Blicke über die abschüssige Wiese gleiten, die irgendjemand gemäht hat, obwohl sie nicht mehr genutzt wird und keine Liegestühle mehr darauf stehen.

Zwei Tage nach ihrer Ankunft hat Vicky sich getraut, mit dem Opel außerhalb des Orts im Kreisverkehr in die Abzweigung einzubiegen und die lange Straße entlangzufahren, die nach dem einzigen Haus, das an ihrem Ende wartet, Blumstraße heißt. Sie ist an Viehweiden und einem Wäldchen vorbeigekommen, in dem es damals Himbeersträucher gab. Schließlich ist das Haus aufgetaucht.

Sie geht einmal außen herum, blickt hinauf zu den Fenstern, hinter denen sie und Uwe, die Eltern und Großvater in jenem Sommer geschlafen haben. Das Haus hatte schon damals etwas Heruntergewohntes und Abweisendes mit seinen dunklen Klappläden aus Holz statt luftiger Balkone. Auch Blumenkästen mit dieser Wucht von Farben, wie sie sonst an Hotelfassaden hinuntertropft, gab es nicht, sondern nur einen langgelegten ausgehöhlten Fichtenstamm neben dem Eingang, der als Blumentrog diente und mit blauen und rosafarbenen Lupinen bepflanzt war. Dass das Haus nicht langweilig wirkte, lag daran, dass es zwei Giebel besaß, einen nach Süden, einen nach Westen, als könne es sich nicht entscheiden, nach welcher Sonnenseite es sich lieber ausrichten mochte.

Vicky stellt sich auf die Zehenspitzen und versucht, eins der Fenster im Erdgeschoss aufzudrücken. Vergeblich. An der Haustür der Pension, einer schweren Holztür mit einem eingeschnitzten Zickzackmuster, rüttelt sie erst gar nicht. Sie ist mit einer quer über den Eingang genagelten Latte verrammelt. Alles sagt: Vorbei. Verboten.

Das Haus sperrt sich, es macht nicht mit. Manchmal beginnen Mauern, wenn man geduldig ist und sie lässt, von der Vergangenheit zu reden. Diese nicht. Die Pension steht da wie eingefroren, gefangen in einer Zeit, die es nicht mehr gibt.

Ich werde mich ohne das Haus erinnern müssen, denkt Vicky. Fassaden als Erinnerung reichen nicht.

Eine braune Kuh unterhalb der Blumwiese muht laut.

Sommer 1989

Die Pension ist ein alter Kasten mit abblätterndem Putz und rissigen Fensterrahmen mitten in der Walachei. Wir waren noch nicht mal ausgestiegen, da hatte ich schon Heimweh, Sehnsucht nach dem Freibad und dem Platz neben dem Sprungturm, wo sich unsere ganze Klasse trifft. Damit war ich nicht allein. Uwe guckte genauso bedröppelt und selbst Papas Miene sah ich an, dass er unsere Unterkunft für einen Griff ins Klo hielt. Zuerst hatte ich noch eine kleine irrwitzige Hoffnung, dass er, ohne auszusteigen, das Auto wenden, Gas geben und wieder davonfahren würde. Was natürlich Blödsinn war. Mama war es, die schließlich die Wagentür öffnete, womit unser Hierbleiben besiegelt war.

Ich habe Großpapa beim Aussteigen geholfen. Seine Gelenke sind nach langen Fahrten immer ein bisschen eingerostet, und dann steht er so wacklig auf seinen Beinen wie ein Fohlen. Großpapa hat diese Krankheit – Osteopo-Dingsbums sagen wir dazu; langsam, aber sicher implodiert seine Wirbelsäule und lässt ihn Jahr für Jahr ein wenig kleiner werden.

Wir standen etwas verloren herum, weil niemand da war, um uns zu begrüßen. Nur eine Katze gab es, ein rotes, zottiges Tier, das mit steil aufgerichtetem Schwanz an uns vorbeistolzierte.

Mama sah Papa mit ihrem Und-nun?-Blick an. Ich kenne diesen Blick. Normalerweise ist es Papa, der sagt, wo es lang- und wie es weitergeht, und diesmal brauchte er eine ganze Weile dazu.

Schließlich ging er doch Richtung Eingang und stieß die Tür auf. Er erinnerte an einen Abenteurer, einen, der Mut hatte und ihn brauchte. Wir marschierten hinter ihm her in einen schläfrigen Flur. Durch eine niedrige Seitentür, bei der man gleichzeitig den Kopf einziehen und die Füße heben musste, um weder oben anzustoßen noch über die Schwelle zu stolpern, gelangten wir in die Gaststube. Sie wirkte ein bisschen wie ein Weinkeller, was an den Wänden aus dunkel lackiertem Holz liegt, an der abgehängten Decke und den Fenstern mit gelber Butzenscheiben-Verglasung. Auch die schnörkellosen Stühle sind aus dunklem Holz.

Am Tresen stand eine dicke Frau in einem Dirndl. Sie hatte ein burschikoses Gesicht und starke Brauen über einer noch stärkeren Hornbrille, die ihre Augen ganz klein machten. Zuerst hielt ich sie für eine Italienerin, weil ihr kurzes Haar so metallschwarz glänzte, aber dann machte sie den Mund auf und heraus kam ein langweiliges »Grüß Gott«. Auch ihr Lachen klang deutsch. Dabei hätte ich so gerne *buon giorno* gesagt. Oder *buona sera*. Papa erklärte der Wirtin, wer wir waren, worauf sie uns mit einem Wortschwall überschüttete, von dem wir nur die Hälfte verstanden. Wie die Fahrt gewesen sei, ob wir »es« gleich gefunden hätten, sie sei die Resi, und wir sollten uns nur recht wohl fühlen hier in der Pension Blum, die Zimmer seien bereit und würden schon auf uns warten.

Na, da war ich aber mal gespannt! Resi hat einen riesigen Busen, der bei jedem ihrer Worte bebte. Schließlich fing sie doch noch an, italienisch zu reden.

»*Avanti!*«, sagte sie, worauf wir ihr in einer kleinen Prozession wieder hinaus in den Hof folgten. Papa öffnete die Kofferraumklappe. Er guckte immer noch ziemlich griesgrämig.

Und dann, als wir auszuladen begannen, war da plötzlich dieser Junge. Wie aus der Erde gewachsen stand er da, ich hatte ihn nicht kommen sehen.

»Das ist Ingo, mein Sohn«, stellte Resi vor. Während er beim Ausladen half, beobachtete ich ihn. Er hat rötlich blonde Locken – ich hätte ihm eher eine Verwandtschaft mit der roten Katze zugetraut, die zwischen unseren Beinen herumstrich, als mit seiner Mutter.

Die Katze ist übrigens ein Kater und heißt Ritschi, Ingo nennt ihn so.

»Ritschi, du störst«, hat er gesagt, den Kater mit einer Hand unter dem Bauch geschnappt und hinter sich abgesetzt.

Dann griff er nach Uwes und meinen Koffer und meinem Beautycase. Wir zuckelten mit unseren Rucksäcken hinter ihm her ins Haus, durch einen verwinkelten Gang, eine Treppe hinauf und dann noch eine, in den zweiten Stock.

Ingo drückte mit dem Knie eine Klinke herunter, stieß die Zimmertür auf, stellte den Koffer neben den Schrank und das Kosmetikköfferchen auf den winzigen Tisch und sagte: »Da wären wir, das ist dann wohl eure Klause.«

»Da gibt's ja gar kein Bad«, hat Uwe gesagt, und Ingo erklärte, Toilette und Etagendusche seien am Ende des Gangs.

Er nickte uns zu und sprang wieder treppab, wobei er mehrere Stufen auf einmal nahm. Als er weg war, hat Uwe angefangen rumzumotzen von wegen Dusche auf dem Flur, dass wir sonst immer ein Bad für uns allein gehabt haben und es letztes Jahr in dem Hotel in Fiss sogar ein Schwimmbad gab.

»Ach ja?«, habe ich gesagt, »ich habe gedacht, du willst mit Papa auf Dreitausender klettern. Es stört dich doch auch nicht, wenn du auf den Alpenvereinshütten zusammen mit einem Dutzend wildfremder Schnarcher im Matratzenlager übernachten musst, oder? Dort gibt es auch kein Bad für dich allein.«

Ich konnte es nicht lassen, ein bisschen zu sticheln, aber Uwe hatte recht. Unser Ferienzimmer ist halb so groß wie mein Dachzimmer zuhause, zu klein für alles, nicht nur für eine Nasszelle, sondern auch, um sich gegenseitig in Ruhe zu lassen oder Geheimnisse voreinander zu haben. Klause trifft es ganz gut. Uwe und ich teilen uns ein Nachtschränkchen, das zwischen den Betten steht. An der Wand hängt ein Holzkreuz und daran ein Jesus mit schmerzverzerrtem Gesicht.

Wir packten aus. Wenigstens Lesestoff habe ich genügend dabei, wenn es hier zu langweilig wird, ein Trost! Uwe packte seinen Kassettenrecorder und zwei Dutzend Fünf-Freunde-Kassetten aus sowie seinen Plüschhund, den er sich zum Schlafen unter die Wange klemmt. Ich selber habe nur mein Bärchen ohne Härchen, meinen Talisman, der an einer Lasche am Hosenbund meiner Jeans baumelt, und meine Bücher.

Später fingen Uwe und ich an, die Pension zu erkunden. Mama und Papa bewohnen ein etwas größeres Zimmer auf der anderen Seite des Flurs, Großpapa ein Kämmerchen im ersten Stock mit einem schmalen Bett.

Ich habe Großpapa geholfen auszupacken. Ich glaube, er ist der Einzige von uns, der mit unserer Unterkunft nicht hadert. Sein Zimmerfenster geht auf einen Bergzug namens Latemar hinaus. Großpapa ist vollkommen vernarrt in die Aussicht und hat gemeint, da sie vom Bett aus genossen werden könne, hätte er nichts dagegen, in diesem Bett seine Tage zu beschließen.

»Du beschließt hier gar nix, Großpapa«, hab ich gesagt, »du wirst hundert Jahre alt.«

Großpapa machte ein unglückliches Gesicht und sagte: »Schätzelein, das wünsche ich mir nicht. Wenn mich die Osteoporose schrumpfen lässt wie bisher, bin ich mit hundert noch knapp einen Meter groß. Ich möchte nicht als Zwerg enden.«

2

Sommer 2015

Vicky wird vom Läuten der Kirchenglocke unten im Dorf geweckt. Kirchenglocken mag sie, aber nur in der Mehrzahl, zwei müssen es mindestens sein, besser drei oder gar vier, am besten der vielstimmige Chor eines Glockenspiels. Das Sechs-Uhr-Läuten in Wünschnofen kommt von einer einzelnen tiefen Glocke, die langsam schwingt und den Tagesanbruch, ganz unpassend, mit Schwermut behängt, anstatt Lust und Leichtigkeit zu verbreiten. Sie schwingt wie eine Totenglocke, die für all die Menschen läutet, die in der tiefen, dunklen Stunde, bevor der Morgen graut, gestorben sind. Schon damals im Urlaub mit ihren Eltern, Uwe und dem Großvater hat Vicky beim Morgenläuten dieser Glocke die Bettdecke über die Ohren gezogen, sich verzweifelt gewehrt gegen die schwere zähflüssige Flut aus Traurigkeit, die sie überschwemmte.

Vom ersten Tag an steht Vicky früh auf in Wünschnofen, früher als zuhause, obwohl Urlaub ist, was am melancholischen Geläut der Morgenglocke liegen mag, aber auch daran, dass die Abende hier kürzer sind. Hier sind die Pflichten vertagt und Dirk ist nicht da; deshalb legt sie sich abends früh schlafen, zieht die Vorhänge vor Rosengarten, Schlern und Latemar, so wie in der Pension Blum die Vorhänge vorgezogen sind.

Am Morgen aber schwingt sie, bald nachdem das

monotone Läuten vertröpfelt ist, die Beine aus dem Bett.

Sie duscht, wickelt sich in das weiche weiße Frotteebadetuch und zieht sich an. Ihre knallbunte Strickjacke ist schön, aber nicht schick – da hat jemand seine Ideen und seine Lust am Leben aneinandergestrickt.

Sie wirft einen Blick in den Spiegel, beginnt einen Flirt mit sich selbst und lässt sich an diesem ersten Urlaubsmorgen Zeit dazu, die sie sonst nicht hat. Wie immer, wenn die Luft feucht ist, kräuseln sich ihre Locken zu Korkenziehern, wodurch ihr Haar wie eine braune Wolke wirkt. Wie immer sind ihre Lider schwer, obwohl sie ausgeschlafen ist. Sie wendet sich ab und liest den Gutenachtgruß von Dirk, den sie am Abend zuvor ignoriert hat: *Sweetheart, pflück dir einen Strauß aus dem Garten der Rosen, Küsse Küsse, Dein Dirk.* Eine Zeile roter Herzchen darunter.

Guten Morgen Dirk, schreibt sie, *kein Garten der Rosen heute, der ist eingemummelt in Wolken, aber das wird noch.* (Sie hofft, dass es stimmt.)

Sie überlegt kurz, dann schreibt sie auch eine WhatsApp an Aljoscha. *Guten Morgen, kleiner Großer,* schreibt sie, denn Aljoscha ist einen Kopf größer als sie. *Was machen die Vorbereitungen? Läufst du?*

Aljoscha wird im November beim New-York-City-Marathon mitlaufen und trainiert täglich. Seit zwei Jahren wohnt er mit in ihrer und Dirks Wohnung im Stuttgarter Osten. Als sie nach Südtirol aufgebrochen ist, war er nicht zuhause. Das Wochenende verbringt er oft woanders, mit Freunden.

Hinunter zum Frühstück. Der Gastraum, mit seinen hellen Möbeln zu edel, um Gaststube zu heißen, mündet in einen Anbau in der Form einer Rotunde mit drei größeren Fensterfronten. Neben der Jukebox, die aussieht wie ein Museumsstück, ist in einer Glasvitrine ein kleines, aber feines Frühstückbuffet angerichtet. Zuhause macht Vicky kein großes Aufheben vom Frühstück, hier stellt sie sich einen netten bunten Teller zusammen: ein Röllchen Schinken, ein Röllchen Südtiroler Speck, Aprikosenmarmelade in einem gläsernen Puppenschälchen. Von den Vinschgauer Sauerteigbrötchen gleich zwei; es gab sie schon damals vor sechsundzwanzig Jahren und ihr Geschmack bringt die Morgen in der Pension Blum zurück. Morgen, die nach Kümmel und Anis und knuspriger Backofenhitze schmeckten.

Sie nimmt in der Rotunde Platz. Der junge Hoteldirektor vom Vorabend tritt zu ihr an den Tisch und fragt, ob sie gut geschlafen hat. Er erklärt ihr, dass die Panoramafenster alle einen Namen haben, benannt sind nach dem Blick, den sie normalerweise freigeben, jetzt aber nicht: Schlern-Fenster, Rosengarten-Fenster, Latemar-Fenster. Er fragt: »Kaffee? Tee? Ein Frühstücksei gefällig?«

Sie wünscht sich ein weiches Ei, sehr weich, nicht mehr als drei Minuten, und lächelt dazu, lächelt mitten in seine braunen Augen hinein und fühlt sich jünger, als sie ist, und sogar jünger als der Hotelchef. Er gehört zu der Sorte Mann, in die sie sich als sehr junges Mädchen verliebt hätte, selbstverständlich und aussichtslos. Dunkelhaarig, gutaussehend, aber nicht zu sehr. So einer könnte ihr immer noch gefallen. Dirk ist anders, größer und schlanker, und auch Ingo war anders mit dem kräftigen Körperbau und den rotblonden Locken. Vicky gehört nicht zu den Frauen, die bei den Lieben ihres Lebens einem bestimmten Typ Mann verfallen sind. Ihre Männer sind einander unähnlich, aber Hirn im Kopf und ein Herz auf dem rechten Fleck hatten sie alle.

Während sie sich ihr Frühstück schmecken lässt, denkt sie an Dirk und Aljoscha. Ob Aljoscha zuhause ist und die beiden zusammen frühstücken, so wie es sich in der Zeit, seit Aljoscha bei ihnen wohnt, eingebürgert hat? Ab und zu essen sie auch zu dritt miteinander zu Abend und dann stellt sich so etwas wie das Familiengefühl ein, das Vicky von früher kennt und das Dirk so gerne hätte.

Sommer 1989

Das Essen in der Pension Blum schmeckt fantastisch. Von allem gibt es riesige Portionen. Bei Resi, der Wirtin, geht offenbar Mahlzeit vor Ambiente. Am ersten Abend servierte sie nach einer Portion Spaghetti mit Tomatensauce, Basilikum und geriebenem Pecorino, die hier in Südtirol *pasta asciutta* heißt, rosa gebratene Schweinefilets mit Rosmarinkartoffeln. Bereits nach den ersten Bissen war die frostige Miene von Papa, der gutes Essen fast so sehr schätzt wie klassische Musik, aufgetaut. Bei Uwe und mir hat es etwas länger gedauert.

Wir saßen zu fünft in der Gaststube um einen runden Tisch unter einem Hängeleuchter, der wie ein Ufo aus der Luft zu fallen schien, und ich wünschte mich anderswohin. Nach Hause. Oder an einen Ort, an dem es anders war als hier. Modern und gemütlich. Oder wenigstens altmodisch und gemütlich. Wie Uwe sehnte ich mich nach den Hotels, in denen wir in den Vorjahren die Ferien verbracht haben, nach dem Schlosshotel Fiss bei Landeck und dem Hotel Jägerhof in Ischgl. Dort ging es abends ganz anders zu. Man saß auf gepolsterten Eckbänken, hakte sich gegenseitig unter und schunkelte zur Ziehharmonika, mit dem ein Unterhalter für Stimmung sorgte. In der Pension Blum gibt es weder Eckbänke noch einen Unterhalter noch eine Ziehharmonika; von Stimmung kann keine Rede sein. Außer uns hockte eine Gruppe von Rentnern in der Gaststube. Sie hatten Spazierstöcke mit zum Abendessen und eine Tageswanderung auf den Schlern hinter sich gebracht und unterhielten sich halblaut.

Wir selber waren ziemlich schweigsam beim Essen, obwohl es uns schmeckte. Uwe schmollte. Als er seinen Teller leer gegessen hatte, fragte Mama uns: »Wollt ihr noch Eis zum Nachtisch?«

Uwe und ich schauten uns an.

»Dort drüben ist eine Truhe«, sie wies auf die Gefriertruhe links neben dem Schanktisch.

Uwe wollte Eis, ich schüttelte den Kopf.

Uwe traute sich nicht, Resi um ein Eis zu bitten. »Sie hat so eine komische Brille und schau mal, ihre Brauen – wie umgedrehte Haken.«

»Spinne, geh du!«, sagte Mama zu mir.

»Ich mag kein Eis, mir ist schon kalt.«

»Vicky!« Mein Vater runzelte die Stirn.

Ich legte mein Besteck auf dem Teller ab, dass es klirrte, schob widerwillig den harten dunklen Stuhl von mir und marschierte zur Eistruhe. *»Gelato«* stand in einem grün-weiß-roten Schriftzug darauf, ein leckeres Wort. Ich testete seinen Geschmack auf meiner Zunge, ehe ich es zu den anderen legte, die schon in der italienischen Sprachkiste in meinem Hinterkopf waren.

»Gnädige Frau?«, zwinkerte Resi und zwei Grübchen

erschienen in ihren Mundwinkeln. Über ihrer Oberlippe wächst ein dunkler Flaum. Ich fragte mich, ob sie so kurzsichtig war, dass sie nicht sehen konnte, dass keine Frau, schon gar nicht eine gnädige, neben der Kühltruhe stand, sondern ich?

»Ich hätte gern für den gnädigen Herrn da drüben –«, ich deutete auf Uwe, »ein *gelato*.«

Sie lachte so herzlich, dass der große Busen in ihrem Dirndl wippte, und rief: »Ingo, gibst der jungen Dame mal ein Eis.«

Der Junge, der bei unserer Ankunft unser Gepäck hinaufgetragen hat, wischte an der Theke, da, wo der Bierzapfhahn war, etwas auf. Mit einer lässigen Bewegung warf er den Lappen auf die Anrichte und kam zu mir herüber. Er hob die Brauen und dann den Truhendeckel und sagte in die Truhe hinein: »Wir haben Cornetto, Fruitline oder Nogger.«

Aus der Truhe dampfte es eisig, während er mich reglos ansah. Sogar auf die Entfernung sah ich, dass Ingos Augen von jenem unwahrscheinlichen Blau sind, in dem das Meer auf Werbekatalogen für Karibikreisen abgebildet ist. In der Iris irgendwelcher Augen habe ich es noch nie gesehen. Sein Gesicht war braungebrannt mit Sommersprossen auf der Nase, den Wangenpartien und sogar auf den Ohren.

»Was möchtest du?«

Ich war so in seinen Anblick vertieft, dass ich zusammenzuckte. »Ein Cornetto«, stotterte ich, weil es italienisch klang.

Er beugte sich über die Truhe und wühlte darin.

»Schoko, Krokant oder Erdbeere?«

Ich drehte mich zu unserem Tisch um und zog fragend die Augenbrauen hoch.

»Erdbeere«, zwitscherte Mama für Uwe.

Ingos Arm und sein rötlich blonder Lockenschopf tauchten wieder in die Truhe, dann hielt er mir das Cornetto hin. »Bitte sehr.«

»Danke«, stammelte ich und wurde rot, obwohl Ingo mir keineswegs rote Rosen, sondern nur ein rotes Eis überreicht hatte. Rasch wandte ich mich um und trug das Cornetto wie einen Blumenstrauß zu unserem Tisch.

Ingo. Heißen so Jungs in Italien? In meiner Klasse gibt es einen Mario und einen Alessandro, beides Söhne von italienischen Einwanderern. An Ingos Namen ist nichts italienisch außer dem o am Schluss, aber selbst das zählt nicht so recht, denn schließlich haben auch Namen wie Benno oder Bodo oder Otto so ein Schluss-o, und die sind deutsch und spießig wie nur was.

In meiner Klasse geht Mario aus Sizilien mit einer hessischen Tanja, Alessandro aus Apulien mit einer schwäbischen Daniela. Wie die beiden Mädchen habe auch ich einen Namen gehabt, der auf a endet, bevor meine Eltern Viktoria zu Vicky verkürzten und sich mittlerweile kaum mehr daran erinnern, dass sie es gewesen sind, die mich nach einer römischen Siegesgöttin genannt haben. Ehrlich gesagt bin ich ganz froh darüber, dass mein Taufname in Vergessenheit geraten ist. Viktoria – so heißen Frauengestalten aus Bronze mit mächtigen Schenkeln auf Säulen und kein Mensch. Kein Wunder, dass ich keinen Freund finde. Es muss am Namen liegen, niemand küsst eine Viktoria. Jungs mit italienischen Vornamen schon gar nicht.

Am ersten Abend in Wünschnofen sprach ich Ingos Namen immer wieder lautlos vor mich hin; ich kostete seinen Geschmack wie zuvor den des Wortes *gelato*, jedoch nicht auf der Zunge, sondern weiter hinten am Gaumen. Ingo – das schmeckt nach Zimt und braunem Zucker, nach Minze und Waldfrüchten, nach etwas und nach mehr. Ingo, das hat etwas Schnelles, Behändes, es klingt leicht und wendig wie ein Felgumschwung und ich muss zugeben, dass dieser Name mir gefällt – so wie der Junge, der ihn trägt.

Der Hotelchef heißt Johann und sie denkt, dass das nicht passt, er ist zu jung für diesen Namen, oder der Name ist zu alt für ihn, nur angejahrte Männer heißen Johann. Johann, ein Name für einen Herrn jenseits der achtzig, bei dem samstagmorgens eine gute Seele zum Staubwischen vorbeikommt. Johann jedoch findet nichts dabei, dass er Johann heißt, nach seinem Großvater, wie er dem deutschen Ehepaar verrät, das beim Frühstück am linken Panoramafenster sitzt. Vicky denkt an ihren eigenen Großvater, der Adolf hieß, ein Name, den man niemandem vererben konnte. Noch nicht einmal heißen durfte man so, nachdem das Dritte Reich schmachvolle Vergangenheit geworden war. Weshalb Großvater, als er aus dem Gefangenenlager in Russland zurückkehrte, einen Buchstaben aus seinem Rufnamen ausmusterte, zwei Buchstaben an eine andere Stelle setzte, zwei weitere hinzufügte und sich Alfons nennen ließ, auch dies kein Name, den man hätte erben wollen. Viel schöner als die beiden Vornamen, den verunglückten ersten und den verschlimmbesserten zweiten, hat Vicky Großvaters Nachnamen »Frohgemut« gefunden und es bedauert, dass die Mutter ihn bei der Heirat ablegte und sie alle »Winter« heißen, nach dem Vater. Ein Name, bei dem man friert und den nur Menschen gut finden, die gerne Skifahren oder Weiß lieben, aber im letzten Fall könnte man auch gleich wie die Farbe heißen.

Ob es in jenem Sommer anders gekommen wäre,

wenn Großvater nicht mit nach Südtirol gefahren wäre? Großvater Frohgemut, dem andere die sieben Leben einer Katze nachsagten, Großvater, der eigentlich weder Adolf noch Alfons hätte heißen sollen; stattdessen hätte ihm das männliche Pendant ihres eigenen ungeliebten Taufnamens gebührt. Großvater hätte Viktor heißen sollen, Viktor, der Siegreiche, weil er dem Tod drei Mal von der Schippe gesprungen war und in jenem Sommer vor sechsundzwanzig Jahren also noch vier Leben übrig hatte. Trotz seiner Osteoporose und obwohl sein Herz schwächelte.

Johann nennen alle beim Vornamen. Johann, rufen die beiden zierlichen älteren Frauen, die beim Frühstück im Panoptikum am Nebentisch von Vicky sitzen, einander Martha und Mia nennen und vielleicht Schwestern sind. Johann, sagt der ältere Herr mit der Glatze, der am Abend zuvor bei ihrer Ankunft am Feuer gesessen und mit seinem Handy gespielt hat. Giovanni, sagt die italienische Familie auf ihrer anderen Seite. Und Johann beugt sich an ihrem und an verschiedenen anderen Frühstückstischen über ausgebreitete Wanderkarten und macht Vorschläge für Touren. Touren, die an diesem wolkenverhangenen Tag eher Spaziergänge sein werden und zwar solche, die sich hauptsächlich in der Horizontale bewegen. Alle, die hoch hinaus wollen, müssen auf einen besseren Tag warten.

Vicky will nicht hoch hinaus. Als Johann ihr noch einmal Kaffee nachschenkt, fragt sie: »Kennen Sie die Pension Blum?«

Johann hält mit dem Einschenken inne. Er macht ein Gesicht, als müsse er nachdenken, und vielleicht muss er das wirklich. Dann wendet er sich zum rechten der drei Panoramafenster und deutet in Richtung Süden, wo ein Berghang ein Hochtal verstellt.

»Das Haus ist da drüben, aber es ist schon eine Weile keine Pension mehr.«

»Und die Besitzer, die Blums?«, hakt sie nach, als Johann nicht weiterspricht.

Er zuckt mit den Schultern. »Der Eigentümer ist weggezogen, als die alte Mutter vor ein paar Jahren gestorben ist. Das Haus steht leer.«

Vicky schluckt. Spürt einen Stich irgendwo in der Zwerchfellgegend. Sie hat so was geahnt. Schon zuhause, wenn sie manchmal die Pension Blum gegoogelt und nie etwas gefunden hat. Sie wundert sich, wie distanziert Johann über die Blums redet. Ist es nicht so, dass sich in einem Südtiroler Bergdorf von der Größe Wünschnofens alle kennen? Und kennt Johann also Ingo, den mutmaßlichen Eigentümer der Pension Blum, nicht, und kennt er auch nicht seine Mutter, die fidele Resi mit kleingezoomten Blinzelaugen hinter den dicken Brillengläsern? Vicky kann sich Resi nicht alt vorstellen. Tot schon gar nicht.

»Woher kennen Sie die Pension Blum?«, fragt Johann, und sie murmelt, ach von ganz früher, wir haben hier mal Urlaub gemacht. Und blickt vor sich hin auf ihren Frühstücksteller und die Hälfte des Sauerteigbrötchens, die sie noch in der Hand hält.

Obwohl sie morgens zur Einsilbigkeit neigt, macht sie ein wenig Konversation mit der Familie am Nebentisch, eine willkommene Gelegenheit, ihrem eigenen etwas eingerosteten Italienisch auf die Sprünge zu helfen. Die vier kommen aus Siena, ein Vater, der mit seinen schulterlangen dunklen Locken so jung wirkt, dass er vielleicht nicht der richtige Vater ist, im Gegensatz zur älteren und mit Sicherheit echten Mutter. Bei ersten Begegnungen mit Familien erfährt man meist nur die Namen der Kinder. In dieser Familie heißen sie Riccarda und Michele.

Sommer 1989

Das Frühstückbuffet in der Pension Blum richtet Resi immer selber an. Außer ihr ist um diese Zeit niemand da, Ingo nicht und auch sonst kein Personal, bis auf das Zimmermädchen, das manchmal beim Abräumen hilft. Die Gaststube ist erfüllt von Resis Stimme, die freundlich und resolut zugleich klingt, und dem Duft nach gebratenem Speck und Rührei, mit dem sie ihre Gäste für einen Wandertag stärkt. Als wir am ersten Morgen eintrudelten, saß die Rentnergruppe schon am Tisch, gestiefelt und gespornt für den nächsten Gipfelsturm. Resi erzählte, sie kämen aus Oberursel, und Uwe lachte sich über den Namen halb tot.

Resi häufte ihm Rührei auf den Teller und sagte: »Iss, Bub, dass du groß und stark wirst.«

Zu mir: »Iss, Mädel, dass du was auf die Rippen kriegst. Du bist ja so schmal, du kannst was vertragen.«

»Sie heißt Spinne, weil sie dünn wie ein Strich ist«, erklärte Uwe mit nutellaverschmiertem Mund und duckte sich unter Resis Busen, während sie uns auftischte.

Ich gab Uwe mit dem Ellbogen einen Rippenstoß und Resi lachte. »Sie ist viel zu hübsch, um so zu heißen«, sagte sie und erntete Großvaters beifälliges Nicken.

»Möchten Sie noch Kaffee, Herr Wohlgemut?«, fragte sie ihn.

Uwe verbesserte: »Er heißt Frohgemut«, aber Großpapa

lachte, winkte ab und meinte, Wohlgemut oder Frohgemut, das klänge doch fast gleich und er würde sich nichts aus Namen machen. Eine fette Lüge, weiß ich, eine, für die ihn, seit unsere Großmutter gestorben ist, niemand mehr rügt. Großvater greift manchmal zu fetten Lügen, wenn jemand anfängt, ihm zu gefallen, und er charmant sein will. An diesem ersten Morgen in der Pension Blum begann er an Resi einen Narren zu fressen und verweilte noch ein bisschen in der Gaststube, während wir anderen uns mit dem Frühstück beeilten, um nach draußen in den Sonnenschein zu kommen.

Großvater winkte auch ab, als Papa uns eröffnete, dass wir diesen ersten Tag nutzen würden, um die neuen Bergstiefel »einzulaufen«. Bei ihm gäbe es nichts einzulaufen, stellte er klar, seine Bergstiefel seien alt und ausgelatscht. Eine Charakteristik, die eins zu eins auch auf meine Wanderschuhe zutrifft; aber leider führte sie an diesem Morgen nicht dazu, dass ich um den von Papa verordneten Fußmarsch herumkam.

»Hat Resi eigentlich keinen Mann?«, hat mich Uwe gefragt, während wir in unser Zimmer trabten, um uns wanderfertig zu machen.

»Weiß ich doch nicht.« Ich zuckte mürrisch die Achseln und tat, als würde mich die Frage nicht interessieren, obwohl ich sie mir selbst schon gestellt hatte. »Verrat mir lieber, warum wir alle deine und Papas neue Bergschuhe einlaufen müssen!«

Wenig später polterten wir hintereinander die Treppe hinunter. Mit den schweren Wanderstiefeln an den Füßen fühlte ich mich für einen popeligen Waldspaziergang hoffnungslos overdressed. Bevor wir die Pension verließen, bemerkte ich in einer Nische neben dem Gastraum eine gerahmte Schwarz-Weiß-Fotografie. Darauf waren drei Menschen im Eingang der Pension Blum zu sehen, ein Mann und eine Frau, die einen kleinen Jungen zwischen sich an der Hand hielten. Ich blieb stehen. In der Frau eine jüngere Ausgabe von Resi zu erkennen, war leicht. Der Junge war vielleicht fünf, hatte einen hellen Lockenkopf und lachte. Ingo. Der Mann auf dem Foto hatte die gleichen Locken und das gleiche Lachen wie er und kniff gegen eine unsichtbare, ihm ins Gesicht scheinende Sonne die Augen zusammen. In der freien Hand hielt er eine Zigarette. Das männliche Wesen, dessen Platz in der Pension Blum leer war.

»Viiicky!«, rief meine Mutter von draußen, »wo bleibst du denn?«

Als wir spätnachmittags von unserer Wanderung zurückkehrten, stand ein Lieferwagen im Hof. Ingo war zusammen mit einem Mann, der mit seinem dunklen Haar italienischer aussah als er, aber Südtiroler Dialekt sprach, damit beschäftigt, Lebensmittel auszuladen. Er stapelte Spankisten, die nach Obst und Gemüse rochen, übereinander und balancierte den Turm an uns vorbei in die Küche.

Abends stand Ingo wieder hinter dem Tresen und zapfte Bier. Während des Essens beobachtete ich ihn. Er war kräftig und ein bisschen größer als ich. Ich mag die Umsicht seiner Hände, mag, wie sie Bierkrüge unter den Zapfhahn halten, und, wenn sie voll sind, mit Schwung auf einem Tablett platzieren. Das Tablett übernahm ein Mädchen, das an diesem Abend an den Tischen bediente. Es war nur wenig älter als ich, hatte aber viel mehr Busen in seinem Dirndl und lange Zöpfe aus dickem blondem Haar. Wenn sie das gebrauchte Geschirr in die Küche trug, schäkerte sie im Vorbeigehen mit Ingo. Sie sprachen Dialekt und ich verstand sie nicht. Heute beeilte ich mich mit essen.

»Soll ich dir ein Eis holen?«, fragte ich Uwe, nachdem ich den letzten Bissen verdrückt hatte, aber Uwe wollte diesmal selber gehen. Er stellte sich an die Truhe und warf Ingos Mutter einen abwartenden Blick zu.

»Kommst heute selber, Bub«, lachte sie und sagte zu Ingo, wie am Abend zuvor, wobei sie nur den Dativ austauschte: »Ingo, gibst dem Buben mal ein Eis.«

Ingo folgte der Aufforderung seiner Mutter, jedoch, bevor sein Kopf in die Kühltruhe abtauchte, schaute er zu unserem Tisch herüber und sein Blick traf meinen. Ich wurde rot und schlug die Augen nieder.

Er ist der schönste Junge, den ich je gesehen habe, und er weiß es nicht, schoss es mir durch den Kopf.

Er hat muskulöse Oberarme. Seine Jeans hängt ihm locker auf den Hüften, so dass man immer denkt, sie rutscht gleich. Er wirkt so cool und sicher, konzentriert auf das, was er tut, als sei ihm vollkommen egal, was andere über ihn denken.

Später in unserem Zimmer, als Uwe und ich zu Bett gingen, habe ich den verzweifelten Jesus von seinem Platz über dem Nachttischchen abgehängt.

»Dürfen wir das?«, fragte Uwe. Sonst ist er immer der Forschere von uns beiden, obwohl er jünger ist als ich.

»Wir haben Urlaub, wir müssen uns nichts anschauen, was wir nicht wollen«, habe ich gesagt und den Jesus in die leere Nachttischschublade gelegt. Wir benutzen sie nicht, weil es in ihr nach vorgestern riecht und wir am Ende der Ferien etwas darin vergessen könnten. Ich breitete ein Tempo-Taschentuch über den halbnackten Jesus und sagte: »Damit er nicht friert.«

Wir kicherten, als ich die Schublade zuschob.

»Wenn das Mama sehen würde.« Uwe klang, als wünschte er sich, dass unsere Mutter uns auf die Schliche kommen und empört sein würde. Uwe ist viel aufmüpfiger als ich. Manchmal sträubt er sich, sonntagnachmittags bei Papas

Kammermusikstündchen mitzuspielen. Er behauptet dann, er habe nicht geübt, und macht, wenn Papa ihm nicht glaubt, absichtlich Fehler. Oder er sagt, ihm sei übel. Er kann sich quasi auf Kommando übergeben, und einmal hat er, als wir einen der Deutschen Tänze aus dem Bünemann, Heft Nummer 2, spielten, urplötzlich auf die Tastatur des Steinway-Klaviers gekotzt. Papa ließ extra eine Fachfirma kommen, um das Klavier zu reinigen; trotzdem roch es danach wochenlang säuerlich im Esszimmer, und die Kammermusik fiel ein paarmal aus, weil sich Papas Freunde nicht mehr blicken ließen.

Nach ihrem ersten Frühstück wagt Vicky einen Schritt auf die Hotelterrasse. Dort steht ein Hund, eine Promenadenmischung mit großen, spitzen Ohren, und kläfft sie an. Unschlüssig bleibt sie stehen. Er richtet den Schwanz steil auf und verlegt sich aufs Knurren, wobei er die Zähne entblößt.

Sie sagt: »Ich bin nicht so gefährlich, wie ich aussehe.«

Der Hund fährt fort zu knurren. Sie fletscht ebenfalls die Zähne. Dann lächelt sie ihn an. Der Hund fängt wieder an zu bellen.

Johann kommt heraus.

»Klitschko, du Nervensäge, spiel dich nicht so auf«, sagt er und, an Vicky gewandt: »Er tut nichts.« Er bückt sich und strubbelt der Nervensäge durchs Fell. Der Hund wedelt mit dem Schwanz, wendet sich ab, trottet davon.

Eine Katze, aus deren Augen noch der Blick ihrer ungezähmten Vorfahren blitzt, streicht herum, reibt ihren runden Kopf an Vickys Bein. Ihr graues Fell, in das wie mit Weichzeichner ein Leopardenmuster eingetragen ist, glänzt matt. Zwei Nachkömmlinge in Wollknäuelgröße kugeln um die Mutter herum. Johann nimmt eins der Babys auf den Arm. Er nennt die alte Katze »Tiger« und erzählt, wie sie ins Panoptikum gekommen und adoptiert worden ist. Vicky muss an Ingo denken. Genauso hat ihr Ingo damals die Geschichte von Ritschi, dem Hofkater der Pension Blum, erzählt, hat das Tier mit einem zärtlichen Blick aufgehoben, vielleicht machen das alle Männer in den Bergen so.

Sie geht in die Hocke, um den Tiger zu streicheln, bis die Katze sich unter ihrer Hand wegduckt, die Vorderpfoten streckt, gähnt und davonspaziert. Vicky spaziert hinauf in ihr Zimmer und lässt sich viel Zeit dazu, weil sie nicht weiß, was sie dort anfangen soll. Sie tritt auf den Balkon. Die Wolkendecke hängt über den Bergmassiven wie nasse Wäsche, nur ab und zu gibt sie ein kleines Loch frei. Es ist kühl und Vicky fröstelt trotz Strickjacke. Dort, im Westen, muss die Pension Blum liegen, die jetzt keine mehr ist, verstellt von einer hochgeklappten Landschaft, heute nur in Teilen sichtbar.

Ob es an der Kälte und am schlechten Wetter liegt, dass man sich einsamer fühlt, als man ist? Auf einmal sehnt sie sich nach Dirk. Nach Aljoscha. Nach ihrer Freundin Bettina. Obwohl die schon fünf Jahre tot ist. Weil Bettina tot ist, sehnt sie sich eigentlich immer nach ihr. Mehr noch als nach dem Großvater, der ebenfalls tot ist, und nach den Eltern, die noch leben. Auch wenn sie jetzt alt sind. Die Mutter, die früher blond war, dann kahl, dann grau, ist in letzter Zeit ziemlich vergesslich. Der Vater ist nicht vergesslich, aber ebenfalls grau. Er schluckt blutdrucksenkende Mittel, hat den Grünen Star, und ist extrem kurzsichtig.

Es klopft an der Tür, und als Vicky nicht gleich antwortet, steckt das Zimmermädchen den Kopf herein, nur um sich sofort zu entschuldigen. Das Zimmermädchen heißt Josefa und ist eigentlich kein Mädchen, sondern eine Frau in Vickys Alter, vielleicht ein bisschen jünger. Vicky ist ihr schon unten im Frühstücksraum begegnet, wo sie beim Servieren und in der Küche geholfen hat. Sie scheint eine Art rechte Hand von Hotelchef Johann zu sein, die dieser braucht, denn eine Hotelchefin ist bis jetzt nicht aufgetaucht. Josefa trägt eine Haushaltsschürze über dem Dirndl und ihr Haar in einem dunklen Zopf.

»Einen Augenblick noch«, lächelt Vicky, »ich verzieh mich gleich«, ohne zu wissen wohin.

Was tun an diesem Tag, der den Regen als sein Hauptprogramm aufgelegt hat? Das Wiedersehen mit der Pension Blum kann warten. Vicky hat es nicht eilig. Ein verlassenes Haus läuft nicht weg.

Ein Rendezvous mit dem Dorf, so wie damals vor sechsundzwanzig Jahren? Vicky packt den Deuter-Rucksack, den sie von Dirk ausgeliehen hat, und steckt den Roman ein, der auf dem Nachttisch zuoberst liegt. Dazu die Sonnenbrille, obwohl sie sie heute so wenig brauchen wird wie den Fotoapparat.

In den Ort führt von hier oben nur ein einziger Weg, der sich in Serpentinen bergab schlängelt und auf halber Höhe teilt. Auf der linken Straßenseite liegt ein Bauernhof. Im Stall steht ein Dutzend Kühe, die Vicky die Hinterfront zukehren und die Stallwand anmuhen. Auf dem Asphalt kleben platt gefahrene Fladen mit Mustern von Autoreifen. Auf einmal ein paar helle Streifen quer über der Straße. Nanu, plötzlich Sonne? Sie blinzelt unter ihrem Regenschirm hervor und dann wieder zu Boden. Nein, es sind Spuren aus Sägespänen, die Helligkeit vorgaukeln.

Die Pfarrkirche in der Dorfmitte hat ein steiles Dach. Der eierschalenfarbene Kirchturm besteht aus drei Teilen, als hätte ein Kind Bauklötzchen aufeinandergestellt, ein großes, ein mittleres und ein kleines, und dem kleinsten eine Baskenmütze aufgesetzt. Auf dem östlichen Teil des Kirchhofs, an der Giebelseite der Kirche, befindet sich der Friedhof. Da Vicky schon einmal hier ist, schlendert sie langsam an den Gräbern entlang. Ob Ingos Mutter, die Resi, auf diesem Friedhof begraben ist? Sie studiert die mit Fotos versehenen Namen auf den Grabkreuzen. Sie muss nicht lange suchen. Am Rand des Friedhofs, dort, wo das Plateau, auf dem das Dorf liegt, hinter der grauen Friedhofsmauer halsbrecherisch abfällt, ein mit Efeu und Stiefmütterchen bepflanztes Rechteck, das schmiedeeiserne Kreuz versehen mit der Aufschrift *Theresia Blum, geborene Berghofer* und einem etwas verblichenen Farbfoto. *1942 – 2011*. Vicky schluckt. Muss die erste Begegnung auf ihrer Reise in die Vergangenheit ausgerechnet eine mit dem Tod sein?

Ingos Mutter war nicht alt, als sie gestorben ist. Neunundsechzig. Zu jung für ein müdes, krank gewordenes Herz. An Herzensmüdigkeit hat Resi eh nie gelitten.

Jetzt ist sie da, wo Großvater ist, denkt Vicky. Und da, wo Bettina ist. Der Ort, an dem Großvater und Bettina zusammen sind und nun auch die Resi, dieser Ort kann kein schlechter sein.

Der Dorfplatz hat sich nur wenig verändert. Da ist der achteckige Brunnen und die Gelateria, die es schon damals gab. Café La Luna heißt sie statt früher Paradiso. Vicky setzt sich an eins der runden Aluminiumtischchen und bestellt einen Cappuccino. Horcht auf das heisere Röhren der Espressomaschine, die Stimme des jungen Eisverkäufers, der italienisch spricht und an diesem Tag nicht viel zu tun hat. Sie kramt ihren Roman aus dem Rucksack, schlägt die erste Seite auf. Sie liest von zwei Hummern in einer Badewanne und einer Frau, die sich nicht sicher ist, ob sie sie töten kann. Vicky ist sich sicher, dass sie weder einen Hummer noch sonst ein Tier töten kann, jedenfalls keines, das größer ist als ein Insekt. Die Frau im Roman holt sich ein Sixpack Bier aus dem Kühlschrank. Vicky trinkt selten Bier, sondern meistens Wein. Hier in dieser Bar, dem einzigen Ort mit italienischem Flair in ganz Wünschnofen, gönnt sie sich nach dem ersten Cappuccino einen zweiten und dann noch einen Ramazotti. Obwohl es erst früher Nachmittag ist. Prost Auszeit! Prost Südtirol!

Bevor sie sich auf den Heimweg macht, geht sie in den kleinen Laden nahe der Dorfmitte, den es wie die Gelateria schon vor sechsundzwanzig Jahren gab. Damals gehörte er dem Mann, der mit seinem Lieferwagen die Lebensmittel zur Pension Blum transportiert hat. Wie hieß er noch? Theo? Heute verheißt der Laden auf der Fläche eines größeren Badehandtuchs das Sortiment eines *supermercato*. Und hat auch noch Platz für die korpulente Italienerin, die an der Kasse sitzt. Von Theo keine Spur. Ob er auch gestorben ist? Alle Ansichtskarten zeigen die Kirche mit dem langen, steilen Dach und dem Baskenmützenturm. Sie kauft drei, eine für die Eltern, eine für alle Fälle und eine für sich. Briefmarken gibt es nicht. Die Verkäuferin rät ihr, im Hotel zu fragen.

Vickys Handy klingelt. Dirk. Sie drückt seinen Anruf weg. Keine zwei Minuten später muckt das Smartphone wieder: eine WhatsApp von Aljoscha.

Dirk und ich wollen Pfannkuchen backen, schreibt er, *wir brauchen die Mengenangaben, weißt du, wo das rosa Ringbuch mit den Rezepten ist?*

Vicky seufzt. *Sucht mal im Schränkchen neben der Spüle,* schreibt sie, *zweite Schublade von unten, mein heißer Tipp.*

Sie drückt auf die Senden-Taste und schaltet dann ihr Handy aus. Schluss damit, erreichbar zu sein, wenigstens für diesen Tag. Nervtötend manchmal, dieser lange digitale Arm, der einen aufspürt und vereinnahmt, überall und jederzeit! Was war das für eine ungestörte Welt vor sechsundzwanzig Jahren! Dabei wäre sie damals über eine so unkomplizierte Kontaktaufnahme, etwa mit Bettina, froh gewesen. Ob passiert wäre, was passiert ist, wenn es damals SMS gegeben hätte? Natürlich haben sie über Jungs geredet, bevor Bettina in jenem Sommer nach Übersee aufgebrochen ist. Ob Bettina sie damals gewarnt hätte, wenn sie mit ihr über die Weltmeere hätte kommunizieren können? Ob sie, Vicky, sich hätte warnen lassen?

Sommer 1989

Leise habe ich mich aus dem Liegestuhl neben dem meiner Mutter fortgestohlen. Vielleicht hatte Wünschnofen ja doch mehr zu bieten als ein paar zusammengewürfelte Häuser um einen Kirchturm. Wo war *bella Italia*, von dem Großpapa vor dieser Reise so geschwärmt hatte? Neugierig trabte ich die geschotterte Blumstraße entlang, an langweiligen Kuhweiden vorbei, bis ich die ersten Häuser erreichte und kurz darauf die Dorfmitte. Schade, dass ich nicht in das Café Paradiso gehen und eine Cola trinken konnte, denn ich hatte mein Taschengeld nicht in Lire getauscht. So setzte ich mich auf den Rand des Brunnens und baumelte mit den Beinen. *Siesta*. So heißt die schläfrige Stille, die über dem Platz hing. Wie kann etwas mit einem so klangvollen Namen derart todlangweilig sein! Noch langweiliger als das mittägliche Liegestuhlstündchen in der Pension Blum, denn dort habe ich wenigstens meine Bücher. Ich ärgerte mich, dass ich ›Demian‹ von Hermann Hesse, das ich gerade lese, nicht eingesteckt hatte. Keine Lire, kein Lesestoff. Also besann ich mich auf den Zeitvertreib, in den ich sonst manchmal flüchte, wenn mir langweilig ist, zum Beispiel wenn unser Mathelehrer, Herr Rösch, in den Schulstunden über Teilmengen, Schnittmengen und leere Mengen doziert. In Mengenlehre habe ich schon lange verloren; ich verstehe weniger als Bahnhof und werde in diesem Leben sowieso nie mehr auf einen grünen Zweig kommen. Ich schalte dann meine Ohren auf Durchzug und schaue mir meine Umgebung an. Die quietschgelben Hemden, schreiend bunten Jacketts und grellen Krawatten von Herrn Rösch. Unser Klassenzimmer, die Pultoberfläche und die lackierten Holzlehnen der Stühle vor mir mitsamt den Kritzeleien. Ich betrachte Hinterköpfe. Hinterköpfe mit Punkfrisuren, Föhn- und Kreppwellen, Vokuhilas mit und ohne Rattenschwanz, manchmal eingefärbt oder zum Zöpfchen geflochten, das ist gerade der letzte Schrei.

Hier in Wünschnofen ließ ich meine Augen über die Dorfmitte schweifen. Leider hat sie so gut wie nichts mit dem gemein, was ich mir unter einer italienischen *piazza* vorstelle. Der Dorfbrunnen in meinem Rücken plätscherte nicht. Die kahle Rückwand der Kirche ist genauso langweilig wie die *siesta*, in der sie döste. Wenigstens war der Dorfplatz nicht ganz ausgestorben. Außer einigen Tauben, die nach dem Asphalt hackten, waren ein paar Leute unterwegs. Keine Wanderer, die waren auf den Bergen. Dorfbewohner mit Stöcken und Einkaufsnetzen. Es waren wirklich nur Alte. Nach einer Weile merkte ich, dass es immer die gleichen waren. Ein Mann, der ein steifes Bein hinter sich herzog. Eine Frau in einem rosa Wollpullover mit Kopftuch und vielen Zahnlücken. Sie blieben auf dem Platz stehen, schwatzten miteinander in ihrem Südtiroler Kauderwelsch, blickten zur Sonne hinauf mit dem Arm über der Stirn. Sie haben zu viel Zeit, nicht nur jetzt in den Ferien, sondern immer, an jedem Tag des Jahres. Als der mit dem steifen Bein zum dritten Mal an mir vorbeihumpelte, ging ich über zum zweiten Zeitvertreib. Er heißt: an Menschen denken.

Ich bewege mein Herz zu anderen hin, konzentriere mich auf sie und stelle mir vor, ich könne sie mit meinen Gedanken berühren, ganz gleich, ob sie in weiter Ferne oder ganz in meiner Nähe sind. Manchmal habe ich den Verdacht, dass andere es spüren. Als ich einmal über mehrere Minuten an einen Jungen dachte, der im Physiksaal zwei Reihen vor mir saß, wurde er unruhig, kratzte sich am Kopf, drehte sich schließlich um und sah mir ins Gesicht. Ich bin puterrot geworden.

Auf dem Wünschnofener Dorfplatz dachte ich an Bettina, meine Freundin. Sie ist weit weg. Am letzten Schultag hat sie ihre Sachen gepackt, um nach Übersee aufzubrechen. Ihre Eltern sind ungezwungen und freundlich und wirken viel jünger als Mama und Papa. Bettina ähnelt ihrem Vater; sie hat breite Schultern wie ein Junge und trägt Jeansjacken aus der Männerkonfektionsabteilung. Ihr blondes Haar ist unendlich lang, und selbst die dicken Zöpfe, die sie sich flicht, reichen ihr bis zu den Hüften. All die Jahre, in denen wir in dieselbe Klasse gingen, war Bettina meine Banknachbarin. Im Unterricht zeichnete sie Vögel mit spitzen oder gebogenen Schnäbeln auf die Ränder ihres Erdkundebuchs. Einmal hat sie mir von ihrem Traum erzählt, der längst ein Plan war: Nach diesem Schuljahr wollte sie nicht weiter zur Schule gehen, sondern für längere Zeit Mittel- und Südamerika bereisen und dort Vögel fotografieren, Vögel, nichts als Vögel. Nirgendwo sei die Vogelwelt vielfältiger als im Amazonasbecken, hat sie gesagt. Während aller Ferien hat sie vom ersten bis zum letzten Tag gejobbt und sich von dem Verdienten eine Kamera mit einem Teleobjektiv, lang wie ein Kanonenrohr, gekauft. Was übrig blieb, steckte sie in ein Flugticket nach Bogotá. Am letzten Schultag hat sie ihr Mittlere-Reife-Zeugnis in ihre Nachttischschublade gelegt und ist von dannen gezogen – in ihr Leben, wie sie sagte. Als sei das, was hinter ihr lag, auch unsere Freundschaft, nicht ihr Leben gewesen.

Ich vermisse Bettina. Während sie mich nicht zu vermissen scheint. Seit sie in Frankfurt in den Flieger gestiegen ist, habe ich keinen Ton von ihr gehört, keinen Satz von ihr gelesen.

Zuletzt griff ich an diesem Nachmittag in meine Jackentasche und förderte eine Schachtel Roth-Händle zutage. Ich rauche Rot-Händle, weil die Schachtel rot ist und ich Roth mag. Rauchen mag ich eigentlich nicht. Ich tue es trotzdem manchmal. Ich habe erst im Frühling angefangen, und noch viel später damit, den Rauch richtig zu inhalieren. Anfangs habe ich es scheußlich gefunden und es hat lange gedauert, bis ich mir nicht mehr bei jedem Lungenzug die Seele aus dem Leib gehustet habe. Es schmeckt mir nicht wirklich, und auch an diesem Tag rauchte ich nur, weil es mir verwehrt war, Cola zu trinken, weil ich kein Buch dabeihatte und weil ich nicht an meinen Nägeln kauen wollte. Wenn ich schon nicht mit meiner Sonnenbrille (die hatte ich in der Pension vergessen) und übereinandergeschlagenen Beinen auf der Terrasse einer italienischen Gelateria sitzen konnte, dann wollte ich wenigstens als coole *ragazza tedesca* auf dem Brunnenrand von Wünschnofen herumlümmeln und rauchen.

Auf meinem Rückweg zur Pension kam mir Ingo entgegen. Sein Haar flirrte rotgolden wie Herbstlaub in der Sonne und er zog einen Leiterwagen hinter sich her. Als er näher kam, sah ich, dass er einen Walkman aufhatte. Auf der Stelle spürte ich, wie ich rot anlief. Rotwerden hat sich in den letzten zwei Jahren zu meiner fürchterlichsten Schwachstelle entwickelt. Sobald ich einen Jungen anziehend finde, geht mein Gesicht in Flammen auf. Ich könnte genauso gut eine Leuchtschrift auf der Brust tragen: Ich bin unsterblich in dich verliebt. Das Blut, das mir in den Kopf schießt, wirkt wie ein Gift; es verwandelt mich in ein Bündel voller Hemmungen, das nicht weiß, wohin mit Armen und Beinen, und sich nicht normal bewegen kann. Sogar meine Gedanken verknoten sich, so dass ich keinen zusammenhängenden Satz mehr herausbringe.

Ich stolperte über einen Steinbrocken und machte einen Kniefall – direkt vor Ingo. Er ließ die Deichsel des Leiterwagens fallen und streckte mir die Hand entgegen. Ich griff danach, nachdem ich mir die Finger an meiner Jeans abgewischt hatte. Staubige Abdrücke blieben zurück. Ingos Händedruck war warm und kräftig, und als ich wieder stand, hielt er meine Hand einen Moment länger fest als nötig. Ich war nun so über und über rot, dass ich mich wunderte, dass ich nicht auf meine Umgebung abfärbte. Als ich mir das vorstellte, musste ich plötzlich kichern. Ingo streifte seinen Walkman nach unten, so dass der Metallbügel mit den beiden Ohrhörern wie eine gelockerte Fessel um seinen Hals lag.

»Hast du dir wehgetan?«, fragte er und schaute dabei auf mein linkes Knie. Ich folgte seinem Blick. In meiner Jeans war ein Riss, unter dem Blut aus einer Schürfwunde quoll.

Ich schüttelte den Kopf.

»Ähm …«, sagte Ingo, eine Silbe, in die ich mich sonst immer selber flüchte, wenn ich nicht weiterweiß. Vielleicht ist er gar nicht so sicher und souverän, dachte ich.

»Es tut wirklich nicht weh«, beteuerte ich, während mir augenblicklich klar wurde, dass ich soeben den ersten normalen Satz mit Ingo gewechselt hatte, ganz ohne zu stottern oder tot umzufallen. Gleich wagte ich noch einen Satz.

»Ich war im Dorf.« Was für ein Schwachsinn, das hätte Ingo nie erraten! Ich verfärbte mich aufs Neue. Ingo schien es nicht zu merken.

»Und, wie findest du's?«, fragte er und klang ein bisschen kleinlaut dabei, als wüsste er schon, wie ich über so ein Bergkaff denke. Also habe ich gesagt: »Ooooch, ist ganz niedlich«, und fand, dass ich nicht log, denn Wünschnofen war wirklich niedlich, wenn man niedlich durch klein ersetzte. Genau genommen enttäuschte mich ja nur, dass dieses kleine Dorf so wenig italienisch war. Aber dafür kann Ingo schließlich nichts.

»Wohin gehst du?« Der dicke, in Plastiktüten eingeschlagene Packen auf dem Leiterwagen weckte meine Neugier.

»Ich bringe Wäsche zum Mangeln ins Dorf.«

»Wäsche zum Mangeln ins Dorf?«, wiederholte ich begriffsstutzig.

Ingo erklärte: »Eine Cousine meiner Mutter betreibt eine Heißmangel in ihrem Haus. Sie mangelt die Tisch- und Bettwäsche von allen Hotels und Pensionen im Ort.«

»Aha.«

Er blieb stehen, als warte er, dass ich noch etwas sagte. Mir fiel nichts ein. Ihm offenbar auch nicht.

»Also dann.« Er nickte mir zu, bückte sich nach der Deichsel und spannte sich vor den Leiterwagen wie ein Pferd.

»Tschau«, sagte ich. Ich versuchte das Wort Italienisch auszusprechen, wie es der Eisverkäufer in der Gelateria Paradiso einem Kunden nachgerufen hatte, mit einem langgezogenen dreifachen a. *Ciaaao.*

Zwei Stunden später kam Ingo zurück. Im Leiterwagen lag nicht mehr der Packen Mangelwäsche, aber leer war er trotzdem nicht. Uwe saß darin und rief: *»Avanti, avanti!«*

In der Nacht lag ich wach, kaute an meinen Fingernägeln und dachte an Ingo. Leider kaue ich oft Fingernägel. Wenn ich an einer Matheaufgabe herumrätsele und nicht weiterweiß. Wenn ich nichts in der Hand habe, keine Zigarette und auch sonst nichts, aber viel zu viel im Kopf. So wie jetzt. Ich hatte Ingo im Kopf und vor lauter Ingo passte nichts anderes mehr hinein. Mein Kopf kam mir vor wie eine immer größer werdende Seifenblase. Damit sie nicht platzte, hätte ich ihren Inhalt gern mit jemandem geteilt. Zum Beispiel mit Bettina. Mit Bettina könnte ich reden. Über alles. Wie mit Großpapa und doch über anderes als mit ihm. Großvater ist die Quelle der Weisheit und der Witze. Mit Großpapa mache ich Blödsinn und rede über Gott und die Welt. Mit Bettina rede ich über Jungs und die Welt. Bis jetzt habe ich immer aus der Theorie geredet, meine Freundin aus der Praxis. Die Jungs an unserer Schule stehen auf Bettina, die ein Jahr älter ist als ich. Anders als ich hat sie schon viele Freunde gehabt, allerdings nie für lange. »Sie interessieren sich mehr für meinen Hintern als für mein Hirn, mehr für Fußball als für Politik«, sagt sie. »Ich mag keine Jungs, die die Fußballergebnisse von Juventus Urin und Latio Koma herbeten können, aber nicht wissen, wo der Titicacasee liegt. Fußball ist das

Langweiligste, was es gibt, nur Fasching ist noch langweiliger.«

Ob Ingo sich mehr für Politik als für Fußball interessiert? Ob er eine Ahnung hat, wo der Titicacasee liegt? Ich muss zugeben, dass ich das auch erst weiß, seit mir Bettina ihre Reiseroute auf der Weltkarte in unserem Klassenzimmer gezeigt hat.

3

An Vickys zweitem Morgen in Wünschnofen regnet es immer noch. Der Himmel wieder keine Leere, sondern eine Landschaft in Schiefertönen, die sich über jener aus Tälern, Hügeln und Matten entfaltet. Beim Frühstück steht Johann vor ihr und fragt: »Kaffee? Das Ei wie gestern? Drei Minuten und keine Sekunde mehr? Oder anders heute? Gebraten? Gespiegelt?«

Heute wünscht sich Vicky ein Spiegelei und dazu eine Briefmarke.

»Mit Zitrone- oder mit Erdbeergeschmack?«, fragt Johann todernst und fügt hinzu, für Sonderwünsche müsse sie extra zahlen. Sie schaut ihn verblüfft an und er lacht laut heraus.

Wenig später serviert er ihr die Briefmarke zusammen mit dem Ei. »Wie war der erste Urlaubstag?«, will er wissen, und ob sie der Pension Blum einen Besuch abgestattet hat. Sie nuschelt etwas von auf morgen verschoben und er fragt nicht weiter.

Vicky denkt: Morgen ist heute. Heute mache ich es.

Nach dem Frühstück wirft sie ein paar Gegenstände in ihren Rucksack und schlüpft in ihre Turnschuhe. Am Hoteleingang drückt sie sich an dem Hund Klitschko vorbei, der die Zähne fletscht und knurrt. Ob er alle Gäste so anknurrt oder bloß sie? Seine gelben Augen funkeln und sagen, dass er sie erkennt. Die beiden

Katzenbabys toben auf dem Parkplatz herum und jagen wirbelnde Birkenblätter. Vicky steigt in ihren Vectra. Sie fühlt sich wie ein Kind, dem vor einer Fahrt mit der Geisterbahn nicht ganz geheuer ist. Bring es hinter dich, sagt sie sich und weiß nicht genau, was. Denn der Besuch der alten Pension kann nur ein Anfang sein.

Die von einem Kreisverkehr abzweigende Blumstraße hat mittlerweile einen Asphaltbelag, die Umzäunungen der Viehweiden sind elektrisch geladen. Vicky erkennt das Wäldchen wieder, das etwa die Hälfte der Wegstrecke zwischen der Pension und dem Dorf markiert. Die roten Bänke, die die Ortsverwaltung am Wegrand aufgestellt hat, gab es damals noch nicht. Als das Haus mit seinen beiden Giebeln schon in Sichtweite ist, entscheidet sich die Asphaltstraße doch noch, lieber wie früher ein Kiesweg zu sein. Vicky parkt gegenüber der Einfahrt auf der Grasnarbe. Schräg hinter dem Haus erhebt sich die alte Scheune, die damals ihr nachmittäglicher Treffpunkt war. Von dort aus sind sie losgezogen – zum Wäldchen mit den Himbeersträuchern, den Waldpfad hinauf Richtung Mahd-Alm und weiter zur Felskuppe mit dem Blick in die Schlucht.

Im Hof vor dem Eingang liegen Zigarettenstummel und Bierflaschen. Komisch, so weitab vom Dorf. An einer Flaschenöffnung haben sich zwei Nacktschnecken festgesaugt und laben sich. Es nieselt. Vicky geht um eine große Pfütze herum. Die Fassade der Pension, die schon damals nicht mehr weiß war, ist schmutzig und bröckelt. An manchen Stellen sind große Stücke aus dem Putz herausgebrochen. Nur noch Haut und Knochen, denkt Vicky. An den verwitterten Holzfensterläden splittert der Lack. Die Gardinen mit Karomuster in Braunorange sind noch die gleichen wie damals. Vicky spaziert an der Südseite der Pension entlang. Dort befindet sich die Gaststube mit den Butzenglas-Fenstern, die von drinnen so wenig Licht und von draußen so wenig Blick durchlassen. Dahinter kommen die Küche und dann Ingos und Resis Privatbereich. In Ingos ehemaligem Zimmer sind wie an allen anderen Fenstern die Vorhänge vorgezogen. Nirgendwo ein Spalt, durch den die Vergangenheit in den verregneten Sommertag blinzelt.

Auf der nach Westen ausgerichteten Hausseite ist die Gartenbank, Großvaters ehemaliger Lieblingsplatz, nicht mehr da. Vicky macht ein paar Schritte in die Blumwiese hinein und hat sofort nasse Schuhe. Anders als das Haus hat die Wiese nicht aufgegeben, sondern wuchert auch auf zwei runden steinernen Tischchen weiter. In die Nähe der Steintische haben sie damals die Liegestühle gerückt und ihre Sachen darauf abgelegt.

Vicky hebt den Blick. Soweit sie sehen kann, sind die Vorhänge an den Fenstern im ersten und zweiten Stock nicht zugezogen. Die Scheiben spiegeln Teile der Landschaft mitsamt dem Leben der Wolken. Vicky sucht das Fenster des Zimmers, das Uwe und sie damals bewohnt haben. Daneben befindet sich eine Nische mit einer Art Wandaltar im Mauerwerk, ein Detail, das nicht zum schmucklosen Äußeren des Hauses passt. Eine Muttergottesfigur mit schweren Lidern und mit Kind vor der Brust blickt von dort huldvoll auf Vicky hinunter. Ingo hat einmal gesagt, ihrer schläfrigen Augenlider wegen sähe die Madonna Vicky ähnlich oder Vicky der Madonna, wie sie wolle.

Sie ist einmal um die Pension herumgegangen und wieder bei der Haustür angelangt. Wie verwaist die Wand links vom Eingang wirkt! Dort lehnte immer sein Fahrrad. Was mag ihn veranlasst haben, sein Elternhaus aufzugeben?

In dem ausgehöhlten Baumstamm rechts neben der Eingangstür, der einst als Blumentrog diente, befindet sich nur noch Erde. Auch hier Zigarettenstummel. Daneben steht eine graue Mülltonne. Weil sich ihre Hände danach sehnen, etwas zu öffnen, und am Haus nichts aufzustoßen ist, hebt Vicky mit spitzen Fingern den Tonnendeckel. Mülltonnen bergen keine Geheimnisse. In der Tonne liegen wie auf dem Hof leere Bierflaschen und Scherben. Dazwischen zerknülltes Zeitungspapier und Schnipsel einer zerrissenen Getränkerechnung. Sie lässt den Deckel fallen, bohrt mit der Schuhspitze im Kies, kickt Steinchen in eine Pfütze.

Es ist so still hier draußen.

Alles ist wie damals, denkt sie, bloß die Zeit ist weg. Ein Satz aus einem Roman von Max Frisch, aus dem ›Gantenbein‹ oder dem ›Stiller‹, aber nicht ganz zutreffend. Es ist viel mehr weg als bloß die Zeit. Geräusche. Türenschlagen. Töpfeklappern. Geschäftiger Küchenlärm. Das Poltern von Bergstiefeln auf der Treppe. Die Stimmen sind weg. Resis Stimme. Ingos Stimme. Nur die der Tiere sind noch da. Die Schreie der Raubvögel, die hoch über ihr und dem Haus kreisen. Das Muhen der Kühe, die mit schweren weißen Eutern auf der Weide unterhalb der Blumwiese stehen. Fast unbeweglich stehen sie da, wie überdimensionale Holzspielzeuge, Überbleibsel einer versunkenen Zeit.

Sie fährt ins Dorf zurück und parkt in einer Seitenstraße beim Ortskern. War es diese Straße, in der sie eines Nachmittags mit Ingo Mangelwäsche abgeholt hat? Wenn ja, dann ist das Haus mit der Heißmangel nicht mehr da. Vicky erinnert sich an ein windschiefes Häuschen mit schorfigen Blumentöpfen vor den Fenstern. An der Stelle, an der es stehen müsste, erhebt sich ein Neubau mit Ferienappartements.

Im Café La Luna trifft Vicky die italienische Familie aus dem Panoptikum. Obwohl das Sudelwetter sich immer noch neue Varianten ausdenkt und kein Sonnenstrahl in Sicht ist, sitzt auf dem dunklen kurzen Haar der Mama eine hoffnungsvolle rote Sonnenbrille. Der Mann, bei dem Nase und Oberlippe ein wenig zu dicht beieinanderliegen, um ihn schön zu nennen, hat die schulterlangen dunklen Locken zum Pferdeschwanz zusammengebunden. Das Mädchen namens Riccarda winkt Vicky zu, die anderen drei lächeln. Sie essen *cassata* und unterhalten sich darüber, welche Insekten in 2500 Meter Höhe überleben können und ob es da oben noch *farfalle* – Schmetterlinge – gibt. Vicky lauscht ihrem Italienisch. Sie stellt sich Schmetterlinge an einem sonnigeren Tag als heute im Hochgebirge vor, wie sie einen der Rosengartengipfel umschweben.

Sie bestellt sich einen Cappuccino. Sie schreibt die Postkarte an ihre Eltern, eine WhatsApp an Dirk und eine an Aljoscha. Von Aljoscha kommt postwendend Rückmeldung. Er erzählt, dass er sein Lauftraining ein wenig zurückgefahren hat und im Tapering ist. Dass er sich entschlossen hat, Anfang September einen in Polen beginnenden Marathon an der Ostsee entlang nach Usedom zu laufen. Er nennt das Urlaub.

Mir fehlt die Klangkulisse, wenn du zuhause im Wohnzimmer deine Songs übst, schreibt er. *Dirks Posaune ist auf Dauer etwas eintönig. Neulich hat ihn jemand üben hören, mit dem ich telefoniert habe, und gesagt: Der kann ja gar nicht spielen.* Drei Smileys.

Vicky muss lachen. Sowohl Dirk als auch sie selbst sind Mitglieder einer Jazzband, deren Leader ihr Bruder Uwe ist. Dirk legt beim Üben mehr Ausdauer als sie an den Tag und treibt die Hausgemeinschaft zuweilen fast zum Wahnsinn, wenn er hartnäckig wieder und wieder das gleiche Motiv spielt.

Kurz nach Aljoscha antwortet auch Dirk auf ihre Nachricht. Es tut ihm leid, dass das Wetter so schlecht ist.

Wahrscheinlich regnen sich in Südtirol meine Vermiss-Tränen aus, schreibt er.

Als wüsste der Regentag draußen, dass er langweilig ist und die Urlauber nicht gut auf ihn zu sprechen sind, entschließt er sich zu einer besonderen Show. Er lässt zuerst Wind aufkommen, es dann eine Weile still blitzen wie in einem Stummfilm, ehe sich der Donner dazugesellt, ein langes, dunkles Grollen, das sich die unsichtbaren Berge gegenseitig zurückwerfen wie Bälle. Der Wind entwickelt sich zum Sturm, treibt Salven von Hagel und Graupelkörnern, die immer dicker werden, vor sich her und schleudert sie gegen die Fensterfront der Gelateria.

»Babbo, guarda qui!« Michele schreit auf, fasst nach der Hand seines Vaters, der eher wirkt wie ein junger Onkel der Kinder, und zeigt auf eine Gestalt, die draußen durch die Gewitterhölle hetzt, die Arme schützend über dem Kopf verschränkt. Ein Mann in einem orangeblau gestreiften Hemd, das ihm am Oberkörper klebt.

»Povero!«, sagt *Il Babbo* mitleidig und legt Michele den Arm um die Schulter.

Auf einmal erinnert sich Vicky doch an einen Regentag während ihres Urlaubs vor sechsundzwanzig Jahren.

Bei unserer Wanderung aufs Weißhorn sind wir von einem Unwetter überrascht worden. Vor Gewittern habe ich höllischen Respekt. Die Blitze machen mir weit mehr Angst als das Donnergrollen. Ich war wütend auf Papa, der uns den Berg hinaufgescheucht hatte und ihn uns jetzt wieder hinunterscheuchte, ohne dass wir Zeit gehabt hätten, den Gipfel zu erklimmen. Der Regen prasselte wie aus Schusswaffen. Triefnass kamen wir in der Pension an. Ich fühlte mich wie der rote Kater Ritschi, der soeben draußen im Hof an uns vorbeigetrottet war. Mein Haar troff wie sein strähniges Fell, und die beiden Locken links und rechts der Stirn, die ich jeden Morgen eine halbe Ewigkeit lang in Form föhne, waren futsch und hingen mir ins Gesicht. Ich genierte mich vor Ingo, der uns in der Gaststube unsere Zimmerschlüssel reichte. Dabei streifte er unsere ganze Familie mit einem teilnahmsvollen Blick und meinte, da wären wir ja schön in den Regen gekommen.

»Ja, eine schöne Bescherung war das«, sagte mein Vater und ich dachte, von schön kann keine Rede sein, aber Ingo benutzte das Wort gleich noch einmal. Diesmal in Italienisch. Er kam von der anderen Seite um den Tresen herum und raunte mir im Vorbeigehen zu: *»Bellissima.«*

»Wie bitte?« Ich starrte ihn an. *Bellissima*. Das heißt »schön« oder »sehr schön«. Die Italiener benutzen das Wort bei jeder Gelegenheit und für alles, was ihnen gefällt: hohe Berge, tiefe Täler, Himmel, Wiesen, Wälder, Wein, manchmal Menschen. Er blieb dicht neben mir stehen. Sein Atem roch nach irgendetwas Zitronigem, während er murmelte: »Du bist ein schönes Mädchen.«

Hatte ich mich verhört? Ich senkte den Blick und lächelte völlig idiotisch zu meinen Bergstiefeln hinunter, um die sich zwei kleine Seen gebildet hatten. Windböen peitschten Regenfluten gegen das Fenster. Draußen war die Luft noch immer voller Tumult, die Welt ging unter, hier drinnen ging gerade eine neue auf. Du bist ein schönes Mädchen. Noch nie hat jemand so etwas zu mir gesagt. In der Wirtsstube einer Pension in Südtirol, einfach so. Ein Junge schon gar nicht.

Dienstagnachmittag

Das Gewitter ist vorbei. Die Italiener sind in der Gelateria an Vickys Tisch stehen geblieben, *sfortuna*, was für ein Pech aber auch mit dem Regen, *speriamo che migliori in tempo velocemente*. Sie verlassen das Café, *Il Babbo* an jeder Hand ein Kind, die Mutter hat Urlaub und folgt ganz für sich allein. Vicky bricht ebenfalls auf. Sie wirft die Postkarte an ihre Eltern in den roten Briefkasten am Hotel Edelweiß.

Da es regnet und weiterregnet und nicht freundlich werden will, beschließt sie, nach den Wegen zu suchen, die sie in ihrem Sommer mit Ingo gegangen ist. Zum zweiten Mal an diesem Tag fährt sie die Blumstraße entlang und stellt den Wagen am Wegrand bei der Pension ab. Sie wandert ein Stück Richtung Mahd-Alm. Ob sie ihren Lieblingsplatz, den Felsvorsprung hoch über der Schlucht, noch finden würde? Allerdings stellt sie bald fest, dass der Tag dafür wirklich zu nass ist. Sie versucht sich zu erinnern, wo Großvater und sie damals Pilze gefunden haben, Pfifferlinge und Steinpilze und sogar fleischige blassrosafarbene Schweinsohren. Ihren Fund haben sie abends bei einer entzückten Resi abgeliefert.

Diesmal findet Vicky keine Schweinsohren, aber drei kleine und zwei mittelgroße Steinpilze, nicht ganz unversehrt, die Schnecken haben schon ihre Prozente davon abgezwackt. Auf dem Rückweg springen noch Goldröhrlinge und ein paar Pfifferlinge in den Stoffbeutel.

Als sie einmal aufblickt, steht ein Mann nicht weit von ihr entfernt im Unterholz. Sie erschrickt ein bisschen. Er wirkt vierschrötig und trägt ein orange-blau gestreiftes Hemd, genau wie die Gestalt, die, als sie im Café Luna saß, durch das Gewitter gehetzt ist. Ob es derselbe Mann ist wie vorhin? Sonderbar, dass sie ihm gerade hier draußen begegnet, fernab vom Dorf. Was macht er hier? Pilze sammeln wie sie selbst? Wenn es der Mann von vorhin ist, hat die Luft sein Hemd getrocknet. Er kehrt ihr den Rücken zu und sie erkennt ein münzgroßes sonnenverbranntes Stück Haut an seinem Hinterkopf, den Beginn einer Glatze. Vicky kämpft ein mulmiges Gefühl nieder. Rasch geht sie zu ihrem Wagen zurück. Vergewissert sich mit Blicken über die Schulter, dass ihr der Mann nicht folgt.

Auf der Fahrt zum Panoptikum schlägt ihre Stimmung um. Zum ersten Mal, seit sie hier ist, empfindet sie etwas wie Glück. Glücklichen Übermut. Es ist ihr schnuppe, dass ihre Schuhe und die Hosenbeine ihrer Jeans fast bis zu den Knien durchnässt sind. Wie kann es sein, denkt sie, dass einen ein paar Pilze so glücklich machen, und das, obwohl man noch nicht mal weiß, was man damit anstellen wird? Trocknen auf dem Balkon? Wohl kaum, bei dem Wetter. Kleinschneiden und im Zimmer auslegen? Trockenföhnen? Sie kichert vor sich hin, als sie sich das vorstellt.

Im Panoptikum läuft ihr Josefa über den Weg, und so,

wie Großvater und sie damals vor sechsundzwanzig Jahren Ingos Mutter den Inhalt ihres Weidenkorbs angeboten haben, öffnet sie jetzt den Beutel.

»Können Sie die gebrauchen?«

Josefa ist sich sicher, sie können, und kurz darauf steckt Johann die Nase in die Stofftasche und sagt: »Wow! Dafür haben Sie ein Abendessen frei.«

So geht sie an diesem Abend essen im Hotel Panoptikum. Zum ersten Mal. Sie hat die durchnässte Jeans gegen eine trockene getauscht und sich ein bisschen in Schale geworfen. Eine lange weiße Spitzenbluse mit V-Ausschnitt über die Hose und einen dunkleren Strich als sonst über die Lider gezogen. Einen Lippenstift mit einem üppigeren Rot als gewöhnlich benutzt.

In der Rotunde, die morgens ein Frühstücksraum ist, sich jetzt am Abend aber als elegantes Restaurant präsentiert, duftet es nach gedünsteten Kräutern und einem Gewürz, das sie nicht kennt. In der Jukebox läuft Musik. ›Stand by me‹ von Ben E. King. In Vicky erstarrt etwas, gleichzeitig beschleunigt sich ihr Herzschlag. ›Stand by me‹, das ist der Titel, den sie damals in jenem Sommer rauf und runter gehört hat bis zum Abwinken. Zuerst zusammen mit Ingo und dann ohne ihn und dann gar nicht mehr. Nie mehr. Wo immer der Song aufgelegt und gespielt wurde, hat sie Reißaus genommen, ist geflohen, ins Freie, in ein anderes Zimmer, oder sie hat sich die Ohren zugehalten.

Auch jetzt ist sie im Begriff, auf der Stelle kehrtzumachen, aber da kommt Johann hinter dem Schanktisch hervor und bietet ihr einen Tisch an der mittleren der drei Fensterfronten an. Am Rosengarten-Fenster, das auch heute Abend nur so tut, als sei es ein Panoramafenster.

»Haben Sie das aufgelegt?« Vicky macht eine Kinnbewegung in Richtung Jukebox und nimmt Platz.

»Ja«, sagt Johann vergnügt, »kann man immer wieder hören, nicht wahr? Auch wenn der Titel schon so viele Jahre auf dem Buckel hat. Genauso wie der Interpret. Schade, dass Ben E. King im April gestorben ist.«

»Wirklich?«, fragt sie. Das hat sie nicht gewusst. Normalerweise hält Dirk sie über das Ableben bekannter Musiker aus dem Jazz- und Popsektor auf dem Laufenden. »Die Band im Himmel wird immer größer«, sagt er dann. Und Vicky stellt sich vor, dass Bettina und der Großvater miteinander die Gigs dieser stets wachsenden Band besuchen.

Johann reicht ihr die Speisekarte. Sie besteht aus zwei ineinandergelegten und mit einem goldenen Gummiband zusammengehaltenen Faltblättern. *Menu*, steht in sperrigen Lettern auf der Vorderseite.

Die Konservenstimme von Ben E. King, der jetzt live in der Band im Himmel mitsingt, ist verstummt. Ein Glück, dass der Song so kurz ist. Vicky vertieft sich in die Speisenfolge auf dem Blatt. *Stracciatella alla romana*, liest sie, *spezzatino di tacchino al curry*, und weiß nicht, was das ist. Damals in der Pension Blum gab es keine Speisekarte. Nur auf Anfrage, und zwar auf die von Vickys Vater, zählte Resi die Speisenfolge des Menüs auf, wozu sie sich breitbeinig vor dem Tisch aufbaute. Die einzelnen Gänge trugen keine ausgesuchten italienischen Namen, Resi nannte ihre Bestandteile auf Deutsch, nur wenn es Teigwaren gab, sagte sie *pasta*.

Meine Italienischkenntnisse haben doch noch Luft nach oben, denkt Vicky und sagt zu Johann, als er wieder vorbeikommt, um ihren Getränkewunsch aufzunehmen: »*Stracciatella* als Vorspeise. Ich dachte *stracciatella* ist eine Eissorte.«

Er lächelt. »Nein, keine Eissorte. Eine Suppe. Tausendflockensuppe nennen wir sie.«

»Tausendflockensuppe«, spricht sie nach, »das klingt nach Schnee und nach Winter. – Und wennschon«, sie lacht, »Hauptsache, warm.« Sie ist nicht wählerisch, nicht beim Essen. Auch nicht beim Wein, der an diesem Abend nicht warm, nicht gekühlt, nur rot, so dunkelrot wie möglich, sein soll. Johann bringt ihr ein Krüglein Edelvernatsch. Als er zum nächsten Tisch geht, blickt sie ihm hinterher und denkt: Einen schönen geraden Rücken hat er. Einen stolzen Rücken. Dirk hat auch einen schönen Rücken. Aber keinen stolzen, obwohl er größer ist als Johann. Dirk ist selbstbewusst, aber nicht stolz. Auch wenn er das Wort öfters benutzt. Ich hab auch meinen Stolz, sagt er zuweilen, wie um sich daran zu erinnern, dass es so etwas gibt. Sie denkt daran, wie er manchmal einsilbig wird, wenn sie sich mit Menschen unterhalten, die einen höheren Bildungsgrad haben als er. Selbst im Gespräch mit Vickys Vater verstummt er gelegentlich. Es ist die Schweigsamkeit, der Kleinmut derer, die aus einfachen Verhältnissen kommen und es wissen, und es tut ihr weh, wenn sie es bemerkt. Dirk ist in dem gleichen großen Zulieferbetrieb tätig, in dem schon seine Eltern gearbeitet haben, jedoch nicht wie diese am Band, sondern als Industrietechnologe. Er hat sich hochgearbeitet, hat es geschafft ohne Abitur und ein Studium, nur mit Realschulabschluss und unzähligen Fortbildungen.

Ich fange an, mich mit Resi anzufreunden. Kürzlich hat sie mich in die Küche mitgenommen und mir gezeigt, wie sie das Essen zubereitet. Pasta gibt es fast immer und sie sieht jeden Abend anders aus. Nudeln sind in Italien nicht gleich Nudeln. Sie haben verschiedene Formen, Farben und Größen und hunderttausend verschiedene Namen. Zu *linguine, farfalle, fusilli, penne, stelle, pipe, tortelloni* und wie sie alle heißen reicht Resi *salsa di pomodoro*. Sie hat mich die kleinen tiefroten Tomaten aus Sizilien kosten lassen und zu mir gesagt, dass der Geschmack von Italien darin gefangen ist.

Nach dem Abendessen spielen wir. Niemand mag um acht Uhr aufs Zimmer oder gar ins Bett gehen. Nicht mal Großvater, obwohl er meist gleich nach dem Essen auf seinem Stuhl einschläft. Sein Unterkiefer klappt beim Dösen herunter, er schnarcht ein bisschen, gerade laut genug, dass wir nicht vergessen, dass er da ist. Wir anderen spielen, das heißt, Papa, Uwe und ich spielen. Brettspiele. Dame, Mühle, Halma. Wir spielen Mensch-ärgere-Dich-nicht und ärgern uns, sosehr wir können. Mutter spielt nicht, sondern strickt. Socken für meinen Vater, für Uwe, für mich, Pullover für den Winter. Sie strickt mit gerunzelter Stirn, als müsse sie über jede einzelne Masche nachdenken. Sie hat einen grünen Pullover mit Zopfmuster für mich angefangen. Grobmaschig und groß.

»Mama, der ist viel zu groß für mich«, habe ich gesagt.

»Das ist jetzt Mode.« Sie hat noch nicht mal aufgesehen.

»Ich mag keine Säcke tragen.« Ich ließ die Mühle auf dem Brett zuschnappen und nahm meinem Vater einen weißen Stein weg. Es war schon der fünfte Stein im sechsten Spiel, das wir spielten, und ich hatte die letzten vier gewonnen.

Ingo stand am Tresen über einen Lesestoff gebeugt. Er steht oft abends so da, wenn kein Bier auszuschenken ist, er liest im Stehen, versunken, weggetreten, manchmal die Zeitung, seltener eine Zeitschrift, manchmal, wie an diesem Abend, ein Buch. Ich hätte gern gewusst, in was er sich vertieft hatte.

Papa spielte verbissen und nach dem neunten Spiel, das ich in Folge gewonnen hatte, war sein Mund nur noch ein schmaler Strich.

»Weiter«, stieß er grimmig hervor und gewann die beiden folgenden Spiele.

Ich kaute an meinen Nägeln. Dann ließ ich es, weil ich nicht wollte, dass Ingo mir dabei zusah. Bemerkte er mich überhaupt?

»Ich bin müde«, sagte ich, »ich will ins Bett.«

Aber mein Vater forderte Revanche, und da ich ahnte, dass er nicht eher Ruhe geben würde, als bis er Gleichstand erreicht hätte, begann ich absichtlich zu verlieren, was ihn nicht besänftigte, sondern in Rage brachte.

»Streng dich an«, befahl er, »nicht wie in der Schule.«

Ich kaute wieder an meinen Nägeln.

»Lass Vicky doch«, sagte Mama mit jener hohen Stimme, die sie nicht immer hat und die ich hasse.

»Es ist, wie man es bei ihr kennt«, nörgelte Papa und blickte dabei auf das Mühlespiel, nicht auf mich. »Kaum läuft es nicht mehr von allein, verliert sie die Lust und lässt sich hängen.«

»Kein Grund, in der dritten Person von mir zu sprechen«, habe ich gemurmelt.

»Sei nicht so frech!«, versetzte mein Vater, ohne aufzuschauen.

»Papa, Vicky kaut Nägel«, petzte Uwe. Er sagte es so laut, dass Ingo am Tresen von seinem Buch hochblickte.

»Das geht dich überhaupt nichts an«, fauchte ich Uwe an, während ich spürte, wie mein Gesicht mal wieder die Farbe wechselte.

Papa hob seinen Blick vom Mühlebrett. »Hör auf damit«, sagte er, aber das hatte ich schon längst getan.

»Es ist spät, Armin«, mahnte Mama mit der gleichen hohen Stimme wie zuvor. Sie rutscht immer aufwärts, wenn meine Mutter mit etwas, das mein Vater tut, nicht einig ist, sich aber nicht recht traut, ihm zu widersprechen. Jetzt tönte ihre Stimme so schrill, dass Großpapa von seinem Schläfchen aufschreckte.

»Wenn's am schönsten ist, soll man aufhören«, sagte er freundlich und gähnte. Dann schlief er wieder ein.

»Du bist am Zug.« Papa blickte mich an. Er hatte eine Zwickmühle, ich eine offene Mühle. Ich ließ die Mühle absichtlich offen stehen und rückte einen überflüssigen Stein in eine andere Position. Papa schob ihn zurück.

»Mach deine Mühle zu!«, ordnete er an.

»Ich mag nicht«, sagte ich. »Ich mag nicht gewinnen.«

»Mach sie zu!«

»Ich muss aufs Klo.«

Papa machte meine Mühle zu.

»Nimm einen Stein weg!«, befahl er.

»Ich mag nicht. Ich muss aufs Klo.«

Papa schob mir einen seiner unnützen Steine über den Tisch und ließ seine Zwickmühle zuschnappen.

»Armin!«, mahnte Mama, »es sind auch meine Kinder.«

Ihr Alt mutierte immer mehr zur Sopranstimme. Papa überhörte sie. Wie in Hypnose klebte sein Blick an dem Mühlebrett. »Weiter!«, befahl er.

Ich rührte mich nicht. Ich musste wirklich aufs Klo. Bettina hat einmal, als ihr unser Mathelehrer Herr Rösch verboten hat, während der Schulstunde zur Toilette zu gehen, mitten im Klassenzimmer die Hosen heruntergelassen und losgepinkelt. Es fehlte nicht viel und ich hätte hier in der Gaststube der Pension Blum in Wünschnofen dasselbe getan. Aller guten Erziehung zum Trotz, und ganz ohne mich zu schämen. Nur die Tatsache, dass Ingo am Tresen stand und alles mitbekommen hätte, hat mich daran gehindert. Ich schob meinen Stuhl zurück, stand auf und marschierte steifbeinig zur Tür.

»Was soll das, Vicky, was ist los?«, rief mir Papa hinterher. »Wir sind noch nicht fertig.«

»Doch, das sind wir«, rief ich trotzig über die Schulter. »Wir sind fertig. Fix und fertig. Wir sind nicht bei einem Mühleturnier, sondern im Urlaub. Wenn du unbedingt Nachtschichten einlegen musst, tu das. Ich gehe ins Bett.«

Im Weggehen ist mir Großpapa eingefallen, der mit offenem Mund auf seinem Stuhl schlief. Wer würde ihn später unterhaken und mit nach oben nehmen? Sonst mache das meistens ich. Bevor ich die Gaststube verließ, fing ich einen Blick von Ingo auf.

»Gute Nacht«, sagte er ohne ein Lächeln.

»Gute Nacht«, antwortete ich und bewegte dabei nur die Lippen.

Nach einem Zwischenhalt auf der Etagentoilette habe ich oben in unserem Zimmer mein Gesicht unters kalte Wasser gehalten. Vollständig angezogen legte ich mich ins Bett, löschte das Licht und zog die Decke über die Ohren.

Nachts habe ich von Papa geträumt, der in seinem weißen Arztkittel am Spieltisch eines Casinos stand, unendlich viele Mühlesteine zu einem Turm aufhäufte und auf die Nummer eins setzte. Im selben Moment, als er gewann, stürzte der Turm ein, es regnete Mühlesteine und ich konnte mich nur mit einem Sprung zur Seite retten, um nicht erschlagen zu werden.

Nach dem Abendessen ist Vicky sitzen geblieben. Der ältere Herr mit der Glatze bedient die Jukebox und hat ›Fernando‹ von ABBA aufgelegt. Das nicht mehr ganz junge deutsche Ehepaar am Nebentisch spielt erst Binokel und Mau-Mau. Dann klappen die beiden ein Spielbrett auf. Scrabble. Wörterbauen. Vicky gefällt das. Sie schaut ein paar Wimpernschläge zu lange hinüber, und das Paar lädt sie ein mitzuspielen. Sie hat den Mühlemarathon mit ihrem Vater vor sechsundzwanzig Jahren im Kopf, denkt, ich mag nicht, und macht dann doch mit.

Die beiden heißen Mannsdörfer. Vicky legt aus ihren Buchstaben Kuckuckskind, Trostlied und Wanderparkplatz. Zwischendurch denkt sie: fast wie damals. Anders ist, dass kein Ingo hinter der Theke steht und Bier zapft, überhaupt kein männliches Wesen. Johann hat sich bald nach dem Abendessen zurückgezogen; er bewohnt ein paar Räume im Erdgeschoss des Hotels im hinteren Teil. In der Jukebox läuft jetzt ›Thank you for the music‹. Der Herr mit der Glatze ist offensichtlich ABBA-Fan. Vicky legt Ödipuskomplex, was mit zweimal dreifachem Buchstabenwert und einmal dreifachem Wortwert 69 Punkte ergibt und sie in Spielführung bringt. Fast möchte sie sich entschuldigen. Die Erfahrung von früher sitzt tief. Als Aljoscha drei Jahre alt war und sie anfing, mit ihm Memory zu spielen, haben sie alle aufgedeckten Bildpaare auf einen einzigen Stapel gelegt, der immer höher wurde, und gemeinsam gewonnen.

Vicky ist froh, als sich bei Spielende, ehe Herr Mannsdörfer den Gesamtpunktestand ausrechnen kann, die Aufmerksamkeit auf die italienische Familie am übernächsten Tisch richtet. Die Italiener haben zuerst Uno gespielt und setzen jetzt in mühevoller Gemeinschaftsarbeit ein Puzzle mit zweihundert Teilen zusammen. *La Mamma, Il Babbo,* die beiden *bambini* Riccarda und Michele, alle sagen *presto, presto* und beeilen sich, das Puzzle muss an diesem Abend fertig werden, denn morgen wird der Tisch wieder fürs Frühstück gebraucht. Am Ende helfen alle Gäste mit, auch die Mannsdörfers und Vicky. Es dauert lange, denn für das fertige Bild eines geflochtenen Korbs mit fünf Hundebabys gilt es unendlich viele Teile in fast gleichen Brauntönen aneinanderzulegen.

Auch die zwei kleinen älteren Frauen, die einander Mia und Martha nennen, bleiben für einen Schwatz neben dem Tisch der Italiener stehen. Vicky kann sie kaum auseinanderhalten, außer an ihrer Art zu gehen oder vielmehr nicht zu gehen, denn die eine von ihnen ist behindert und sitzt an manchen Tagen im Rollstuhl. Heute Abend nicht, heute Abend behilft sie sich mit einem Stock.

»Sind Sie Zwillingsschwestern?«, fragt Vicky, aber die beiden verneinen.

»Noch nicht einmal Schwestern, sondern beste Freundinnen. Wir lachen über die gleichen Sachen und haben uns angewöhnt, in die gleiche Richtung zu schauen. Vielleicht macht uns das einander ähnlich«, sagt die mit den etwas weißeren Locken.

Vicky spürt einen Stich. Ob Bettina und sie einander auch so ähnlich geworden wären, wenn sie miteinander alt geworden wären?

Am Morgen nach dem Mühle-Marathon, als ich nach dem Frühstück am Schanktisch vorbeiging, hörte ich, wie Resi zu Ingo sagte: »Ingo, mein Schatz, kannst du heute Nachmittag die Mangelwäsche abholen?«

Ingo war an diesem Morgen früher in der Gaststube als sonst. Er verzog das Gesicht und meuterte.

»Hat das nicht Zeit bis morgen? Dann kommt Theo, um einkaufen zu fahren, und wir können sie mitbringen.«

Aber Resi meinte, sie brauche die Wäsche vorher, weil Servietten fehlten.

Nach dem Mittagessen habe ich mich in der Nähe der Haustür herumgedrückt. Irgendwann tauchte Ingo auf und holte den Leiterwagen aus dem Geräteschuppen.

Er schüttelte sich das Haar aus der Stirn und warf mir einen Blick zu. »Magst du mitkommen?«

Ich tat, als hätte ich ihn erst in diesem Moment bemerkt und müsste mir genau überlegen, ob ich nicht etwas Besseres vorhätte. »Von mir aus.«

Im selben Augenblick kam Uwe um die Ecke gerannt, stürzte sich auf den Leiterwagen und schrie: »Ich will mitfahren.«

Ich sah ihn scharf an und sagte: »Du kannst nicht mitfahren. Da kommt die Mangelwäsche rein.«

»Mir egal«, krähte Uwe. »Dann setz ich mich obendrauf.«

»Es geht nur auf der Hinfahrt«, erklärte Ingo.

»Okay.« Uwe grinste und kletterte in das Gefährt.

»In zwei Monaten habe ich den Führerschein, dann ist Schluss mit dem Leiterwagen«, sagte Ingo. Etwas Sehnsüchtiges lag in seiner Stimme, als sagte er: In zwei Monaten verliebe ich mich zum ersten Mal.

Ich hoffte, er würde sich schon früher verlieben – in mich.

»Warum habt ihr kein Auto?«, habe ich ihn gefragt, während wir in Richtung Dorf trotteten. Der Nachmittag war warm und wolkenlos und voller Sommergerüche.

»Es würde nichts nützen«, erklärte Ingo. »Meine Mutter kann nicht Auto fahren. Ein Glück, dass wir Theo haben, der zweimal in der Woche die Tour zum Großmarkt nach Bozen macht und uns zum Einkaufen mitnimmt.«

»Theo – ist das der Mann, dem der Lieferwagen gehört?«

»Ja, genau. Er führt den kleinen Laden im Dorf neben der Pension Edelweiß.«

Am Ortseingang begegnete uns das Dirndlmädchen mit den blonden Zöpfen, das abends in der Pension am Tisch serviert. Es war mit dem Fahrrad unterwegs und sprang ab, als es uns sah.

Wir blieben stehen.

»Hallo, Loredana. Auf dem Weg zur Arbeit?«, grinste Ingo.

»Nein, in die Sommerfrische«, frotzelte sie. Die beiden tauschten ein Lächeln, das mich eifersüchtig machte. Loredana bückte sich, pflückte einen Löwenzahn und steckte sich die Blüte hinters Ohr. Sie sah sexy aus, muss ich zugeben, trotz der Zöpfe und obwohl ihr Gesicht zu groß ist, um hübsch zu sein. Ihre Augen blitzten tiefblau, strahlten Erfahrenheit aus und irgendetwas, das mich einschüchterte. Sie schaute Ingo an, als wüsste sie Dinge über ihn, die sonst niemand weiß, zum Beispiel, wie sich seine Haut unter seinem T-Shirt und seinen Jeans anfühlt und welche Art von Schlüpfer er trägt.

»Holst du Mangelwäsche ab? Und hast nette Gesellschaft?«, flötete sie, ohne mich anzusehen.

»Was dagegen?«, fragte Ingo flapsig.

»Nicht das Geringste.« Sie musterte mich nun doch – ohne ein Lächeln, das schenkte sie nur Ingo. Ein kleines Mädchen, hat ihr Blick gesagt, eine Ferienbekanntschaft, die wieder geht, ein, zwei Wochen, dann ist der Spuk vorbei.

Na, wenn du dich da mal nicht täuschst!

Loredana pflückte noch einen Löwenzahn und steckte ihn zwischen die Lippen. Die Bluse in ihrem Dirndl war so weit ausgeschnitten, dass man die Furche zwischen ihren Brüsten sah, als sie sich bückte. Ich selber habe an dieser Stelle nichts, weder Brüste noch Furche. Ich habe nichts zu zeigen und nichts zu verstecken.

»*Avanti!*«, meckerte Uwe hinten aus dem Leiterwagen.

»Aye, aye, Käpt'n.« Ingo lachte. Er hob die Hand und zwinkerte Loredana zu: »Du siehst, wir müssen los.«

»Sie hilft bei uns aus«, hat er mir erklärt, während wir weitergingen. »Ferienjob. Sie geht mit mir zur Schule.«

»Wo gehst du zur Schule?«, wollte ich wissen.

»Ins Gymnasium in Bozen. – Zwölfte Klasse«, fügte er hinzu, »und du?«

»Neunte.« Ich erzählte ihm von Tunzheim, vom Freibad, dem halblebigen Kaufhaus, unserem winzigen Kino, in dem selten etwas anderes läuft als Heimatfilme und Softpornos; von der Eisdiele und der Pizzeria Da Pino, in der Papa am zweiten Mittwoch im Monat nach der Gemeinderatssitzung mit den Stadträten einen Wein trinken geht.

Ingo hat mich tatsächlich beneidet. Er würde jederzeit mit mir tauschen, meinte er, besonders was meinen Schulweg angeht: Denn anders als ich braucht er nicht sieben Minuten zu Fuß, sondern eineinviertel Stunden mit Fahrrad und Bus.

»Gymnasium gleich um die Ecke«, sagte er träumerisch, »was für ein Luxus, dann kannst du morgens ausschlafen bis in die Puppen.«

»Viel zu selten«, sagte ich und fragte: »Gehst du gerne zur Schule?«

Das amüsierte ihn. Er schaute mich belustigt an und war plötzlich zwanzig Jahre älter als ich.

»Na ja, es ist besser, als auf einem Bauernhof zu malochen oder als ungelernte Kraft in einer Hotelküche oder im Service.« Seine Mutter, die Resi, habe immer gewollt, dass er eine ordentliche Schulbildung bekomme und Abitur mache, erklärte er, sie träume davon, dass er später studiere und vielleicht Lehrer oder Rechtsanwalt werde.

Ich wurde wieder mal rot. *Gehst du gern zur Schule?* Ich blöde Gans habe noch nie darüber nachgedacht, dass es vielleicht nicht für jedermann selbstverständlich ist, auf eine höhere Schule zu gehen. Papa hat nie den Hauch eines Zweifels daran gelassen, dass meine und Uwes natürliche Bestimmung der Besuch des Gymnasiums ist und unsere Schülerlaufbahn nicht anders zu enden hat als mit dem Abitur.

»Lernt ihr in der Schule Italienisch?«, habe ich rasch gefragt, um abzulenken.

»Seit der ersten Klasse.« Ingo wandte mir das Gesicht zu und lachte. Ach – er gefällt mir so sehr, wenn er lacht! Und er lacht sehr oft. Seine Zähne blitzen dabei weiß wie der Winter und ein paar Sommersprossen auf seiner Nase lachen mit.

»Was ist das für ein Buch, das du liest, wenn du abends an der Theke stehst?«

»Raymond Chandler«, sagte er. »›Die Tote im See‹.«

Ein Krimi. Ich lese keine Krimis. Aber ich habe die Verfilmung von ›Der große Schlaf‹ mit Chandlers Helden Philip Marlowe im Fernsehen gesehen.

»Liest du viel?«, fragte ich schüchtern.

Er hob die Schultern und ließ sie wieder fallen, als könne er das nicht beurteilen. »Es geht. Nur Krimis und Science-Fiction. – Und du?«

Ich finde, dass ich viel lese. Trotzdem habe ich die Achseln gezuckt, wie es Ingo getan hatte.

Im Ort bogen wir in eine Seitenstraße oberhalb des Dorfplatzes ein. Diesmal hat mir das Dorf viel besser gefallen als neulich, was wahrscheinlich an Ingo lag. Zusammen mit ihm ist alles schön, neu und aufregend, sogar dieses Südtiroler Kaff mit seinem schläfrigen Ortskern. Das Gebäude, in dem Resis Cousine eine Heißmangel betreibt, entpuppte sich als verhutzeltes, von Wind und Wetter gebeugtes Häuschen. In den Fensternischen blühten Geranien in Tontöpfen. Sein Erdgeschoss wurde fast komplett von einem Ungetüm mit einer pompösen Walze ausgefüllt. Ich habe so ein Gerät, das riesige krumpelige Wäschestücke buchstäblich im Handumdrehen in makellos faltenfreie Bettbezüge und Tischdecken verwandelt, noch nie gesehen. Zuhause bügelt Mama alles mit ihrem popeligen Bügeleisen, auch Laken und Tischtücher. Papa versucht immer wieder, sie zu einer Haushaltshilfe zu überreden, aber Mama will nicht.

Das Trumm von Heißmangel in Wünschnofen wurde von vier Frauen in Kittelschürzen bedient. Zwei von ihnen zogen je an einem Zipfel der großen Wäschestücke, so dass sie gespannt waren, ehe die Walze sie erfasste. Auf der anderen Seite nahmen die beiden anderen Frauen die geplätteten Stücke in Empfang und falteten sie mit geübten Griffen auf handliche Größe. Resis Cousine kam zu uns herüber und händigte Ingo den Packen mit der fertigen Mangelwäsche aus. Sie begleitete uns nach draußen und während Ingo das Paket in den Leiterwagen lud, kramte sie in der Tasche ihrer Haushaltsschürze. Sie fand ein Bonbon und gab es Uwe.

Zu Ingo sagte sie: »Grüß die Mama.« Dabei beschirmte sie die Stirn gegen das Sonnenlicht mit ihrem Arm wie die alten Leute, die ich neulich bei meinem Ausflug auf dem Wünschnofener Dorfplatz beobachtet habe.

Wir machten uns auf den Rückweg. Der Wagen war fast genauso schwer wie vorher, als Uwe darin gesessen hatte; wir hingen gemeinsam an der Deichsel und schwitzten. Uwe rannte vor uns her. Er fuchtelte mit einem Stock in der Luft herum, als schwinge er eine Peitsche.

»Ist er öfter so?«, fragte Ingo.

»Uwe? Na ja.«

»Nein, nicht Uwe. Dein Vater.«

Wir hatten angefangen, über Papa zu reden, darüber, wie er mich am Abend zuvor gezwungen hatte, immer weiter mit ihm Mühle zu spielen.

»Na ja.«

»Er kann nicht verlieren.«

»Er ist Arzt«, sagte ich, als erkläre das alles. »Er ist daran gewöhnt, zu gewinnen. Mein Vater gewinnt gegen Bakterien und Viren, gegen Kopfweh, Halsschmerzen und offene Beine.« Ich erinnerte mich plötzlich an meinen Traum der vergangenen Nacht und fuhr fort: »Sein Leben ist ein Spielcasino. Im Frühling hat er die Wahlen zum Stadtrat mit der zweithöchsten Stimmenzahl gewonnen. In seiner Freizeit triumphiert er über Berge. Er siegt auf Mühle- oder Schachbrettern. Manchmal spielt er Schach mit sich selbst. Das hat den Vorteil, dass er immer Sieger ist, auch dann, wenn er verliert.«

Ingo lachte: »Das hast du gut gesagt. Du solltest Psychologin werden. Oder Schriftstellerin.«

Ich habe ihm nicht verraten, dass es mein Traum ist, Schriftstellerin zu werden, seit ich einen Stift halten kann. Stattdessen sagte ich: »Ich werde nie Schachspielen lernen, damit ich nicht in die Verlegenheit komme, gegen meinen Vater spielen und gegen ihn verlieren oder, noch schlimmer, gewinnen zu müssen.«

»Du bist nicht nur ein schönes Mädchen«, erklärte Ingo,

»sondern auch ein kluges. Ein Jammer, dass du nicht Schachspielen lernen willst.«

»Was heißt das auf Italienisch?«, fragte ich.

»Schachspielen?«

»Nein. Was heißt ›Du bist ein schönes Mädchen‹ auf Italienisch?«

»*Sei una ragazza bellissima.*« Er lächelte.

»Und was heißt ›ein Junge‹?«

»*Un ragazzo.*«

Ich nahm allen Mut zusammen: »*Sei un ragazzo bellissimo.*«

»*Bravissima.*«

»Ich möchte Italienisch lernen«, sagte ich. »Viel lieber als Schachspielen. Bringst du es mir bei?«

»Ich kann es probieren.« Er warf mir aus seinen karibikblauen Augen einen so intensiven Blick zu, dass ich trotz der Hitze Gänsehaut bekam. In diesem Moment habe ich geahnt, dass mir Ingo außer Italienisch noch allerhand anderes beibringen kann – und vielleicht auch wird.

Wir passierten die Stelle, wo linker Hand das Wäldchen kommt, und plötzlich fiel ihm etwas ein. »Magst du Himbeeren?«, fragte er. Ich nickte neugierig.

»Dann komm!« Er steckte zwei Finger in den Mund und pfiff nach Uwe. Wieder etwas, das er mir voraushat. Ich kann nicht auf den Fingern pfeifen. Wir bugsierten den Leiterwagen samt der Mangelwäsche seitlich neben dem Wegrand ins Gebüsch und stapften in den kleinen Wald. Nach wenigen Schritten erreichten wir eine Lichtung mit Himbeersträuchern, die über und über mit Früchten behangen waren. Uwe jauchzte. Er liebt Himbeeren, ich auch. Wir pflückten viele Hände voll. Ingo sah Uwes klebrige Beerenfinger, kramte ein Tempo aus seiner Hosentasche, nahm sich die Hände meines Bruders vor und rieb sie sauber. Er blickte auf meine Hände, lächelte mich an und fragte: »Du auch?«

Ich wurde rot wie meine Finger.

»Das kann ich schon selber«, sagte ich, obwohl ich kein Taschentuch dabeihatte. So habe ich meine Finger an meinen Jeans abgewischt, die außer der aufgescheuerten Stelle am Knie jetzt auch noch klebrige Flecken hatten. Ingo grinste.

4

Am Mittwoch wird es endlich sonnig. Ein warmer Wind löst die Watteschwaden von den Gebirgszacken und bläst sie fort. Nach und nach geben die Felsgiganten ihren Legendenstatus auf, zuerst der Schlern, dann der Rosengarten, schließlich das Latemar.

Auf der Terrasse riecht es neu nach frischem Gras und frischem Heu und frisch gewaschenem Sommermorgen. Der Hund Klitschko zeigt Vicky auch heute die Zähne und kläfft, aber sie macht sich nichts daraus. Sie legt den Kopf in den Nacken. Blauer Himmel geht wie Traubenzucker sofort ins Blut. Vicky singt. Sie richtet sich am Schwimmbad auf einer Liege ein und schmettert ›Good Rockin' Daddy‹, den Titel, mit dem sie in Uwes Band ihren Einstand gegeben hat. Dirk hat sie ermuntert, nicht aus voller Kehle, sondern von unten, aus dem Bauch zu singen. Dorthin zu atmen. Von dorther zu atmen. Sie spürt ihre Kraft beim Singen. Mag den Ton, der entsteht.

Johann kommt am Pool vorbei und grinst. »Klingt gut, Frau Winter. Professionell. Was machen Sie beruflich?« Er fragt leichthin, mit Augenzwinkern, ihr die Wahl lassend, ob sie antworten möchte oder nicht.

Vicky wird ein bisschen rot. Halb, weil sie sich freut, zur anderen Hälfte aus Verlegenheit. Von einem Fremden beim Singen überrascht zu werden, ist fast, als hätte er einen dabei ertappt, wie man sich entblößt.

»Nicht das, was Sie denken«, sie lacht. »Singen ist bloß ein Hobby. – Sagen Sie mir lieber«, lenkt sie ab und deutet auf den Teil des Rosengartenmassivs, der aussieht wie ein Dromedarrücken, »ob ich mich richtig erinnere und das da drüben die Rosengartenspitze ist.« Das hat ihr Ingo einmal erklärt und ihr noch die Namen einiger Gipfel mehr genannt, so wie es jetzt auch Johann tut.

»Bingo«, sagt er, »die drei Kegel links daneben sind die Vajolet-Türme.« Er deutet auf ein Dreieck viel weiter rechts: »Dort die Rotwand.«

»Kenne ich von früher. Mit meinen Eltern bin ich mal bis zur Rotwandhütte gekommen.«

»Ein Stützpunkt für viele Rosengartentouren«, lächelt Johann und zählt die weiteren Gipfel auf: »Tscheiner Spitze, Fensterlturm, Teufelswand, Masaréspitze.« Er redet von den Felskegeln, als wisse er genau, wie es dort oben aussieht und wie die Welt unten von dort oben aussieht.

»Haben Sie die alle bestiegen?«, fragt sie neugierig.

»Mehr als einmal«, sagt er und erklärt, dass er früher, bevor er »das da« (wobei er das Hotelanwesen mit einem Blick umfasst) anfing, eine Zeitlang als Bergführer gearbeitet habe und es ab und zu heute noch tue.

Vicky hat es sich auf ihrer Liege bequem gemacht. Ein paar Meter weiter am Beckenrand döst Tiger, die Katze, die aussieht wie ein kleiner Leopard. Vicky liest. Wenn sie den Blick von den Seiten hebt, trifft er auf wiesengrüne Hänge, auf Häuser und ein Sägewerk. Auf bewaldete Bergrücken mit kahlen Stellen. Dahinter erheben sich zwei gleichschenklige Dreiecke, jeweils gekrönt von einer schartigen Warze aus nacktem Fels, die eine hell, die andere dunkel: *Corno bianco* und *Corno nero*, weiß Vicky, Weißhorn und Schwarzhorn, Gipfel, die sie von früher kennt.

Auf der Wiese unterhalb des Hotels macht sich ein Bauer mit einem Heuwender zu schaffen, stapft hin und her, lehnt eine riesige Heugabel gegen einen Baum. Keine hundert Meter von Vicky entfernt ist er, aber doch weit genug weg, dass alles, was er tut, völlig geräuschlos scheint. Schließlich wirft er den Motor des Heuwenders an und die gläserne Stille zerspringt.

Trotz des Geratters hört Vicky ihr Handy surren.

Dirk hat ihr eine WhatsApp geschrieben.

Was hast du an? Und wie trägst du dein Haar?

Sie erzählt ihm, dass sie auf der Hotelterrasse ein Sonnenbad nimmt, aber nicht, dass sie im Badeanzug dort liegt. Weiter schreibt sie, dass sie ihr Haar hochgesteckt hat, weil sie weiß, dass es Dirk liebt, wenn sie es offen trägt und er es in die Luft werfen kann. Dirks Sehnsucht greift nach ihr wie ein Arm und macht, dass er ihr näher ist, als ihr lieb ist.

Der Tiger ist aufgewacht und bewegt seinen buschigen Schwanz hin und her wie eine Federboa. Mit vollendeter Eleganz stelzt er zu Vickys Liege, springt mit einem lautlosen Satz hinauf und lässt sich zwischen ihren Beinen nieder wie im Oval eines Weidenkorbs. Sein seidiges Fell presst sich gegen Vickys Waden. Vicky schließt die Augen, legt sich das aufgeschlagene Buch übers Gesicht und gähnt. Angekommen, denkt sie, wenn auch nur für diesen Tag.

»Augen zu, Mund auf!«
»Mmmm!« machte ich. »Heidelbeeren.«

Ingo und ich saßen mit blauen Zähnen und Blick in die Schlucht auf einem Felsvorsprung.

Nach dem Mittagessen hatte er mich in der Gaststube abgepasst und gefragt: »Hast du Lust, spazieren zu gehen? Du wolltest doch Italienisch lernen.«

Mein Herz begann zu klopfen, trotzdem sagte ich: »Ich weiß nicht.«

»Oder magst du lieber Eis essen gehen?«, schob Ingo nach und fuhr sich mit allen fünf Fingern durch seine Lockenmähne. »Ich würde dich auch ins Kino einladen oder abends in die Disco, aber das gibt's hier alles nicht.«

Ich verschwieg Ingo, dass ich mir aus Diskotheken nicht viel mache. Die Willenlos-Bar in Tunzheim ist, wie sie heißt: eine üble Spelunke, eng und verqualmt; das einzige Mal, als ich dort war, konnte ich mich nicht retten vor Händen, die mich angrapschten an Stellen, die bei uns zuhause noch nicht mal laut ausgesprochen werden.

»Spazieren gehen, warum nicht?«, sagte ich zu Ingos verstrubbeltem Haarschopf und versuchte gleichgültig zu wirken.

»In einer Viertelstunde hinter dem Haus beim Heuschober?«, fragte er.

Ich nickte. Es gelang mir, erst zu lächeln, als Ingo sich umgedreht hatte und mit dem Spüleimerchen und dem Schwamm, mit dem er die Tische sauber gemacht hatte, in der Küche verschwunden war.

Anstatt mich zu meinen Eltern und Großpapa in einen Liegestuhl zu setzen, rannte ich die Treppe rauf. Ich nahm immer zwei Stufen auf einmal – als hätte ich eine Büchse voll

Wind unter dem Arm. In unserem Zimmer kämmte ich mein Haar und besprühte mich mit Deo. Uwe hörte eine ›Fünf-Freunde‹-Kassette und wollte wissen, was ich vorhätte.

»Ich gehe auf eine Party, was sonst?«

Bevor er weiterfragen konnte, war ich aus dem Zimmer und fegte die Stiege hinunter. Es gelang mir, unbemerkt durch die Haustür zu kommen. Ich rannte zum Heuschober. Das Tor quietschte in seinen Angeln, als ich es öffnete. Statt Ingo kamen mir Heuduft und der rote Kater Ritschi entgegen.

Ingo erschien gleich darauf. Sein Haar war genauso verstrubbelt wie zuvor und er roch noch ein bisschen nach Küche. Der Kater strich um seine Beine.

»Komm mal her, alter Herr«, sagte Ingo und klang sehr erwachsen. Er bückte sich nach dem Kater, und er tat es an diesem Nachmittag anders als neulich, als er unser Gepäck hochgetragen hat und Ritschi im Weg gewesen war. Der Kater rollte sich in seinem Arm zusammen und schnurrte, während Ingo sein struppiges Fell kraulte. Dort, wo es am Körper angewachsen ist, ist es, anders als die karottenroten Haarspitzen, ausgebleicht, weißgelber Flaum. Ich starrte auf Ingos Hand, fasziniert, wie behutsam und zärtlich sie streichelte.

Ich habe noch nie einen Jungen einen Kater streicheln sehen. Ich habe noch nie einen Jungen irgendwen oder irgendwas streicheln sehen, weder eine Katze noch einen Kater, ein Kind oder ein Mädchen. Die Jungs in meiner Klasse knutschen zwar in aller Öffentlichkeit, sie benutzen ihre Arme und Hände, um Mädchen anzutatschen, sie um die Schultern, um die Hüften zu fassen, aber ihre Berührungen sind unbeholfen, oft derb; die Gier in ihren Augen und ihren Bewegungen ist nichts, wonach ich mich sehne.

Ich streckte die Hand aus und strich über Ritschis Fell.

Dabei berührten sich für einen Moment Ingos und meine Finger und ich zog die Hand so schnell zurück, als hätte ich mich verbrannt.

Ingo erzählte mir, dass der »alte Herr« auf seinem Arm wirklich alt war. Dass Katzen normalerweise eine Lebenserwartung von fünfzehn Jahren haben, Ritschi aber schon zwei Jahre da gewesen sei, als er geboren wurde.

»Meine Mutter hat mir erzählt, dass er sich zu mir in den Kinderwagen gelegt hat, als ich ein Baby war.«

Er schlug vor, dass wir den Waldweg Richtung Mahd-Alm hochgehen sollten. Er wusste dort oben einen Aussichtspunkt, von dem aus man in die Schlucht hinunterschauen und den Bach rauschen hören konnte. Ich nickte, ich wäre überallhin mitgegangen.

Wir sind eine knappe halbe Stunde in Serpentinen bergauf marschiert, an der Mahd-Alm vorbeigewandert und schließlich auf einem runden zugewachsenen Bergrücken gelandet, von dem Ingo behauptete, dass er einen Namen hatte.

»Er heißt Monte Blum – Blumberg, nach unserer Pension.«

»Du nimmst mich auf den Arm«, sagte ich ungläubig, aber Ingo grinste und meinte, das käme erst später. Er versicherte, es sei sogar auf den Wanderkarten so eingezeichnet, ich könne nachschauen.

Wir kraxelten weiter und erreichten zuletzt ein Felsplateau. Hier endete der Weg. Allein hätte ich mich verirrt. Auf einmal brach das Gelände abrupt ab. Da, wo der Fels zu Tal stürzte, setzten wir uns auf eine Nase zwischen Moos, Heidelbeer- und Preiselbeerbüschen.

Dort oben legte mir Ingo den Arm um die Schulter. Das hat bisher nur einmal ein Junge getan und ich kann mich kaum mehr erinnern, wie es sich anfühlte.

»Warum sagen deine Eltern ›Spinne‹ zu dir?« Ingo strich

mit dem Zeigefinger der Hand, die nicht um meine Schulter lag, über meinen Nasenrücken. »›Spinne‹ passt nicht«, fuhr er fort, ohne meine Antwort abzuwarten, »du hast viel mehr Ähnlichkeit mit einem Reh. Alles an dir ist lang und schlank und braun.«

Mein Herz klopfte. Was heißt Reh auf Italienisch?«, fragte ich. *»Capriolo«*, sagte er, *»un capriolo marrone grazioso.«*

Mehr Italienisch habe ich an diesem Nachmittag nicht gelernt.

Bei unserem Ausflug ins Dorf hatten wir über meinen Vater gesprochen. Jetzt fasste ich mir ein Herz und fragte Ingo: »Und dein Vater? Was ist mit dem?«

»Mein Vater ist tot.« Ingo klang schroff und ich erschrak, obwohl ich es mir fast gedacht hatte. Mit dem Tod kenne ich mich nicht aus. Obwohl ich die Tochter eines Arztes bin. Oder deswegen. Papa zaubert seine Patienten mit Pillen, Tabletten, Säften oder Salben gesund; wo das nicht gelingt, überweist er ins Krankenhaus. Großmutters Beerdigung ist so lange her, dass ich mich kaum an sie erinnere, und Großpapa ist so oft von den Toten auferstanden, dass ich mir überhaupt nicht vorstellen kann, dass er jemals stirbt. Als junger Mann ist er am Ende des Zweiten Weltkriegs wie durch ein Wunder einem Erschießungskommando entkommen. Sogar die russische Gefangenschaft hat er überlebt und am Ende wieder Glück gehabt. Als ich neun war, erlitt Großpapa während eines sogenannten Routineeingriffs einen Herzinfarkt und lag danach wochenlang im Koma. Mama hat Uwe, der damals vier war, und mich im Krankenhaus an sein Bett gesetzt und wir haben zusammen Volkslieder gesungen, die Großpapa gefallen, »Es klappert die Mühle am rauschenden Bach«, »Kein schöner Land«, »Der Mond ist aufgegangen«, das wir auch sangen, wenn die Sonne schien.

Nach drei Wochen haben sich die Ärzte getraut, Großvater zu wecken. Später habe ich ihn gefragt, ob er sich an die Zeit seines künstlichen Schlafs erinnert, und er hat gesagt, er sei in einem schönen Land gewesen, in dem sich an einem rauschenden Bach ein Mühlrad drehte und in dem immer der Mond aufging, rund und schön. Vielleicht war es diese Antwort, die dem Tod für mich den Schrecken nahm. Ich konnte ihn gewissermaßen nicht mehr ernst nehmen; falls er Großpapa wieder einmal holen will, vertreiben wir ihn eben wieder mit Volksliedern.

Dass der Tod manchmal jemanden kassiert, der noch nicht alt ist, passt nicht in mein Bild. Dass Ingos Vater tot ist, passt schon gar nicht. Es passt nirgendwohin.

»Wann …?«, fragte ich hilflos, »warum …?«

»Als ich zehn war«, sagte Ingo.

Zehn, dachte ich, so alt wie Uwe. Ich stellte mir Uwe ohne meinen Vater vor, Uwe, der dann nicht als Papas kleiner Kamerad in den Bergen herumklettern würde.

»Wie?«, fragte ich.

Ich wusste, in den Bergen starben Menschen durch Lawinen, Steinschlag und Unwetter.

Ingo sagte: »Mein Papa hatte Lungenkrebs. Er hat jeden Tag drei Schachteln Zigaretten aufgeraucht.«

Die gerahmte Fotografie in der Nische neben der Blum'schen Gaststube ist mir eingefallen und der Glimmstängel zwischen den Fingern des Mannes, der auf dem Bild lacht und Ingos Vater ist.

»Was war er von Beruf?«

»Mein Vater war lustig, fröhlich, patent. Er wollte nicht Bauer werden wie mein Großvater. Also hat er zusammen mit meiner Mutter den Hof umgebaut zur Pension. Er war einer, der zupackte. Und er konnte ohne Zigaretten nicht existieren.«

Er machte eine Pause, hob einen kleinen weißen Stein auf

und schleuderte ihn in die Schlucht. »Bevor er gestorben ist, lag er ein Jahr lang krank zuhause. Am Ende war er zu schwach, um ein Buch zu halten. Ich habe ihm Raymond Chandler vorgelesen.«

»Und seitdem liest du ihn?«, fragte ich.

»Ja, damals habe ich angefangen, Chandler zu mögen. Wie mein Vater. Er mochte Krimis. Er fand die unnatürlichen Tode besser als die natürlichen, weil da kurzer Prozess gemacht wird und es schneller geht als das Sterben auf Raten.«

Ich schwieg. Ich wusste nichts zu sagen.

»Seit Papas Tod führt meine Mutter die Pension allein«, fuhr Ingo fort. »Sie musste sich irgendwie durchbringen – und mich. Ich helfe ihr dabei, so gut ich kann.«

Er hob weiter kleine Steine auf und schleuderte sie in die Schlucht. Ich betrachtete ihn von der Seite. Er sah eigenwillig und ernst aus, als hätte er bestimmte Phasen seiner Jugend im Eiltempo durchlaufen, um rascher das Stadium zu erreichen, in dem er seiner Mutter eine Stütze sein konnte.

Ich verstehe jetzt, warum Ingo so scharf darauf ist, bald die Führerscheinprüfung abzulegen. Warum er Kisten auslädt, Bier zapft, den Tresen aufwischt und außerdem Dinge tut, die bei uns Frauensache sind, Geschirr spülen und Esstische säubern und Wäsche auf- und abhängen. So etwas kenne ich von Papa, der zuhause außerhalb seiner Praxis keinen Finger rührt, nicht. Ich kenne es von meinen Klassenkameraden nicht. Aber ich kenne meine Klassenkameraden überhaupt recht wenig.

Erst als die Sonne hinter den Bergen verschwand und es kühl wurde, stiegen wir ab. An der Scheune hinter der Pension verabschiedeten wir uns.

»Bis morgen«, sagte Ingo und ich hörte das Versprechen, das in den beiden Wörtern mitschwang. Morgen würden wir uns wieder treffen und uns umschlungen halten; zuvor aber würden wir uns in spätestens einer Stunde wiedersehen, wenn ich mit den anderen in der Gaststube beim Abendessen sitzen und Ingo hinter dem Schanktisch stehen und Bier zapfen würde. Von weitem würden wir einander mit Blicken berühren.

»Den ganzen Nachmittag!«, sagte Mama, als ich zurückkam. Mein Gesicht war rot. Mamas Gesicht war ein einziger großer Vorwurf.

»Hättest du nicht was sagen können?«

»Sind doch Ferien!« Ich zuckte, so unschuldig ich konnte, die Achseln.

»Wo warst du?«, bohrte sie.

»Spazieren«, sagte ich leichthin, »spazieren gehen, das wird man ja wohl noch dürfen.«

Mama guckte mich scharf an. »Allein? Uwe hat gesagt, du hättest dich schick gemacht.«

»Petze!« Ich tötete Uwe mit einem Blick. Er ist auf diese Weise schon viele Tode gestorben, zuckte mit den Schultern und grinste.

»Was, wenn wir hätten noch wandern oder einen Ausflug machen wollen«, nörgelte Mama weiter.

»War doch nichts geplant.«

»Aber morgen«, eröffnete sie mir. »Morgen fahren wir zum Kalterer See und nach Tramin.«

»Wer sagt das?«, fragte ich und dachte: Sch…eiße.

»Papa«, sagte meine Mutter.

»Den ganzen Tag?«

»Natürlich. Sonst lohnt es sich nicht.«

Morgen. Den ganzen Tag. Meine Laune sackte augenblicklich in den Keller. Noch vor kurzem wäre ich ganz wild gewesen auf einen Ausflug ins Tal mit den Rebenhängen – ins richtige Italien. Jetzt nicht mehr.

Am nächsten Morgen blieb ich im Bett. Der Tag stand mit einem azurblauen Himmel vor dem Fenster und lockte, doch ich verkroch mich unter der Decke. Mama kam mit einem Frühstückstablett ins Zimmer und setzte sich auf den Bettrand.

Ich setzte eine Leidensmiene auf und log ihr vor, ich hätte meine Tage bekommen und Bauchschmerzen.

»Schade«, sagte Mama, erhob sich und blieb stehen, um die Wirkung des Sch-Worts abzuwarten.

Ich schickte einen jammervollen Blick zur Zimmerdecke und stöhnte ein bisschen.

»Papa könnte dir Zäpfchen geben«, schlug meine Mutter vor, doch ich schüttelte den Kopf, stöhnte noch ein bisschen mehr, hielt mir den Bauch und sagte, ich brauche nur Ruhe. Sie sagte, die Luft im Zimmer sei abgestanden, und riss das Fenster auf. Sie wartete noch ein bisschen, doch ich blieb dabei, dass ich Krämpfe hätte, die nicht durch frische Luft, sondern durch Ausruhen verschwinden würden. Schließlich wiederholte sie: »Schade«, und fügte hinzu: »Großpapa bleibt bei dir.«

Sie erklärte, Großvater habe Herzbeschwerden bekommen, weshalb er an diesem Morgen ebenfalls liegen geblieben war. »Wahrscheinlich setzt ihm die Höhenluft zu«, meinte sie. »Papa hat ihm eine Spritze gegeben, damit er wieder auf die Beine kommt.«

»Ich passe auf Großpapa auf«, versprach ich und Mama blickte mich argwöhnisch an.

»Ich dachte eher, er passt auf dich auf! Sagtest du nicht, du brauchst Ruhe?«

Kaum war das Dieselgeräusch des Mercedes unten im Hof verklungen, schwang ich meine Beine über den Bettrand und stand auf. Ich zog ein frisches weißes T-Shirt über meine Jeans, bürstete mein Haar, föhnte meine Stirnlocken in Form, trug ein bisschen Lipgloss auf und schlich ins Zimmer meiner Eltern, wo ich Madame Rochas, Mamas ewiges und einziges Parfum, auflegte. Papa hat es ihr geschenkt, als ich acht Jahre alt war, und es ist immer noch halb voll.

Ingo war nicht da. Weder in der Gaststube noch in der Küche noch draußen. Sein Fahrrad, das sonst neben dem Eingang an der Hauswand lehnt, war weg. Stattdessen begegnete ich Resi, die mit einem gefüllten Wäschezuber auf dem Weg in die Waschküche war. Ich fragte sie nach Ingo.

»Er ist nach Bozen zur Fahrstunde gefahren«, erklärte Resi. »Danach hat er einen Zahnarzttermin. – Geht es dir besser?«

»Jetzt nicht mehr«, murmelte ich. Augenblicklich nahm das Blau des Himmels einen verwaschenen Ton an. Als hätte jemand die nasse Farbe eines Aquarells mit einem Tempo-Taschentuch ausgetupft, wie es uns unsere Kunstlehrerin in der Schule gezeigt hat.

Großvater saß auf der Bank hinter dem Haus. Dort sitzt er immer, wenn die Familie ausgeflogen und er allein ist. Er hatte sein ›Was blüht denn da?‹ aufgeschlagen auf den Knien liegen und blinzelte in die Sonne. Schlecht gelaunt fläze ich mich neben ihn.

»Ganz ohne Buch heute, Schnäbelein?«, fragte er.

»Ich mag nicht lesen.«

»Das ist ja ganz was Neues«, bemerkte Großpapa stoisch und wollte wissen, ob ich stattdessen Lust hätte, mit ihm Pilze zu sammeln. Er sammelt fürs Leben gern, aber nicht allein. Zuhause begleite ich ihn öfter. Ich sagte: »Nö«, aber dann tat es mir leid. Großvater konnte schließlich nichts dafür, dass Ingo nicht da war.

»Wenn's sein muss«, erklärte ich hoheitsvoll und Großpapa lachte. Er fragte in der Küche nach einem Korb, und dann marschierten wir los.

Auf dem Weg in den Wald hat mich Großvater auf die eine oder andere Bergblume aufmerksam gemacht.

»Bergspitzkiel«, sagte er zu einer Wickenart in poppigem Violett. »Eisenhut«, zu einem Gewächs mit leuchtend blauen Blüten, die aussahen wie winzige Soldatenhelme.

»Äußerst giftig«, er deutete auf eine Gruppe Weißblüher mit gelben Pollenständen. »Alpenküchenschelle. Ebenfalls giftig. – Für Pflanzen, Pilze und Menschen gilt das Gleiche«, fuhr er fort. »Lass die giftigen stehen.«

Ich kicherte. Trotzdem steuerte er, als wir den Wald erreicht hatten, die Stelle an, wo die Gesellen mit den roten Hüten und den weißen Tupfen standen.

»Wo es Fliegenpilze gibt, gibt es auch Steinpilze«, sagte er.

Kurz darauf hatten wir den ersten. Genau genommen war es nur ein halber; die Schnecken hatten bereits begonnen, ihn unter sich aufzuteilen. Behutsam pulte Großvater sie mit seinen knittrigen alten Fingern ab.

Danach fanden wir drei weitere – Steinpilze, nicht Schnecken, darunter ein Prachtexemplar mit einem Hut, groß wie ein Suppenteller. Unter Blaubeergestrüpp versteckten sich Pfifferlinge. Auch ein paar Schweinsohren spürten wir auf.

»Eine Delikatesse«, schwärmte Großvater, »man findet sie nur ganz selten.«

Als Großpapa müde war, setzten wir uns auf einen quer liegenden Baumstamm. Großvater erzählte mir, wie er und seine Kameraden sich nach dem Zweiten Weltkrieg im Straflager von Pilzen ernährten.

»Wir haben sie über dem Feuer in unseren Blechnäpfen

gegart und zum Essen unser Aluminiumbesteck benutzt, das wir immer bei uns trugen«, erklärte er. »Das Essen mit Messer und Gabel hat mich gerettet, es hat mir einen Rest Würde bewahrt während meiner Zeit als Kriegsgefangener, als ich nichts weiter als eine Nummer gewesen bin.«

Dann erzählte er mir, wie er damals am Ende des Krieges dem Erschießungskommando entkommen war. Das hat er schon oft getan, aber er erzählt die Geschichte immer so, als hätte sie noch niemals jemand gehört, nicht einmal er selber. Als würde er zum ersten Mal davon berichten, sucht er die Worte, verbessert sich, macht Pausen, denkt nach, als müsste er sich erinnern.

»Auf dem Weg ins Gefangenenlager nach Russland haben wir in der Tschechei in einer Schule übernachtet«, sagte Großvater. »Am nächsten Morgen bin ich mit einem Kameraden hinunter zum Brunnen gegangen, um mir die Zähne zu putzen und mich zu rasieren. Da kam ein Aufseher und hat uns zugeraunt, geht nicht wieder nach oben, dort werden die anderen gerade alle erschossen.«

Großvater war danach vier Jahre in einem Lager im Ural in Gefangenschaft, aber jenen Augusttag, an dem er unfassbares Glück hatte und mit dem Leben davonkam, feiert er als seinen zweiten Geburtstag.

»Übermorgen werde ich vierundvierzig«, sagte er, der eigentlich sechsundsiebzig ist, und ich ergänzte, wenn du dich damals nicht rasieren gegangen wärst, würde es mich nicht geben. Jedes Mal, wenn Großvater seine Geschichte erzählt, wundere ich mich aufs Neue, dass etwas so Banales wie Zähneputzen am Brunnen den Ausschlag gegeben hat, dass Mama, Uwe und ich am Leben sind.

Als wir zurück zur Pension Blum kamen, waren die Eltern und Uwe noch nicht wieder da. Aber Ingo war aus Bozen zurück. Er hackte Holz und hatte seinen Walkman auf, so dass er Großvater und mich nicht kommen hörte. Das zerkleinerte Brennholz schichtete er an der Wand des Geräteschuppens auf. Resi hängte Wäsche auf, Leintücher, Handtücher, Tischtücher, Servietten, lauter Rechtecke und Vierecke in Weiß, kleine und große. Großvater steuerte auf sie zu und hielt ihr den Korb mit unserem Pilzfund unter die Nase.

»Sind die zu gebrauchen in Ihrer geschätzten Küche?« Großpapa drückt sich manchmal ein bisschen geschwollen aus, aber ich weiß, dass er von Resis Kochkunst hell begeistert ist. Sie ist eine tolle Köchin. Eine kurzsichtige, eine lustige Köchin. Großvater habe ich im Verdacht, dass er am liebsten mit ihr anbändeln würde.

Resi strahlte, als sie einen Blick in unseren Korb geworfen hatte.

»Zu gebrauchen? Und ob! Donnerwetter!«

Ingo hatte uns bemerkt. Er ließ sein Beil im Stich, streifte den Walkman ab, kam herüber und schaute über meine Schulter in den Korb. Er roch ein bisschen nach Zahnarzt, jedenfalls bildete ich mir das ein.

»Sogar Schweinsohren.« In seiner Stimme schwang Bewunderung mit. »Wo habt ihr die gefunden?«

Großpapa und ich tauschten einen Blick. Wir lächelten einander zu. Und sagten nichts.

Abends gab es als Vorspeise Pilzrisotto und wir schmeckten darin die Pfifferlinge, Steinpilze und Schweinsohren, die wir gesammelt hatten. Großvater schwärmte von unserem Fund. Mama schwärmte vom Kalterer See. Sie waren Tretbötchen gefahren und ich dachte, wie langweilig.

Später spielten wir Monopoly. Sogar Großpapa machte mit, aber nur, um über Los zu kommen.

»Ich bin im Ruhestand«, erklärte er, »meine Rente ist sicher, warum soll ich mich für irgendwelche Straßen und Häuser verschulden? Andererseits –«, aus seinen Augen blitzte der Schalk, »dafür, dass ich mit einem Mensch-ärgere-Dich-nicht-Männchen im Kreis laufe und pro Runde vierhundert D-Mark kassiere, kann ich schließlich auch einen Würfel bewegen. So leicht kommt man selten zu Geld.«

»Auch wenn es nur Spielgeld ist?«, fragte Uwe. Er kaufte die Schlossallee und Papa die Parkstraße, und ich gab Großvater Kredit, als beide auf ihren Straßen ihr zweites Hotel gebaut hatten und er die Miete nicht mehr bezahlen konnte.

Währenddessen stand Ingo am Tresen und las in dem Buch, von dem ich jetzt weiß, dass es ein Krimi von Raymond Chandler ist. Er las allerdings so wenig konzentriert, wie ich konzentriert spielte. Unsere Blicke flogen hin und her. Kann man sterben, wenn man von einem fliegenden Blick getroffen wird?

Großpapa war als Erster pleite, brummte etwas von Mietwucher und schlief auf seinem Stuhl ein. Als Nächstes gab Mama auf, dann ich, nachdem ich zuvor mein Bärchen ohne Härchen von der Lasche meiner Jeans gelöst und verpfändet hatte. Papa spielte mit zusammengebissenen Zähnen hochverschuldet weiter, bis Uwe, der immer reicher wurde, keine Lust mehr hatte. Großpapa wurde wieder wach und meinte, wenn's am schönsten sei, solle man aufhören. Papa tätschelte seinem kleinen Kameraden die Schulter und sagte ihm ein bisschen säuerlich eine steile Karriere als Baulöwe voraus; dann fügte er hinzu, es wäre ihm lieber, Uwe würde Mediziner wie er. Am besten Chirurg oder Orthopäde, da könne man am meisten Geld machen.

»Ich werde lieber Konditor«, verkündete Uwe, »oder Bademeister. Und jetzt will ich ein Eis.«

Der Abend hat hier mehr Farben als der Abend zuhause. Für sein Gute-Nacht-Ritual bemalt er die Höcker von Rosengarten und Latemar mit Rottönen. Alpenglühen. Zum ersten Mal, seit Vicky hier ist.

Ein langer Tag, an dem ihr der Pool allein gehört hat, liegt hinter ihr. Reihum hat sie alle Sonnenliegen durchprobiert. Bevor die zweitägige Regenfront kam, haben Hotelgäste, die jetzt nicht mehr hier sind, die Liegen in eine günstige Position gerückt, um sich zu verschiedenen Tageszeiten von verschiedenen Sonnen bescheinen zu lassen: der goldenen Morgen-, der heißen Mittags-, der milden Nachmittags- und der erfinderischen Abendsonne. Jetzt hat Vicky eine Abendsonnenliege um 180 Grad gedreht und nimmt das in Himbeerfarben auf Fels geschriebene Drama in sich auf. Eine Botschaft, die man lesen kann? Um halb acht ertönt der langgezogene Klang der einen Kirchenglocke von Wünschnofen, die sich jetzt Abendglocke nennt. Am Abend kann Vicky die Schwermut besser ertragen.

Goodbye, sagt sie, als das Alpenglühen verlischt, bis morgen.

An diesem Abend probiert sie das Essen im Hotel Edelweiß aus.

Ein Gasthof, der schon vor sechsundzwanzig Jahren zu den alten zählte. Vicky sitzt in der Gaststube mit abgehängter Kassettendecke allein am Kopfende eines Tischs für sechs Personen, als leite sie eine Konferenz. Es gibt keine kleineren Tische und sie mag sich nicht an die Längsseite setzen, mit einem leeren Stuhl neben sich, als fehle dort jemand. Vicky fehlt nichts. In die Rückenlehnen der Stühle sind Herzen gestanzt.

Die Wirtin bedient selber. Unter dem Rock ihres

Dirndls wogen drei Unterröcke, ein roter und ein hellgrüner aus Taft und ein weißer Spitzenunterrock. Mit resoluter Stimme gibt sie Anweisungen in Richtung Küche, als würde sie schon hundert Jahre im Hotel Edelweiß Regie führen. So eine weiß sicher über alles Bescheid, was in Wünschnofen in den letzten zwei Jahrzehnten passiert ist, jede Geburt, jede Hochzeit, jeden Todesfall kann sie herbeten. Als die Wirtin das Wiener Schnitzel mit Pommes serviert, fasst Vicky sich ein Herz und fragt sie, was aus den Blums geworden ist.

Die Wirtin runzelt die Stirn, offenbar muss sie erst ordnen, was sie zu erzählen hat. Sie beginnt mit dem Todesfall, von dem Vicky schon weiß: Vor vier Jahren sei die Blumen-Resi an Lungenkrebs gestorben wie zweieinhalb Jahrzehnte zuvor ihr Mann, Gott hab ihn selig.

Verfluchter Krebs!, denkt Vicky. Ehe die Wirtin zu einer längeren Krankengeschichte ausholen kann, fragt sie rasch: »Und ihr Sohn, der Ingo?«

»Der Ingo?« Die Wirtin schaut sie groß an. »Der Ingo ist natürlich nicht gestorben. – Warten Sie! … Der Ingo ist mit seiner Frau und den zwei Madeln nach Bozen gezogen, runter ins Tal.«

Vicky spürt, wie Hitze in ihr aufsteigt. Wie in der Gegend, wo ihr Herz ist, etwas zu flackern beginnt, was zuletzt nur noch ganz schwach geglommen hat.

Ingo hat also eine Frau. Das hat sie sich gedacht. Und er hat Kinder. Töchter. Von einer Frau, die nicht sie ist.

Die Wirtin schaut sie neugierig an. »Kennen Sie denn den Ingo?«

Vicky nickt. »Ja. Von früher. Ist lange her.« Sie schluckt, räuspert sich. Nun, da sie eine Spur hat, brennt sie darauf, mehr zu erfahren, und will doch nicht, dass die Wirtin allzu viel von ihrer Neugier mitbekommt. »Was macht Ingo dort in Bozen?«

»Ich glaube, sie haben da ein Restaurant übernommen. Ein griechisches. Der Ingo hat eine Griechin geheiratet.«

Sie. Sie haben. Ingo und seine Frau also.

»Nun essen Sie. Ihr Schnitzel wird sonst kalt.« Die Wirtin lächelt breit und geht mit ihren wogenden Röcken davon.

Wie in Trance isst Vicky ihr Schnitzel, das dünn und so groß ist, dass es fast die ganze Fläche des Tellers einnimmt.

Ingo ist plötzlich wieder da. Auferstanden aus dem Nichts lebt er ein höchst irdisches Leben und zwar gar nicht weit weg von hier. Er ist nicht Lehrer oder Rechtsanwalt geworden, wie Resi es sich gewünscht hat, sondern führt ein Restaurant in Bozen.

Vicky weiß nicht viel mehr über die Stadt, als dass es dort eine Fahrschule und eine Zahnarztpraxis gibt, die Ingo vor sechsundzwanzig Jahren besucht hat. Einen Großmarkt, in dem die Lebensmittel für die Pension Blum eingekauft wurden. Es gibt auch einen Bahnhof, auf dem im Spätsommer, nachdem Vicky Abitur gemacht hat, der Zug gehalten hat, mit dem sie von ihrer ersten eigenständigen Reise ans Mittelmeer nach Deutschland zurückgekehrt ist. Sogar damals, als sie mitten in der Nacht das Fenster heruntergelassen hat, schien ein Geruch nach Zahnarzt, Autoabgasen und Industrie in der Luft zu liegen. Ob Bozen vielleicht doch mehr zu bieten hat als graue Vorstädte mit hässlichen Fabriken und qualmenden Schornsteinen, wenn Ingo dort ein griechisches Restaurant führt?

Die Wirtin tritt an den Tisch, um sich zu vergewissern, dass alles recht ist, und fragt nach einem Blick auf Vickys Teller, auf dem der größere Teil des Schnitzels noch liegt: »Schmeckt es Ihnen nicht?«

»Doch, doch«, versichert sie, »es ist nur etwas viel.« Am Ende muss sie vor dem letzten Schnitzeldrittel kapitulieren und weiß, es liegt nicht nur am Umfang.

Auf dem Heimweg verabschiedet sich ein Mond, der aussieht wie eine Fischgräte, vorzeitig von der Südtiroler Bergnacht, taucht lustlos hinter ein Tannenwäldchen und stürzt unsichtbar ins Tal ab. Immer noch derselbe uralte Mond, denkt Vicky, der schon vor sechsundzwanzig Jahren die Pension Blum beschien; der durch Fenster in Ferienzimmer gelugt und zugesehen hat. Der Mond, der heute kein bisschen anders aussieht als damals, der älter ist als die Berge und geduldig wie die Zeit, der Mond weiß alles von ihr, er weiß auch alles von Ingo, wenn der Mond erzählen könnte …

Vor dem Schlafengehen erschlägt sie eine Schmeißfliege. Zu blöd, denkt sie, dass man um diese Zeit noch ein Leben auslöschen muss. Noch dazu eines mit einem so schönen grün schillernden Kopf.

Südtirol 1989

Das nächste Treffen mit Ingo hat begonnen, wie das letzte aufgehört hat: indem er seinen Arm um meine Schultern legte. Wir saßen an »unserem« Platz hoch über dem Tal.

»Gehen wir zu unserem Platz?«, hatte Ingo gefragt und ich hatte heftig genickt. Es gefiel mir, dass er von etwas als »unserem« sprach, auch wenn es nur ein mit Heidekraut bewachsener Felsen oberhalb der Schlucht war, der uns keinesfalls gehörte. »Unser Platz«, »unsere Bank«, damit fängt es an, so heißt es zuerst, später dann »unsere Wohnung«, »unser Haus«, »unser Kind«.

»Wonach riechst du?« Er schnupperte an mir.

Ich hatte vor unserem Treffen, als ich Mama bei ihrem Mittagsschläfchen im Liegestuhl wusste, wieder Madame Rochas aufgelegt und mir später, während ich hinter dem Heuschober auf Ingo wartete, eine Roth-Händle angesteckt. Ich weiß nicht, ob es die Zigarette oder das Parfum war, was Ingo an mir roch, und Ingo sagte nicht, ob er es mochte. Er roch nicht mehr nach Zahnarzt.

Auch an diesem Nachmittag lernten wir kein Italienisch. Ingo drehte mich zu sich her und sein Gesicht war meinem sehr nah.

»Deine Augen sind türkisblau«, habe ich zu ihm gesagt.

Ingo antwortete: »Deine braun. Wie alles an dir.«

Er strich mir eine Strähne aus dem Gesicht. Mit zwei Fingern berührte er meine Wange, während sein Gesicht meinem immer näher kam. Jetzt, dachte ich. Mein erster Kuss. Dass es nicht Ingos erster Kuss war, wusste ich, als sich seine Lippen auf meine legten. Ich spürte es, weil da kein Zögern, kein Staunen war wie bei mir, keine Unsicherheit. Seine Lippen waren warm und fest, ohne fordernd zu sein. Er legte auch den anderen Arm um mich und zog mich so nahe zu sich heran, dass ich sein Herz Wand an Wand mit meinem schlagen fühlte. Wie viele Mädchen mag Ingo schon so gehalten haben? Ich dachte an Loredana, das Mädchen aus seiner Schule, das in der Pension das Abendbrot serviert. Ob er sie geküsst hat, wie er jetzt mich küsste?

Nach und nach kam eins zum anderen. Zuerst saßen wir noch, dann lagen wir. Anfangs berührten sich nur unsere

Lippen, dann unsere Zungen. Ich habe immer Angst gehabt vor dem ersten Zungenkuss und ob ich das kann. Nun entdeckte ich, dass es ganz leicht ist, ein Spiel, das man nicht lernen, sondern zu dem man nur Lust haben muss. Der Boden unter meinem Kopf war felsig mit ein wenig Moos darauf, zu hart, um gemütlich zu sein. Und wennschon – Gemütlichkeit ist etwas für Pfeifenraucher oder unverheiratete häkelnde Tanten. Ingo und ich spielten das Spiel mit den Zungen sehr lange. Als die Sonne hinter einem Baum hervor direkt in mein Gesicht hüpfte, schloss ich die Augen. Ingos Hand, die mich umfasst gehalten hatte, kroch unter mein T-Shirt und suchte sich den Weg aufwärts. Ich hielt ganz still, während seine Finger meine Brust erkundeten. Ein Kribbeln zog durch meinen ganzen Körper.

Ingo flüsterte an meinem Ohr: »Es ist sehr süß mit dir, *bellissima. Dolce.*« Er ließ seine Hand zwischen meinen Brüsten liegen und küsste mich und ich fühlte mich wie einer von Mamas Kuchen, für die sie so viel Butter verwendet, dass sie einem auf der Zunge schmelzen. Ich dachte, genauso würde ich gleich zerfließen oder auseinanderfallen.

Als ich die Augen öffnete, zogen Greifvögel ruhige Kreise im Blau. Und mussten nirgendwohin.

Heute Nacht, als Uwe schon lange schlief, suchte ich nach Koseworten für Ingo und flüsterte sie in die Dunkelheit.

Am nächsten Morgen trompetete Uwe beim Frühstück: »Vicky hat heute Nacht im Traum zu jemand Herzblatt gesagt.«

Ich wurde puterrot und trat unter dem Tisch gegen Uwes Schienbein. Es war mir egal, dass er aufheulte. Bald werde ich italienische Koseworte kennen und sprechen und Uwe wird keine Ahnung haben, was sie bedeuten.

5

Tag vier von Vickys Aufenthalt. Sie hat geträumt. Im Traum hat sie an der narbigen Fassade der verlassenen Pension Blum emporgeblickt. Die Fenster waren verschlossen und sahen aus wie Augen, die nach innen schauen.

Im Haus, hat Vicky gewusst, gibt es eine Schmetterlingszucht. *Farfalle.* In einem der Gastzimmer ist ein Seil gespannt, an dem lauter bunte Schmetterlingspuppen hängen. Vicky hat sich über die verriegelten Fenster gegrämt und sich gefragt, wie die Puppen, wenn sie Schmetterlinge geworden sind, aus dem verlassenen Gebäude hinausfinden.

Aus ihrem Nachttraum nahtlos in einen Tagtraum versetzt fühlt sich Vicky, als sie zum Frühstück in die Rotunde tritt. Die großen Panoramafenster rahmen die Silhouetten von Rosengarten, Latemar und Schlern ein wie Gemälde. Überwältigt bleibt Vicky mitten im Raum stehen, bis Johann zwischen sie und die »Kunst« tritt und fragt: »Gut geschlafen?«, und: »Was für ein Ei soll es denn heute sein?«

Bei ihrem allmorgendlichen Gang auf die Terrasse kneift sie die Augen zusammen. Was für eine Inflation von Licht! Die Luft ist so klar und rein, dass Vicky die Zapfen an den Tannen im Wäldchen oberhalb der Wiese erkennen kann. Vielleicht ist es auch nur ihr Blick, der klar ist. Die Dinge unterscheidet. Und alles umarmt.

Sie gönnt sich noch einen faulen Tag am Swimmingpool, liest sechzig Seiten, schwimmt zwanzig Bahnen, schreibt zwei WhatsApps und eine SMS. Die WhatsApps sind kurz und gehen an Dirk und Aljoscha, die SMS ist ein bisschen länger und reist ins Jenseits zu Bettina. Nach Bettinas Tod hat Vicky die Handynummer der Freundin nie aus ihrem Adressbuch gelöscht. Manchmal schreibt sie ihr und stellt sich vor, wie die Nachricht an jenem Ort ankommt, den man Himmel nennt. Viele der an Bettina getippten Botschaften enden mit einem Fragezeichen. Bettina hat ihr, bevor sie gestorben ist, versprochen, dass sie mit ihr in Verbindung bleiben wird. Vicky sagt sich, dass sie seither schon viele Zeichen bekommen hat. Einen Regenbogen. Eine Nachtigall, die einen ganzen Frühling über nachts vor ihrem Fenster zwitscherte. Ein Lächeln, das ihr ein wildfremder Mensch auf der Straße grundlos geschenkt und in dem sie Bettinas Lächeln wiedererkannt hat.

Liebste Freundin, schreibt sie, *du weißt ja alles, ich muss dir nichts erzählen. Soll ich nach Bozen fahren und versuchen, Ingo zu finden? Meinst du, das ist ein Weg, der irgendwohin führt?*

Da sie das Smartphone schon in der Hand hat, gibt sie Bozen in Google ein, klickt eine Liste mit Restaurants an und findet zwei griechische Tavernen. Sie zappt durch die Webseiten der beiden, blickt auf bunte griechische Vorspeisenteller, auf Platten mit Moussaka und Gyros und Zaziki, bei denen ihr das Wasser im Mund zusammenläuft. Ob Ingos Hände diese appetitlich angerichteten Speisen zubereitet haben? Ob also ein Koch aus ihm geworden ist, so wie Resi hingebungsvolle Köchin war? Vicky lächelt. Sie kann sich nicht recht vorstellen, dass Ingo diese Leidenschaft seiner Mutter geerbt hat. Sein Name als Restaurantchef taucht auf keiner der beiden Webseiten auf. Sollte sie also tatsächlich einen Versuch unternehmen, Ingo ausfindig zu machen, wird sie möglicherweise zweimal griechisch essen gehen müssen.

Sommer 1989

Über eine Woche ist vergangen, seit Ingo und ich uns zum ersten Mal geküsst haben. Mittlerweile hat er mir sein Zimmer gezeigt, einen von zwei Räumen in der Pension, die er und seine Mutter bewohnen. Das Zimmer ist klein, ebenso spartanisch eingerichtet wie die Ferienzimmer, ein gekreuzigter Jesus fehlt allerdings. Zum ersten Mal lerne ich das Reich eines Jungen in meinem Alter von innen kennen. Ein sehr ordentliches Reich. Ordentlich der Schreibtisch mit Schulbüchern und Heften. Viel ordentlicher als mein eigenes Pult zuhause. Ordentlich gemacht das schmale Bett. Ob die Träume, die Ingo darin träumt, auch ordentlich sind? Es steht nur mit dem Kopfende an einer Wand und die Bettwäsche hat ein Muster in der Farbe von Tarnanzügen.

Auf einer Kommode thront Ingos Stereoanlage mit Radio-, CD- und Kassettendeck, rechts und links flankiert von zwei mächtigen Lautsprecherboxen. Das Ganze erinnert an einen Flügelaltar und ist fast so heilig. In einem Bücherregal klemmen Krimis von Raymond Chandler und Simenon, vor allem aber Perry-Rhodan-Taschenbücher in mehreren Reihen. Auch ein Karton ist vollgepackt mit Perry Rhodans. Als Ingo mir gestand, dass er sich die wöchentlich erscheinenden

Science-Fiction-Hefte vom Taschengeld kauft, seit er zwölf ist, habe ich geschluckt. In meiner Klasse tauschen die Jungs Perry Rhodans untereinander und lesen sie während der Schulstunden unter der Bank. Schund, finde ich. Allerdings habe ich selbst bis vor kurzem täglich die Liebesromane von Hedwig Courths-Mahler verschlungen, die in Fortsetzungen in der Tunzheimer Kreiszeitung erscheinen. Schwülstige Schmöker ohne Nebensätze. Ich bin also keinen Deut besser.

In Ingos Zimmer setzen wir uns, wenn überhaupt, nur auf die Bettkante. Durch die dünne Wand dringt Töpfeklappern und Resis Stimme aus der angrenzenden Küche so deutlich herüber, dass wir uns beim besten Willen nicht alleine fühlen.

Deshalb verbringen wir die meisten Nachmittage draußen, was mir auch viel lieber ist. Wenn meine Eltern wüssten, was Ingo und ich miteinander tun, wenn wir ungestört sind, würden sie sicher versuchen, uns zu trennen. Wenn wir von der Felskante zurückkommen, verabschieden wir uns, bevor die Pension in Sicht kommt, und gehen jeder für sich. Damit mich meine wundgeküssten Lippen nicht verraten, verarzte ich sie mit einem Fettstift, der in der vergangenen Woche bedenklich abgeschmolzen ist.

Die Morgen, an denen Papa neben seinem Frühstücksteller Wanderkarten ausbreitet, sind schrecklich, denn dann steht eine Tagestour bevor und alle müssen mit. Nur Großpapa darf zuhause bleiben. So haben wir letzten Samstag als Familie die Boespitze bestiegen. Ich trottete hinter den anderen her, und Uwe, die Petze, petzte: »Papa, Vicky träumt.«

»Stimmt ja gar nicht«, motzte ich, obwohl es stimmte. Der Himmel war blank wie ein Spiegel, es gefiel mir, hoch oben in den Bergen herumzustiefeln, und dennoch sehnte ich mich nach Ingo und fühlte mich um einen Tag mit ihm betrogen.

»Pass auf, dass du nicht danebentrittst«, mahnte Papa. »Ein falscher Schritt kann dich das Leben kosten. Warum hast du deine Brille nicht auf?«

»Ich habe sie vergessen«, log ich, ohne mich zu schämen. Diese blöde Brille! Ich habe sie zuhause in Tunzheim auf meinem Schreibtisch liegen lassen. Absichtlich.

Oben auf dem Kulm hat Papa beim Gipfelfoto die Arme um uns gelegt und uns seine Kameraden genannt, mit denen man Pferde stehlen könne. Uwe blökte: »Mama sagt aber immer, man darf nicht stehlen.« Ich grinste vor mich hin, während Uwe noch wissen wollte, was mein Vater mit einem Pferd anfangen würde, wenn er es gestohlen hatte, er konnte doch gar nicht reiten.

Die italienische Familie kommt nachmittags an den Pool. Das Mädchen Riccarda fläzt sich auf die Nachbarliege und fragt Vicky ein Loch in den Bauch. Fragen, die mit *perché?,* warum?, beginnen. »*Perché sei qui da sola?*«, warum Vicky allein hier ist, will sie wissen, was sie hier macht und ob ihr nicht langweilig ist.

»*Sei carina*«, sagt sie, »du bist hübsch, hast du keinen Mann?«

»Doch, hab ich«, antwortet Vicky auf Italienisch und zeigt Riccarda ein Foto von Dirk auf dem Smartphone.

»*Che bello!*«, ruft sie aus. »*E bambini?* Habt ihr Kinder?«

Vicky schüttelt den Kopf. Hofft, dass Riccarda diesmal nicht »*Perché?*« fragt oder »*Perché no?*«.

Wie soll sie ihr erklären, dass sich Dirk nach einem Kind sehnt, das sie nicht bekommt und sich nur halbherzig wünscht? Meistens jedenfalls. Wenn sie ein Kind haben soll, dann kann sie sich vorstellen, dass es ein Mädchen ist wie Riccarda.

Auch wenn diese jetzt nach Vickys Alter fragt und auf die Antwort hin die Stirn runzelt und meint: »Einundvierzig – dann bist du fast zu alt zum Kinderkriegen.«

»Meinst du?« Vicky seufzt. Ihre eigene Frage nach der Vaterschaft von *Il Babbo,* der mit Michele um die Wette krault, bleibt ungefragt.

Sommer 1989

In der Pension fließt das Leben an mir vorbei. Die Rentnergruppe aus Oberursel ist längst abgereist. Wenn neue Urlauber ankommen, sind es meist ältere oder alte Ehepaare. Gerade ist eine vierköpfige Familie mit zwei Jungs da und Uwe hat Spielkameraden, vor denen er von seinen Dreitausenderbesteigungen mit Papa prahlt.

Die mehrtägigen Touren, die Papa mit Uwe macht, werden am Vorabend geplant und dann bin ich innerlich am Jubeln. Denn das bedeutet, dass für den Rest der Familie das Wandern ausfällt und ich mit Ingo zu »unserem Platz« gehen kann. Jede freie Minute verbringen wir da oben auf dem Felsvorsprung.

Über den Lautsprecher von Ingos Walkman hören wir Musik. Titel aus den Charts. ›Graceland‹ von Paul Simon und ›Stand by me‹, den Song aus ›Das Geheimnis eines Sommers‹. Den Streifen haben wir beide vor zwei Jahren im Kino gesehen, Ingo in Bozen, ich in Heilbronn.

Mein persönlicher Lieblingshit ist ›Un ragazzo come te‹ von Gianna Nannini. Ich kann den Text jetzt übersetzen, denn Ingo hat begonnen, mir Italienisch beizubringen. Italienische Verben und wie man sie dekliniert. Küssen heißt *baciare*, und wenn man jemanden gernhat, sagt man »*Ti voglio bene*«. Ingo und ich sagen es sehr oft zueinander. Außer Verben lerne ich Substantive. *Amore, cuore*. Das Herz und die Liebe sind im Italienischen männlich, ebenso wie die Sonne – *il sole*. Dagegen ist der deutsche Mann im Mond in Italien eine Frau – *la luna*. Ich sauge alle neuen Wörter auf wie ein Schwamm. Ingo findet mich begabt. Nachdem er mich neulich mit einem Reh verglichen hatte, nennt er mich jetzt *principessa*, Prinzessin. Ich selber habe leider immer noch keinen italienischen Kosenamen für ihn. Ingo selbst hat *tesoro* vorgeschlagen, das heißt Schatz. Aber ich verspreche mich immer und sage stattdessen *tenoro*.

Nach den Sprachlektionen liegen wir mit unter den Köpfen verschränkten Armen auf dem Rücken. Wir sehen den Greifvögeln zu, die über uns weite Kreise ziehen, und Ingo erklärt mir die Flugbilder, an denen man sie unterscheiden kann, sichelförmige Schwingen und runde oder gegabelte Schwanzfedern. Einmal fragte er gedankenverloren: »Ob segeln eine bessere Art ist, die Zeit zu verbringen, als einfach nur auf einem Ast rumhocken?«

Solche Fragen stellt er oft. Einmal haben wir überlegt, wohin wir gerne verreisen würden, und ich sagte: »Ich möchte mal nach Marrakesch.«

»Warum nicht nach Murmansk?«, fragte Ingo.

»Nach Marrakesch kommt man mit Interrail«, erklärte ich. »Murmansk ist viel zu weit weg. In der UdSSR. Unerreichbar. Genauso gut könntest du zu Alpha Centauri wollen.«

»Es ist von Süddeutschland genauso weit entfernt wie Marrakesch.«

Ingo rollte sich auf den Bauch und kitzelte mich mit einem Grashalm an der Nase. Ich glaubte ihm nicht. Obwohl er sich in Erdkunde besser auskennt als ich und fast immer recht hat.

»Lieber Marrakesch«, sagte ich. »Murmansk klingt nach Kälte und nach dem Weiß von Schnee. Ich mag es warm und bunt. Rot. In Marrakesch ist alles rot, die Festungsmauer und auch die Lehmhäuser der Altstadt.«

Eine rote Stadt! Das fand Ingo faszinierend. Er fuhr fort, von der Sowjetunion zu reden und dass es auch dort Städte gäbe, in denen etwas rot sei. Nicht nur die Politik. Der Rote Platz in Moskau zum Beispiel. Wir unterhielten uns über Tschernobyl. Mama hat damals wochenlang keine Frischmilch vom Milchladen gekauft und im Herbst das Obst an den Bäumen im Garten verfaulen lassen.

»Nach der Katastrophe ist in vierzig Kilometer Entfernung von der Todeszone eine Stadt aus dem Boden gestampft worden«, sagte Ingo. »Slawutytsch. Dorthin werden die Bewohner von Prypjat seit letztem Jahr umgesiedelt. Stell dir vor, eine nagelneue Stadt!« Seine Stimme bekam etwas Träumerisches. »Eine Stadt, in der es nichts Altes gibt und alle Gebäude gleich neu sind. Da würde ich gerne mal hin.«

»Magst du keine alten Gebäude?«, fragte ich.

»Nicht, wenn man nicht die Mittel hat, um sie zu renovieren«, sagte er, und ich wusste, dass er die Pension meinte.

Obwohl ich ihn verstehe, möchte ich nicht in die Stadt Slawutytsch, in der es nichts Altes gibt. Ich fürchte mich vor der radioaktiven Strahlung, die neu und unverbraucht ist, weder vor alten noch vor neuen Städten haltmacht und sich noch lange nicht verbrauchen wird.

»Außerdem ist es Ostblock«, sagte ich, »genau wie Murmansk. Wie willst du da hinkommen?«

Ingo sagte nur: »Gorbatschow.«

Wir reden viel über Gorbatschow. Wir bewundern ihn

beide. Wir unterhalten uns über Glasnost und Perestroika. Über das, was sich in der DDR, an den osteuropäischen Grenzübergängen und in den deutschen Botschaften abspielt. Was mag in den Menschen vorgehen, die in der DDR alles aufgeben, um in den Westen zu gelangen? Wie fühlt es sich an, wenn man seine Eltern, seine Freunde zurücklässt, ohne zu wissen, ob man sie jemals wieder sieht? Dass sich die Grenzen zwischen Ost und West eines Tages öffnen werden, kann ich mir, anders als Ingo, noch nicht vorstellen, Gorbatschow hin oder her.

Einen Großteil der Zeit auf dem Felsvorsprung verbringen wir in der Horizontale. Wir küssen und streicheln uns, weiter geht Ingo nicht, ich schon gar nicht. Einmal, als wir zufällig aufrecht saßen, habe ich nach meinen Zigaretten gekramt und mir eine angezündet. Ingo ließ sofort von mir ab. Er wurde still und schaute in die andere Richtung.

»Du bist hübscher, wenn du nicht rauchst«, sagte er. »Es macht Leute hässlich, wenn sie rauchen. Abgesehen davon, dass es krank macht.«

Da fiel es mir wie Schuppen von den Augen. Ich erinnerte mich, wie er von seinem Vater erzählt hat, der von Zigaretten nicht lassen konnte und daran gestorben ist. Wie konnte ich das auch nur für einen Augenblick vergessen?

Kleinlaut drückte ich den Glimmstängel aus.

An diesem Nachmittag küsste mich Ingo nicht mehr. Er, der mir gegenüber noch nie derb geworden ist, sagte, er habe keine Lust, einen Aschenbecher zu küssen. Am Abend habe ich die zur Hälfte aufgerauchte Schachtel Roth-Händle in den Mülleimer geworfen.

6

Ihre erste Wanderung. Nicht mit Vater, Mutter und Uwe wie damals, auch nicht mit Bettina und ihrem Freund wie nach dem Abitur, sondern ganz allein. Keine große Tour, auch keine in schwindelnde Höhen. Ein Alm-Rundweg, von dem es im Wanderführer heißt, er sei einfach und gut ausgeschildert. Der Tag hat schön angefangen und wird laut Wetterbericht nicht ganz so schön enden. Vicky wandert und denkt an Ingo, den Ingo von damals, den Ingo von heute, die Fahrt nach Bozen, die sie vielleicht machen wird. Sie setzt Fuß vor Fuß, Schritt für Schritt, wie weit muss ich laufen, um im Hier und Jetzt anzukommen, hoffentlich reicht meine Ausdauer, mein Mut.

Auf der Gutrast-Alm mit langen Tischen und roten Herzchen-Wachsdecken trinkt sie einen Himbeersaft und verzehrt einen Kaiserschmarrn. Dann geht sie weiter auf federnden Pfaden, vorbei an braunen Ameisenhaufen, großen Kegeln, auf deren Oberfläche es wuselt von winzigen Geschöpfen, die geschäftig durcheinanderlaufen, eingespannt in ihr Schicksal, ohne es zu wissen, weder glücklich noch unglücklich. Vicky wandert über eine Wiese voller Herbstzeitlosen, auf der sich die Gedanken ausbreiten lassen wie nasse Wäsche zum Trocknen. Überall stehen Kühe herum und fressen Gras, überall das hypnotische Gebimmel ihrer Glocken.

Sie knipst mit dem Smartphone ein Selfie mit Kuh und schickt es an Dirk, nur dies eine, mehr wird sie heute nicht senden und auch dieses ganz ohne *Küsse Küsse*. Und dann macht sie sehr viele Fotos mit ihrer Digitalkamera, nur Landschaft und ganz für sich allein. Schließlich breitet sie eine Decke auf dem Grün aus, lässt sich darauf nieder, legt den Rucksack unter ihren Kopf und schaut in den Himmel. Blau, blau, blau wie der Enzian. Wolken, die aussehen wie Sahnetörtchen, treiben gemächlich dahin.

Vor ihr, hinter ihr, neben ihr das unaufhörliche monotone Scheppern der Kuhglocken. Sie schläft ein. Sie träumt von einem Mann, den sie nie zuvor gesehen hat, und weiß, dass es Ingo ist.

Eine Kuhglocke wie ein Gong, der zum Mittagessen ruft, weckt sie. Aber da ist kein Tischleindeckdich neben ihr, sondern nur der Himmel über ihr, und er ist nicht mehr blau, sondern wolkenverhangen, als hätte ihn jemand mit weiß-grauem Rauch vollgepustet. Ein dicker Tropfen klatscht ihr auf die Oberlippe.

Scheiße.

Als die Wolken über ihr endgültig aufgeben und ihre Fracht ablassen, ist Vicky längst auf einem Weg, von dem sie hofft, dass es der Heimweg ist. Ihre Stiefel rutschen auf nassen Tannenzapfen und glitschigen Baumwurzeln. Nebelfetzen lösen sich von Tannenwipfeln und geistern über den bröckeligen Grund des Waldpfads. Eine weiße Kuh mit einer Landkarte aus schwarzen Flecken auf dem Buckel versperrt ihr den Weg. Ist sie nun hier langgegangen oder dort? Wald bleibt Wald und sieht überall gleich aus. Sie irrt umher und versucht sich zu orientieren, nicht am Himmel, der sie foppt und die Sonne versteckt, sondern an der Erde, an der Farbe des Kieses auf dem Weg, an der Höhe der Tannen und des Gestrüpps, an den Bänken, an denen sie morgens vorbeigewandert ist oder auch nicht. Ich habe kein Vertrauen, geht es ihr durch den Kopf, ich habe viel weniger Vertrauen als früher und dafür mehr Angst, dabei sollte es genau umgekehrt sein. Ich sollte lachen über mich und meine Furcht, hier verloren zu gehen, zumal in Zeiten von GPS und Google Maps.

Sie kramt das Smartphone aus dem Rucksack, aber es findet kein Netz.

Es ist nach sieben Uhr, als sie das Hotel erreicht. Im Flur steht der Hund Klitschko und funkelt sie mit seinen gelben Augen feindselig an. Er kläfft, so dass sie gar nicht erst das Glöckchen auf dem Tresen betätigen muss, um sich bemerkbar zu machen. Johann erscheint.

»So spät?« Er reicht ihr ihren Zimmerschlüssel. Mustert sie von Kopf bis Fuß. Ihr Haar, in dem sich Ästchen und Moos verfangen haben. Das tropfnasse Sweatshirt, die regengetränkten Wanderstiefel und die mit Nässe vollgesogenen, zweimal umgeschlagenen Beine ihrer Jeans, die aussehen, als sei sie mit Absicht durch tiefe Pfützen gewatet.

»Ich habe mich verirrt«, sagt sie kläglich und merkt plötzlich, dass sie friert.

»Passt eigentlich niemand auf Sie auf?«, fragt er.

Nach einem kurzen Moment Stille, in dem sie nicht weiß, was sie sagen soll, tut sie, was sie immer einmal wagt, wenn ihr ein Mann gefällt. Unter den schweren schläfrigen Augenlidern mit den regennassen Wimpern blickt sie direkt in sein Gesicht.

»Und auf Sie?«

War das nun ein magischer Moment?, denkt sie, während sie sich in ihrem Zimmer die nassen Klamotten herunterschält. Ach was, Magie. Magie ist ein Wort, das aus der Zeit gefallen ist. Für Magie ist man entweder zu alt oder zu jung. Aber sie wüsste schon gern, ob es jemanden gibt, der auf Johann aufpasst.

»Noch ein Nachtisch gefällig?«, fragt Johann nach dem Abendessen im Panoptikum. Die Langsamkeit in seiner Stimme und das breite Lächeln zeigt ihr: Das ist kein versteckter Rausschmiss, wenn sie kein Dessert möchte, sondern eine Einladung zum Bleiben. So streckt sie wohlig die Beine unter dem Tisch aus, erwidert Johanns Lächeln und wünscht sich zwei Kugeln Cassis-Eis.

Er bleibt bei ihr stehen. So wie er häufig an einem Gästetisch stehen bleibt. An dem der Italiener. An dem des älteren Herrn mit der Glatze. Heute Abend an ihrem. Er erzählt von sich. Sie horcht auf das, was er nicht erzählt. Kein Einheimischer ist er oder doch kein gebürtiger Wünschnofener. Vom Ritten auf der anderen Seite des Eisacktals kommt er. Außer als Bergführer hat er schon als Skilehrer gearbeitet. Vicky mag eigentlich keine Skilehrer. Jedenfalls nicht den Typ Skilehrer, dem Johann Gott sei Dank nicht ähnelt.

»So eine Art Allrounder sind Sie also«, stellt sie fest.

Er zuckt die Schultern. »Man muss schauen, wie man durchkommt hier in den Bergen. Man kann fast nur vom Tourismus leben.«

Seine Frau hat er auf der Hotelfachschule in Bozen kennengelernt, bevor sie das Panoptikum einem Bekannten abgekauft und übernommen haben. Seit drei Jahren führen sie das Hotel gemeinsam. Johann erzählt nicht, wo seine Frau jetzt ist und warum sie nicht da ist.

Er erzählt im Stehen und sie spürt, dass er gern bei ihr steht, dass er es nicht eilig hat, wegzukommen, an die Bar, hinter den Tresen, wo ohnehin Josefa residiert und Klare ausschenkt und manchmal ein dunkles Bier oder einen Edelvernatsch.

Vor dem Schlafengehen schaut sie die Fotos durch, die sie im Lauf des Tages gemacht hat. Löscht Doppeltes, Überflüssiges, Misslungenes. Wie leicht das ist, dieses Wegklicken von Unbrauchbarem, dieses digitale Berichtigen, bis nur noch das Genehme, Gefällige übrig bleibt. Nicht wie früher, als man noch Filme entwickelte, wie Bettina nach ihrer Südamerikareise, und die Quittung bekam für alles Falschbelichtete, Unscharfe, ganz oder knapp Danebengegangene. Filme, die einem den Spiegel vorhielten und alles wiedergaben, was man getan oder versäumt, hingekriegt oder verpatzt hatte. Plötzlich ist Vicky froh, dass das Leben nicht dem Fotografieren mit der Digitalkamera gleicht mit seiner Möglichkeit, alles Unpassende auszumerzen. Ob Aljoscha da wäre – andernfalls? Sie denkt an den Herbst vor fast sechsundzwanzig Jahren. Auch damals wäre es ohne Weiteres möglich gewesen, ein Kind abzutreiben. Sie überlegt, ob sie ihren Eltern dankbar sein muss. Für ihre Art, Probleme zu lösen, nicht zu löschen, wie die Kamera Bilder löscht.

Sie legt sich ins Bett, schläft sofort ein. Im Traum rennt sie mit Aljoscha über eine Blumenwiese, genauso alt wie er. Oder genauso jung.

Vor kurzem, als Ingo und ich auf dem Weg ins Dorf waren, weidete auf einer der Koppeln, auf denen sonst nur sanftäugige Kühe muhen, eine Eselfamilie. Vater, Mutter, Kind, wie im Bilderbuch. Das Füllen hatte struppiges Fell, braune Ohren und dunkle Streifen auf dem Rücken und an den Flanken. Wir blieben stehen, um es zu streicheln. Der Esel stand abseits wie ein verschmähter Liebhaber; er war nicht an uns, sondern an der Gras rupfenden Eselin interessiert, und zwar viel mehr als sie an ihm. Steifbeinig näherte er sich ihr und stieß einen Brüller aus, den ich äußerst unanständig fand. Eine wilde Verfolgungsjagd rund um die Wiese begann, ehe der Eselmann zur Eseldame aufschloss und sie zu besteigen begann.

Ingo und ich warfen uns einen Blick zu und lachten. Wir waren ziemlich verlegen.

Am nächsten Tag ging ich alleine zu dem kleinen Bach, unterhalb des Wäldchen, in dem Ingo, Uwe und ich Himbeeren gefunden haben. Ich steckte mir Kieselsteine, die ich in der Sonne gewärmt hatte, zwischen meine Beine. Für mich ist das noch fremd und neu. Sich »untenherum« anzufassen war in meiner Kindheit tabu, außer wenn es darum ging, sich zu waschen. So hat es mir Mama eingetrichtert und meine Finger haben brav einen Bogen um diese Körperregion gemacht, die nicht mal einen Namen hatte. Auch wenn es nur schwer zu glauben ist – bis ich elf war, war mein Wissen über die Entstehung von Kindern gleich null. Lange habe ich mich mit einem einzigen Satz zufriedengegeben, den meine Mutter zu diesem Thema beigetragen hat. Wenn Mann und Frau sich sehr lieb haben, sagte Mama, als ich sieben oder acht Jahre alt war, dann bekommen sie ein Kind. Auf diesen einen Satz folgte kein zweiter, und ich dachte, es gäbe keinen.

Damals habe ich mir immer überlegt, wie viel Liebe nötig wäre, damit im Bauch einer Frau ein Kind entstand und heranwuchs, und wer darüber entschied. Ob es vielleicht der liebe Gott war und ob er eine spezielle Waage oder einen Messbecher hatte, mit denen er prüfte, ob die Liebe, die zwischen Mann und Frau hin- und herging, dafür ausreichte. Ich hatte keine Ahnung.

Eines Nachts, kurz nach meinem elften Geburtstag, musste ich zum Pinkeln raus und dazu vom Dachgeschoss einen Stock tiefer, wo auch Mama und Papa ihr Schlafzimmer haben. Normalerweise höre ich, wenn überhaupt, nur Mamas ebenmäßige Atemzüge oder Papas unregelmäßiges Schnarchen. In dieser Nacht war es anders. Hinter der Schlafzimmertür herrschte Unruhe, und ich spürte, dass dort irgendetwas aufregend war. Bettzeug raschelte, Körper warfen sich hin und her, ich vernahm Getuschel, einen unterdrückten Aufschrei, Grunzen und das Quietschen von Bettfedern. Ich schlich mich zu dem Lichtpünktchen, das durch das Schlüsselloch in die Dunkelheit pikste, ging in die Knie und presste mein Auge dagegen. Durch das kleine runde Loch blickte ich auf das Ehebett meiner Eltern und auf zwei ineinander verkeilte nackte Körper, die miteinander rangen. Die Köpfe, die Gesichter sah ich nicht, vielleicht war das der Grund, dass ich mich nicht sofort wieder zurückzog, sondern gebannt stehen blieb. Ich hatte meine Eltern noch nie nackt gesehen und das, was auf der anderen Seite der Tür geschah, hatte nichts mit ihnen zu tun. Weder der Kampf noch das Stöhnen in zwei unterschiedlichen Tonlagen. Ich kannte den Klang von Mamas Stimme, wenn sie lachte, weinte oder tröstete; ich wusste, wie es sich anhörte, wenn Papa belehrte, ermutigte oder schimpfte. Ich kannte die Art der beiden, sich zu räuspern, wenn sie es ernst meinten, und ihren

Husten, wenn sie erkältet waren. Töne wie diese hatte ich noch nie aus ihrem Mund gehört. Ich lauschte, wie die hohen Jammerlaute kürzer und spitzer wurden und gleichzeitig das tiefere Ächzen länger und schmerzlicher. Die beiden nackten Körper rangen jetzt nicht mehr, sondern bewegten sich ruckartig. Es sah sehr anstrengend aus. Was trieben die da? Woran arbeiteten sie sich bloß ab? Mitten in der Nacht? Schließlich bäumte sich der obere der beiden Leiber auf, gleichzeitig ertönte ein Ausruf wie in höchster Not: Mein Gott!

Die Stimme gehörte meinem Vater, und ich war mir ziemlich sicher, dass er nicht betete. Papa betet nie, schon gar nicht nachts in seinem Bett, das überlässt er Mama. Warum flehte er dennoch zum lieben Gott, als wäre irgendetwas Entsetzliches passiert, gegen das er nichts ausrichten konnte? Ausgerechnet Papa, der sonst immer alles in der Hand hat? Gleich darauf fiel sein Körper zurück auf den anderen, der darunterlag und demnach der von Mama war; es folgte ein Stoßseufzer – und dann war Ruhe.

Ich hielt die Luft an. Meine Knie zitterten von der geduckten Haltung und ich merkte plötzlich, wie mein Herz klopfte. In meiner Brust hockte ein Schlagzeuger und ich fürchtete, der Trommelwirbel wäre noch auf der anderen Seite der Schlafzimmertür zu hören. Auf Zehenspitzen entfernte ich mich und huschte die Treppe hinauf zurück in mein Zimmer.

Am nächsten Tag beobachtete ich meine Eltern heimlich und suchte an ihnen nach Zeichen, die verrieten, was in der Nacht passiert war, aber sie benahmen sich wie immer.

Abends saß ich mit Uwe zusammen in der Badewanne. Ich blickte auf das kleine Teil zwischen seinen Beinen und fragte mich zum ersten Mal, warum er so ein Teil da unten hatte, ich aber nicht. Und ob es Zufall war, dass dieses Teil, das nur die Jungs hatten, in die Öffnung passte, die nur die

Mädchen hatten. Wenn Mann und Frau sich lieben, hatte Mama gesagt. In einem zerfledderten Gebetbuch von Großmama Schanna hatte ich einmal von »ehelichen Pflichten« gelesen und nichts anderes damit verbunden, als dass der Mann im Haus die Bohrmaschine und die Frau die Kaffeemaschine bedient. War es möglich, dass sie stattdessen Körperteile ineinandersteckten und es Liebe nannten? Ich hoffte, dass ich mich täuschte. Falls nicht, war nicht nur ich selbst, sondern die ganze Menschheit so entstanden. All die vernünftigen, strengen, grimmigen, ordentlich bekleideten Erwachsenen waren, sofern sie Kinder hatten, irgendwann einmal nackt gewesen, um sich zu verstöpseln – an den unanständigsten Stellen. Alle hatten sie gestöhnt, gekeucht und gegrunzt. Alle, alle, alle machten es, Großpapa, meine Lehrerinnen und Lehrer, die Frau vom Milchladen und Pfarrer Frohwein mit seinem muffigen Talar und seinen fünf Kindern. Auch Papas Freunde und seine Kollegen aus dem Stadtrat mit ihren gebügelten Anzügen und fleckenlosen Oberhemden.

Tags darauf, während der Hausaufgaben, schlich ich mich ins Wohnzimmer, holte den Gesundheitsbrockhaus aus dem großen Bücherschrank, blätterte darin und fand das Unglaubliche schwarz auf weiß. Wenig später fing ich an, die ›Bravo‹ zu kaufen, las sie in Windeseile auf dem Nachhauseweg und ließ sie in einer Mülltonne verschwinden, bevor ich daheim auf den Klingelknopf drückte. Vicky Winter ließ sich wie alle ihre Mitschülerinnen und Mitschüler aufklären von Dr. Sommer. Ich konnte nun etwas anfangen mit Wörtern wie »Schwanz« oder »hart« oder »feucht« oder »steif« und der Art, wie in der Schule darüber gelacht wurde.

Als ich dreizehneinhalb war und meine Regel bekommen hatte, setzte sich Mama eines Abends an mein Bett. Sie hatte den Brockhaus mitgebracht und schlug ihn an einer

Stelle auf, die ich mittlerweile bestens kannte. Ich blickte auf einen Längsschnitt des weiblichen Körpers, und Mutter deutete auf die Organe in dem Hohlraum südlich der Brüste.

»Das sind die Eierstöcke und die Gebärmutter.«

Auf diese Eröffnung folgte eine Kunstpause. Ich schaute höflich hin und wartete.

»Eines Tages wirst du einen Mann kennenlernen«, versprach Mama. »Wenn ihr euch liebt, werdet ihr ein Kind bekommen. Es wird da drin in der Gebärmutter heranwachsen.«

»Aha«, sagte ich.

»Kinder werden aus Liebe gezeugt«, wiederholte sie.

»Aha«, sagte ich wieder. Mein Mund war trocken; gleichzeitig schwoll etwas in mir an, was heiß und rot war und wehtat. Wieso brachte Mama selbst jetzt nichts anderes über die Lippen als das, was sie mir in all den Jahren meiner Kindheit vorgebetet hatte? Was soll die Verarsche, habe ich gedacht. Warum kann sie nicht sagen, wie es ist? Warum muss man stattdessen durch Schlüssellöcher schauen? Statt von Frau zu Frau über Mann und Frau mit mir zu reden, behandelt sie mich wie ein Kleinkind. Scheiße, Scheiße, Scheiße, wenn ich älter wäre, würde ich jetzt Krebs kriegen. Von heut auf morgen.

Ich drehte mich zur Wand und schloss die Augen.

Mama missdeutete die Geste und fragte: »Habe ich dich schockiert?«

Das war so absurd, dass ich im Bett herumfuhr und die Augen wieder aufriss. »Schockiert??? Wieso denn das?« Ich begann zu kichern.

Sie atmete auf. »Gott sei Dank.« Sie klappte den Brockhaus zu, erhob sich, ging ein paar Schritte zur Tür und blieb dort wieder stehen. »Weißt du, es ist nichts Schlimmes«, sagte sie, »es ist etwas ganz Natürliches.« Dann löschte sie das Licht.

Ich warf mich auf mein Kissen und lachte im Dunkeln und lachte und lachte.

An dem Nachmittag am Bach unterhalb des Himbeerwäldchens, als ich Kieselsteine in mich hineinschob, habe ich mich an Mamas Aufklärungsstunde erinnert. Ich habe an meinen Ekel von früher gedacht und daran, dass er nicht mehr da ist, und mich gefragt, wo und wann er mir abhandenkam. Meine Finger tasteten den Kieselsteinen hinterher, dorthin, wo es so weich und ein bisschen glitschig ist, und suchten dann die Stelle weiter vorn. Wie wird es sein, eine Berührung zu spüren, die nicht von mir ist?

7

Ihr erster Samstag in Wünschnofen. Vicky mag Samstage. Geräusche und Gerüche gehören dazu. Früher in Tunzheim haben die Samstage damit begonnen, dass der Vater und in späteren Jahren Uwe den Rasenmäher anwarf und der großen wuchernden Fläche hinter dem Haus eine Rasur verpasste. Um die Mittagszeit war aus der Wiese wieder ein Rasen geworden und das Wochenende konnte beginnen. Wenn der Vater keinen Bereitschaftsdienst hatte, zog er sich ins Wohnzimmer zurück, um Geige oder Bratsche für die sonntägliche Kammermusikrunde zu üben oder neue Stücke auszusuchen. Die Mutter backte je nach Saison Kirsch-, Zwetschgen- oder Apfelkuchen. Vicky, Uwe und Aljoscha hatten frei. Abends gingen Uwe und sie aus. Uwe zum Boxautofahren auf dem Frühlingsfest, zum Biertrinken und Weiberaufreißen, sie selbst auf eine Party oder ins Kino und später in die Willenlos-Bar, wo sie am Tresen rumhing, Cola mit Schuss trank und den Kerlen Fußtritte verpasste, die ihr an den Busen oder an den Hintern grapschten.

Geräusche und Gerüche ergaben zusammen das Samstagsgefühl. Heute stellt sich das Gefühl schon allein dadurch ein, dass Vicky weiß, dass Samstag ist, und obwohl nichts darauf hindeutet, dass der erste Samstag hier in Wünschnofen anders verlaufen wird als all die Tage zuvor.

Mit einem Wort auf den Lippen ist sie aufgewacht. In den Morgenstunden bildet ihr Gehirn manchmal Wörterschlangen, lang wie Bandwürmer, und nimmt sie mit ins Erwachen.

»Wanderwetterwaterloo«, sagt sie vor sich hin und muss lachen. Ein Blick aus dem Fenster zeigt ihr: Über Nacht hat sich das Wetter doch wieder dahingehend besonnen, heute früh ein Wanderwetter zu sein. Nichts erinnert mehr an den Regeneinbruch gestern Nachmittag.

Beim Frühstück bescheint sie die Sonne von links und Johann neckt sie im Vorbeigehen: »Sie haben einen Heiligenschein, was für eine gute Tat haben Sie heute Morgen schon getan?«

Vicky tut, als denke sie scharf nach. *Ich habe die Katze gestreichelt. Ich habe die Berge mit meinem Blick gestreichelt. Ich habe Dirk und Aljoscha in Gedanken gestreichelt.* Sie lächelt Johann an. »Heiligenscheine stehen mir nicht«, sagt sie, »ich bin nur zum Schein heilig. Sozusagen eine Scheinheilige.«

Sie findet ihre Worte ein bisschen zu kokett und schwenkt schnell um: »Sagen Sie mir lieber, wie weit der Sonnenschein heute reicht, damit ich beim Wandern nicht wieder in den Regen komme und so ein Waterloo erlebe wie gestern.«

Johann zuckt die Schultern. Das Wetter hier in den Bergen sei nun mal ein unsteter und wackliger Kandidat, werde heute aber wahrscheinlich halten. Er entwirft eine Rundtour für sie, die sich simpel anhört, nach wenig Steigung, viel Wald, viel Schatten und etwas Mitleid mit ihr. Nach ihrem gestrigen Auftritt hält er sie offenbar für so dusselig, dass er jetzt meint, er müsse sie schonen.

»Kein Spaziergang«, betont Johann, als hätte er ihre

Gedanken erraten, »die Tour ist lang, aber nicht langweilig. Genau das Richtige, um an einem Tag wie diesem bis abends an der frischen Luft und im Grünen zu sein. Apropos – heute Abend kann es hier ein bisschen laut werden. Es gibt Livemusik und dazu ein warmes Buffet. Oder umgekehrt, wie Sie wollen. Wenn Sie nach dem Marsch noch Lust haben …«

Vicky zögert. Mit den Samstagen ihrer Jugendzeit verband sich immer unbestimmte Aufregung und leises Herzklopfen in der Erwartung auf den Abend. Doch was konnte einem in einem Nest wie Tunzheim schon Großartiges zuteilwerden, außer einem Pizza-Rabatt und einem Gratisgetränk in Pinos Pizzeria, wenn man Geburtstag hatte? Meistens kam sie gegen Morgen mit Schluckauf, verschmiertem Make-up, verrutschtem BH und um eine Illusion ärmer nach Hause und schlief sich durch den Sonntag, um dem schalen Nachgeschmack des Samstags zu entgehen. Und trotzdem hat sie jedem Samstag aufs Neue sein Versprechen für den Abend geglaubt, hat unverbesserlich an Glücksfantasien festgehalten und tut es manchmal heute noch. So wie eben jetzt, als Johann diese Einladung ausspricht. Warmes Buffet und Livemusik. Vicky hat das Gefühl, in eine Falle zu treten, wenn sie zusagt. Was oder wer soll ihr Besonderes begegnen an diesem Samstagabend in der Rotunde? Den Mann ihres Lebens hat sie schon, und, was immer ihr sonst fehlt, ein Urlaubsabend ist keine Lotterie, die das Glückslos dazu bereithält.

»Heute nicht«, sagt sie zu Johann und ihre Stimme klingt kühler als beabsichtigt, »vielleicht nächstes Mal.«

Vater hat angekündigt, dass er mit Uwe die Kreuzspitze, dreitausenddreihundertschießmichtot Meter hoch, besteigen wolle. Am nächsten Morgen würden sie nach Vent fahren, aufsteigen zur Martin-Busch-Hütte und von dort aus an Tag zwei zum Gipfel starten.

Ich jubilierte innerlich. Papa hat, was seinen Siegeswillen angeht, seit wir in Wünschnofen sind, eine Pechsträhne. Er hat beim Mühlespiel verloren. Beim Monopoly hat er hochverschuldet aufgeben müssen. Papa brauchte mal wieder ein Erfolgserlebnis, er wollte seine Kräfte messen und gewinnen. Einen Berg bezwingen. Zwei Tage mit Ingo waren mir geschenkt.

Am nächsten Morgen brachen die beiden auf. Mit geschwellter Brust, ausgebeulten Rucksäcken, Seil und Lunchpaketen – wie Everest-Stürmer. Als sie weg waren, hat Mama vorgeschlagen, zusammen ins Dorf Eis essen zu gehen. Ich tat, als wollte ich den Rest des Urlaubs in meiner Klappliege verbringen, räkelte mich und sagte: »Kein Bock, ich mag lieber lesen.« Mama insistierte noch ein bisschen, sagte schließlich »schade« und ging allein. Ich sah zu, wie ihre Gestalt in dem roten Faltenrock und der blau-weiß gestreiften Bluse immer kleiner wurde. Irgendwie wirkt Mama bieder. Wenn ich erwachsen bin, werde ich mich bestimmt nie so anziehen wie sie.

Zerstreut griff ich nach Luise Rinsers ›Septembertag‹, konnte mich aber nicht konzentrieren. Ich wartete. Ingo war dabei, in einem der Gastzimmer eine Wasserhahndichtung zu wechseln, und ich wollte ihn nicht stören.

Ich schloss die Augen. Im Märchen werden unbewachte Königstöchter von Prinzen aus hundertjährigem Schlaf geküsst. Zwar ist Ingo kein Prinz und ich bin keine Königstochter, aber derzeit passte niemand auf mich auf, und vielleicht würde ich einen Kuss von Ingo bekommen, ohne vorher hundert Jahre geschlafen zu haben. Die Sonne machte mich schläfrig. Offenbar muss ich doch eingedöst sein, denn ich schreckte hoch, als mich plötzlich jemand an die Schulter tippte und sagte: »Hey, Schlafmütze!«

Ich öffnete die Augen. Ingos Gesicht war über mir, viel zu weit weg für einen Kuss. Er hatte einen schürzenblauen Rucksack geschultert.

»Ich fahre mit dem Bus hoch zum Nigerpass und gehe von da aus zur Sonnalp«, sagte er. »Meine Mutter bezieht von dort ihren Käse. Magst du mitkommen?«

Ich setzte mich auf, lächelte breit und sagte feierlich, als hätte mir Ingo einen Heiratsantrag gemacht: »Ja, ich will.«

Natürlich wollte ich. Ingo streckte mir die Hand entgegen, zog mich hoch und gab mir den ersehnten Kuss.

»Du musst dir andere Schuhe anziehen«, sagte er und deutete auf meine Badesandalen.

»Sowieso«, sagte ich schnell und lief ins Haus. Als ich mit Rucksack wieder aus der Pension trat, stand Resi bei Ingo. Sie legte den Arm um mich und sagte, sie freue sich, dass ich Ingo begleiten würde. Resi riecht so gut – nach den Gewürzen, die sie in ihre Vinschgauer Brötchen mixt, die sie zweimal in der Woche fürs Frühstück backt.

»Wie eine Profi-Alpinistin siehst du aus«, fand sie und kniff ihre Augen hinter der dicken Brille zusammen, »ein Jammer, dass dich dein Papa nicht auf seine Touren mitnimmt.«

Ich hätte fast losgekichert und Ingo hat gegrinst wie eine ganze Horde Honigkuchenpferde.

Resi hat in ihrer Schürzentasche gekramt und Ingo ein Bündel Lirescheine in die Hand gedrückt. »Hier, mein Schatz«, sagte sie. »Gönnt euch eine Brotzeit auf der Sonnalp!«

Zum Glück trafen wir nicht Mutter am Ortsausgang. Der

Bus brachte uns gemächlich und dann in steilen Kehren bergauf. Nach jeder Biegung rückten die Felsmassive von Rosengarten und Latemar ein Stückchen näher.

Ingo machte mich auf eine Senke rechts der Straße aufmerksam, in der der Karersee liege. Ich versuchte zwischen den Tannen einen Blick darauf zu erhaschen, aber das Gewässer schien sich zu verstecken. Die schartigen Felsmassen versteckten sich nicht, sie wuchsen und wuchsen und schienen uns entgegenzufallen.

Während wir auf sie zufuhren, ist etwas Beunruhigendes, Seltsames geschehen, das ich mir nicht erklären kann. Urplötzlich erfasste mich ein banges Gefühl, stumpf und spitz zugleich, halb Schwermut, halb Grauen. Die Niedergeschlagenheit war nicht in meinem Kopf, sondern in meinem Körper. Ich habe so etwas noch nie erlebt. So ähnlich muss es sich anfühlen, wenn Großpapa manchmal ein nahendes Gewitter in den Gliedern spürt. Er spürt es, lange bevor es irgendwelche sichtbaren Zeichen dafür gibt. Seine Voraussagen stimmen immer.

Ich fröstelte und versuchte die Bangigkeit, unter der sich mein Herz zusammenkrampfte, loszuwerden, indem ich meinen Kopf an Ingos Brust schmiegte.

»Was hast du?«, wollte er wissen.

»Warum wird man traurig, wenn man ein düsteres Gebirge sieht?« Ich dachte an die Morgenglocke in Wünschnofen, deren Klang mich auch verstört, ohne dass ich weiß, weshalb.

In einer Parkbucht auf dem Nigerpass hielt der Busfahrer an und ließ uns heraus.

»Pass auf das Mädel auf«, sagte er und zwinkerte Ingo zu, »lass sie dir nicht klauen von Laurin.«

»Ich bin doch nicht blöd«, grinste Ingo.

»Wer ist Laurin?«, fragte ich.

»Ein König«, sagte Ingo. »Soll hier in der Gegend mal eine Prinzessin geraubt haben. So eine, wie du es bist.« Er lachte, als er mein besorgtes Gesicht sah, gab mir einen Nasenstüber und dann einen Kuss. »Ist bloß eine Sage. Lange her. Brauchst keine Angst zu haben.«

Ich versicherte, dass ich keine Angst hätte. Solange Ingo in der Nähe ist, habe ich vor nichts und niemandem Angst. Nur vor der Schwermut konnte er mich nicht beschützen.

Ingo hat mir die Rosengartengipfel erklärt. Eine gewaltige beigegraue Wand ist nach Laurin benannt. Das höchste Felsenmassiv ist die Rosengartenspitze.

Unsere Wanderung zur Sonnalp, zuerst durch Wald, dann über eine Almwiese, dauerte eine Dreiviertelstunde. Das Gras hier oben war nicht ganz so saftig wie das auf den Weiden entlang der Blumstraße, die Kühe dagegen genauso zufrieden. Sie standen herum, schauten uns mit ihren feuchten Augen an, grasten und muhten. Das Gebimmel ihrer Glocken läutete die Anspannung in meinem Innern weg, je weiter wir hinaufkamen.

Die Alp ist ein aus Natursteinen gemauertes Gehöft mit niedrigem Giebel aus dunklem Holz und kleinen viergeteilten Fenstern, in denen sich der Himmel und die Berge spiegelten. Sie wird von zwei jungen Leuten bewirtschaftet, die nur wenig älter als Ingo sind. Die beiden sprachen Italienisch. Sie waren dunkelhaarig, dunkeläugig und braungebrannt, und wenn sie einander anlachten, sahen ihre Gesichter aus wie Spiegel des jeweils anderen. Sie waren verheiratet. Ingo erklärte mir, dass die beiden die Alm seit zwei Jahren gepachtet haben und ganzjährig hier oben wohnen – zusammen mit drei schwarzen Hunden, die schwanzwedelnd um uns herumsprangen, kläfften und uns beschnupperten.

Die junge Frau nahm Ingo und mich mit in einen halbdunklen, kühlen, aber nicht kalten Raum, in dem der Käse gelagert war. Zwei Wandregale waren vollgepackt mit gelben Laiben, rund und groß wie Wagenräder. Der Käsegeruch war derart scharf und penetrant, dass ich kaum atmen konnte und auch nicht wollte.

Die junge Bäuerin wuchtete eins der Räder vom Regal, schnitt es in der Mitte auseinander und eine der beiden Hälften in zwei Teile. Ingo holte ein Tuch aus seinem Rucksack und schlug sie darin ein. Dann entfaltete er eine riesige Plastiktüte und ließ das Käsepaket darin verschwinden. »Damit die Leute im Bus nicht tot umfallen«, sagte er und schnitt eine Grimasse.

Ich lachte. Mittlerweile kam mir der Gestank im Käselager nicht mehr ganz so intensiv vor. Draußen vor dem Haus setzten wir uns an einen Biertisch. Der junge Mann bewirtete uns mit Brot und Käse, dazu gab es kuhwarme Milch. Wir waren die einzigen Gäste. Der Bauer leistete uns eine Weile Gesellschaft. Ingo sprach mit ihm. Schade, dass ich erst so wenig Italienisch kann. Ich verstand nur sein Lachen. Weil ich der Unterhaltung nicht folgen konnte, habe ich mir die Gegend angeschaut. Trotz des unglaublichen Panoramas kam es mir schrecklich einsam vor hier oben. Eine Einsamkeit, die schön ist für ein paar Stunden oder Tage, aber nicht für ein Leben, auch keines zu zweit. Selbst die Hunde standen um uns herum, als hätten sie das Bedürfnis nach einem Kaffeeklatsch.

Ich hatte völlig die Zeit vergessen, als Ingo auf die Uhr sah.

»Wir müssen allmählich zurück«, mahnte er.

Kurz vorm Nigerpass blieb eine halbe Stunde, bis der Bus kam. Ingo hat mich auf ein von jungen Fichten eingerahmtes Wiesenstück gezogen und eine rote Decke ausgebreitet. Wir ließen uns darauf nieder und Ingo hat sofort angefangen, mich zu küssen. Diesmal war es anders als sonst. Seine Hände waren überall, auch an Stellen, die er bisher ausgespart hatte. Er öffnete den Knopf meiner Jeans und zog den Reißverschluss auf. Ich spürte seine Finger unter meinem Schlüpfer, sie streichelten und suchten. Ich war aufgeregt und wusste nicht, ob es mir gefiel. Als auf dem Kiesweg oberhalb der Wiese Schritte knirschten, nahm ich Ingos Hand weg und setzte mich aufrecht hin.

»Mir ist kalt«, sagte ich. Die Blumen hier oben auf fast 1700 Meter Höhe waren klein und nickten verfroren im Wind. Ich fühlte mich wie eine von ihnen. Sie hatten keinen Duft. Alles, was ich roch, war der Käselaib in Ingos Rucksack.

Viel Grün und frische Luft, hat Johann gesagt. Bei ihrer Samstagswanderung macht sie sich ein Spiel daraus, in die Lichtsprenkel zu treten, die die Tannen durchlassen. Der Rucksack auf ihrem Rücken fühlt sich leichter an als am Vortag, und auch ihr Kopf ist freier. Um die Mittagszeit nimmt sie ein Fußbad in einem Bach. Auf einem sonnenbeschienenen Stück Wiese wuchern wilde Nelken, Schafgarbe und ein Kraut, dessen Blütenstände aussehen wie Margeriten, aber dottergelb sind. Arnika. Eine Heilpflanze, hat sie der Großvater gelehrt. Anders als ihr Vater, der durch und durch Schulmediziner war, hat der Großvater viel übriggehabt für alternative Heilmethoden, für Homöopathie und Pflanzenheilkunde. Viel hat Vicky nicht behalten von seinen Kenntnissen, wohl aber, dass Arnika eine behutsame Heilpflanze ist, bei der es kaum ein Zuviel gibt. Dass das nicht bei allen Heilpflanzen so ist. Zahlreiche Pflanzen sind giftig und ihre Wirkstoffe können schaden, wenn sie falsch eingenommen werden. Auf das Quantum kommt es an.

Du kannst einen Menschen mit der gleichen Substanz, mit der du ihn heilen kannst, töten, wenn du die falsche Dosis wählst, hat Großvater gesagt. Mit den Pilzen ist es ähnlich. Viele Pilze sind, roh genossen, giftig. Erst die Zufuhr von Hitze, die Prozedur des Kochens, macht sie bekömmlich.

Auf dem Rücken liegend hört Vicky dem Bächlein zu, seinem Murmeln und Gluckern und Glucksen, wenn es unbekümmert über Steine hüpft und Felsen umspült. Warum kann ihr eigener Lebensfluss nicht ebenso munter und geschmeidig um den einen großen Brocken herumgluckern, den Wackerstein? Das Wasser staut sich davor, spritzt und gischtet und will nicht abfließen. Und wenn sie ihn bergen würde und an Land schaffen? Ob dabei mehr kaputtginge als ein Geheimnis? Ob es nur ein Knoten wäre, der platzen würde, oder vielmehr doch eine Bombe, die alles in Trümmer legt?

Vicky gähnt und blickt in den Himmel. Ist es mit der Wahrheit wie mit den Pflanzen und den Pilzen? Ist Wahrheit immer heilsam? Kann sie nicht besser das bleiben, was sie ist, wenn sie, umschlossen von der Kapsel eines Geheimnisses, im Verborgenen existiert?

Sommer 1989

Als wir am Spätnachmittag vom Nigerpass zurückkehrten, saßen Resi und Großpapa nebeneinander auf der Bank hinter dem Haus.

Resi fragte: »Na, ihr beiden, habt ihr Spaß gehabt? Hat die Brotzeit geschmeckt?«

Großpapa fragte: »War's schön, Schneekönigin?«

Mama kam dazu, blickte zuerst auf Großvater und Resi und dann auf Ingo und mich und fragte: »Was geht hier eigentlich alles an mir vorbei?«

Nach dem Abendessen spielten Großvater und ich drei Partien Mühle, während Mama dabeisaß und mit den Nadeln klapperte. Das Vorder- und das Rückenteil des grünen Pullovers waren fertig, sie strickte am Bündchen für einen Ärmel.

Ingo stand nicht wie sonst am Tresen. Er musste ein Referat für die Schule vorbereiten, die Mitte September wieder für ihn beginnt.

Außer uns waren nur noch zwei ältere Ehepaare in der Gaststube. Mama unterhielt sich mit einer der Frauen, die an einem Pullover für ihren Mann strickte, über linke und rechte Maschen, dicke und dünne Nadeln und die Kreuzspitze, die die Frau zuerst für ein Strickmuster hielt.

Großvater und ich brauchten lange für unsere drei Partien. Ich gewann die erste und wollte Großpapa die zweite gewinnen lassen, aber er kam mir auf die Schliche und bestand darauf, dass wir noch einmal beginnen müssten. Gegen meinen Willen gewann ich die zweite Partie und Großvater gewann die dritte, ohne dass ich nachhalf. Großvater war zufrieden und müde.

»Wenn's am schönsten ist, soll man aufhören«, sagte er.

Ich gab Mama einen Gutenachtkuss, hakte Großpapa unter, begleitete ihn in sein Zimmer und ging dann in das, welches mir an diesem Abend allein gehörte. Ich öffnete das Fenster. Der Mond hatte einen weißen Hof und glich dem Gelb inmitten eines Spiegeleis.

Als es klopfte, lag ich schon unter der Decke.

Ich lauschte. Mutter konnte es nicht sein. Sie hätte nicht vor der Tür gestanden, sondern, ohne anzuklopfen, mitten im Zimmer, als sei sie dorthin gebeamt worden wie Captain Kirk aus ›Raumschiff Enterprise‹. Ich hasse das. Wie die Pest.

Ich verharrte regungslos. Ein Versehen? Vielleicht hatte ich mich verhört und es war nicht meine Tür, an die geklopft worden war. Doch das Pochen wiederholte sich, jetzt etwas bestimmter. Ich setzte mich im Bett auf, schwang die Beine über den Rand, schlich zur Tür.

»Wer ist da?«, fragte ich und bemühte mich um einen forschen Ton.

»Ich bin's.« Ingos Stimme.

Ich drückte die Klinke herunter und öffnete. Erst einen Spalt, dann etwas weiter, dann noch weiter. Die Wärme, die noch vom Tag im Flur stand, drückte ins Zimmer. Ingo blieb draußen stehen. An seiner rechten Hand baumelte etwas an einer Kordel, er hielt es mir unter die Nase.

»Dein Talisman. Du hast ihn auf der Treppe verloren.«

Mein Bärchen ohne Härchen. Ich lächelte und griff danach.

Ingo griff nach mir. Er zog meinen Kopf zu sich heran und küsste mich. »Schlaf schön, *principessa*«, flüsterte er.

Ich konnte sein Gesicht nicht sehen. Im Nebenzimmer schnarchte jemand. Ingo entfernte sich zögernd. Ich wollte nicht, dass er ging.

»Der Mond scheint zum Fenster herein«, sagte ich hinter ihm her. »Magst du mal schauen? Er sieht aus wie das Gelbe vom Ei.«

Ingo drehte sich um und lachte leise. »Lass mal sehen«, sagte er, als hätte ich den Mond eigenhändig für ihn an den Himmel gehängt. Ich trat auf der Schwelle beiseite, um Ingo hereinzulassen, und schloss die Tür hinter ihm.

Wir standen eine Weile am Fenster. Unterhielten uns flüsternd, den Blick auf das leuchtende Gesicht oberhalb der Berge geheftet, als unterhielten wir uns mit dem Mond. Wenn wir uns über die Fensterbank lehnten, konnten wir neben uns in der Mauerwerknische die Jungfrau mit Kind sehen.

Ingo sagte: »Du siehst ihr ähnlich. Oder sie dir. Sie hat genauso schwere Augenlider wie du.«

»Das ist aber auch die einzige Ähnlichkeit. Ich lege keinen Wert auf Jungfrauenstatus.« Das habe ich so dahingesagt. Ich wollte Ingo nicht ermutigen, ich schwöre! Die Nacht war so warm, viel wärmer als nachmittags oben auf dem Pass. Und wir waren allein.

Wir hatten einander die Arme um die Schultern gelegt und streichelten uns gegenseitig an den Oberarmen. Wir küssten uns.

Ich hatte so wenig an. Zu wenig. Kein T-Shirt und keine Jeans, sondern nur mein dünnes Nachthemd. Ingo wurde das, was er anhatte, schnell los. Wir schlüpften unter meine Bettdecke.

Ingo sagte: »Du musst nichts machen, was du nicht willst.«

Und ich schwöre, ich habe nichts gemacht, was ich nicht wollte. Es war alles ganz selbstverständlich. Es war weich, warm und sanft. Es tat nicht weh. Kein bisschen. Ingo tat mir nicht weh. Wir taten es, ohne zu reden. Ingo stöhnte, als er zum Höhepunkt kam, und ich spürte seinen schnellen Atem an meiner Wange. Danach lagen wir lange aneinandergeschmiegt. Ich lächelte in die Dunkelheit. Schön war das, Ingos Körper an meinem Rücken zu spüren, seine Haut an meiner. Erst da hat er gefragt, ob wir keine Sorge haben müssten, dass meine Mutter ins Zimmer käme.

Ich habe gesagt, dass Mama nicht viel von mir weiß. Ingo hat gesagt, dass er mich liebt. Zum ersten Mal hat er nicht *»Ti voglio bene«* gesagt, sondern *»Ti amo«*.

Wir schliefen beide ein. Viel später drang fahles Licht ins Zimmer und Ingo fragte: »Hast du den Moment bemerkt, in dem die Dinge eine Farbe bekommen?«

Das musste ich verneinen.

Ingo ging, bevor die Morgenglocke läutete. Zum ersten Mal hat mir ihr wehmütiger Klang nichts ausgemacht. Ich horchte auf die Geräusche, mit denen die Pension wach wurde. Auf den aufgedrehten Wasserhahn im angrenzenden Zimmer, das Gurgeln und Räuspern des Zimmernachbarn. Auf Resis Stimme unten im Flur, die das Zimmermädchen anwies, etwas zu tun. Das Türenschlagen und Klacken von Schlüsseln in Schlössern, wenn Gäste zum Frühstück gingen. Der Dunst von gebratenem Speck und Rührei kroch durch die Türritzen. Weil ich Ingos Geruch auf meinem Körper behalten wollte, verzichtete ich darauf, zu duschen. Beim Zusammensuchen meiner Kleider für den Tag stieß ich auf das rot-schwarze Ensemble von Spitzenblüschen und Rock und schlüpfte hinein. Heute würde ich es anbehalten. Ich bin jetzt richtig und wahrhaftig eine Frau, kein Mädchen mehr.

8

So wie sich mit dem Samstag Gerüche und Geräusche verbinden, so gehört zum Sonntag Stille. Zuhause muss sie sonntags darauf achten, dass ihr die Decke nicht auf den Kopf fällt. Da Musizieren tabu ist, geht sie meist mit Dirk radeln oder ins Kino.

In Wünschnofen ist der Sonntag nicht still. Die Glocke der Dorfkirche läutet wiederholt, als hätte sie vergessen, dass sie es schon getan hat. Johann ist zum Gottesdienst gegangen und Vicky hat sich gewundert. Sie kann sich Johann nicht mit gefalteten Händen in einer Kirchenbank kniend vorstellen, aber Menschen, die in Bergdörfern zuhause sind, scheinen mit einem Frömmigkeitsgen geboren zu sein. Wann hat sie selbst zum letzten Mal einen Gottesdienst besucht? Es muss sehr lange her sein, denn sie kann sich an kein letztes Mal erinnern. Sie denkt nicht daran, Johanns Beispiel zu folgen, auch wenn die Stunde nach dem Frühstück im Panoptikum leerer ist als sonst.

Sie ist zur Pension Blum gefahren und hat sich in die Blumwiese gelegt, die keine Blumenwiese ist. In der Nähe der beiden steinernen Tischchen, um die sich damals die Liegestühle gruppierten, hat sie eine Decke auf dem Gras ausgebreitet und sich selbst auf der Decke. So wie damals an dem Tag, nachdem Ingo in ihr Zimmer gekommen ist. Kein Sonntag ist es gewesen, sondern ein Werktag, sie weiß nicht mehr, was für einer, aber die Wiese ist noch wie früher, ihr Grün an allen Wochentagen gleich saftig, und auch der Duft ist noch derselbe. Mit dem Duft kommt das Gefühl jenes Morgens wieder, pures Glück, das darin bestand, über Nacht eine andere geworden zu sein. Die Mutter hat sie komisch angeguckt, als sie in ihrem rot-schwarzen Ausgehfummel zum Frühstück erschienen ist, und Vicky hat sich nichts daraus gemacht. Aus gar nichts hat sie sich etwas gemacht an diesem Morgen. Sie war glücklich, mehr noch, selig. Ihr konnte keiner was. An nichts gedacht hat sie und sich auch nichts dabei gedacht, als der Großvater um die Mittagszeit sagte, ihm sei nicht gut, er müsse sich hinlegen, das war schließlich öfter der Fall. Der Großvater ist den ganzen Nachmittag in seinem Zimmer geblieben. Vicky und die Mutter haben immer wieder nach ihm geschaut.

Am Spätnachmittag sind der Vater und Uwe von der Kreuzspitze zurückgekommen, aufgekratzt und müde, weil sie nach einer kurzen Nacht im Matratzenlager morgens um halb fünf zum Gipfelsturm aufgebrochen waren. Eine Bombensicht haben wir gehabt, hat der Vater erzählt, es war ein Bombenerlebnis, und Vicky hat gedacht, ich hatte auch eins, ein Bombenerlebnis, wenn ihr wüsstet.

Sie hat in der Blumwiese liegend gelesen an jenem Nachmittag. Zwischendurch hat sie sich auf den Rücken gedreht und die Arme hinter dem Kopf verschränkt. Sie hat an der Fassade der Pension hinaufgeguckt zu der Nische mit der Jungfrau und dem Kind und sich älter gefühlt als diese, erwachsener, weil sie ihr etwas voraushatte, weil sie jetzt wusste, wie es mit einem Mann war, während die Muttergottes nur wusste, wie es mit einem Kind war. In einem unbeobachteten Moment ist Ingo zu ihr gekommen, hat ihr einen Kuss gegeben und gesagt, wie sehr sie ihm gefällt mit dem roten Rock und der schwarzen Bluse. Später hat sie Resi und Ingo in ihrer Ausgehkluft beim Wäscheaufhängen geholfen.

Beim Abendessen war die Familie wieder vereint. Es gab Wildgulasch mit Steinpilzen und Brezelknödeln. Alle haben mit Appetit zugelangt; selbst der Großvater, der vom Vater eine Spritze bekommen hatte, konnte nicht widerstehen und hat ein paar Happen gegessen. Danach wurde gespielt, Halma, bei dem man nicht viel denken, sondern nur über andere Männchen auf freie Felder hüpfen musste. Ingo und sie haben sich gegenseitig mit Blicken verbrannt.

An diesem Abend gingen alle früh zu Bett. Uwe und der Vater waren müde von ihrer Tour, Vicky war müde von der Nacht mit Ingo, der Großvater war müde vom Leben. Nur die Mutter war nicht müde, aber aus Solidarität mit den anderen und weil bei ihrem Strickzeug gerade ein Ärmel fertig war, legte sie sich ebenfalls früh schlafen. Als Vicky die Gaststube verließ, um nach oben in ihr Zimmer zu gehen, haben sich Ingo und sie aus der Ferne geküsst, lautlos, und sich dabei zugezwinkert.

Sommer 1989

Großvater ist nicht zum Frühstück gekommen. Das ist nicht zum ersten Mal passiert, in letzter Zeit hat er öfter verschlafen.

»Spinne, geh und schau nach ihm«, sagte Mama.

Auf meinem Weg nach oben begegnete ich Ingo.

»Ich muss zur Fahrstunde nach Bozen«, sagte er leise, »sehen wir uns heute Nachmittag?«

»Ich glaube schon.«

Er gab mir einen Kuss auf die Nasenspitze und war verschwunden.

Ich klopfte an Großpapas Zimmertür, aber er antwortete nicht. Ich ging hinein. Vielleicht hätte mir schon etwas auffallen sollen, als ich den Fuß über die Schwelle setzte, diese besondere Art von Stille, die im Zimmer hing und sich kurz darauf um mein Herz legte. Großvater lag noch im Bett und schlief. Er schlief sehr fest, denn als ich ihn ansprach, reagierte er nicht. Seine Lippen waren einen Spaltbreit geöffnet, aber die weißen Härchen, die aus seinen Nasenlöchern wuchsen, vibrierten nicht wie sonst im Luftzug seines Atems. Ich beugte mich über ihn und fasste nach seiner Hand, die über den Bettrand hing. Großpapas Hand war kalt.

In den Schmachtfetzen, die ich mir manchmal sonntagnachmittags vor dem Fernseher reinziehe, fangen die Frauen mit sperrangelweit aufgerissenen Augen und Mündern wie auf ein geheimes Kommando an zu kreischen, wenn ihnen klar wird, dass eine Person, die sie berühren oder auch nur ansehen, tot ist.

Ich kreischte nicht.

Ganz still stand ich da, totenstill lag der Großvater da, totenstill war es in mir.

Ich weiß nicht, wie lange es dauerte, bis ich mich wieder rührte. Mich umdrehte und sehr langsam das Zimmer verließ. Wie eine Puppe, die jemand aufgezogen hatte, stakste ich nach unten.

»Mama«, sagte ich, »Papa, Mama, Papa, ihr müsst kommen.«

»Vater«, sagte Mama oben in Großvaters Zimmer, »Vater, das kannst du doch nicht machen.« Als hätte sie eine Chance, ihn umzustimmen. Dabei hatte mein Vater bereits Großpapas Puls gefühlt und sein Ohr dorthin gelegt, wo sein Herz hätte schlagen sollen, nur um festzustellen, dass dort nichts mehr schlug. Er hatte Großvaters rechtes Lid hochgeschoben, einen Blick auf sein gebrochenes Auge geworfen und das Lid wieder zugedrückt.

Wir standen um Großvaters Bett herum, Mutter, Vater, Uwe und ich. Papa wusste, nachdem er Großpapas Tod festgestellt hatte, nichts mehr zu tun, außer sich mit beiden Händen am Kopf zu kratzen, bis seine Haare zu Berge standen. In seinen Geheimratsecken glitzerten Schweißtröpfchen. Sein Anblick machte mich fast ebenso betroffen wie der von Großpapa. So hilflos und betreten habe ich Papa noch nie gesehen. Mein siegverwöhnter Vater, Bezwinger von Bergen und Krankheiten, stand hilflos vor seinem Schwiegervater. Aber da war noch etwas anderes, das ihn beschäftigte. Ich spürte es, wusste aber nicht, was es war. Auf einmal befahl er Uwe und mir, wir sollten hinausgehen. Verblüfft verließen wir Großpapas Zimmer. Hinter der verschlossenen Tür entspann sich eine leise, aber heftige Unterhaltung.

Schlamassel, schnappte ich auf, was für ein Heckmeck, Überführungsprozedur, viel zu aufwändig, Geldfrage, was das kostet! Einfachere Lösung, Italien, was meinst du, wie lange es dauert, bis wir ihn auf legalem Weg heraushaben, Rattenschwanz an Bürokratie, glaub mir, ich kenne mich da aus.

Dazwischen die Stimme von Mama, Armin, das kannst du doch nicht machen. Sie sagte es in Abständen zwei, drei Mal, bittend, fast flehend, so wie vorhin zu Großpapa, als würden an diesem Morgen alle Männer Dinge machen, die sie nicht konnten.

»Was reden die da?«, fragte Uwe, »was kann Papa nicht machen?«

»Keine Ahnung«, sagte ich zerstreut. Ich machte mir keine

Mühe, das Gespräch hinter der Tür als Ganzes zu verstehen, zumal unsere Eltern jetzt ihren Ton noch weiter dämpften. Großpapa war einfach so gestorben. Als hätte irgendwer auf einen Knopf gedrückt und ihn ausgeschaltet. Er war gestorben, ohne sich von uns zu verabschieden, nicht einmal von mir, seinem Schnäbelein. Im Film fühlen die Menschen ihr Ende herannahen und lassen sich Zeit; sie rufen ihre Lieben einzeln an ihr Bett und geben ihnen etwas mit auf den Weg. Letzte Worte – Vermächtnis sagt man dazu. Was für letzte Worte hätte mir Großvater gesagt? Was für Worte hätte ich mir von Großvater gewünscht und von ihm sagen lassen?

Was hatte er in letzter Zeit gesagt? Nur sein Ausspruch »Wenn's am schönsten ist, soll man aufhören!« fiel mir ein, aber Großpapa hatte ihn immer bloß beim Spielen gesagt und ich konnte mir nicht vorstellen, dass er sich aus dem Leben so leicht verabschiedet hatte wie aus einer gewonnenen Partie Mühle oder Halma.

Meine Eltern kamen aus Großvaters Zimmer und schlossen rasch die Tür hinter sich.

Papa befahl uns, unsere Sachen zu packen.

»Machen wir eine Wanderung?«, fragte Uwe.

»Wir reisen ab«, sagte Papa knapp.

Mama wischte sich eine Träne aus dem linken Auge. Sie weint nur links. Seit ich denken kann, weint sie immer nur mit einem Auge, das andere stellt nicht genug Tränenflüssigkeit her, so dass sie sich zwischendurch immer Augentropfen einträufeln muss, damit die Hornhaut nicht austrocknet.

»Wie – wir reisen ab?« Meine Knie wurden weich.

»Wir fahren nach Hause, jetzt sofort.«

»Nein«, sagte ich mechanisch.

»Ohne Großvater?«, fragte Uwe.

»Nein, du Dummerchen, natürlich nicht.« Mehr war Papa nicht zu entlocken.

»Ich will nicht abreisen.«

Mein Vater überhörte mich, drehte sich zu Großvaters Zimmertür um und schloss sie von außen ab, wie es Großpapa immer getan hat, wenn er zum Essen oder spazieren ging.

»Hörst du, ich will nicht, ich will nicht«, brüllte ich.

Papa wandte sich um und runzelte die Stirn. »Vicky, du benimmst dich wie eine Dreijährige.«

Er schickte Uwe und mich auf unser Zimmer. Anstatt zu packen, setzte ich mich auf mein Bett und begann zu weinen. Ich weinte, weinte, weinte und konnte nicht mehr aufhören. Ich dachte nicht darüber nach, was mein Vater vorhatte, ich dachte nicht an Großvater, ich dachte nur daran, dass wir wegfahren würden und dass Ingo in Bozen bei der Fahrstunde war und ich ihn nicht wiedersehen würde. Uwe meinte, ich würde wegen Großpapa weinen. Ich weiß nicht, ob es auch meine Eltern meinten.

Da ich mich weigerte, zu packen, öffnete Mama, die in unser Zimmer gekommen war, den Schrank und verstaute meine Sachen und eine Plastiktüte mit schmutziger Wäsche im Koffer. Als sie das Gepäckstück verschlossen hatte, versuchte sie mich zum Mitkommen zu bewegen. »Mach es uns doch nicht so schwer!«, sagte sie. »Glaubst du etwa, du bist die Einzige, die traurig ist?« Ich rührte mich nicht. Mama seufzte, schob den Koffer aus dem Zimmer und schleifte ihn treppabwärts. Ich lauschte seinem dumpfen Poltern auf jeder einzelnen Treppenstufe, während ich in ein vom Weinen völlig durchnässtes Tempo schniefte. Nach einer Weile erhob ich mich schwerfällig. Mein Blick fiel in den Spiegel über dem Waschbecken. Mit den schweren Tränensäcken, die unter meinen verquollenen Augen hingen, sah ich aus wie

Derrick. Ich schulterte meinen Rucksack und trottete aus dem Ferienzimmer, bewegte mich aber nicht weiter als bis zum offenen Flurfenster im zweiten Stock.

Papa hatte den Mercedes vors Haus gefahren. Nachdem er das Gepäck in den Kofferraum gezwängt hatte, öffnete er die linke hintere Tür des Wagens und verschwand im Haus. Ich hörte seine Schritte auf der Treppe, dann im Flur im ersten Stock, wo er mit dem Zimmermädchen ein paar Worte wechselte. Eine Tür ging, dann noch eine. Ein paar Augenblicke war es still, dann ertönten im Flur und auf der Treppe wieder Schritte, die diesmal sehr schwer waren.

Das Nächste, was ich sah, war, dass Papa unten in der Haustür der Pension erschien mit etwas Großem auf dem Arm. Großpapa in seinem blauen Pyjama, und sein weißer Schopf hing über Papas Schulter. Papa trug ihn zum Auto.

»Hilf mir, Marita!«, herrschte er meine Mutter an. Gemeinsam mühten sie sich damit ab, Großpapa auf den Rücksitz zu bekommen. Es war schwierig, denn Großvater ähnelte jetzt einer großen Puppe mit steifen Gliedmaßen. Uwe hat einmal einen riesigen Plüschelch besessen, mit dem er lange Zeit unzertrennlich war. Überallhin musste der Elch mit. Unsere Eltern haben ihn genau so im Auto verstaut, wie sie es jetzt mit Großpapa taten. Meine Mutter bückte sich und zwang Großvaters störrische Beine und seine nackten Füße nacheinander ins Wageninnere.

Gerade als sie Großpapa mit vereinten Kräften ins Auto bugsiert hatten, stürzte Resi aus dem Haus. Ein paar Meter vom Wagen entfernt blieb sie stehen, schirmte mit der Hand ihre Brille ab, weil sie gegen das Sonnenlicht nichts sehen konnte, und rief: »Herr Wohlgemut, was ist mit Ihnen?«

Die liebe Resi! Sie hatte Großpapa in ihr großes Herz geschlossen und konnte sich seinen Namen nicht merken. Mein Vater richtete sich auf und sagte über die offene Wagentür hinweg wie über eine Gartenmauer: »Es geht ihm nicht gut, das Herz, wir müssen heimfahren.«

»So rasch? So plötzlich?« Resi war fassungslos. Sie bot an, eine Ambulanz zu rufen, um Großvater in die Klinik nach Bozen zu bringen. Mein Vater schloss vorsichtig die Wagentür. Vermutlich hatte er Angst, Großpapa könnte im Auto zur Seite kippen, wenn er sie mit Schwung zuschlagen würde. Er machte ein paar Schritte auf die Blumwirtin zu und stemmte die Hände in die Seiten.

»Danke, das ist nicht nötig«, sagte er. »Mein Schwiegervater wird zuhause von einem Spezialisten betreut.«

Ich wandte mich vom Fenster ab und lehnte mich gegen die Flurwand. In meinem Kopf fuhren die Gedanken Karussell. Warum lässt Papa Resi im Glauben, Großvater sei noch am Leben?, fragte ich mich. Warum sagt er nicht, wie es ist? Ich löste mich von der Wand und stieg langsam die Treppe hinunter. Wie in Trance. Bevor ich die Pension verließ, fiel mir etwas ein. Ich bog in den Flur ab, der zu Resis und Ingos Wohnräumen führte. Ich nestelte mein Bärchen ohne Härchen von der Lasche an meinem Hosenbund und hängte es an die Klinke von Ingos Zimmertür.

Und wenn es damals, als sie Hals über Kopf abgereist waren, schon Handys gegeben hätte? Wenn sie Ingo hätte eine SMS senden können, komm schnell, Großvater ist tot und mein Vater dreht irgendein Ding, ich brauche dich! Doch anstatt Kurznachrichten konnte man nur Gedanken schicken. Stoßgebete, gerichtet an Gott und, da sie ihn nicht erreichten, an einen Menschen. Lass Ingo heimkommen, bevor wir fahren. Ingo, bitte komm nach Hause.

Vicky liegt immer noch in der Blumwiese. Die Wolken sind schneeweiß, sie haben dicke Bäuche und folgen einander in höflichem Abstand. Zwischen ihnen blitzt die Sonne durch und Fetzen blauen Himmels. Wie hilflos sie in ihrer Wut war! Sie entsinnt sich, wie sie mit dem vollgepackten, vollbesetzten Wagen die geschotterte Blumstraße Richtung Dorf gefahren sind. Sie saß noch hinten rechts, die Hand am Türgriff, erst später haben Uwe und sie die Plätze getauscht. Wie sie hoffte, Ingo sei endlich auf dem Heimweg und käme ihnen mit seinem Fahrrad entgegen. Dann hätte sie die Tür aufgestoßen, um notfalls aus dem fahrenden Wagen zu springen. Aber Ingo kam nicht. Dass es nur eines kurzen Intervalls, der Zeit eines Ferienmorgens bedurfte, dass aus einem Leben ein anderes wurde! Etwas war zu Ende. Nicht nur der Urlaub. Nicht nur Großvaters Leben.

Stück für Stück hat sie sich zusammengereimt, warum ihr Vater auf der überstürzten Heimfahrt bestanden hat und was er vorhatte. In seiner ganzen Tragweite erfasst hat sie das Geschehen, halb Schelmenstück, halb Gewaltstreich, in dem sie Statistin wider Willen war, erst später. Dass sich die Eltern der bürokratischen Prozedur nicht aussetzen wollten, die es bedeutete, einen im Ausland Verstorbenen nach Deutschland zu überführen. Viel einfacher war es, den Großvater inkognito über die Grenze zu schaffen. Menschenschmuggel sozusagen. Als Arzt kannte sich der Vater trotz seines unverwüstlichen Siegerwillens auch beim Sterben oder besser gesagt beim Gestorbensein aus, zumindest, was die formalen Hürden anbelangte, wenn es darum ging, den Tod eines Menschen amtlich werden zu lassen. Bei einem, der sich zum Sterben das Ausland ausgesucht hatte, machten die Behörden den Weg, bis er endlich in heimischer Erde beigesetzt werden durfte, für die Angehörigen zum Hindernislauf. Der Vater entschied sich, eine Abkürzung zu nehmen. Er kam zu dem Schluss, es wäre am besten, nach Hause aufzubrechen und es sofort zu tun. Die Zeit dafür war günstig. Die Feriengäste, die sich außer ihnen in der Pension eingemietet hatten, waren früh zu einer Tour aufgebrochen. Das Zimmermädchen war beim Bettenmachen auf den Zimmern, das Küchenpersonal kam erst gegen Mittag. Ingo war zur Fahrstunde in Bozen und Resi war kurzsichtig. Es war buchstäblich niemand zur Stelle, der einen scharfen Blick auf das Treiben der Eltern hätte werfen und dabei bemerken können, dass hier etwas nicht mit rechten Dingen zuging.

Vicky seufzt. Wie mag Ingo heute aussehen? Und wird sie wirklich an einem der nächsten Tage nach Bozen fahren und versuchen, der Spur zu folgen?

Sommer 1989

Papa hat Großvater tatsächlich angeschnallt. Zusätzlich fixierte er seinen Körper mit zwei Spanngurten, so dass er nicht zur Seite fallen konnte. Jetzt saß Großpapa ein letztes Mal auf dem angestammten Platz und sah aus, als würde er mit geschlossenen Augen seinen Gedanken nachhängen. Uwe maulte, ihm war eingefallen, dass er nicht neben ihm sitzen wollte, er mochte nicht neben einem Toten sitzen, schon gar nicht neben einem Toten im Schlafanzug. So hielt Papa, als wir aus Wünschnofen hinausgefahren waren, noch einmal an und ich setzte mich anstelle von Uwe in die Mitte.

Ich hatte nichts dagegen, neben Großpapa zu sitzen. Neben meinem Großvater mit seinen drei Leben. Er war ja immer noch mein Großpapa, ganz gleich, ob er nun etwas mehr oder etwas weniger oder gar nicht mehr atmete. Meine Tränen waren versiegt. Vielleicht, weil ich keine mehr hatte, vielleicht aber auch, weil mich Großvaters letzte Autofahrt in ihrer Absonderlichkeit so sehr in Anspruch nahm, dass meine Verzweiflung davor verstummte.

Während der Fahrt waren wir alle sehr still. So als wüssten wir, dass Großvaters Tod weniger auffallen würde, wenn wir alle nicht redeten, als wenn nur Großvater nicht redete. Vor dem Grenzübergang nach Österreich schaltete Vater das Radio ein. Es ging wieder um Ost-West-Flüchtlinge. Eine Nachrichtensprecherin berichtete, dass immer mehr DDR-Bürger in die Prager Botschaft strömten und der Ansturm nicht zu stoppen war. Rund um die Botschaft standen verwaiste Trabbis und Wartburgs.

Ich nahm Großvaters Hand. Sie war kühl, aber das ist sie auch früher manchmal schon gewesen. Heute war sie auch starr.

»Wir kommen jetzt zur Grenze, Großpapa«, sagte ich leise, als sei das von Bedeutung, als habe Großvater nicht die Grenze aller Grenzen überschritten. Uwe warf mir einen Blick zu, als hätte ich nicht alle Tassen im Schrank. Papa kurbelte die Fensterscheibe herunter und reichte unsere Ausweise hinaus, wobei er dem Grenzbeamten fest ins Gesicht sah. Der Beamte warf einen knappen Blick auf die Papiere und ins Wageninnere auf meine Eltern, zu uns nach hinten schaute er gar nicht. Die Beamten an der österreichisch-deutschen Grenze winkten uns durch.

Die Wolken über der Blumwiese ziehen rasch wie große weiße Lämmer, die von einem unsichtbaren Hirten getrieben werden.

»Hallo«, ruft Vicky probeweise nach oben, »ist da jemand?«

Wie vergänglich ist die Landschaft des Himmels über ihr, der doch immer der gleiche ist. Ein Flugzeug näht eine Spitzenborte in das Blau.

Vicky hat die Arme hinter dem Kopf verschränkt und gähnt. Schlafen wie vor zwei Tagen am Mittag ihrer Wanderung oder Lesen wie damals nach der Nacht mit Ingo kann sie nicht. Zu präsent ist der Nachmittag ihrer Heimfahrt vor sechsundzwanzig Jahren. Die Erinnerung an die Stille im Auto, die Kühle von Großvaters Hand in ihrer. Und dann war da dieses Gefühl des Verlusts, von Abwesenheit, bei gleichzeitiger Anwesenheit von etwas Fremdem, Neuem.

Irgendjemand, vielleicht war es der Großvater, hat ihr den Glauben eingepflanzt, dass alle Menschen irgendwoher kommen. Nicht nur aus dem Bauch der Mutter. Weiter her. Dass sie alle vor ihrem Leben schon irgendwo gewesen sind und irgendetwas oder irgendwer für sie entschieden hat, dass sie geboren würden. Falls an Großvaters Theorie etwas dran ist, wurde die Entscheidung für Aljoscha an jenem denkwürdigen Tag, an dem sich Großpapa fernab von daheim aus seinem und Vickys Dasein davongestohlen hatte, bereits gefällt. Ein Leben ging – und ein anderes kündigte sich an, auch wenn davon noch niemand wusste. Nicht einmal Vicky selbst. Sie selbst am wenigsten.

Die Straßen von Tunzheim waren ausgestorben und staubig und dösten in der Augusthitze, nur vor der Eisdiele in der Hauptstraße drängte sich eine Menschentraube. Darunter Gerold, der einzige Junge, der mir seit der siebten Klasse nachläuft und mit mir gehen will. Leider ist er brav und spießig, seine Jeans sitzen nicht richtig, mit sechzehn benutzt er immer noch kein Deo und außerdem spielt er Orgel. Orgel! Das ist noch schlimmer als Cello, das ich nur für Papa lerne.

An der Kneipe Zur letzten Ecke bogen wir ein in die Schulzenstraße. (Uwe sagt immer Schnulzenstraße, das hat er schon gemacht, als er noch gar nicht wusste, was eine Schnulze ist.) Unser Haus ist die Nummer neun. Mein Vater fuhr in den Hof. Der Motor erstarb. Wir alle blieben sitzen, als müssten wir warten, bis jemand käme und uns sagte, wie es jetzt weiterging. Ich betrachtete Großvater von der Seite. Sein Profil, das gegen die Abendsonne wirkte wie ein Scherenschnitt. Hatte er nicht eben den Kopf bewegt? Hatte nicht seine Hand gezittert, sein Lid gezuckt? Einen Moment lang flammte eine kleine, irrwitzige Hoffnung in mir auf. Großpapa hatte vielleicht nicht sieben Leben wie eine Katze, aber immerhin drei; dreimal war ihm das Leben geschenkt worden, warum nicht dieses Mal, warum nicht noch ein viertes Mal?

Früher saß er manchmal auch ganz still, zur Salzsäule erstarrt, wenn Uwe und ich ihn anredeten, Großvater, he du, sag mal was. Wir haben dann immer angefangen, ihn zu kitzeln, so lange, bis wir ihn zum Lachen brachten.

Schließlich stiegen wir doch alle aus. Großvater aber blieb sitzen wie in einem Bus, der noch nicht die richtige Haltestelle angefahren hat.

Das Geräusch, mit dem wir die Wagentüren öffneten,

klang wie immer. Unsere Schritte auf dem geplättelten Hof und den drei Stufen vor dem Eingang klangen wie immer.

Das Haus mit der hellen Fassade und dem blau-weißen Fachwerk im Giebel ist der Stolz von Papa, der Vorgarten der Stolz von Mama. Wilder Wein klammert sich an die Mauer rechter Hand der Eingangstür. Links klemmt eine Reihe Spalierbirnen an der Hauswand. Davor blühen jetzt im August mannshohe Sonnenblumen mit gesenkten Köpfen und in sich gekehrten Gesichtern. Darunter Malven, Dahlien, Tagetes und Astern – Blumenfußvolk hat Großvater immer dazu gesagt. Alles verströmte schwermütigen Duft. Die ausgebleichte rosa Gießkanne mit schwarzer Tülle stand halbvoll auf der Gartenbank neben dem Eingang. Ich ging daran vorbei und betrat das kühle Treppenhaus mit dem Philodendron. Hier riecht es tagsüber häufig nach Kaffee, abends wenn Papas Sprechstunde zu Ende ist und die Reinigungskraft die Praxisräume im Erdgeschoss wischt, nach Allzweckreiniger mit Freesienduft.

Im Flur unserer Wohnung im ersten Stock kam mir unser Familiengeruch entgegen. Ich rieche ihn nur, wenn ich länger weg gewesen bin, auf Klassenfahrt oder in Urlaub. Durch ein großes Fenster blickt man auf die Gartenmauer, die aussieht wie ein hochkant gestelltes Beet, weil aus den Ritzen, immer dort, wo vier Steine aneinanderstoßen, Gras und Unkraut kriecht.

Hinter der Gartenmauer liegt die Unterstadt von Tunzheim. Der Stadtkern ist zusammengewürfelt aus wenigen Fachwerkhäusern wie unserem, aus lieblos hochgezogenen Wohnblocks und Bürogebäuden und einem halben Dutzend Bauernhöfen. An Tagen, an denen der Wind von Osten kommt, riecht es im Ort durchdringend nach Kuhmist.

Auf dem Flurschränkchen, wo Frau Kaufmann, unsere Nachbarin, die Post hingelegt hatte, wartete ein Brief von

Bettina auf mich, verziert mit Marken, auf denen Äffchen abgebildet waren. Hungrig las ich noch im Stehen.

Über den Wolken trinken alle Menschen Tomatensaft, schrieb Bettina. *Am Äquatorhimmel gibt es wenige, aber sehr helle Sterne und der Mond hängt falsch rum wie ein beleuchteter Henkel. Es ist feucht und das Wort Gewitter bezeichnet die Zeit am Spätnachmittag, vor oder nach der sich die Dorfbewohner treffen. Im Urwald wächst ein Baum mit Namen Irontree. Sein Holz ist so hart, dass ein Haus, das daraus gebaut wird, bis in Ewigkeit steht. Es ist schön, in einem Land unterwegs zu sein, das mehr Küsten als Grenzen hat.*

Bettina schrieb nicht, wie das Land heißt.

Ich dachte, Italien hat auch mehr Küsten als Grenzen, Küsten, die ich noch nie gesehen habe. Komischerweise war es dieser Gedanke, der mich aus jener Benommenheit riss, die mich seit unserer Abreise umgeben hatte wie Watte. Es war, als ginge in meinem Innern ein Klappmesser auf und stach in meine Eingeweide. Ich zuckte unter dem scharfen Schmerz zusammen. Da ich nicht weinen konnte, stöhnte ich wie ein krankes Tier.

Ich kam nicht dazu, Bettinas Brief weiterzulesen. Mama rief nach mir. Meine Eltern wollten Großpapa ins Haus tragen. Uwe hatten sie mit den Worten »Geh spielen!« in den Garten geschickt. Mich brauchten sie, um Türen zu öffnen und gleich wieder hinter ihnen und Großvater zu schließen: die Autotür, die Haustür, die Zimmertür.

Meine Eltern trugen Großvater in sein Zimmer im ersten Stock. Papa hatte ihn unter den Armen gepackt, Mama in den Kniekehlen, als bewege sie eine Schubkarre. Sie schnauften und schleppten sich ab und Papa ächzte: »Du meine Güte, ist er schwer! Macht einen der Tod schwerer? Ich könnte schwören, dass er heute Morgen noch leichter war.«

Sie legten den leblosen Körper auf das Bett und zogen die Decke über ihn. Großvaters Gesicht hatte sich nun doch verändert. Der Tod hatte seine Züge schärfer geschnitten, als sie im Leben waren. Über Großpapas angewinkelten Beinen bildete die Bettdecke einen Wulst wie ein Gebirge. Ich konnte mir nicht vorstellen, wie man ihn mit seinen im Sitzen erstarrten Gliedern in einen Sarg hineinbekommen sollte.

Papa war in die Diele gegangen. Er blätterte im Telefonbuch, griff zum Hörer und wählte eine Nummer. Die Männerstimme am anderen Ende der Leitung, die sich meldete, musste jemandem gehören, den Papa gut kannte, denn er duzte ihn. In knappen Worten schilderte er, was geschehen war, senkte dann die Stimme und fragte: »Könntest du uns einen Gefallen tun und meinen Schwiegervater abholen, ohne dass es Aufsehen gibt?«

Zwanzig Minuten später hielt ein schwarzer Mercedes-Kombi mit abgedunkelten Scheiben in der Einfahrt vor unserem Haus. »Pietät Bestattungen Georg Haß« stand in weißen geschwungenen Lettern neben dem Bild eines Engels auf dem Rückfenster, das mit einer roten Spanngardine verhängt war. Papa hat einmal erzählt, dass er vor fast zwanzig Jahren dem an einer doppelseitigen Lungenentzündung erkrankten jüngsten Sohn von Herrn Haß das Leben gerettet hat; daran muss ich immer denken, wenn ich den Leichenwagen mit der weißen Schrift und dem Engel vor einem Haus in Tunzheim stehen sehe. Offenbar war Herr Haß Papa etwas schuldig.

Zwei Männer in dunklen Rollis und schwarzen Jacketts kamen die Treppe herauf und wurden in Großvaters Zimmer geführt. Mein Vater sprach den Älteren der beiden mit Georg und Du an und wiederholte die Geschichte von Großpapas plötzlichem Tod, die er am Telefon erzählt hatte, wobei er keinen Hehl daraus machte, dass wir bei unserer Heimreise mit dem Toten auf dem Rücksitz zwei Grenzen überwunden hatten.

Herr Haß zog einen Stuhl ans Bett, nahm Platz und sagte mitfühlend, als sei Großpapa nicht tot, sondern nur geschwächt, und er selbst nicht Bestatter, sondern Krankenpfleger: »Er hat eine lange Fahrt hinter sich, schauen wir, was wir tun können.« Er streifte sich Handschuhe über und schlug die Bettdecke zurück.

Fasziniert beobachtete ich, wie er begann, durch Massieren und Dehnen der Gelenke die Leichenstarre in Großvaters Gliedern zu lösen. Ich habe nicht gewusst, dass das möglich ist. Eine Behandlung, die Großpapa aus seinem Puppenstatus erlöste und in einen Menschen zurückverwandelte. Fast hatte ich die Hoffnung, der Bestatter könne Großpapa wieder lebendigmassieren, wenn er es nur lange genug täte.

Schließlich, als hätte er es zuvor vergessen, blickte er auf und bat uns, das Zimmer zu verlassen, er und sein Begleiter könnten dann ungestörter arbeiten. Als wir wieder hereingebeten wurden, lag Großpapa ausgestreckt und mit auf dem Bauch gefalteten Händen in einem provisorischen Sarg aus Zinkblech. Er trug nicht mehr den blauen Schlafanzug, sondern Hose und Hemd und darüber seinen dunkelgrünen Pullunder, den er immer besonders gern getragen hatte. Endlich habe ich begriffen, dass er wirklich und wahrhaftig tot war und nichts ihn zurückholen könnte. In Tränen ausgebrochen bin ich darüber nicht und ich schäme mich dafür. Aber seit dem Morgen, als ich mir in Wünschnofen die Seele aus dem Leib geweint habe, ist irgendetwas in mir ausgetrocknet. Ich betrachtete Großpapas Finger mit den verhornten bläulichen Nägeln, die mich so oft gestreichelt haben, wenn ich auf seinem Schoß saß. Nie mehr, dachte ich, dann verschlossen Herr Haß und sein Mitarbeiter den Sarg mit einem Deckel.

Spätabends wurde Großvater aus seinem Zimmer und dem Haus, in das ihn meine Eltern ein paar Stunden zuvor erst hineingetragen hatten, wieder hinausgetragen. Ehe Herr Haß sich verabschiedete, bedankte sich Papa überschwänglich bei ihm für den unbürokratischen Beistand. Während die Bestatter Großvater umzogen, hatte auch er die Kleider gewechselt und sein buntes Flanellhemd mit einem einfarbigen vertauscht. Er war nun wieder Doktor Winter, geschniegelt, gebügelt und seriös. Ich nehme es ihm übel, dass er die letzten Minuten, die Großvater zuhause verbrachte, auf seine Kleidung verwendet hat. Als wäre es möglich, nach den Erschütterungen des Tages ebenso mühelos, wie man ein Hemd wechselt, von einem Leben ins andere zu schlüpfen.

Ich selber kann das nicht. Als ich irgendwann spät in mein Bett fiel, war es ein fremdes Bett. Laken, Kissen und Decke rochen nach Kindheit und Schüchternheit. Ich bin noch einmal aufgestanden und habe alles neu bezogen. Dann habe ich an Ingo gedacht, an meinen Ausflug mit ihm zur Sonnalp – gerade erst zwei Tage her war das.

Die Bangigkeit, die mich erfasst hat, als wir auf die Gebirgsstöcke von Latemar und Rosengarten zugefahren sind, kommt mir jetzt vor wie eine Vorahnung. Plötzlich fühlte ich mich bitterlich allein. Mama kam ins Zimmer, um mir Gute Nacht zu sagen. Das hat sie schon eine Weile nicht mehr getan. An diesem Abend nahm mich Mama in die Arme und hielt mich fest. Vielleicht hielt sie sich auch an mir fest, wer weiß? Sie meinte, wir dürften Großpapas Tod nicht so schwernehmen, nach einem langen und erfüllten Leben sei er nun beim lieben Gott, das glaube sie ganz fest. Ihr linkes Auge glänzte, sie sprach mit beschwörender Stimme, als müsse sie sich von dem, was sie sagte, selbst überzeugen.

Vielleicht reicht ihr Glaube in Wirklichkeit nur bis zur Zimmerdecke und jedenfalls nicht bis zum lieben Gott. Mama tat mir leid, fast mehr, als ich mir selbst leidtat. Sie drückte mich noch einmal an sich und gab mir einen Gute-Nacht-Kuss. Dann ging sie hinaus.

Ich sehne mich nach Bettina. Irgendwann kommt sie zurück. Bettina fotografiert Vögel. Sie schreibt, sie hat sich ein Stativ gekauft und einen Hut mit breiter Krempe, weil man sonst nach stundenlangem Birdwatching mit einem Sonnenstich umfällt. Sie ist ganz allein unterwegs. Sie scheint nichts und niemanden zu vermissen, auch mich nicht. Schon immer hat Bettina auf mich gewirkt, als sei sie sich selbst genug und bräuchte keinen Menschen. Das fasziniert und befremdet mich zugleich. Ob es sie vor Schmerz beschützt, dem Schmerz in der Seele?

Erst spät verlässt Vicky die Blumwiese.

Als sie aufsteht und die Decke zusammenfaltet, sieht sie auf dem Pfad unterhalb der Kuhweide einen Mann stehen, der zu ihr hinaufblickt. Untersetzte Statur. Sie stutzt. Sein Gesicht ist zu weit entfernt, als dass sie es genau erkennen könnte. Aber das orange-blaue Hemd kennt sie. Der Mann von neulich, als sie während des Gewitters im Café La Luna saß. Und später Pilze suchte. Was hat der Mann hier herumzuschleichen? Warum starrt er sie so an? Rasch rafft Vicky ihre Sachen zusammen, kehrt dem Fremden den Rücken zu und geht zum Auto. Während der Fahrt versucht sie ihre Beklommenheit loszuwerden. Wahrscheinlich wohnt der Mann auf einem der Aussiedlerhöfe hier in der Nähe.

Ihre Stimmung hat sich eingetrübt wie das Wetter.

Der Sonntagabend endet so kühl und farblos, als hätte das Jahr Lust, bereits jetzt im August Schluss zu machen mit allem und vor allem mit sich selbst.

Als Vicky ins Hotel zurückkommt, sitzen die beiden kleinen Frauen Mia und Martha im Foyer und warten aufs Abendessen. Martha sitzt im Rollstuhl. Beide sind in warmes Licht getaucht. Vicky mag es, zu ihnen hinzuschauen. Das Licht der Lampe dämpft die Melancholie, die sie überfallen hat. Sie freut sich an dem bisschen Rot des Weins in den Gläsern, die die beiden vor sich stehen haben. Martha winkt Vicky zu sich her.

»Ich habe einen Anschlag auf Sie vor«, verkündet sie, als Vicky in den schummrigen Lichtkreis getreten ist.

»Ich weiß nicht, Martha«, sagt Mia, die mit den etwas weißeren Locken. Schwache Abwehr liegt in ihrer Stimme.

Vicky wartet. Sie kann sich nicht vorstellen, wie ein Anschlag von Martha im Rollstuhl aussehen soll.

»Ich bin nicht gut zu Fuß«, fängt Martha an, »und das ist noch ziemlich geschmeichelt. Meine Freundin aber schon. Nicht wahr, Mia?«

»Lass doch, Martha«, sagt Mia.

»Ich würde es gern sehen, wenn sie hier mal eine richtige Wanderung machen könnte. Eine Gipfeltour, verstehen Sie?«

Vicky lächelt und nickt. Sie ahnt, worauf Martha hinauswill.

»Hätten Sie nicht Lust, so eine Tour mit ihr zu machen?«

»Bitte, Martha.« Mia macht eine Pause, ehe sie fortfährt: »Frau Winter ist so viel jünger als ich. Ich möchte ihr nicht zur Last fallen.«

»Das tun Sie nicht«, versichert Vicky.

»Seit Tagen redest du davon, dass du gern aufs Weißhorn möchtest und dich nicht alleine traust«, sagt Martha, halb beschwörend, halb vorwurfsvoll.

»Ich wollte schon immer mal aufs Weißhorn«, betont Vicky und wird richtig lebhaft. »Vor sechsundzwanzig Jahren haben meine Eltern und ich die Tour kurz vor dem Gipfel wegen Schlechtwetter abbrechen müssen. Sie sehen, ich habe Nachholbedarf.«

»Ach, Sie waren schon mal hier? Dann kennen Sie das alles schon?«

»Ein bisschen«, sagt sie und denkt: ziemlich gut. »Wollen wir gleich morgen gehen?«, fragt sie. »Laut Internet klart es heute Nacht auf und morgen gibt es schönes Wetter mit Fernsicht.«

»So rasch? Aber ich möchte wirklich nicht, dass Sie wegen mir … ich meine, vielleicht mögen Sie lieber alleine …«

»Ganz und gar nicht«, sie lacht, »bis jetzt bin ich vor allem durch Wald gestiefelt und nicht weit hinaufgekommen. Es wird Zeit für einen Gipfel. Und bitte sagen Sie Vicky zu mir.«

Spätsommer 1989

Großvater ist auf dem Tunzheimer Friedhof am Waldrand beerdigt worden. Pfarrer Frohwein, der mich konfirmiert hat, erzählte in seiner Ansprache aus Großvaters drei Leben, unter anderem die Geschichte, wie er nach dem Krieg dem Erschießungskommando entgangen ist. Obwohl es so lange her und Großpapa am Ende doch gestorben ist, bevor er seine sieben Leben zu Ende gelebt hat, hielt die Trauergemeinde bei Herrn Frohweins Schilderung den Atem an. Mama hat ein Foto von Großvater vergrößern lassen, das während der Trauerfeier in einem schwarzen Rahmen auf einer Staffelei vor seinem Sarg lehnte. Großpapa legt seine rechte Hand wie ein kleines Dach über die Stirn vor das schlohweiße Haar und blinzelt in den Himmel hinauf, vielleicht zu einem Flugzeug oder einem Vogelschwarm.

Als wir nach der Trauerfeier die Aussegnungshalle verließen und Großvaters Sarg zum Grab folgten, habe ich das Bild mitgenommen und es später beim Leichenschmaus im Café Hilpert an der Stirnseite der langen Tafel aufgestellt, an der die Trauergesellschaft belegte Brötchen vertilgte, zuerst Kaffee und dann Bier und Rotwein trank und von Minute zu Minute ein bisschen weniger traurig wurde. Großpapa hätte sich über beides gefreut, weiß ich, über die gelöste Stimmung und sein Bild auf dem Tisch, genau wie es den Gästen gefiel, dass Großvater sozusagen mit uns tafelte. Abends nahm ich das Foto mit nach Hause. Ich habe einen roten Rahmen gekauft und ihn gegen den schwarzen getauscht. Jetzt steht es hier, auf meinen Schreibtisch.

9

Der Wanderweg zum Weißhorn beginnt auf der anderen Seite von Wünschnofen hinter der Pension Blum. Vicky fährt mit Mia die Blumstraße entlang und stellt den Wagen auf der Grasnarbe bei der Pension ab.

»Das war das Hotel, in dem ich als Kind mit meinen Eltern war.«

Mia wirft einen Blick auf das verlassene Gebäude und auf den Latemar, zu dem sich einer der Giebel der Pension ausrichtet.

»Wie kann man so einen Platz nur aufgeben?«, wundert sie sich. »Man müsste das Haus kaufen und es wiederbeleben – wenn es nicht so weit außerhalb läge oder wenn man motorisiert wäre.« Sie lacht.

Mia ist nicht motorisiert. Sie hat nicht mal den Führerschein. Mit dreißig hat sie über hundert Fahrstunden hinter sich gebracht. Zweimal Anlauf genommen für die Prüfung, zweimal nicht bestanden. Vor lauter Angst, ein drittes Mal durchzufallen, hat sie es dann nicht mehr versucht. Angst hatte sie schon vorher. Angst vor der Straße. Vor Menschen, die über die Straße gingen. Angst vor anderen Autos. Solchen, die ihr entgegenkamen. Solchen, die sie überholten. Sie bekam Schweißausbrüche beim Einparken, Panik an Kreuzungen. Fürchtete, einen Zebrastreifen zu übersehen. Schließlich hat sie ihr Vorhaben beerdigt. Das alles erzählt sie Vicky, während sie gemächlich den Waldpfad Richtung Mahd-Alm hinaufwandern.

»Manche Menschen haben Angst vor dem Tod oder vor dem Zahnarzt oder im Dunkeln«, sagt Mia. »Ich habe Angst, anderen auf die Nerven zu gehen, vor Löchern, vor Lenkrädern und davor, es nicht zu schaffen. Was auch immer. Ich schaue etwas an, und dann noch einmal und es wächst vor meinen Augen und wird mir zu groß.«

Sie wendet Vicky ihr kleines, gebräuntes, ein bisschen knittriges Gesicht zu. Alles an Mia ist klein. Ihre blitzblanken roten Wanderstiefel mit den schwarzen Schnürsenkeln könnten aus der Kinderschuhabteilung sein. Größe 36. Höchstens. Vicky vermutet, dass Mia sie extra für diesen Urlaub gekauft hat. Auch wenn Mia klein ist, wirkt ihr Körper drahtig und durchtrainiert, ihre Waden unter den hochgeschlagenen Hosenbeinen muskulös. Das Geständnis ihrer Angst hat Vicky überrascht. Sie selbst hat Angst vor Wespen. Vor Schmerzen, Schuld und großen Schatten. Davor, dass Dirk sie eines Tages verlässt, weil sie es nicht fertigkriegt, sich ein Kind von ihm machen zu lassen. Davor, dass Geheimnisse ans Licht kommen. Oder dass sie nicht ans Licht kommen und dazu verdammt sind, auf ewig Geheimnisse zu bleiben.

Heute aber will sie laufen, weit und hoch hinaus, und die Traurigkeit dabei abschütteln, die seit gestern in ihr nistet. Seitdem sie in der Blumwiese gelegen hat. Sie denkt an Aljoscha, der das Laufen zu seiner Leidenschaft, zum Lebenselixier hat werden lassen. Auch wenn sie nicht genau weiß, was Aljoscha dazu getrieben hat, meint sie plötzlich, ihn zu verstehen.

Sie lassen die Mahd-Alm rechts liegen und biegen

Richtung Weißhorn ab. Gekieste Wege wechseln sich ab mit Pfaden voller brauner Tannennadeln und ausgedehnten Matten, auf denen die Stiefel federn. Da ist dieses Geräusch, mit dem der unsichtbare Wind an diesem klaren Tag durch die Tannenwipfel streicht. Als käme er von sehr weit her, sei in Begleitung und habe noch eine lange und schöne Reise vor. Vor sechsundzwanzig Jahren war alles anders, der Himmel bewölkt und gewittrig, und nichts macht aus einer Landschaft so sehr eine andere wie das Wetter.

Mia gehört zu den Menschen, die Fragen stellen. Nachdem sie erzählt hat, dass sie verwitwet und Mutter zweier erwachsener Töchter ist, fragt sie Vicky nach ihrem Beruf und ob sie Kinder habe. Vicky beantwortet die zweite Frage zuerst, weil sie damit schneller fertig ist. Sie sagt Nein. Natürlich sagt sie Nein. Keine Kinder. Dann erzählt sie von der Buchhandlung, in der sie arbeitet, und von ihrer großen Liebe, den Büchern. Von ihrer noch größeren Liebe, der zu Dirk, redet sie nicht.

Von Mia hat Vicky, als sie die Baumgrenze erreicht haben, über die Tatsache hinaus, dass sie Angst und dass sie Töchter hat, noch ein bisschen mehr erfahren: dass sie seit dem Tod ihres Mannes zusammen mit Martha im Hessischen wohnt, in einem Ort mit einer törichten Vorsilbe und einem »au« am Ende, den sich Vicky nicht merkt. Beide Frauen waren Lehrerinnen und sind es jetzt nicht mehr, sondern im Ruhestand. Mit Martha teilt Mia so ziemlich alles, mit Ausnahme der Angst. Behauptet sie zumindest. Was für die Mobilität der beiden nichts bringt, denn Martha mag zwar keine Angst haben, besitzt deshalb aber leider so wenig einen Führerschein wie Mia. Die Reise nach Südtirol haben sie mit dem Zug bis Bozen gemacht, danach mit dem Taxi.

Der Pfad führt über schmutziges Gras, nackte Erde und lockere Steine steil bergan. Die Riemen von Vickys Rucksack zerren an ihren Schultern, obwohl sie sogar die Kamera zuhause gelassen hat. Ihre Sohlen rutschen. Mia ist besser dran, ihre Stiefel haben das stärkere Profil. Außerdem benutzt sie Wanderstöcke.

Dirk hat Vicky, bevor sie gefahren ist, angeboten, ihr nicht nur seinen Rucksack, sondern auch seine Teleskopstöcke zu borgen. Vicky hat ihn ausgelacht und gesagt, so weit kommt's noch, ich bin doch nicht behindert.

Ein letzter Schritt auf den Grat, und sie blicken in eine Scharte voller Geröll und Felsbrocken. Sie gleißt in der Sonne und ruft den Frauen zu: Hochgebirge! Die Blumen sind während des Aufstiegs immer kleiner geworden und nun so klein wie damals, als sie mit Ingo auf dem Nigerpass war. Winzige Enziane, knallige Lichtnelken mit kurzen Stielen, Gold-Pippau. Ein staubiger Pfad führt über den Gebirgskamm um die Scharte herum.

Beim Frühstück hat Johann gesagt, es gebe einen kurzen schwierigen und einen längeren leichten Weg zum Gipfel, je nachdem, ob sie Abenteuer wollen oder bloß Sonne. Mia meint, Sonne genüge ihr, und ist dann nicht mehr zu bremsen. Der leichte Weg ist nicht nur länger, sondern langweilig und darüber hinaus anstrengend zu gehen. Gespickt mit Steinbrocken zum Stolpern führt er einmal um das ganze Weißhorn herum, ehe er dem Bergsteigerwillen folgt und sich bergauf schraubt. Trotzdem dauert es nicht lang, und Vicky hat Mia aus den Augen verloren.

Sie begegnet einem in Tränen aufgelösten Jungen an der Hand seines Vaters. Seinem Schluchzen hört man an, dass er schon sehr lange weint. Er hat einen Punkt erreicht, an dem man weint, weil man weint, und an dem man einfach nicht mehr aufhören kann. Vicky würde ihn gern fragen, warum er weint. Sie hat Mitleid und gleichzeitig beneidet sie ihn.

Wann habe ich zum letzten Mal geweint?

Nicht, als die Mutter Krebs hatte, und noch nicht einmal, als Bettina starb. Sie meint sich zu entsinnen, dass Tränen salzig schmecken. Oder entsinnt sie sich gar nicht, sondern weiß es nur, so wie man weiß, dass das Meer salzig ist, auch wenn man nie zuvor Meerwasser geschluckt hat? Ob die Dinge leichter werden, wenn man weint? Ob sie je wieder aufhören könnte zu weinen, wenn die Tränen einmal fließen würden?

Vicky steht mitten auf dem Weg und folgt dem Vater-Sohn-Gespann mit den Augen, horcht dem Schluchzen nach, bis es in der Ferne verklungen ist.

Als sie sich wieder in Bewegung setzt, ist alles ein bisschen schwerer als zuvor. Die Traurigkeit ist ihr samtpfotig auf dem Fuß gefolgt und hat sie eingeholt. Wie hat sie sich einbilden können, dass sie ihr weglaufen kann? Andererseits, ist es nicht das, was sie sechsundzwanzig Jahre lang getan hat? Weglaufen? Vor dem, was ein Arzt, den sie konsultiert und der nicht ihr Vater ist, unlängst einmal Kummer genannt hat?

Für diesen Tag beschließt Vicky, den Wettlauf aufzugeben, und wird oben auf dem Gipfel mit einer WhatsApp von Dirk belohnt.

Na, schon oben, du Gipfelstürmerin? Toller Fernblick?

Am Abend zuvor hat sie ihm von der geplanten Tour geschrieben.

Würde das gerne mit dir zusammen genießen, schreibt

Dirk noch und: *Miss you, sweetheart*. Dirk schmuggelt gern englische Vokabeln oder Redewendungen in seine Sätze. Als junger Mann hat er bei einer Konzertreise in die Staaten Englisch gelernt und ist stolz darauf.

Mia ist stolz, dass sie es auf den Gipfel geschafft hat und dort sogar ein paar Minuten früher als Vicky angekommen ist. Sie umarmen sich. Für heute kann nichts mehr über Mia hinauswachsen außer dem Gipfelkreuz. Sie suchen sich einen Platz etwas abseits des übrigen Wandervolks. Mia breitet ihren Anorak, Vicky ihre schwarze Fleecejacke über das Felsengeröll. Als Gipfelzehrung gibt es belegte Brötchen, einen Apfel und einen Schokoriegel aus den Lunchpaketen. Mit ihren Capri-Sonnen stoßen sie aufs Du an. Wer gemeinsam einen Zweitausender bezwungen hat, kann nicht mehr Sie zueinander sagen. Sie winken lachend in Richtung Panoptikum und stellen sich vor, dass Martha mit dem Feldstecher nach ihnen Ausschau hält.

Vicky beantwortet Dirks WhatsApp mit ein paar übermütigen Zeilen: dass sie auch gern mit ihm zusammen hier oben wäre und dass sie ihn liebt. Zur Feier des Tages eine ganze Zeile Herzchen. Sie legt den Arm um Mia, schießt ein gemeinsames Selfie und schickt es den Herzchen hinterher, versehen mit dem Zusatz: *Weißhorn 2316 Meter*.

Für den Rest des Tages lässt die Traurigkeit sie in Ruhe.

Es ist September geworden und die Schule hat wieder begonnen. Papas Praxis hockt mit niesenden Patienten voll und sein Das-schaffen-wir-schon-Bass tönt aus dem Sprechzimmer bis zu uns in die Wohnung. Mama kocht den lieben langen Tag Marmelade ein; abends bügelt sie Papas Hemden, ihre Röcke und die Unterwäsche von uns allen, während Papa Urlaubsfotos in die Alben einsortiert.

Ich liege in meinem Zimmer auf dem Bett unter dem großen Dachfenster, das aus dem Himmel ein Viereck macht, ein blaues Viereck oder ein schmutziges Viereck, je nach Wetterlage. Ich drücke mich um meine Hausaufgaben und übe kaum Cello. Vaters Kammermusikstündchen sind eine Quälerei für mich. So gut wie nie komme ich gleichzeitig mit den anderen beim Schlussakkord an. Dann besteht Papa darauf, dass wir es nochmal und nochmal probieren, so lange, bis uns das Stück zu den Ohren rauskommt.

In meinem Zimmer höre ich Musik. Gleich nachdem wir aus Südtirol zurückgekommen sind, habe ich mir einen Walkman gekauft und jetzt spiele ich Ingos und meine Titel ab. ›Graceland‹, ›Un ragazzo come te‹, ›Stand by me‹, das vor allem. Oft überwältigen mich dabei die Gefühle. Ich bin abwechselnd traurig und wütend, manchmal beides zusammen. Ich habe eine Wut auf Papa, dass er uns zu dieser überstürzten Abreise gezwungen hat. Eine Wut auf Mama, dass sie sich hat zwingen lassen und uns mit. Manchmal bin ich sogar auf Großpapa sauer. Warum musste er gerade dort in Südtirol sterben, und ausgerechnet in dem Moment, als es für Ingo und mich anfing, richtig schön zu werden?

Um mich abzulenken, lese ich ›Narziss und Goldmund‹, ›Deutschstunde‹, ›Buddenbrooks‹, ›Das Parfum‹. Wenn ich nicht Musik höre oder lese, kaue ich an meinen Nägeln und wünsche mir meine Periode herbei, die seit unserem Urlaub schon zweimal hätte kommen müssen. Ich sehne mich richtig danach, nach dem Blut und dem Geruch zwischen meinen Beinen, ja sogar nach den Bauchschmerzen. Normalerweise überfallen sie mich überpünktlich, immer dienstags während der fünften Schulstunde, in der wir in der neunten Klasse Geschichte hatten und jetzt in der zehnten Mathematik. Aber ich bekomme kein Bauchweh. Selbst wenn mich Herr Rösch in der Stunde nach vorne ruft und ich an der Tafel etwas vorrechnen muss. Stattdessen ist mir übel und zwar nicht nur in Mathe, sondern auch in allen anderen Fächern.

In den Pausen rauche ich. Ich habe wieder angefangen damit. Um eine Zigarette in der Hand zu haben und nicht ständig an meinen Nägeln zu kauen. Um überhaupt irgendwas in der Hand zu haben.

Ja, ich weiß schon, Frauen, die ein Kind bekommen, rauchen nicht. Aber was, wenn man den Satz einfach umkehrt? Dann bekommen Frauen, die rauchen, kein Kind.

Ich habe solche Sehnsucht nach Ingo. Dauernd denke ich an ihn. Ich könnte mich ohrfeigen, dass ich an dem Morgen, als wir in Wünschnofen aufgebrochen sind, nicht auf die Idee gekommen bin, ihm eine Nachricht zu hinterlassen. Warum habe ich, anstatt mir die Augen aus dem Kopf zu heulen, nicht auf einen Zettel ein paar Sätze geschrieben? Warum habe ich, anstatt mein Bärchen ohne Härchen an Ingos Türklinke zu hängen, nicht eine Botschaft unter seiner Zimmertür durchgeschoben oder sie Resi zugesteckt? Ich wünschte, Ingo würde mir schreiben. Meine Adresse könnte er herausfinden! Seine Mutter fragen oder in den Gästeunterlagen nachschauen! Er könnte doch einfach einen Brief an Vicky Winter, Tochter von Dr. Winter, Allgemeinarzt, Tunzheim, Deutschland schreiben.

Statt von Ingo bekomme ich Briefe von Bettina. Briefe aus Maracaibo, Paramaribo, Santarém. Namen, die ich nie zuvor gehört habe. Auch die meisten Namen der Vögel, die sie fotografiert, kenne ich nicht: Tangaren, Trogone, Quetzale. *Manche Vögel fliegen so schnell, als würden sie geworfen*, schreibt Bettina. Und von Träumen erzählt sie, in denen sie Kleider ganz aus Federn trägt wie in der Zeit, als die Menschen noch Vögel waren.

Ach wenn ich doch ein Vogel wäre! Dann könnte ich meine Schwingen ausbreiten, mich in die Lüfte heben und zu Ingo nach Südtirol fliegen.

10

Es regnet. Ob Bozen heute auf sie wartet? Ein Abendessen in einer griechischen Kneipe als Abschluss und Sahnehäubchen einer vorangegangenen Sightseeingtour? Falls es dort überhaupt etwas zu besichtigen gibt. Sie googelt und ist beschämt. Musste sie einundvierzig Jahre alt werden, um zu begreifen, dass Bozen eine intakte Altstadt mit Patrizierhäusern und Arkaden besitzt?

Nichts wie hin, denkt sie im ersten Moment. Zaudert im nächsten. Entscheidet, dass irgendetwas noch zu früh für etwas ist. Dass Sightseeing in einer Stadt an einem Regentag, wenn Bergwandern flachfällt, vielleicht eine gute Alternative ist, vielleicht aber auch eine ganz schlechte, die Stadt ein Lückenbüßer und ihr Gesicht viel zu schön, um sich damit zufriedenzugeben, es in graue Regenschleier gehüllt zu sehen. Und die beiden griechischen Tavernen, versteckt im Gewirr irgendwelcher Laubengänge! Was macht sie, wenn sie Ingo nicht findet? Und was wird sie erst machen, wenn sie ihn findet?

Ich habe einen Brief geschrieben. Nein, nicht an Bettina, die keine Adresse hat und der ich seit unserem Urlaub nur einmal postlagernd nach Quito geschrieben habe. Ein paar Zeilen über Großvaters Tod und dass er mir fehlt. Von allem anderen kein Wort. Es tut zu weh.

Am Abend des 30. September schrieb ich an Ingo. Auch ihm habe ich erzählt, dass Großvater gestorben ist, allerdings erst zuhause, wie es Papa auf den Totenschein geschrieben hat. Ich habe geschrieben, wen und was ich alles vermisse, Großpapa, Ingo, seine Küsse, seine Hände, unseren Platz über der Schlucht, meinen Platz auf seinem Schoß, Ritschi, Resi und meine Periode. Ich habe überlegt, ob ich die Periode wieder streichen soll, und ließ es bleiben. Ich hoffe, dass Ingo, wenn er den Brief liest, nachfragt, weil sonst niemand fragt und ich nicht weiß, wie ich anfangen soll zu reden.

Ich habe überlegt, wie ich Ingo grüßen soll, und geschrieben: »*Ti voglio bene. Molti baci,* Deine Vicky.« Dann noch ein PS: »*Übrigens, ich habe nachgeschaut. Du hattest recht, Murmansk ist tatsächlich nicht weiter von Deutschland entfernt als Marrakesch.*«

Im strömenden Regen trug ich den Brief die Schulzenstraße hinunter zum Briefkasten bei der Kneipe Zur letzten Ecke. Ehe ich ihn einwarf, drückte ich Küsse auf den Umschlag. Der Regen ließ die Tinte auf dem Papier verlaufen, so dass es aussah, als hätte ich daraufgeweint.

Als ich nach Hause kam, saßen Mama und Papa mit Uwe am Fernseher. Im Moment sitzen sie wegen der Ereignisse im anderen Deutschland häufiger vor der Glotze als sonst. Soeben verkündete Außenminister Genscher, der im Scheinwerferlicht auf dem Balkon der deutschen Botschaft in Prag stand: »Ich bin gekommen, um Ihnen mitzuteilen, dass heute Ihre Ausreise ....« Der Rest des Satzes ging im Jubel der ostdeutschen Flüchtlinge auf dem Hof unter. Mama kullerten Tränen über die linke Wange.

»Wie wundervoll«, hat sie gehaucht und konnte kaum sprechen vor Rührung, »nun wird alles gut.«

Ich spürte, wie die Übelkeit in mir hochkroch. Unterdrückte den Brechreiz, der mich überkommen hatte, und machte, dass ich zur Toilette kam.

Doch nicht Bozen. Heute nicht. Spätnachmittags, als der Regen nachlässt, entschließt sie sich zu einem Spaziergang. Sie fährt zum Waldparkplatz am Anfang der Schlucht. Dort spaziert sie einen Pfad entlang, begleitet den Fluss, der hier noch ein Flüsschen ist, auf seinem Weg, ein Strom zu werden. Auf dem Rückweg bleibt sie stehen, sieht einem Holz nach, einem Baumstamm, wie er flussabwärts treibt und ab und zu einen anderen Baumstamm berührt, manchmal auf seiner ganzen Länge, nur um sich dann wieder von ihm zu lösen und weiterzutreiben, ein Holz für sich.

Bin ich wie so ein Holz?

Sie denkt an Dirk und an Ingo, an Ian, mit dem sie befreundet war, ehe sie Dirk kennengelernt hat, und daran, dass es noch ein paar andere gegeben hat, an die sie nur noch gelegentlich denkt oder die sie ganz vergessen hat.

Bis wann und wohin werden Dirk und ich zusammen treiben? Bis zur nächsten Stromschnelle? Bis zur Mündung? Das wünscht sie sich. *Und danach? Nach der Mündung?*

Sie dreht sich um. In einigem Abstand steht ein Mann und sieht zu ihr herüber. Beobachtet er sie? Er trägt etwas Orange-Blaues. Vicky erstarrt. Was will dieser Fremde? Warum taucht er immer an Stellen auf, an denen sonst niemand und sie ganz allein ist?

Hastig geht Vicky weiter, beschleunigt den Schritt. Wirft einen Blick über die Schulter – der Mann folgt ihr. Sie bleibt stehen – er tut dasselbe. Als sie sich wieder in Bewegung setzt, geht auch er weiter und kommt dabei immer näher. Eine eisige Faust krampft sich um Vickys Herz. Sie hat Erfahrung mit Männern, die sie in Bars oder Jazzkneipen und manchmal auf einem Spazierweg freimütig anbaggern. Das genießt sie mitunter sogar. Aber diese verhohlene Verfolgung im Wald, nah am rauschenden Wasser, das schon mehr als ein Bach ist und alle anderen Geräusche verschluckt, versetzt sie in Panik.

Sie läuft noch schneller, ohne dass es ihr gelänge, den Mann abzuschütteln. Im Gegenteil, der Abstand zwischen ihr und ihrem Verfolger verringert sich. Sie kommt außer Atem. Wie weit ist es bis zum Parkplatz? Einen Kilometer, zwei? Der Mann ist jetzt so nahe, dass sie beim Blick zurück die blauen und orangefarbenen Streifen seines Hemds unterscheiden kann. Sie spürt das Klebrige seines Blicks.

Soll ich rennen, aber wohin?

Der Fremde ist ihr nun dicht auf den Fersen, sie spürt den Waldboden unter sich vibrieren von seinem Tritt. Ihr Herz klopft in ihrem Hals »Jetzt!«, als er zu ihr aufschließt.

Träume ich? Gleich, gleich wache ich auf.

Sie wacht nicht auf. Der Mann geht ohne zu grüßen an ihr vorüber, so dass sie ihn gleich darauf von hinten und nun das münzgroße Stück sonnenbrandrote Haut auf seinem Schädel sieht. Als der Waldweg eine Biegung macht und der Fremde außer Sichtweite kommt, lehnt sich Vicky an einen Baumstamm. Sie wischt sich über ihre Stirn, die schweißnass ist. Langsam geht sie weiter, erreicht den Parkplatz, wo ihr Auto als einziges noch steht. Von dem Mann keine Spur mehr.

»Stimmt was nicht?«, fragt Johann, als sie ins Hotel zurückkommt und er ihr am Empfang ihren Schlüssel reicht.

»Wie kommen Sie darauf?«, gibt Vicky zurück.

Er mustert sie, lässt sich Zeit. »Sie sehen gestresst aus.«

»Jemand hat mich verfolgt«, sagt sie. Dabei kommt sie sich ein bisschen blöd vor, schließlich ist nichts passiert.

»Verfolgt?«, fragt Johann und sein Gesichtsausdruck pendelt zwischen besorgt und belustigt. »Mensch oder Tier?«

Sie winkt ab. »Spaß. Alles in Ordnung.«

»Wissen Sie, was mich schon die ganze Zeit beschäftigt?«, fragt er.

»Ob eigentlich niemand auf mich aufpasst«, murmelt sie und senkt die Stimme, weil im Foyer Gäste sitzen und sich Ohren immer von allein spitzen.

»Ich könnte die Frage auch anders stellen«, sagt Johann in gedämpftem Ton. »Was macht eine Frau wie Sie allein in den Bergen?«

Vicky schlägt die Augen nieder. *Eine Frau wie Sie.* Was meint Johann damit? Sie denkt an Riccarda, an ihre Fragen neulich am Pool und dass Johann, auch wenn er weniger direkt vorgeht, wahrscheinlich dasselbe wissen will. »Was ich mache? Wandern«, pariert sie Johanns mögliche viele Fragen, die er in eine einzige gepackt hat, und fügt hinzu: »Wandern und dabei zu mir kommen.«

»Sind Sie da denn nicht?«, fragt er zurück. »Bei sich?«

Und sie denkt, dass ihn das als Hotelier, der seinen Gästen gegenüber zuerst und vor allem diskret zu sein hat, eigentlich nichts angeht. Trotzdem oder vielleicht gerade deshalb freut sie sich, dass er fragt.

Herbst 1989

Mama und ich saßen beim Mittagessen. Wir saßen allein am Tisch zusammen mit lauter leeren Stühlen. Uwe hatte Schule, Papa machte Hausbesuche, Großvater war auf dem Friedhof. Der Anblick seines leeren Stuhls mit den verschnörkelten Armlehnen und dem plattgesessenen Lammfell tut mir jeden Mittag weh. Manchmal lege ich beim Tischdecken ein Gedeck auf Großvaters Platz, das unberührt bleibt und von Mama oder Uwe nach dem Mittagessen stillschweigend wieder weggeräumt wird.

»Nun nimm dir schon«, sagte Mama und reichte mir die Kartoffeln.

»Mir ist übel«, sagte ich.

»Schon wieder«, wunderte sich Mama.

»Ich kriege ein Kind«, sagte ich.

»Ja, ja«, sagte Mama, »gib mir mal den Rosenkohl!«

Abends vor dem Schlafengehen drückte ich meiner Mutter einen Kuss auf die Wange.

»Gute Nacht, Spinne«, sagte sie. »Nicht mehr übel?«

»Ich bin schwanger.«

»Erzähl mir keine Märchen.«

Dabei ist sie es doch gewesen, die Märchen erzählt hat. Kinder werden aus Liebe gezeugt.

Ich bin hinauf in mein Zimmer gerannt und habe die Tür hinter mir zugeschlagen. Licht aus, Decke über die Ohren. Kurz darauf ertönten Schritte auf der Treppe. Die Tür ging wieder auf, ein greller Strahl Flurlicht drängte herein.

»Das meinst du nicht ernst.« In Mamas Stimme lag ein kleines aufgeregtes Zittern.

Ich schwieg.

»Das meinst du doch nicht wirklich ernst, oder?« Ihre Hand klammerte sich an die Türklinke.

»Ich habe keine Periode.«

»Das kann andere Gründe haben«, meinte sie.

»Mir ist übel.«

Sie schwieg.

»Wie ist das passiert?«, fragte sie nach langer Zeit.

Ich habe daran gedacht, wie es passiert ist, und blieb stumm.

»Wann ist das passiert? Wo …?«

»Es war ein Unfall.«

»Ein Unfall.« Mamas Stimme klang ungläubig, als hätte ich etwas vollkommen Absurdes gesagt. Ein Unfall passiert auf der Straße, nicht im Bett.

»Wer …«, stammelte sie, »von wem …?«

»Weiß ich nicht. Vom Heiligen Geist.«

»Aber Vicky. Ihr müsst doch … du und er, wer immer es ist, war, es muss doch …«

»Kinder werden aus Liebe gezeugt, das hast du mir doch immer gesagt.«

»Ja, aber doch nicht so. Nicht ohne …«

»Ohne was?«

»Na, ohne dass …«

»Was??« *Los, sprich es aus! Sei einmal ehrlich! Sag einmal, wie es wirklich ist!*

Aber Mama sagte nichts. Sie schwieg.

Mann, bist du feige! Mann, sind Sie feige, Frau Doktor! Das habe ich ihr nicht an den Kopf geworfen, sondern nur gedacht. Ich bin feige wie Mama. Oder auch nur höflich. Gut erzogen. So etwas sagt man nicht zu seiner Mutter.

Mama war erkältet, aber anstatt sich einen Stock tiefer in Papas Praxis behandeln zu lassen, ging sie am nächsten Nachmittag mit mir zum Frauenarzt im Nachbarort, Herrn Doktor Schrader. Ich bin bis jetzt nur einmal bei ihm gewesen, kurz nachdem ich meine Regel bekommen habe, auch damals zusammen mit meiner Mutter.

Jetzt saßen wir Doktor Schrader in seinem Sprechzimmer gegenüber. Er ist nicht mehr jung und trägt eine altmodische Hornbrille, ein richtiges Geweih, das er abnahm, während er mit uns sprach.

»Haben Sie einen Schwangerschaftstest gemacht?«, fragte er und sah dabei Mama an. Sie schüttelte den Kopf.

Doktor Schrader nagte am Bügel seiner Brille und studierte meine Akte, die er aufgeschlagen vor sich auf dem Schreibtisch liegen hatte. Es stand noch nicht viel darin und er war bald fertig damit.

»Dann machen Sie sich mal frei«, sagte er und meinte diesmal mich. Dass er mich siezte wie meine Mutter, fand ich nett von ihm.

Hinter einem Vorhang zog ich mich aus, nur unten herum, das wusste ich vom letzten Mal. Oben voll bekleidet, aber mit entblößtem Popo kam ich wieder heraus und fand es peinlicher, als wenn ich ganz nackt gewesen wäre. Ich kletterte auf den gynäkologischen Stuhl. Wie ich da so lag, in obszöner Haltung mit gespreizten Beinen und in die Luft gestreckten Füßen, habe ich mich vor Mama, die im Mantel auf einem normalen Stuhl saß, mehr geniert als vor Doktor Schrader vor mir auf dem Hocker. Er hatte seine Brille auf die Nase geschoben und stocherte mit Besteck in mir herum, das mich an meine Zahnarztbesuche erinnerte. Schließlich ergriff er ein Teil, das aussah wie ein Penis – »für einen Ultraschall«, erklärte er mir, »schwanger oder nicht, das bekommen wir damit schnell heraus«. Er lächelte, drückte eine Tube über mir aus und bestrich meinen Bauch mit Unmengen von durchsichtigem Gel.

Er drehte einen Monitor rechts von mir in meine Richtung, damit ich etwas sehen konnte. Ich sah nichts. Jedenfalls nichts, worauf ich mir hätte einen Reim machen können. Ein Bild erschien, das aussah wie der rechts und links abgeschnittene Teil einer Schallplatte. Es veränderte sich, während der Arzt den Ultraschallkopf auf meinem Bauch hin und her bewegte. Schließlich machte er Halt an einer kaum erkennbaren nierenförmigen Stelle, die ein bisschen dunkler war als alles andere. Wieder rutschte der Schallkopf hin und her, bis in der dunklen Stelle Umrisse von etwas auftauchten, das in Form und Größe einer Kaffeebohne glich.

»Tja«, sagte Doktor Schrader, »das sieht schon so aus, als käme bald der Klapperstorch.«

»Harchi.« Mama stand auf, um ebenfalls einen Blick auf den Monitor zu werfen. Sie nieste ihr typisches Niesen, das klingt wie ein Wort. Harchi. Papa hat ein anderes Wort, das tönt wie »Ichtsch«.

»Wann?«, fragte Mama, »harchi!«

»Gesundheit«, sagte ich.

»Anfang Mai«, sagte Doktor Schrader.

Während ich vom Stuhl kletterte und eine halbe Tonne

Papiertücher verbrauchte, um mir die Schmiere vom Bauch zu wischen, schnäuzte sich Mama in ein zusammengeknülltes Tempo, das sie die ganze Zeit in der Hand zerdrückt hatte. Ich weiß nicht, ob es ihre Erkältung war oder ob sie weinte.

Als wir heimfuhren, habe ich mich auf Vorwürfe von ihr gefasst gemacht, auf händeringendes Lamento und darauf, dass sie insistieren und wissen wollen würde, wer mir das Kind gemacht habe. Doch Mama schwieg. Sie schaute stur geradeaus durch die Windschutzscheibe, konzentriert auf die Straße und den Verkehr. Auch später zuhause sagte sie kein Wort. Wir aßen zu viert miteinander zu Abend, als wäre nichts geschehen. Dabei ist Mama durchaus neugierig. Vielleicht reimt sie sich zusammen, wie alles passiert ist, jedenfalls bin ich froh, dass sie nicht in mich dringt.

Mutter muss noch am gleichen Abend mit Vater geredet haben. Denn am nächsten Tag beim Mittagessen – Uwe war noch in der Mittagsschule – hatten sie schon den Plan.

»Du sagst niemandem etwas davon«, prägte mir Papa ein.

Ich machte große Augen. »Gar niemandem? Auch nicht Bettina?«

»Du wirst es für dich behalten«, wiederholte Papa.

»Man wird es sehen«, gab ich zu bedenken.

»Du wirst weite Pullis tragen«, sagte Mama.

»Und im Frühjahr?«, fragte ich. »Eine Schwangerschaft dauert neun Monate.«

»Kluges Kind«, sagte Papa. »Nach den Faschingsferien gehst du für ein paar Monate auf ein Internat. Im Spätsommer, wenn das nächste Schuljahr beginnt, ist alles vorbei.«

Vorbei, habe ich gedacht. Vorbei, dann fängt es doch erst an.

»Du wirst wieder aufs Gymnasium gehen und alles ist wie vorher. Du wirst Abitur machen und studieren.«

Nichts wird je wieder so sein wie vorher, habe ich gedacht.

»Glaub uns, es ist das Beste so.« Papa warf einen Blick auf seine Uhr, weil er rechtzeitig unten in der Praxis sein wollte.

»Stell dir doch vor, Vicky, du als Arzttochter mit einem unehelichen Kind …«, versuchte es Mama.

»Warum sagst du nicht: Wir als stadtbekannte Arztfamilie mit einer Tochter, die ein uneheliches Kind bekommt?«, fragte ich.

»Dein Vater hat einen Ruf zu verlieren«, erklärte Mama. »Wir alle haben einen Ruf zu verlieren. Im Dezember will sich Papa zum neuen Stellvertreter von Herrn Kleinert nachwählen lassen, hast du das vergessen?«

Ich starrte vor mich hin und stocherte in meinem Paprikareis. Herr Kleinert ist der Bürgermeister unserer Kleinstadt, und ob Papa bei dieser bescheuerten Wahl das Rennen macht oder nicht, ist mir so egal, wie wenn in China ein Sack Reis umfällt.

»Papas Nachwahl zum Stellvertreter von Herrn Kleinert ist natürlich ein schlagendes Argument, alles genau so zu machen, wie ihr es vorhabt«, habe ich gesagt. Es sollte ironisch klingen, hörte sich zu meinem Ärger aber ziemlich kläglich an.

»Du solltest deiner Mutter dankbar sein, dass sie zu dieser Lösung bereit ist«, sagte Papa.

»Ich möchte den Namen aussuchen«, sagte ich.

Auch an diesem Abend bin ich zum Gute-Nacht-Sagen ins Wohnzimmer gegangen. Mama saß am Schreibtisch und tippte in ihre uralte Schreibmaschine, ein Teil aus der Steinzeit, das noch nicht mal eine Korrekturtaste hat. Bürokram erledigt immer Mama. Sie kümmert sich um Versicherungen, Rechnungen und hilft Papas Sprechstundenhilfe Frau Möckel bei der Buchführung. »Ihr« Sekretär und »ihre« Hängeregistratur sind stets abgeschlossen, als wären Wunder was für Heimlichkeiten darin versteckt und nicht nur staubige Akten. Papa ließ sich von Mamas Gehämmer auf der Maschine nicht stören; er döste mit offenem Mund in seinem Lesesessel, als staune er im Schlaf. Ich blieb vor ihm stehen und betrachtete ihn. Ich war wütend und hatte gleichzeitig das unpassende Gefühl, ich müsse ihm dankbar sein. Ich verstand mich selbst nicht mehr. Ich setzte mich auf die Sessellehne und tippte ihm gegen die Schulter. Papa schlug die Augen auf. Als hätte er gespürt, dass ich mir ein Wort des Trostes und der Aufmunterung wünschte, legte er den Arm um mich, lächelte und sagte wie bei einer seiner Bergtouren mit Uwe: »Kopf hoch, meine Tochter, das schaffen wir schon.«

11

Im Panoptikum sind neue Gäste angekommen, eine Familie, bestehend aus einem hoch aufgeschossenen Vater mit einer Bürste auf dem Kopf, einer korpulenten Mutter und zwei großen, stämmigen Töchtern, die fünfzehn, aber auch fünfundzwanzig sein können. Nach dem Frühstück haben sich die beiden wie Vicky am Schwimmbad niedergelassen. Sie tragen einen gelben und einen schwarzen Bikini über Kreuz, die eine das gelbe Oberteil und den schwarzen Slip, die andere das schwarze Oberteil und das dotterfarbene Höschen, das, straff über den prallen Hintern gespannt, kaum noch als solches durchgeht. Sie sprechen ein breites Bayerisch mit rollendem R und werfen, ohne zu lachen, permanent die Köpfe nach hinten, so dass ihr langes festes Haar schwingt, das der einen etwas blonder als das der anderen. Sie reden sich gegenseitig mit zwei englischen Modenamen an, die sie deutsch aussprechen und die sich Vicky nicht zu merken beschließt. Sie fühlt sich unwohl unter den stumpfen Blicken der Mädchen. Als beide gemeinsam schwimmen gehen, ist der Pool voll. Die Blondere steigt wieder heraus, als hätte sie etwas vergessen, stürzt sich mit einem Köpfer aufs Neue ins Wasser und durchtaucht das Schwimmbad auf seiner ganzen Länge wie eine Nixe mit Fischschwanz. Als sie wieder nach oben kommt und sich am Beckenrand hochzieht, liegt ihr Haar wie eine goldene Lackschicht auf ihrem Rücken.

Nach dem Schwimmen lümmeln die Mädchen nebeneinander auf den Liegen. Außer ihren Handys haben sie nichts bei sich. Sie unterhalten sich. Laut. Über Menschen, die Vicky nicht kennt. Eine Freundin. Einen Lehrer.

Der Tiger kommt angestelzt.

»Schau mal, das Miezerl«, sagt die Blonde. »Ist es nicht süß?«

»Ich find den Hotelmanager süßer«, meint die nicht so Blonde. Daraufhin schütten sie sich aus vor Lachen, blubbern, kichern, quietschen und die Liegen quietschen mit.

»Bestimmt ist er verheiratet«, mutmaßt die Blonde. »Du verliebst dich immer in verheiratete Männer.«

»Wenn er verheiratet ist, wo ist dann seine Frau? Außerdem trägt er keinen Ehering.«

Vicky bestellt sich bei Josefa einen Cappuccino. Sie will lesen. Ihr Buch zu Ende lesen. Dreißig Seiten noch. Sie kann sich nicht konzentrieren.

Die Mädchen reden über Johanns Haarfarbe und Hemdfarbe, über seine Locken, seine Statur und seine Schuhe, über seinen nicht vorhandenen Ehering. Sie sprechen laut, als sei Vicky gar nicht da. Sie ignorieren auch Josefa, als sie Vicky den Cappuccino bringt und ihr zuzwinkert.

Die nicht so Blonde streckt die Hand nach dem Tiger aus, um ihn zu streicheln. Der Tiger faucht und schlägt mit der Tatze nach ihr.

»Blödes Vieh! Huh, was für eine Bestie!« Sie zieht die Hand zurück und inspiziert ihre Fingerspitzen.

Vicky lacht in sich hinein. Sie denkt an Johanns Art,

die Augen gegen die Sonne mit der rechten Hand abzuschirmen, wenn ein Auto den Berg heraufkriecht. Sie denkt daran, wie Johanns Lippen zucken, wenn er sich über etwas amüsiert. Wie er manchmal den Kopf zurückwirft und laut herauslacht.

Sie überlegt, ob sie nach Bozen fahren soll. Eine Wolke schiebt sich vor die Sonne und sagt Nein. Sie rollt sich im Liegestuhl zusammen und schließt die Augen. Spürt die Wärme auf der Haut, als die Sonne wieder hinter der Wolke hervorkommt. Das plötzliche Verlöschen der Wärme mit dem nächsten Wolkenschub. Als würde ein Heizstrahler ausgeschaltet. Die Momente der Wärme auf der Haut werden kürzer. Als sie die Augen wieder öffnet, ist der Himmel zugezogen und die Mädchen sind weg. Ein Tropfen landet auf Vickys Arm, ein anderer auf ihrer Wange.

In ihrem Zimmer hängt sie das »Bitte nicht stören«-Schild an die Türklinke. Sie schüttelt die Flipflops von den Füßen. Legt sich ins frisch gemachte Bett. Zieht die Decke hoch bis zum Kinn. Wolken werfen auch in der Seele Schatten, nicht nur in Räumen und unter dem Himmel.

Draußen regnet, dann gießt es.

Vicky hasst die Trockenheit in ihrem Gesicht. Beneidet den Himmel, der besser weinen kann als sie. Sie steht auf und öffnet die Balkontür. Lehnt sich über das Geländer. Hält ihr Gesicht in den Regen. Stellt sich vor, dass die Rinnsale, die ihr die Wangen hinunterlaufen, Tränen sind. Geliehene Tränen ohne Salz. Die Traurigkeit ist ja schon da.

Ingo hat bis heute nicht geantwortet. Mittags nach der Schule konnte ich es kaum erwarten, nach Hause zu kommen, aber das Flurschränkchen, auf dem immer die Briefe von Bettina liegen, war leer. In meiner Enttäuschung habe ich einmal sogar Mama gefragt, ob keine Post für mich da sei, aber sie schüttelte den Kopf.

Ich hätte ihm nicht schreiben sollen, dass meine Regel ausgeblieben ist. Vielleicht denkt er, er müsse jetzt für mich sorgen, und ist ärgerlich. Junge Männer mögen es nicht, wenn Mädchen sie in Ketten legen und vielleicht sogar geheiratet werden wollten. Ingo hat noch kein Abitur und noch nicht einmal seinen Führerschein. Er träumt von seiner Freiheit. Warum haben wir nicht verhütet?

Inzwischen habe ich ihm drei Briefe geschrieben. Nichts Persönliches. Dass die Berliner auf der Mauer tanzen, die am 9. November gefallen ist. Dass ich die Schule hasse und manchmal schwänze und meine Periode nicht mehr vermisse. Letzteres war zwar gelogen, aber ich habe gehofft, so würde er mir schreiben. Leider vergeblich.

Ingo will nichts mehr von mir wissen. Wahrscheinlich hat er sich mit Loredana oder mit einem anderen Mädchen aus seiner Schule getröstet.

Ich muss wohl oder übel anfangen, ihn zu vergessen. Es tut sehr weh, in mir revoltiert alles, ich will nicht, ich will nicht, ich will nicht; aber ich weiß einfach keinen anderen Weg. Es bringt mich um den Verstand, wenn ich mir weiter Hoffnungen mache. Ich möchte nicht wütend auf Ingo sein, deswegen kann ich nur versuchen, ihn und alles, was mich an ihn erinnert, aus meinem Herzen zu verbannen. Gut dass ich keine Fotos von ihm habe, sonst wäre dies der Moment, um sie zu zerreißen. Ich werde die Musik nicht mehr hören, die ich mit Ingo gehört habe, ›Un ragazzo come te‹ und ›Graceland‹ und ›Stand by me‹. Es tut weh, sie nicht mehr anzuhören, aber noch weher, sie weiter zu hören und mir vorzustellen, dass Ingo sie vielleicht auch hört, aber nicht mehr mit dem Gedanken an mich.

12

Ein sonniger Donnerstag. Dennoch hat Vicky keine Lust zu wandern. Wozu der Traurigkeit davonlaufen, wenn sie sie doch immer wieder einholt!

Allerdings ist es auch wenig verlockend, zu bleiben, wo sie ist. Nirgendwo im Panoptikum scheint es an diesem Tag einen Platz für sie zu geben. Die Familie mit den beiden strammen Töchtern hat den Pool für sich reklamiert. Auf der Terrasse sitzen die Mannsdörfers an einem Tisch und Mia und Martha an einem anderen; der ältere Herr mit der Glatze, dessen Namen sie nicht weiß, leistet ihnen Gesellschaft. Vicky mag sich nirgendwo dazugesellen, aber auch nicht allein auf ihrem Balkon bleiben, im Zimmer schon gar nicht. Das fehlte noch, dass es sich die Traurigkeit allzu gemütlich macht an dem Ort, an dem sie schläft und träumt!

Vicky beschließt: Dieser Tag gehört Bozen. Sie vertauscht Jeans, T-Shirt und die bunte Strickjacke, die sie hier meist trägt, mit einem braunen Leinenrock und einer taillierten roten Bluse. Zum ersten Mal in diesem Urlaub schlüpft sie statt in Turnschuhe oder Wanderstiefel in ihre schwarzen Lederpumps. Smartphone, Geldbeutel, Sonnenbrille, Lippenstift, Fotoapparat und Buch verstaut sie in ihrer Henkeltasche und stopft ihre weiche schwarzgraue Lederjacke dazu.

Auf dem Weg zum Auto begegnet ihr Johann, der

gerade vom Dorf kommt. Er hat einen Sack Blumenerde geschultert und mustert sie von Kopf bis Fuß. Wünscht ihr einen schönen Tag, ohne zu fragen, wohin sie fährt.

Gemächlich lässt sie den Wagen den Berg hinabrollen. Auf dem Kirchplatz in Wünschnofen stehen die Zeichen auf Kirmes. Kettenkarussell, Kinderkarussell und eine kleine Bühne sind im Aufbau. Rund um den Platz ein paar Buden. Am Wochenende wird ein Dorffest gefeiert.

In Kehren führt die Straße vom Hochplateau bergab. Eingeklemmt in die Schlucht schäumt der Fluss, der hier noch fast ein Bach ist. Ein Bach, zu wild und reißend, um sich in Kurven zu legen oder gar in gemütliche Schleifen. Vicky fährt eine Weile an ihm entlang. Sie hört »Everybody's talkin'«, den Titel, den sie gerade für die Band übt, und singt mit. Versucht sich den Text einzuprägen und die Einsätze nach den Pausen. Allerdings ist sie nur halb bei der Sache. Eine unbestimmte Nervosität wie früher das Lampenfieber bei Auftritten mit der Kammermusikrunde ihres Vaters hat sich ihrer bemächtigt.

Nach einem langen Tunnel, der ins Eisacktal einmündet, wird aus Südtirol plötzlich Italien. Italien mit seinen Terrassen voller Reben, zwischen denen Schlösser und Burgen blühen und hier und da ein Kirchturm sprießt. Es ist viel wärmer als droben in Wünschnofen.

In Bozen steuert Vicky ein Parkhaus an, das weder ein Südtiroler noch ein italienisches Parkhaus ist, sondern aussieht wie alle Parkhäuser der Welt.

Bozen ist eine alte Stadt und eine warme dazu, nicht nur jetzt im Sommer. Vicky gelangt auf eine Promenade. Hinter den Laubengängen verstecken sich Boutiquen. In der Auslage eines Lederwarengeschäfts sieht sie eine Geldbörse aus Leinen mit Früchten darauf, die farblich zum Melonenmuster auf ihrer Henkeltasche passt. Am Obstmarkt locken Stände mit bunten Gemüsen. Von dort aus führt der Weg fast wie von selbst zur Taverna Mykonos, einem der beiden griechischen Restaurants, die Vicky im Internet gefunden hat. Sie sieht von außen aus wie eine Weinstube. Rebenlaub klettert am Mauerwerk empor. Die Fenster haben Butzenscheiben. Wie die Gaststube der Pension Blum. Der Eingang ist verschlossen, die Speisekarte in der kleinen Vitrine neben der Eingangstreppe ein wenig fleckig und vergilbt. Vicky überfliegt das Speisenangebot und sieht auf die Uhr. Kurz nach drei. Zu spät für Mittagessen, für alles andere zu früh. Sie schleicht einmal um das Gebäude herum und kommt sich dabei vor, als täte sie etwas Verbotenes. Aus einem angelehnten Fenster auf der Rückseite des Restaurants dringt das Klirren von Geschirr und Stimmengewirr. Ob Ingo dort drinnen zusammen mit seiner Frau den Abwasch macht? Sie bleibt stehen, darauf gefasst, dass das Fenster aufgeht und das Gesicht des Mannes erscheint, den sie sechsundzwanzig Jahre nicht gesehen hat. Ob sie Ingo erkennen würde und woran? Und er sie?

Sie schlendert zurück zu der Boutique mit den Lederwaren und kauft sich die Geldbörse mit den künstlichen Früchten darauf. Auf dem Markt ersteht sie ein Tütchen mit echten kandierten Ananasstücken, in einem Sportgeschäft ein paar Teleskopstöcke.

Kreuz und quer lässt sie sich durch die Straßen treiben. Auf einer Caféterrasse bestellt sich Vicky eine Latte macchiato. Weil die Korbstühle niedrig sind, fällt ihr Blick anstatt auf die Berge ringsum auf Passantenbeine, feste, schlanke, schlendernde, eilige, humpelnde, staksende, trippelnde. Alle auf dem Weg irgendwohin. Sandalen, Flipflops, Stöckelschuhe, Turnschuhe, Turnschuhe, Turnschuhe und Turnschuhe. Weiße Turnschuhe mit neongrünen Schnürsenkeln, blaue Turnschuhe mit weißen Schnürsenkeln. Schwarze Turnschuhe mit neonroten Schnürsenkeln, wie Aljoscha sie hat. Was Aljoscha wohl gerade macht? Seit ein paar Tagen hat sie nichts von ihm gehört.

Die Latte hat einen Stich ins Säuerliche. Vicky reklamiert beim Kellner, der weiße Turnschuhe mit weißblau gestreiften Schnürsenkeln trägt, und bekommt ein neues Glas. Sie greift nach der Zuckerdose und streut kristalline Süße in den Spätnachmittag. Sie gähnt. Sie gräbt in ihrer Tasche nach ihrem Buch. Findet stattdessen ihre Sonnenbrille. Setzt sie auf. Blickt auf ein getöntes Bozen, in dem jetzt wie auf einen geheimen Einsatz gleichzeitig die Glocken mehrerer Kirchen zu läuten anfangen. Hier also, in dieser warmen klingenden pastellfarbenen Stadt, lebt Ingo mit seiner griechischen Frau und seinen beiden Töchtern. Wie die Töchter wohl aussehen mögen? Da Griechinnen immer dunkle Haare haben, stellt sich Vicky die Mädchen, die vielleicht schon junge Frauen sind, ebenfalls dunkelhaarig und griechisch vor.

Dezember 1989

Mir die Liebe aus dem Herz zu reißen, will mir nicht gelingen. Manchmal zähle ich nach, wie oft am Tag ich an Ingo gedacht habe, und freue mich, wenn es nicht neunundzwanzig Mal sind wie am Vortag, sondern nur achtzehn Mal. Das macht mir Hoffnung. Eines Tages will ich aufhören, an ihn zu denken. Und stattdessen vielleicht an einen anderen Jungen denken, der mir gefällt. Natürlich wird es keiner der Jungs aus meiner Klasse sein, auch wenn sie seit kurzem anfangen, sich für mich zu interessieren. Auch die, für die ich bisher immer Luft gewesen bin. Auf einmal nehmen sie mich wahr. Ob es daran liegt, dass sich mein Körper allmählich verändert? Meine Wangen, meine Brüste, meine Oberschenkel, alles an mir wird weicher und runder, meine Hüften werden breiter und ich passe nicht mehr in meine Lieblingsjeans – so wenig wie in meinen alten Spitznamen »Spinne«. Stattdessen heiße ich jetzt »Kräutchen Rührmichnichtan«.

Die Annäherungsversuche meiner Klassenkameraden sind mir unangenehm. Womöglich merken sie noch, was mit mir los ist. Zumal ich aufgehört habe zu rauchen und die Zigaretten, die sie mir in der großen Pause auf dem Schulhof anbieten, ablehne. Neulich habe ich Stefan, als er während der Mathe-Nachhilfestunde den Arm um mich legte und mich küssen wollte, eine geknallt. Seitdem ist es mit der Nachhilfe vorbei, obwohl ich sie gebrauchen könnte. In Mathe habe ich den Anschluss vollkommen verloren, was auch daran liegt, dass ich meine Brille nicht aufsetze und die Zahlen vorne an der Tafel nicht erkennen kann.

Statt mich um Mathe zu kümmern, lerne ich Italienisch. Ja, tatsächlich, ich habe mir vom Taschengeld ein italienisches Übungsbuch gekauft. Ich weiß selbst nicht genau, warum, da Ingo nichts mehr von mir wissen will. Ich besuche keinen Kurs, sondern lerne zuhause allein für mich. Wenn ich mir unsicher bin, wie ein Wort ausgesprochen wird, frage ich Mario oder Alessandro aus meiner Klasse. Vor allem lerne ich Verben. Ich kann jetzt jede Menge Sätze bilden. Fragen.

Perché non mi rispondi?, Non mi ami più?, Ho tanta nostalgia per te.

Manchmal gehe ich abends auf den Friedhof am Waldrand und besuche Großvater. Ich setze mich auf die Bank schräg gegenüber von seinem Grab und sage: »Hallo, Großpapa.« Meistens hat Großvater schon auf mich gewartet und begrüßt mich: »Na endlich, schön, dass du da bist, Schneekönigin. Das wird vielleicht allmählich kalt da unten in meiner Gruft! Heute Nacht ist mein Kissen gefroren. Erzähl mir was Warmes! Was gibt es Neues zuhause?« Und dann berichte ich ihm: dass Papa sich bei der Nachwahl zum Stellvertreter des Bürgermeisters gegen seinen Konkurrenten, den Meister der Glaserei Kunkel, durchgesetzt hat – mit Pauken und Trompeten. Dass sich halb Tunzheim, die ganze örtliche Prominenz samt Bürgermeister Kleinert, in der Schulzenstraße 9 zum Gratulieren und zum Sektempfang versammelt hat. Gratuliert wurde nicht nur Papa, sondern auch mir, denn ich hatte am selben Tag Geburtstag. Sechzehn Jahre bin ich jetzt alt. Außer Sekt, den ich nicht trinken durfte, gab es Kirschstreusel, Muffins, Käsegebäck und eine Walnusstorte. Drei Stücke habe ich davon verdrückt. Mir ist schon lange nicht mehr übel. Ich habe immer Hunger. Uwe hänselt mich und meint, ich würde mir allmählich einen Ranzen anfressen.

»Ich tu's für jemand anderen«, habe ich zu ihm gesagt und gedacht, er versteht mich sowieso nicht.

Großpapa streichelt mein Haar mit Nebelfingern. Obwohl es dunkel und ein bisschen unheimlich ist, fühle ich mich zwischen den ewigen Lichtern, die in den billigen klatschroten Plastikbehältern flackern, weniger einsam als daheim, wo Mama plappert und Papa alles besser weiß und beide so tun, als wäre alles wie immer. Weil Uwe nichts erfahren soll, reden sie so wenig über meine Schwangerschaft, dass ich manchmal selber nicht daran glaube. Das Kind in mir stellt sich tot, es rührt sich nicht, wenn Mutter oder Vater in der Nähe sind. Nur oben am Waldrand auf dem Friedhof, wenn ich mit Großpapa rede, spüre ich, wie es sich in mir bewegt.

Abends in Bozen. Die Tür der Taverna Mykonos steht jetzt einladend offen. Vickys Augen brauchen eine Weile, bis sie sich an das Halbdunkel der Räume gewöhnt haben. Sie ist nicht zu früh gekommen. Das Lokal ist brechend voll, obwohl draußen noch die Sonne scheint. Mit Müh und Not findet sie einen Zweiertisch. Es läuft griechische Musik vom Band. Sobald Vicky sitzt, hetzt ihr Blick durch den Raum und hält Ausschau nach dem Personal. Dabei veranstaltet das Organ in ihrer Brust einen Trommelwirbel wie im Film oder Zirkus, um einen spannenden Moment noch spannender zu machen, beruhigt sich jedoch bald wieder. Kein Mann in Sicht. Nur eine korpulente Frau mit nicht mehr ganz weißer Kittelschürze. Mütterlicher Typ. Doppelkinn.

Woran erkennt man eine Griechin? Am schwarzen Haar mit einem Stich ins Blaue? An der unbestimmten Schwermut im warmen braunen Blick? Die Wirtin redet mit ihrer Stimme, mit Augen, Händen und Hüften. Ihr Alter ist schwer zu schätzen. Vicky weiß, dass dieser mütterliche Typ oft älter wirkt, als er ist. In Wirklichkeit ist diese Frau wahrscheinlich jünger als sie selbst. Kann so eine Frau Ingos Frau sein?

Vicky bestellt einen Mezeteller und ein Viertel Retsina. Während sie auf ihr Essen wartet, bewegt sich ihr Blick wie vorhin im Café in Bodennähe. Hier werden keine Turnschuhe getragen, sondern Ledersandalen und Stilettos. Nur die Wirtin hat biedere schwarze Schlappen an, die sie ohne Strümpfe trägt. Auf den verhornten Zehennägeln kleben Reste von vor hundert Jahren aufgetragenem Nagellack. Diese Wirtin kümmert sich weder um die Zeit und noch um ihre Füße, sondern um die Wünsche ihrer Gäste; sie nimmt nicht nur Bestellungen auf, sie zapft auch Bier, schenkt Wein aus, kellnert, trägt Essen auf und wieder ab, kassiert. Sie ist überall. Sie macht alles allein. Sie schmeißt den Laden, der kein Laden ist, sondern ein großes Wohnzimmer. Das Wohnzimmer aller Griechen, die in Bozen wohnen. Sie kennen sich untereinander, sie kennen die Patrona und die Patrona kennt sie.

Sie bringt für Vicky einen bunten Teller mit eingelegten Paprikas, gefüllten Weinblättern, Hackfleischbällchen, Peperoni, schwarzen Oliven und verschiedenen Pasten. Dazu großporiges Weißbrot mit heller knuspriger Rinde. Wünscht »*Kali orexi*« und legt Vicky dazu die Hand auf die Schulter.

Weil die Patrona so viel zu tun hat, traut sich Vicky nicht, sie mit Fragen aufzuhalten. Sie lässt sich Zeit mit dem Essen. Fotografiert den Mezeteller für Dirk und schickt ihm das Foto auf WhatsApp. Von Dirk kommt postwendend ein Foto mit einem Weizenbier. Er sitzt mit Arbeitskollegen zusammen. Eine Weile gehen Herzchen in allen Farben zwischen dem Biergarten in Stuttgart und der Taverna in Bozen hin und her. Dann nimmt im Mykonos ein Alleinunterhalter mit einer Bouzouki auf einem Stuhl zwischen den Tischen Platz, beginnt zu spielen und dazu eine traurige Melodie zu singen. Vicky lässt das Smartphone in ihrer Tasche verschwinden. Die Wirtin tritt an ihren Tisch, legt ihr die

Hand auf den Arm und fragt sie, ob es ihr geschmeckt hat. Vicky gibt sich einen Ruck.

»Sind Sie schon lange hier? Haben Sie das Restaurant schon lang?«, fragt sie. Dabei klopft wieder ihr Herz, aber nur ein bisschen.

Die Wirtin setzt Vickys leeren Teller, den sie schon in der Hand hatte, wieder ab und bleibt stehen.

»Zweite Generation«, sagt sie stolz. Ihre Augen beginnen zu glänzen und verlieren alle Schwermut. »Gehört dem Vater von Giorgos. Giorgos ist mein Mann.«

Giorgos. Mein Mann. Sie selbst heißt Efthimia. So rufen sie die Gäste, die hier nicht zu Gast, sondern in ihrem zweiten Zuhause sind.

»Aha.« Vickys Herz klopft jetzt ein bisschen mehr als zuvor. Vor Enttäuschung. Und vor Erleichterung. Wenn diese mütterliche Person Ingos Frau gewesen wäre, wäre »es« vielleicht leicht gewesen. Jetzt, da sie es nicht ist, ist »es« noch leichter. Was immer »es« ist.

Sie lacht in sich hinein. Und hört bald wieder damit auf. Sie ist noch einmal davongekommen, aber nur auf Zeit. Sie fühlt sich wie früher in der Schule, wenn sie sich auf eine Klassenarbeit vorbereitet hat, die dann nicht geschrieben wurde. Erleichterung ist nicht das gleiche wie Erlösung. Etwas, das getan werden muss, ist aufgeschoben, aber nicht aufgehoben. Eine Herausforderung, die sie gerne hinter sich hätte, liegt wieder vor ihr. Es wird nicht lange dauern, dann wird das Ziehen in der Brust, das Fragen, das Wissenwollen, die neugierige Unruhe wieder anfangen. Und gleichzeitig die Aufregung, die Spannung, das Kribbeln im Bauch, das sie für diesen Abend los ist. Alles wird von vorn beginnen. Von der Traurigkeit ganz zu schweigen. Die steht auf einem anderen Blatt. Wenn sie nur wüsste, auf welchem.

Der Heilige Abend ist vorbei. Wie jedes Jahr waren wir zur Christvesper in der Kirche.

Mama sorgt dafür, dass wir alle zusammen an Orten auftauchen, wo wir gesehen werden. Damit jeder mitbekommt: Bei Familie Doktor Winter stimmt alles. Als Bilderbuchfamilie gehen wir an Weihnachten und an Ostern zu Pfarrer Frohwein in den Gottesdienst, am 30. April zum Aufstellen des Maibaums auf den Marktplatz, am Samstag vor dem ersten Advent zur Eröffnung des Weihnachtsmarkts. Beim Jahreskonzert des Liederkranzes in der Stadthalle rümpft Papa immer die Nase über die lausige Qualität des Chors und flüstert mir zu: »Die können keinen Ton halten.«

An Heiligabend in der Kirche saßen wir wie immer in der zweiten Reihe; und wie immer habe ich mich frühzeitig in meine Lieblingsbeschäftigung geflüchtet: an Menschen denken. Ich dachte an Großpapa, den wir alle zusammen vor dem Gottesdienst auf dem Friedhof besucht haben, und an Bettina. Wahrscheinlich schaukelte Bettina in einer Hängematte irgendwo im Regenwald oder mit Blick auf das tosende Meer. In Mittelamerika war es jetzt noch hell. Ob sie mitbekam, dass meine Gedanken sie berührten?

Pfarrer Frohwein las das Weihnachtsevangelium und diesmal ließ ich mich nicht von dem psalmodierenden Singsang einlullen. Diesmal hörte ich ihm zu. Ich hörte, dass der neugeborene Jesus ein uneheliches Kind war und Josef nicht sein richtiger Vater. Die Hirten, die frühmorgens zu ihren Herden zurückgewankt sind, hatten von den nächtlichen Ereignissen wahrscheinlich einen gigantischen Brummschädel. Rückwege, Heimwege sind von allen Wegen die schlimmsten.

Vier Monate nach unserer Heimfahrt von Wünschnofen sitzt mir immer noch der Kater jenes Tages in den Knochen.

Zum Geschmetter der Orgel sangen wir ›Stille Nacht‹ – wie immer. Aus Mamas linkem Auge tropften Tränen der Rührung auf ihr Gesangbuch – wie immer. Pfarrer Frohwein wünschte – wie immer – allen Gottesdienstbesuchern frohe Weihnachten und gesegnete Stunden »am Abend aller Abende«.

Da habe ich plötzlich gedacht: Was für eine Show! Was soll der ganze scheinheilige Klimbim! Scheiß auf »holder Knabe im lockigen Haar«, auf Heilige Familie und Bescherung, was hat das alles mit mir zu tun?

Ich trage meine Bescherung im Bauch, eine Bescherung, die in vier Monaten zur Welt kommt und anders als der göttliche Hosenscheißer in der Futterkrippe das Leben noch vor sich hat. Warum soll das weniger eine frohe Botschaft sein als die von der Geburt eines Schreihalses, der seit zweitausend Jahren tot ist? *Ein Kind ist uns geboren, ein Sohn ist uns gegeben und er heißt Wunderrat, Ewigvater, Friedefürst …* Über mein Kind jubelt keiner, niemand lobt Gott, geschweige denn mich. Niemand breitet die freudige Nachricht aus und sagt sie weiter, im Gegenteil: Keiner darf etwas davon wissen. Mein Kind wird totgeschwiegen, bevor es überhaupt geboren ist.

Wir sind nach Hause gegangen und außer meiner Bescherung hatte ich jetzt auch noch eine Wut im Bauch.

Am Gabentisch habe ich eine von Mama gestrickte Babygarnitur in Rosa ausgepackt und Uwe hat verständnislos gefragt, was soll das, für Puppen ist Vicky echt zu alt. Ich bin rot geworden, während Mama tat, als hätte sie nichts gehört.

Nach dem Abendessen mit Würstchen und Kartoffelsalat klingelte das Telefon. Es war Bettina. Seit Monaten habe ich ihre Stimme nicht mehr gehört und fast vergessen, wie sie klingt. Merkwürdig nah tönte sie! Ich glaube, sie ist tiefer geworden. »Vorhin im Gottesdienst habe ich an dich gedacht«, sagte ich zu ihr und sie erwiderte, sie habe es gespürt. »Es war fast so, als hättest du mich hier besucht, Vicky!« Sie telefonierte aus einer Lodge in Tortuguero, einem Sumpfgebiet in Costa Rica. Dort fotografiert sie Austernfischer, Grüne Aras und verschiedene Tukanarten. Sie erforscht ihr Brutverhalten und die Aufzucht der Jungvögel. So viel zu erzählen hatte sie, dass sie kaum Fragen stellte. Klar – sie ging davon aus, dass bei mir alles wie sonst ist. Sie fand es traurig, dass Großvater gestorben ist. Sie wollte wissen, ob wir Schnee haben und ob ich am Fernseher zugesehen habe, als Helmut Kohl und Hans Modrow kurz vor Weihnachten Seite an Seite durch das Brandenburger Tor geschritten sind. Ich weiß nicht, wer Hans Modrow ist, trotzdem habe ich beide Fragen mit »Klaro« beantwortet und mich dabei bemüht, aufgekratzt zu klingen.

Das dritte Glas Retsina. Die Griechen haben ein paar Tische beiseitegerückt und zur Musik des Bouzoukispielers zu tanzen begonnen. Sie bilden einen Kreis, legen einander wie Brüder die Arme um die Schultern. Machen Schritte vorwärts, seitwärts, setzen den linken Fuß über den rechten, den rechten über den linken. Es tanzen nur Männer. Sie blicken einander nicht an, sondern zu Boden auf ihre Sandalen, die im Gleichschritt alle dasselbe tun. Die hochhackigen Schühchen der Frauen bleiben unter den Tischen und schauen zu.

Die Wirtin Efthimia ist an diesem Abend Efthimia und Giorgos zugleich. Ihr Mann, mit dem sie das Restaurant angeblich gemeinsam führt, taucht nicht auf. Efthimia bleibt ein paarmal bei Vicky stehen. Diese griechische Patrona spürt, dass Vicky etwas sucht. Sie legt ihr die Hand auf den Arm und manchmal auf die Schulter und fragt, ob es ihr gefällt. Vicky nickt. Eine unbestimmte Sehnsucht zieht an ihr. Sie möchte sich fallen lassen, in das fremde Fest dieses Abends hinein, als könnte ein Abend nur so aufhören. Vielleicht ist ein trauriges Fest die Lösung. Die Lösung wovon?, fragt sie und antwortet sich: von allem. Sie trinkt einen Ouzo und einen zweiten und verzichtet auf einen dritten, den Efthimia ihr spendieren will. Sie spürt: Noch ein Tropfen Alkohol und sie wird der Wirtin oder irgendeinem wildfremden Gast hier in diesem Lokal ihr Leben erzählen und in dieser Nacht nicht zurück nach Wünschnofen fahren. Wird stattdessen eine Bozener Kneipe nach der anderen abklappern, dort weitertrinken und fremde Menschen umarmen und am Ende, wenn sie überall hinausgeworfen worden ist, wie eine Katze durch menschenleere Gassen streunen. Wird erst, wenn das Morgengrauen sie schlagartig wieder nüchtern gemacht haben wird, den Rückweg in die Berge antreten.

Auch ohne dritten Ouzo ist sie, als sie aufsteht, nicht mehr sicher auf den Beinen. Zum Abschied drückt die Wirtin Vicky ans Herz, als würden sie sich schon ewig kennen. Sie fühlt sich an wie ein kleiner Ofen, für den dieser Sommerabend zu warm ist. Sie sagt: bis zum nächsten Mal, obwohl es kein Wiedersehen geben wird, an das Vicky trotzdem glauben will.

Januar 1990

Weihnachten zieht bei uns zuhause immer einen Rattenschwanz an Festlichkeiten hinter sich her. Feiertage gehen über in Sonntage und Sonntage in Feiertage und an jedem Sonn- oder Feiertag sind irgendwelche Leute bei uns zu Gast, strecken die Beine unter den von Mama festlich gedeckten Tisch und stopfen schwere Bratenstücke und fette Desserts in sich hinein. Am zweiten Feiertag kam ein mit meinem Vater befreundeter Arztkollege mit einem Gesicht wie ein Koalabär zum Essen. Während der Schlemmerei tauschten Papa und er Anekdoten aus ihrem Praxisalltag aus. Papa war ein bisschen angeheitert und hat angefangen zu erzählen, wie wir Großvater im Sommer über die Grenze geschmuggelt haben. Der »Koalabär« sagte mit einem süffisanten Lächeln: »Jaja, der Tod wählt nicht immer den geeigneten Ort für die Beerdigung. Wenn biologische Ereignisse zur Unzeit geschehen, muss man sie manchmal passend machen.«

Papa hat gegrinst wie ein Schulbub, der von einem gelungenen Streich berichtet. Wie ich ihn manchmal verachte!

Als der Besucherstrom nach Neujahr endlich abebbte und alle wieder bei sich zuhause aßen, habe ich an Mama eines Mittags, als ich von der Schule kam, eine Wölbung bemerkt, wo am Vortag noch keine war. Ich habe gedacht, das käme von der Völlerei an den Feiertagen, und gefragt: »Hast du zugenommen?«

Da schlug Mama ihren Pullover hoch. Sie hatte begonnen, sich vorneherum auszustopfen. Sich ein quadratisches Sofakissen in den Hosenbund geklemmt und die oberen Ecken mit Sicherheitsnadeln an ihrem BH befestigt. Sie rollte den Pullover wieder darüber und stellte sich vor den Flurspiegel.

»Sieht doch sehr echt aus«, sagte sie verschwörerisch und zwinkerte mir zu. Ich habe geschluckt und nicht gewusst, ob ich lachen oder weinen sollte. Nur habe ich keine Tränen mehr.

Tatsächlich scheint niemand Verdacht zu schöpfen. Im

Gegenteil, die Neuigkeit verbreitet sich wie ein Lauffeuer im Dorf.

Unsere Nachbarin Frau Kaufmann, die alte Klatschbase, hat damit angefangen. »Bei Doktor Winters kommt nochmal was Kleines«, erzählt sie allen, die es hören, und auch denen, die es nicht hören wollen. Papas Patienten können sich von den anderen Umständen, in die sich Mama gebracht hat, höchstpersönlich ein Bild machen, wenn sie ihr nach dem Arztbesuch im Treppenhaus über den Weg laufen. Mama hat sich den schweren Schritt einer Schwangeren angewöhnt – ich wusste gar nicht, dass sie so gut schauspielern kann. Zu Uwe und mir hat Frau Kaufmann gesagt: »Aller guten Dinge sind drei.« Ihrer Meinung nach sind wir also Dinge, Uwe und ich und das Baby. Sie fragte uns: »Freut ihr euch, dass ihr nochmal ein Geschwisterchen bekommt?«

Uwe sagte, er freue sich, ich zuckte mit den Schultern und sagte: »Na ja.« Frau Kaufmann hat mir den Arm getätschelt und gemeint, da könne ich ja schon mal ein bisschen üben. Für später.

Mama stopft sich nun jede Woche ein bisschen mehr aus. Ich fürchte, irgendwann wird sie sich einen von Uwes Fußbällen unter ihre Kleider klemmen. Sie fragt mich dreimal am Tag, ob ich mir schon überlegt habe, wie ich das Kind nennen möchte, und liegt mir mit Vorschlägen in den Ohren. »Nimm etwas Zeitloses«, rät sie, »Martin oder Thomas. Ulrike, falls es ein Mädchen wird. Bloß nicht so einen Modenamen, an dem man später den Geburtsjahrgang ablesen kann.«

Aber ich hülle mich in Stillschweigen. Mein Kind ist noch nicht auf der Welt und gehört mir schon nicht mehr; wenigstens den Namen behalte ich für mich – bis zur Geburt. Wenn es ein Junge wird, soll er Aljoscha heißen. Für ein Mädchen habe ich mir den Namen Fenja ausgesucht. Beide

Namen habe ich aus Dostojewskis ›Brüder Karamasow‹, das ich gerade lese.

Während Mama für alle Welt runder und gebenedeiter wird, habe ich damit zu tun, meinen Zustand zu kaschieren. Bis jetzt gelingt es mir noch. Außer der rosafarbenen Babygarnitur hat mir Mama den weiten grünen Pullover mit Zopfmuster auf den Gabentisch gelegt, den sie während unseres Urlaubs in Wünschnofen gestrickt hat.

Ich trage den »Sack« nun doch.

Ich trage ihn seit Mitte Januar tagaus, tagein.

Als Vicky nach Mitternacht aus der Taverna Mykonos tritt, fühlt sich das Innere ihres Kopfes flüssig an und gurgelt Silben mit b am Anfang. *Besoffen durch Bozen oder besoffen ins Bett?* Wie wird sie es in Fall zwei anstellen, um besoffen dorthin zu kommen, wo ihr Bett steht, nämlich fünfunddreißig Kilometer entfernt von hier in Wünschnofen? Wie gelangt sie zuvor besoffen dahin, wo ihr Auto steht, um mit diesem besoffen nach Hause zu fahren? Wo steht übrigens ihr Auto? Während ihre Beine sie schwankend irgendwohin tragen, erinnert sich ihr Kopf dunkel an ein Parkhaus. Wenn sie nur wüsste, welche Richtung sie zu diesem fucking Parkhaus einschlagen muss, wenn sie nicht den Rest der Nacht durch Bozen torkeln will! Sie seufzt. Wie war das noch mit den Rückwegen? Rückwege sind schwerer als Hinwege, insbesondere, wenn sich der Prozentsatz von Alkohol im Blut in der Zwischenzeit so drastisch potenziert hat wie bei ihr. Wofür hat sie übrigens die neuen Teleskopstöcke gekauft, die aus ihrer Melonentasche ragen? Und wer sagt, dass man fußkrank sein oder einen kaputten Meniskus haben muss, um sie zu benutzen? Sie fährt die Stöcke aus und hackt mit den Spitzen auf den Asphalt ein. Wie kann man mit so was bloß gehen! Es ist, als hätte sie statt zwei plötzlich vier Beine, die sie koordinieren muss. Und das mitten in der Nacht! Im Dunkeln ist alles komplizierter. Im Dunkeln sieht alles anders aus. Jetzt sind mehr Männer- als Frauenschuhe unterwegs, paarweise, halbdutzendweise, Seite an Seite. Ihre Schnürsenkel sind so gebunden, dass Vicky es vorkommt, als grinsten sie sie an. Die Männer, die die Schuhe mit den grinsenden Schnürsenkeln tragen, sind jung und haben gegeltes Haar; ihre Blicke sind gierig und ihre Münder grinsen anzüglich. Vicky ist betrunken, aber nicht betrunken genug, um nicht zu merken, dass die Jungs sich über sie lustig machen mit ihren Stöcken, mit denen sie ihre Schritte in einer Art Geradeaus-Spur zu halten versucht.

Sie irrt eine Weile durch Straßen und Sträßchen, um Hausecken und über ein Brückchen, über das sie nachmittags bestimmt nicht gegangen ist, ehe ein Weg sich erbarmt und sie auf die Promenade führt, in die am Nachmittag jede Gasse von allein mündete. Im Parkhaus findet sie ihr Auto nicht. Und dann doch. An einer Stelle, an der sie zuvor sicher schon dreimal vorbeigewankt ist. Mit einem Stoßseufzer lässt sie sich auf den Fahrersitz fallen, steckt den Schlüssel ins Zündschloss und verflucht ihre Trinkfestigkeit, die sie stets erst spät merken lässt, dass es zu viel war.

Ob das kriminelle Energie ist, wenn sie ihren Wagen trotzdem dorthin steuert, wo ihr Bett steht? Sehr langsam, bei heruntergelassenen Fenstern, rollt sie aus Bozen hinaus. Hinter dem Tunnel regrediert der Süden zur Alpenlandschaft. Welch launische Gegend! Zwischen den steilen Felswänden füllt das Tosen des in die Schlucht gezwängten Flusses die Nacht. Kühle Luft streicht über Vickys Gesicht. Vielleicht die Hand einer ihrer Toten, die sie streichelt und aufpasst, dass nichts passiert. Der Großvater oder Bettina. Oder Resi, Ingos Mutter, Aljoschas Großmutter.

Geschafft!, denkt sie, als sie am Parkplatz vor dem Panoptikum aus dem Wagen steigt. Oho, ihre Beine fühlen sich immer noch an, als schwappte der Alkohol darin bis zu den Knien. Her mit den Teleskopstöcken! Mittlerweile hat sie zu den Dingern fast ein freundschaftliches Verhältnis.

Im Hotel ist alles dunkel. Während Vicky mit ihren Stöcken zum Eingang stakst, gräbt sie in ihrer Tasche nach dem Zimmerschlüssel. Wenn sie bis in den Abend hinein unterwegs ist, nimmt sie den, anstatt ihn an der Rezeption abzugeben, immer mit. Nützt aber nichts, dämmert ihr plötzlich. Denn zuerst muss sie durch die Pforte und die öffnet sich nachts nur mit einem Code, den man rechts neben der Tür in ein Tastenfeld eintippen muss. Schlecht, ganz schlecht. Wie in drei Teufels Namen heißt der fucking Code? Johann hat ihr die vier Ziffern zu Anfang ihres Urlaubs auf ein Zettelchen geschrieben, aber da sie abends bis jetzt nie so spät dran war wie heute, hat sie ihn nie gebraucht. Sie hat keine Ahnung, wo der fucking Zettel ist. Jedenfalls nicht in ihrer Tasche.

»Scheiße!« In der sitzt oder steht sie jetzt mitsamt ihren Teleskopstöcken und weiß außer dem Code, den sie nicht weiß, auch sonst nicht weiter und wie sie da rauskommt. Oder vielmehr rein ins Hotel. Gut, neben dem Tastenfeld ist so ein schwarzer Knopf, der aussieht wie eine Klingel. Eine Für-alle-Fälle-Klingel. Ist das jetzt so ein Fall? Sie ist immer noch zu betrunken, um sich auf die Frage eine Antwort zu geben und die auch noch zu Ende zu denken.

Ein Zeigefinger hat kein Gehirn. Es ist Vickys Zeigefinger, der jetzt, ohne nachzudenken, auf den Klingelknopf tatscht, und es sind ihre Ohren, die darüber erschrecken, wie schrill die Klingel die nächtliche Stille drinnen im Hotel und sogar hier draußen zerreißt. Sie schämt sich. Sie schämt sich so, dass sie sich wünscht, niemand habe diesen schrillen Klingelton gehört und alle schlafen weiter. Legt sie sich eben auf den Rücksitz ihrer *carrozza*. Irgendwie wird sie die Nacht schon rumbringen.

Von drinnen ertönt Hundegebell. Auch das noch. Klitschko, vor dem sie schon bei Tag keine Gnade findet, wird sich bei ihrem Anblick wahrscheinlich in ihren nackten Waden verbeißen. Im Hotelflur geht das Licht an. Ein Schatten taucht neben dem Fenster auf, dann fragt Johanns Stimme: »Wer ist da?«

»Ich bin's«, hört Vicky sich piepsen. Sie räuspert sich und wiederholt mit tieferer Stimme: »Ich bin's, Vicky. Vicky Winter.«

Sie muss an das Märchen vom Wolf und den sieben Geißlein denken, während sie ihre Stimme verstellt. Ich bin's, eure liebe Mutter, lasst mich herein! Sie kichert.

Drinnen nestelt das Geißlein am Schloss. Dann öffnet sich die Tür und Johann ist wieder ein Mann. Ein etwas verschlafener Mann im Morgenmantel, unter dem seine Beine in Pyjamahosen hervorschauen. Seine Füße sind nackt. Er kommt direkt aus dem Bett, genauso wie der Hund Klitschko direkt aus seinem Hundekorb kommt.

Klitschko steht neben seinem Herrchen und knurrt feindselig. Wenn er reden könnte, würde er jetzt schnauzen: »Piss off!«

Ihr Kichern vertrocknet ihr zwischen den Lippen. Ungewollt entfährt ihr ein Rülpser. Sie hält sich die Hand vor den Mund. An der Schlaufe um ihr Handgelenk baumelt der Teleskopstock.

Johann blickt einmal an ihr hinunter und wieder hinauf.

»Manche Menschen lieben Nachtwanderungen«, sagt er.

»Sorry«, stammelt Vicky. »Ich war in Bozen. Ich habe mich verlaufen. Deshalb ist es so spät.«

Johann sagt nichts. Er öffnet die Tür ein bisschen weiter und tritt beiseite, um sie hereinzulassen. Dabei hält er die Klinke fest.

»Ich habe den Code vergessen.« Sie drückt sich an ihm und dem Hund vorbei, wobei sie zu Boden auf seine Zehen blickt. Lange Zehen, die sie an die Zehen von Aljoscha erinnern. Tagsüber trägt Johann meistens Socken, auch wenn es sehr warm ist. Nachts um zwei auf Johanns nackte Zehen zu blicken, hat etwas Intimes, das ihr peinlich ist.

»Hoffentlich habe ich Sie nicht gestört«, setzt sie wieder an. *Blödsinn, was denn sonst!* Sie steht nahe bei ihm. Näher, als sie will. *Hoffentlich riecht er meine Fahne nicht.* Sogar im Schummerlicht sieht sie Johann an der Nasenspitze an, was er denkt. Ausnahmsweise fragt er sich nicht, ob niemand auf sie aufpasst. Sondern stattdessen: Wie ist sie bloß in diesem Zustand mit dem Auto von Bozen hierherauf gekommen?

»Bestimmt haben Sie schon geschlafen«, sagt sie verlegen.

Klitschko knurrt. Johann lächelt. Amüsiert.

Nein, keinesfalls, ich war noch hellwach, ich habe gewartet, bis Sie nach Hause kommen. Ich warte immer, bis alle meine Gäste zuhause sind. Notfalls bis nachts um zwei. Sie ist darauf gefasst, dass er mit seinem Lächeln so etwas sagt. Sie hochnimmt.

Johann lächelt immer noch. Er sagt: »Große Frau ganz allein in großer Stadt.« Und fragt: »War's wenigstens schön?«

Sein Atem riecht nach Zahnpasta. Ein Mann, der sich vor dem Schlafengehen die Zähne putzt. Sie stehen so nah beieinander, dass Vicky ihren Kopf nur ein wenig nach vorne neigen müsste, um Johann zu küssen. Mitsamt ihrer Fahne. Stattdessen sagt sie: »Ich bin nicht groß.« Es klingt schmollend. Als verwahre sie sich gegen eine Beleidigung. Sie stottert: »Ja, es war schön.«

Johann schließt die Haustür.

Mit kleiner Stimme sagt Vicky: »Danke, dass Sie mich hereingelassen haben. Schlafen Sie gut weiter!« Sie überlegt kurz, ob sie sich auch bei Klitschko bedanken soll. Und ob der sie dann in Zukunft vielleicht besser leiden mag. Dann haucht sie »Gute Nacht« und huscht die Treppe hinauf.

März 1990

Jetzt haben sie mich in ein Internat gesteckt. Den Namen des gottverlassenen Nests in der Pfalz, in dem ich gelandet bin, habe ich vorher noch nie gehört. Es ist noch kleiner als Wünschnofen. Als ich zehn war, habe ich alle Bände ›Hanni und Nanni‹ von Enid Blyton verschlungen, aber in Wirklichkeit ist der Schulalltag im Internat nicht besonders aufregend. Ich teile das Zimmer mit drei anderen Mädchen. Jeder von uns gehört eine der vier Wände, an der die Schlafcouch und der Schreibtisch steht. Meine Zimmergenossinnen haben Poster von Bon Jovi, David Hasselhoff und den Fat Boys an ihre Wände gepinnt, ich stellte, als ich ankam, das Foto von Großvater auf meinen Schreibtisch. Sabrina, eins der Mädchen, fragte spöttisch, ist das dein Lover, der dir das Kind gemacht hat? Die anderen haben gekichert. Ich deutete auf das Plakat von Bon Jovi und sagte gelangweilt, nein, der war's, und jetzt spielt weiter mit euren Puppen. Allmählich streife ich meine Schüchternheit ab wie eine alte Haut, ich habe nichts verloren und nichts zu verlieren bei diesen gackernden Hühnern hier in der Pampa. Ich rede wenig und nur, wenn es mir passt. Ich herrsche die »Hühner« an und brülle »Ruhe!«, wenn ich Italienisch lernen oder ›Stolz und Vorurteil‹ von Jane Austen lesen will. Und tatsächlich geben sie Ruhe. Außer Italienisch lerne ich wenig, lese viel und esse noch mehr – wie ein Scheunendrescher. Geleefrüchte, Bonbons, Mandelkekse, Vanille- und Schokopudding in Plastikbechern. Gott sei Dank bin ich bisher trotzdem nicht besonders dick geworden, auch wenn sich die Kugel vor meinem Bauch nun nicht mehr verheimlichen lässt. Außerdem – das ist eher eine gute Nachricht – passen meine Brüste nicht mehr in meine Büstenhalter mit Körbchengröße A. Ich bin mit dem Bus nach Landau gefahren, habe mir größere gekauft und die zu klein gewordenen Sabrina geschenkt, die den Witz mit Großvaters Foto gemacht hat.

»Vielleicht wächst du irgendwann rein«, sagte ich zu ihr, während sich mein Blick mitleidig an ihren Minibrüsten festgesaugt hat.

Nachts kann ich oft nicht schlafen, weil das Kind in mir strampelt. Von meinem Bett aus habe ich einen Blick auf den beleuchteten Bergfried der Ruine oberhalb des Dorfs. Zwei viereckige leere Fenster und ein darunterliegendes schmales lassen das Mauerwerk aussehen wie ein Gesicht. Noch jemand, der wach ist außer mir und dem Baby. Trotz des Menschleins, das in mir die Nacht zum Tag macht, fühle ich mich einsamer, als wenn ich ganz allein wäre.

Ich vermisse Ingo immer noch. Wenn er wüsste, dass er Vater wird! Ob ich nicht doch noch einmal einen Versuch machen und ihm schreiben soll?

Auch nach Bettina hab ich Sehnsucht. Seit Wochen habe ich mich nicht bei ihr gemeldet. Am Telefon liegt mir Mama permanent damit in den Ohren, ja nichts über meinen Zustand in die Öffentlichkeit sickern zu lassen. Briefe aus der Pfalz würden Bettina hellhörig machen. Im Übrigen – was soll ich ihr schreiben, ohne mit der Wahrheit herauszurücken?

13

Vicky erwacht nach dem Morgenläuten, aber dennoch viel zu früh. Mit dem, was Uwe, der es wissen muss, eine Williams-Christ-Birne nennt. Genau genommen fühlt sich Vickys Kopf wie ein ganzer Birnbaum voller Retsina- und Ouzo-Birnen an. Sie kommt sich vor, als hätte sie jemand im Schlaf vermöbelt und K.O. geschlagen. Der Geist aus der Flasche, der sie am Abend zuvor selig gemacht hat, hat sich über Nacht in einen Poltergeist verwandelt, der im Oberstübchen herumtobt, das Herz hämmern lässt und als Schmerz in den Gliedern pocht.

Seufzend quält sie sich aus dem Bett. Sammelt ihre Klamotten ein, die auf dem Teppichboden verstreut liegen und nach Grieche riechen. Nicht mehr zu gebrauchen. Sie steigt in die Dusche, lässt Wasser über Kopf und Körper rinnen, Duschgel zwischen die Brüste und Shampoo auf ihr Haar tropfen. Duscht warm, heiß, kalt, sehr kalt und noch einmal warm.

Beim Frühstück ist alles undeutlich. Verschwommen. Das Buffet. Die Gäste. Johann. Falls er das überhaupt ist. Vorbeugend lächelt sie. Aus einer nebelhaften Kaffeekanne lässt der verschwommene Johann einen konturlosen braunen Strahl in ihre nebulöse Kaffeetasse fließen. Gierig zieht Vicky den starken Duft durch die

Nase ein. Der Kaffee riecht wie immer. Auch Johanns Stimme klingt kein bisschen anders als sonst, als er fragt: »Gut geschlafen?«

»Danke, bestens, und Sie?«, lügt sie und Johann lügt zurück: »Wie ein Stein. Neun Stunden am Stück.« Er lacht.

Vicky hört ihn lachen, ohne ihn lachen zu sehen, und auf einmal fällt der Groschen bei ihr.

»Ich habe vergessen, meine Kontaktlinsen einzusetzen«, platzt sie heraus. Sie lässt ihr Frühstück im Stich und spurtet nach oben. Hat sie die Linsen heute Nacht tatsächlich noch herausgenommen? Jedenfalls schwimmen sie als durchsichtige Bläschen, ordnungsgemäß verstaut, in den beiden Körbchen des kleinen blauen Kontaktlinsenbehälters.

Zurück in der Rotunde kommt ihr ein nunmehr scharf gestellter Johann entgegen. »Das Ei wie gestern?«, fragt er.

Keine Ahnung, wie ich das Ei gestern hatte, denkt sie und murmelt: »Keine Ahnung, ob ich ein Ei runterkriege. Kopfwehtablette wäre besser. Mein Schädel brummt wie ein Grizzlybär.«

Johann bringt ihr ein Spiegelei, legt eine Aspirin neben ihren Teller und sagt, das koste wieder extra. Dabei grinst er die ganze Zeit. Vicky grinst zurück. Trotz brummendem Schädel. Jetzt haben Johann und sie ein Geheimnis.

Die Wehen kamen am 30. März.

An dem Tag, bevor die Uhren auf Sommerzeit gestellt wurden, war es ungemütlich, ein eisiger Nordwind fegte Schnee- und Graupelschauer vor sich her.

Von der Telefonzelle im Pausenhof aus rief ich in Tunzheim an.

Mir ist komisch, sagte ich, wie komisch, fragte Mama, es zieht in meinem Bauch, sagte ich, es tut weh.

»Wehen«, wunderte sich Mama, »jetzt schon? Wie weh tut es denn?«

»Sehr weh«, jammerte ich.

»Oh, mein Armes«, sagte sie, »ich kenne das, ich weiß, wie das ist, ich komme dich holen.«

Drei Stunden später war sie da, und wir fuhren ins Krankenhaus, sie mit ihrem falschen, ich mit meinem echten Bauch.

In der Klinik wurde ich durch alle Stationen gereicht, bis ich mein Baby zur Welt bringen durfte. Auf einer Liste musste ich ankreuzen, was ich an den nächsten Tagen essen wollte. Im ersten Stock wurden mein Blutdruck und meine Temperatur gemessen, im zweiten die Herztöne des Kindes, in der dritten Etage wartete ich auf ein EKG. Nach vielen Untersuchungen waren sich alle einig, dass das Kind einen Monat zu früh dran war, worauf unter den Ärzten plötzlich Hektik ausbrach. Ich wurde auf ein fahrbares Bett gehievt, als könnte ich auf einmal nicht mehr gehen, und durfte in das Allerheiligste, den Kreißsaal. Eine komische Mischung, halb Wohnzimmer, halb Fitnessstudio. Allerlei Geräte standen herum, ein zwischen zwei Reifen befestigter Stuhl, eine Badewanne, Sprossenwand und Sitzbälle; ein Seil baumelte von der

Decke herab, und ich glaubte zuerst, im falschen Raum gelandet zu sein. Ich war doch nicht hier, um Gymnastik zu treiben! Die Hebamme verkabelte mich mit einem Wehenschreiber. Dann verschwand sie und kam erst wieder, als ich Zeter und Mordio brüllte. Ich wusste nun, warum Wehen heißen, wie sie heißen, und schrie wie am Spieß. Auch Mama, die neben mir saß, konnte mich nicht beruhigen. Die Hebamme fuhr mich an, ich solle an mein Kind denken und atmen, statt zu schreien. Mir fiel beides schwer, und bis Aljoscha kurz nach Mitternacht zur Welt kam, habe ich noch ziemlich viel und laut geschrien.

Als Aljoscha und ich es hinter uns hatten, legte mir die Geburtshelferin das Baby in den Arm. Ich war überrascht von seinem Gewicht, dabei habe ich ihn doch die ganze Zeit in mir herumgetragen. Erleichterung, dass ich es endlich doch geschafft hatte, und Verwirrung stritten in mir. Keine Puppe, sondern ein echter kleiner Mensch! Er schenkte mir einen langen, nachdenklichen, ein klein wenig traurigen Blick aus einem braunen und einem karibikblauen Auge. Dann gähnte er und verfiel in Tiefschlaf und ich hatte Zeit, ihn zu betrachten. Aljoscha sah aus wie Esau in meinem früheren Religionsbuch, mit einem hennafarbenen Flaum nicht nur auf dem Kopf, sondern am ganzen Körper. Er erinnerte an einen kleinen Buddha. Alles an ihm war winzig, Nase, Mund und Ohren, Finger und Zehen.

Die Nacht nach der Entbindung verbrachten er und ich gemeinsam im Krankenhausbett, völlig fertig mit der Welt, auf die Aljoscha gerade erst gekommen war. Aus Angst, ihn mit meinem Körpergewicht zu erdrücken, schlief ich fast gar nicht. Gegen Morgen begann er ein wenig zu meckern. Ich entblößte das, was man mittlerweile einen Busen nennen kann, und versuchte dem Baby halbherzig eine Brustwarze in den Mund zu stopfen. Aljoscha wimmerte und spuckte sie wieder aus. Ich versuchte es nochmal – mit dem gleichen Ergebnis. Das Spiel ging noch ein paarmal hin und her. Wir stellten uns blöd an, ich oder Aljoscha oder wir beide, und schließlich packte ich meinen Busen wieder ein. Wer sagt denn, dass ein Kind unbedingt gestillt werden muss! Ohnehin kam ich mir vor wie eine Leihmutter, die ihr Kind mit der Geburt an jemand anderen abtrat. In meinem Fall war der Jemand Mama. Noch in der Nacht hätte sie mein Baby am liebsten in die Tragetasche gepackt und mitgenommen, aber eine resolute Kinderkrankenschwester hat sie nach Hause gescheucht. Am folgenden Mittag erschien sie wieder und bestand darauf, uns heimzuholen. Im Auto schrie Aljoscha, während seine winzige Hand meinen Zeigefinger umklammerte wie ein Schraubstock. Ich betrachtete ängstlich sein weit aufgerissenes Mäulchen und fragte mich, ob er schon kurz vor dem Verhungern war. Zuhause hat Mama das Baby auf den Arm und das Zepter in die Hand genommen. Sie bot Aljoscha ein vorbereitetes Fläschchen an und der Kleine begann zu saugen, als hätte er seit dem Morgen eine Ausbildung absolviert. Seither ist das Thema Stillen erledigt.

Mama füttert Aljoscha tagaus, tagein und auch nachts. Sie steht auf, wenn er schreit, sie wickelt, wäscht, badet und hätschelt ihn. Mittlerweile hat er solche Pausbacken, dass er von Papa bereits den Spitznamen »Brummer« bekommen hat. Meine Verwirrung aus der Nacht, in der ich Aljoscha geboren habe, hält an. Ist das wirklich mein Leben, in dem ich unterwegs bin? Oder ein ganz anderes?

Nach dem Frühstück kommt die Traurigkeit zurück.

In ihrem Zimmer stellt sie sich vor den Spiegel, obwohl sie weiß, dass das keine gute Idee ist, wenn sie traurig ist. Sie erkennt dann die Gesichter ihrer Eltern in ihrem eigenen. In ihrer Miene das Zusammenspiel von Augen und Lippen, wenn ihr Vater früher etwas Strenges sagte. Auf ihrer Stirn die Sorgenfalte der Mutter, die der Strichzeichnung eines fliegenden Vogels ähnelt. Als Aljoscha sechs Wochen nach seiner Geburt an Salmonellen erkrankte, hat sich diese Falte in das Gesicht ihrer Mutter gegraben und ist seither nie wieder ganz daraus verschwunden. Tage- und nächtelang ist die Mutter damals nicht mehr von seiner Wiege gewichen. Während sie selbst, Vicky, den Ernst der Lage nicht begriffen hat. Das bisschen Durchfall, hat sie gedacht und sich gewundert, dass zweimal täglich der Kinderarzt kam, obwohl doch mit ihrem Vater ein Doktor im Haus war. Der Kinderarzt nannte Aljoscha den »Knaben«, machte ein ernstes Gesicht und sagte: »Der Knabe muss viel trinken, damit er nicht austrocknet.« Vicky ist zur Schule gegangen, ohne sich Gedanken zu machen, was passieren würde, wenn Aljoscha austrocknen würde. Ihre Mutter hat Aljoscha zu trinken gegeben und sie hat es als selbstverständlich hingenommen.

Vicky kehrt dem Spiegel den Rücken, hängt die Klamotten des gestrigen Abends auf den Balkon und setzt sich in den Geruch, den sie ausdünsten. Sie will endlich ihr erstes Buch fertig lesen. Was vielleicht auch keine gute Idee ist. Tage, an denen sie ein Buch zu Ende liest, sind gefährliche Tage. Oft fühlt sie sich dann wie eine Waise.

Aljoscha hat die Salmonellenattacke überstanden. Ob er wirklich daran hätte sterben können, wie Mama neulich gesagt hat? Durch seine Krankheit ist er ganz ihr Kind geworden. Sie ist ihm die beste Mutter, die man sich denken kann. Einmal habe ich mitbekommen, wie sie Frau Gögelein, der Gattin des Sparkassenfilialleiters, von der Zeit vor Aljoschas Geburt erzählt und ihren Bericht mit dem Satz begonnen hat: »Als ich mit Aljoscha schwanger war …« Sie hat das tatsächlich geglaubt, als sie es sagte. Sie hat es übernommen, ihn zu tragen und für ihn zu sorgen, seit er geboren ist, und sich daran gewöhnt, dass es immer so gewesen ist.

So wie ich mich daran gewöhnt habe, wieder allein mit mir zu sein in meinem Körper und in meinem Zimmer unter dem Dach. Ich bin allein mit mir und meinen Nägeln, an denen ich kaue, und mit meinen Roth-Händle-Zigaretten. Ja, ich rauche wieder.

Ich bin allein mit meinem Cello und den Arrangements von Bünemann, die ich üben sollte, denn Papas Kammermusikstündchen, von denen ich während meines Internatsaufenthalts suspendiert war, sind mit doppeltem Elan wieder aufgenommen worden. Papa kennt kein Pardon, wenn ich versuche, mich zu drücken.

Nach Aljoschas Geburt bin ich in meine alte Schulklasse in Tunzheim zurückgekehrt und war auch dort allein. Auch wenn niemand etwas wusste – irgendwie haben doch alle die Veränderung gespürt, die mit mir vorgegangen ist, und Abstand gehalten.

Der Unterricht hat mich etwa so viel interessiert, wie wenn in China ein Radl umfällt. Außerdem fehlte mir der Stoff. Meine guten Deutschaufsätze haben mich nicht vor dem Sitzenbleiben bewahrt. Papa war sauer. Als Tochter einer stadtbekannten Arzt- und Bilderbuchfamilie habe ich offenbar kein Recht zu versagen.

Ich wiederhole also. In der neuen Klasse habe ich dadurch, dass ich ein Jahr älter bin als die anderen, einen besseren Stand. Dass ich einen kleinen Bruder habe, macht mich interessant. Manchmal tut es mir leid, dass ich ihnen nicht sagen kann, wer Aljoscha wirklich ist, denn dadurch würde ich vielleicht noch interessanter für sie.

Kürzlich musste ich nicht in die Schule gehen. Stattdessen sind meine Eltern mit mir nach Heilbronn gefahren. Im Büro einer Rechtsanwaltskanzlei mit blankgebohnerten Parkettböden saßen wir einem Notar gegenüber, der mit seiner getönten Hornbrille und dem dunklen Anzug aussah wie ein Mafioso. Der Notar hat ein Schriftstück aufgesetzt, durch das Mama und Papa auch auf dem Papier zu Aljoschas Eltern werden. Bevor wir alle unterschrieben haben, wollte der Notar wissen, ob ich einverstanden sei.

Ich zögerte – ich hatte nicht erwartet, dass ein Mafiaboss mich nach meiner Meinung fragt.

»Natürlich ist sie einverstanden«, hat Papa mit einem ungeduldigen Unterton gesagt, aber der Notar meinte, er wolle es von mir hören.

Ich habe an die Schule gedacht und an Ingo, an meine Bücher und meine Ruhe in meinem Zimmer unter dem Dach, und schließlich habe ich genickt.

Habe ich denn eine Wahl? Ich fühle mich zu jung, um Aljoschas Mutter zu sein, und viel zu jung, um ihm Mutter und Vater zugleich zu sein. Mama und Papa sind Eltern, richtige Eltern, und sie sind es schon so lange. Sie wissen, wie es geht.

Also wird es wohl das Beste sein.

Vicky sitzt nicht mehr auf dem Balkon, sondern liegt inzwischen am Pool. Das zu Ende gelesene Buch hat sie gegen ein neues eingetauscht. Riccarda und Michele planschen im Schwimmbecken. Erwecken die spiegelnde Oberfläche und das, was darunter ist, zum Leben. Das Wasser macht unanständige Geräusche, wenn die Kinder es durchpflügen, es kommentiert jede ihrer Bewegungen, gurgelt, schwappt, gluckst und rülpst. Die beiden werfen einen riesigen violetten Wasserball hin und her, der auf einer Seite eine Delle hat. Sie lachen, wenn sie sich gegenseitig treffen und wenn sie sich verfehlen. Sie lachen eigentlich die ganze Zeit. Und wenn sie zu ihnen ins Wasser steigen und ein bisschen mitspielen würde? Der Ball landet im Gras, die Kinder beginnen nach einem Kieselstein zu tauchen. Vicky bleibt, wo sie ist. Schließt die Augen. Heimweh kriecht in ihr hoch. *Was will ich hier?* Sie sehnt sich nach zuhause, nach ihrem Bett, nach dem Sofa mit den vielen bunten Kissen, dem Blick vom Balkon, dem Geruch nach frischer Wäsche, wenn sie sie aus dem Schrank holt, dem Geruch im Schrank, dem Räuspern von Dirks Espressomaschine beim Aufstehen, sie sehnt sich nach Dirk und seinem Geruch. Sie sehnt sich danach, den Kopf durch die Tür eines Zimmers zu stecken, in dem jemand ist, der sich freut, dass sie da ist.

Von unten aus dem Dorf dringt Schlagermusik herauf. Richtig, das Dorffest, das an diesem Wochenende stattfindet! Aufgesetzter Frohsinn, der aus Lautsprechern dröhnt und ihre Laune weiter trübt, anstatt sie aufzuhellen.

Bettina ist aus Südamerika zurück. Ich hätte sie fast nicht wiedererkannt. Ihre Schultern kommen mir noch breiter vor als früher. Sie hat ihre langen blonden Zöpfe abgeschnitten und sieht nun aus wie ein frecher Junge.

Noch am Tag ihrer Heimkehr kam sie mich besuchen. Wir fielen einander in die Arme und vollführten Indianertänze. Mama kam dazu mit dem krähenden Aljoscha auf dem Arm. Bettina war vollkommen überrascht. Sofort fiel ihr auf, dass er Augen in zweierlei Farben hat. Später in meinem Zimmer unter dem Dach hat sie mich gefragt, warum ich ihr nichts von der Schwangerschaft meiner Mutter und von Aljoschas Geburt geschrieben habe. Ich erklärte wahrheitsgemäß, dass meine Eltern wollten, dass ich es für mich behalte. Das fand sie komisch, hakte aber nicht weiter nach und erzählte mir stattdessen von dem Jahr, das sie ohne mich auf der anderen Seite der Erde verbracht hat. Irgendwann fiel Bettina auf, dass ich ihr zuhörte, aber kein Wort sagte.

»Warum bist du so still, Vicky?«, fragte sie. »Erzähl mir von dir! Was hast du erlebt in der ganzen Zeit?«

«Es gibt nicht viel zu erzählen«, antwortete ich und zuckte die Schultern, »du siehst ja, bei mir ist alles beim Alten.«

Bettina ließ viele Kilometer Filmmaterial entwickeln und zeigte mir die Fotos. Vögel mit gelben Bäuchen und blaugrünen Bäuchen, mit roten Rucksäcken und Häubchen, die aussehen wie Schlafmützen, Vögel mit Schlangenhälsen und üppigen Schwanzfedern. Vögel in Nestern, Vögel auf Bäumen, Vögel im Flug. Eine Auswahl ihrer spektakulärsten Fotos hat sie an ein Geografie-Magazin in Ludwigsburg geschickt und kurz darauf ein Stellenangebot als Volontärin bekommen. Sie ist in eine Wohngemeinschaft in Ludwigsburg gezogen, wo ich sie schon besucht habe. Sie hat mir die Trophäen gezeigt, die sie außer ihrem Bildmaterial von ihrer Reise mitgebracht hat: den komischen Hut, den sie in Mittel- und Südamerika getragen hat, mit Spuren von getrocknetem Schweiß, dort, wo die Krempe ansetzt. Einmal tat sie sehr geheimnisvoll und öffnete einen Schuhkarton. Mir entfuhr ein kleiner Schrei. Die Schachtel war gefüllt mit Vogelfedern, die sie im Regenwald gefunden hat, lippenstiftroten, orangefarbenen, dottergelben, tintenblauen, grasgrünen, großen und kleinen, flaumigen und struppigen mit dickem Kiel.

Bettina und ich leben in zwei Welten.

Während sie ihr eigenes Geld verdient, muss ich mit zwanzig Mark Taschengeld im Monat auskommen. Sie hat sich schon einen Platz im Leben erobert, während ich nur in der Schule sitze. Sie kennt sich aus in der Welt, ich mich bloß in meinem Zimmer und meinem Deutschbuch.

Eines Nachmittags, als wir bei mir waren, sagte sie zu mir: »Du hast dich verändert, Vicky. Deine Augen passen nicht mehr zu dir. Früher konnte ich darin lesen. Jetzt sind sie verschlossene Läden. Sie blicken, als hätten sie zu früh zu viel gesehen. Oder etwas, das sie nicht sehen wollten.«

Ich schwieg. Komischerweise kam mir in diesem Moment die Nacht vor ein paar Jahren in den Sinn, in der ich meine Eltern durchs Schlafzimmerschlüsselloch beobachtet habe.

An diesem Nachmittag habe ich Bettina alles erzählt. Ich habe gebeichtet. Von Ingo. Ich berichtete Bettina von den Nachmittagen auf dem Felsvorsprung und der Nacht mit ihm in Uwes und meinem Ferienzimmer. Ich berichtete ihr, wie meine Eltern Großvater über die Grenze geschmuggelt haben. Ich erzählte ihr vom Ausbleiben meiner Regel, vom Wachsen meines Bauchs und des falschen von Mama. Die Wochen im Internat, der Moment, als Aljoschas Kopf zwischen meinen Beinen ausgetreten war und er seinen ersten

Lebensschrei von sich gegeben hatte, all das sollte Bettina erfahren. Ich erzählte sehr lange. Als ich fertig war, klappte ich das Dachfenster in meinem Zimmer auf.

Nach einem solchen Bekenntnis weinen die Menschen gewöhnlich. Ich habe eine weniger pathetische Variante gewählt und Roth-Händle zum Fensterspalt hinausgeraucht. Bettina, die sonst nie raucht, stellte sich neben mich und bat: »Gib mir auch eine.«

Wir rauchten. Jede eine Zigarette. Noch eine. Und noch eine. Wir qualmten schweigend wie zwei Schornsteine, mit dem Unterschied, dass Schornsteine nicht husten. Wir rauchten die ganze Roth-Händle-Packung zu Ende.

»In Bolivien gibt es eine Vogelart«, erzählte Bettina, als wir unsere beiden letzten Kippen in die Dachrinne geschnippt hatten, »die Guirakuckucke. Sie leben so eine Art Brut- und Nist-Kommunismus in vereinigten Nestern. Mehrere Eltern versorgen alle Küken gemeinsam mit Nahrung. Die Jungtiere wissen oft gar nicht, wer eigentlich ihre Eltern sind, denn sie werden ja von allen gefüttert.« Sie lachte und fuhr fort: »Manchmal helfen auch die Single-Männchen mit, die kein Weibchen abbekommen haben. Alle beteiligen sich an der Aufzucht der Küken. Sie haben keine Probleme und keinen Stress miteinander.«

»Auch nicht das Problem, dass die echten Eltern ein Geheimnis um ihre Elternschaft machen müssen«, seufzte ich.

»Nein«, sagte Bettina, »das auch nicht. So was gibt es nur unter Menschen.«

»Manchmal wundere ich mich, wie leicht sich die Leute bluffen lassen!«, sagte ich. »Sie sehen, was sie sehen wollen.«

Ich habe Bettina erzählt, wie nach Aljoschas Geburt halb Tunzheim den Kopf in seine Wiege gesteckt hat.

»Ganz der Vater, ganz die Mutter, haben sie gesagt, je nachdem, wer von beiden gerade danebenstand.«

Wir kicherten.

Ein Faden aus Zugvögeln wehte am Himmel entlang.

»Graugänse«, sagte Bettina, »sie ziehen nach Tansania ins Winterquartier. Sie sind spät dran dieses Jahr.«

Bettina nahm meine Hand. Mir kam es vor, als wäre ich in nur einer Stunde so alt geworden wie sie.

Ob nicht doch jemand etwas geahnt hat?

Sie versucht sich zu erinnern. Alle haben ihre Rollen in der elterlichen Theaterinszenierung damals prächtig gespielt, und es schien, dass die Rechnung aufgegangen sei – mit jener glatten Lösung, die sich Vickys Eltern ausgedacht hatten. Es waren die Blicke mancher Menschen, an denen Vicky zuweilen ablas, dass nicht alle so blauäugig waren, wie es einem vorkommen mochte. Frau Möckel, die rechte Hand ihres Vaters, beispielsweise. Sie gehörte schon so lange zu seiner Praxis, dass Vicky als kleines Mädchen geglaubt hat, sie würde dort auch wohnen. Im Kleiderschrank, zusammen mit den Arzthelferinnenkitteln, die darin abends auf Bügel gehängt wurden. Vor Aljoschas Geburt fühlte Vicky manchmal Frau Möckels forschenden Blick auf sich ruhen, nicht auf dem gut kaschierten Bauch, sondern auf ihrem Gesicht. Vicky kann sich nicht vorstellen, dass sie ahnungslos war. Gesagt hat sie nie etwas, dazu war sie zu verschwiegen und dem Vater gegenüber zu loyal.

Und dann gab es da noch den Arztkollegen, dem ihr Vater beim Weihnachtsessen die Geschichte vom Großvaterschmuggel über die Grenze erzählt hat. Als sie ihm nach Aljoschas Geburt eines Nachmittags beim

Sonntagsspaziergang begegnet sind, beugte er sein Koalabär-Gesicht über den Kinderwagen, den sie schob, und sagte zu ihr: »Das also ist euer Nachwuchs. Könnte auch dein Nachwuchs sein, rein theoretisch.« Dabei hat er Vicky mit einem langen Blick angesehen und sie hat an den Satz gedacht, den er über Großvaters Tod gesagt hatte: »Wenn biologische Ereignisse zur Unzeit geschehen, muss man sie manchmal passend machen.«

Vicky beobachtet Michele und Riccarda im Pool und *Il Babbo*, der sich samt Wasserball zu ihnen gesellt hat.

Kinder, die sich wie Geschwister benehmen, obwohl sie nicht dieselben Eltern haben. *Il Babbo* mit seinem Pferdeschwanz, der sich wie ein Vater verhält, obwohl er nicht der Vater von beiden ist. Nichts muss hier passend gemacht werden. Niemand macht ein Geheimnis aus dem Offensichtlichen. Niemand stört sich an irgendetwas. Alles passt. Alles ist leicht und unbeschwert wie der violette Ball, der zwischen den dreien hin und her fliegt.

Vicky erhebt sich von ihrer Liege, geht ein Stück die Bergwiese neben dem Hotel hinauf und setzt sich auf eine Bank mit einem frischen signalroten Anstrich. Hummeln landen auf violetten Skabiosen, sammeln Nektar, starten wieder, fliegen die nächste Blüte an. Starten, landen, sammeln, starten, landen, sammeln – immer so weiter.

Vicky fingert ihr Smartphone aus der Hosentasche, wählt Dirks Nummer. Zum ersten Mal, seit sie hier ist.

Sie erwischt ihn bei einer Bandprobe für einen Gig am Abend.

»Hallo, *sweetheart*! Es ist ein bisschen *noisy* hier. Ein Wunder, dass ich dich gehört habe bei dem Lärm. Schön, dass du anrufst.«

Im Hintergrund probiert die Band etwas aus, Gitarre, Bass, eine raue, von einem Mikro verstärkte Männerstimme, die Englisch singt. Der Gesang bricht ab, geht unter in allgemeinem Gelächter. Vicky lacht mit. ›I feel good‹ von James Brown hat es in sich. Sie selbst hat sich auch schon an dem Titel versucht, ist am Rhythmus gescheitert.

»Singst du manchmal?«, fragt Dirk.

»Beim Wandern, beim Autofahren und am Pool.« Sie singt den Refrain von ›Everybody's talkin'‹ ins Handy: »*I'm going where the sun keeps shining … banking off of the northeast winds … sailing on a summer breeze and skipping over the ocean like a stone …*«

»Nicht schlecht«, findet Dirk, »du klingst fast wie Susan Tedeschi.«

Unten auf dem Weg kommt Johanns blauer Passat bergauf gekrochen. Vicky ist verstummt. Johann parkt vor dem Haus, steigt aus, sieht sie auf der Bank sitzen. Winkt ihr zu. Sie winkt zurück. Obwohl sie es von hier oben nicht sehen kann, weiß sie, dass er lächelt.

Als könnte Dirk durchs Handy sehen, hören oder riechen, was unten vor dem Panoptikum vor sich geht und wie Vicky ihre Hand hebt, sagt er: »Bestimmt gibt es alleinstehende nette Männer, da, wo du bist.«

»Keinen einzigen«, beteuert Vicky und findet, dass sie nicht lügt, schließlich ist Johann nicht alleinstehend. »Nur einen älteren Herrn mit einer Glatze. Keine Konkurrenz für dich.«

»Na, na«, sagt er. Er will wissen, wie sie ihre Tage verbringt. Mit wem sie gestern in Bozen griechisch essen war.

»Mit mir selbst«, sagt Vicky reinen Gewissens. »Und du?«, fragt sie, »wie verbringst du deine Tage? Und wie viele alleinstehende attraktive Frauen werden sich heute Abend nach dem Gig auf dich stürzen und auf deinen Schoß setzen, wenn ich nicht bei dir bin?«

Dirk tut, als müsse er überlegen. Zählen. »Warte mal … ich glaube, es wird weniger als ein halbes Dutzend.«

Sie lachen. Schmatzen Küsse durchs Telefon.

Vicky will wissen, welche Schuhe Dirk bei seinem Gig tragen wird. Dirk hat einen Schuh-Spleen, ein Laster, das er mit vielen Musikern teilt. Nie würde er in Turnschuhen spielen. Für seine Auftritte besitzt er drei verschiedene Paar Halbschuhe, eins ausgefallener als das andere: Slipper aus Kroko-Imitat, Slipper in Weiß mit abgeschnittenen Spitzen und schwarze handgenähte Schnabelschuhe aus Kalbsleder. Dirk lässt sie raten, gesteht schließlich, dass er sich ein neues Paar gekauft hat, cognacbraun mit schwarzen Absätzen. Er sagt, er muss jetzt weitermachen. Er fragt nicht, was sie anhat. Sagt nicht, dass er sie vermisst. Stattdessen fällt ihm noch ein, dass er im Secondhand-Plattenladen ›Deep Purple Made in Japan 1972‹ gekauft hat. »Ein absolutes Must-have.«

Vicky lacht. »Du Vinyl-Junkie!«

1992

Ich glaube, Aljoscha wird ein Läufer. Er war noch nicht ein Jahr alt, als er seine ersten freien Schritte machte. Natürlich war es die Hand meiner Mutter, die er an jenem Tag losließ, und nicht meine. Nur Lachen lernte er noch früher als Laufen. Das Sprechen kam später. Mama behauptet, dass ich als

Baby ein ähnliches Lachen gehabt habe wie Aljoscha. Alles andere war anders. Das Laufen ist ganz zuletzt drangekommen. Ich habe gelacht und früh sprechen gelernt, ohne zu wissen, was ich wollte. Als ich es wusste, war ich noch lange nicht so weit, darauf zu beharren, nicht nachzugeben und es durchzusetzen. Nun aber hat sich allerlei für mich geändert und das kam so:

Kürzlich beim Essen zählte Papa auf, welche Stücke später beim Kammermusikstündchen auf dem Probenprogramm standen. Ruhig unterbrach ich ihn: »Ich klinke mich heute aus.«

Mama fragte, ob mir nicht gut wäre. Ich habe versichert, es gehe mir prächtig, ich müsse aber für die Schule lernen und wenn ich es nicht müsste, würde ich lieber ins Freibad gehen, als auf Streichinstrumenten rumkratzen.

Einen Moment lang war es still. Dann sagte Mama: »Vicky!« Sie sagte es nicht besonders laut, aber in einem vorwurfsvoll schmollenden Ton, den ich gut kenne und hinter dem der Satz lauert: Das kannst du uns nicht antun! Schon oft habe ich an dieser Stelle Schiffbruch erlitten und klein beigegeben. Diesmal nicht.

In der Schule hatten wir Kafkas ›Vor dem Gesetz‹ gelesen. Ein Mensch wartet, vom Türhüter vertröstet, ein Leben lang ergeben darauf, zur Tür des Gesetzes eingelassen zu werden. Am Ende sagt der Türhüter: »Dieser Eingang war nur für dich bestimmt. Ich gehe jetzt und schließe ihn.«

Ich will nicht weiter warten, bis sich mir Türen von allein öffnen. Ich will nicht warten, bis mir meine Eltern zu leben erlauben, wie ich will. Mich nicht mehr vertrösten, mich nicht weiter verbiegen lassen.

Ich holte tief Luft und sagte: »Damit ihr es wisst: Ich mag sonntags überhaupt nicht mehr mitspielen. Ich wollte euch das schon längst mal sagen. Ich mache zu viele Fehler und

Herr Rappold ist sauer, weil ich ihn ständig aus dem Takt bringe.«

Mamas Gesicht verzog sich zu einer schmerzlichen Grimasse. »Aber Vicky, wir brauchen dich!«, beharrte sie. »Denk an das Ständchen zum Geburtstag von Frau Kleinert in drei Wochen! Du kannst uns doch jetzt nicht im Stich lassen!«

Das Ständchen zum Geburtstag von Frau Kleinert, der Bürgermeisterfrau! Du lieber Himmel! Ich rollte mit den Augen.

»Frau Frohwein kann meinen Part übernehmen«, sagte ich und fügte hinzu: »Ich habe es einfach satt, jeden Sonntag Katzenmusik zu machen!«

Uwe kicherte, während Mama einen ratlosen Seufzer ausstieß. Sie machte einen Versuch, mit ihrem linken Auge zu weinen, aber es produzierte nur drei Tränen. Ihr Mund spuckte gar nichts aus. Kein einziges Wort.

Und Papa? Papa war mit seinem Hühnerschlegel beschäftigt. Die Schwerstarbeit des Entbeinens ließ ihn schwitzen; in seinen Geheimratsecken standen Wasserperlen, und die Gläser der Brille, die er neuerdings trägt, waren beschlagen.

Schließlich, als ich schon nicht mehr damit rechnete, dass er eingriff, öffnete er den Mund zu einem einzigen, ganz und gar unglaublichen Satz.

Mein Vater sagte: »Wenn sie nicht mehr mitspielt, kann sie ja in der Zeit, in der wir proben, auf Aljoscha aufpassen.«

Wie so oft sprach er, an Mama gewandt, von mir in der dritten Person, was mich normalerweise maßlos ärgert. An diesem Tag war es mir egal. Weil bisher immer unsere ganze Familie in das Hausmusikstündchen eingespannt war, hat auch Aljoscha daran teilnehmen müssen und das auf seine Weise getan: indem er lauthals mitsang, Bünemann-Noten mit seinen Malstiften bekritzelte oder unsere Notenständer umwarf.

An diesem Mittag hat in meinem Leben eine neue Ära begonnen. Zum ersten Mal habe ich für mich gekämpft und gewonnen. Papa, der so gerne triumphiert, hat vor mir kapituliert, und diesmal ist es um mehr als ein Mühlespiel gegangen.

Zuerst habe ich meinen Sieg kaum fassen können. Der erste Sieg, seit ich denken kann, der mir nicht peinlich war. Die Gelegenheit war günstig, also habe ich noch einen obendrauf gesetzt.

»Ich will Kontaktlinsen tragen«, verkündete ich. »Die Brille setze ich nie wieder auf.«

Uwe echote: »Ich auch nicht.«

»Diesen Sommer fahre ich nicht mehr mit in den Urlaub«, fuhr ich fort.

Meine Eltern ignorierten beide Eröffnungen. Mama stand schweigend auf und trug das schmutzige Geschirr in die Küche.

An diesem Tag wechselte sie kein Wort mehr mit mir.

Für das Kammermusikstündchen hat Papa tatsächlich Frau Frohwein, die Pfarrersfrau, angeheuert. Ich selber kümmere mich um Aljoscha. Während die Katzenmusik zum offenen Wohnzimmerfenster heraustönt, bringe ich meinem kleinen »Bruder« auf einem winzigen rosafarbenen Kinderfahrrad mit rostigem Lenker das Radfahren bei. Ich nehme Aljoscha mit ins Schwimmbad; ich ernte mit ihm Radieschen und Karotten und pflücke Cosmea in dem Gärtchen, das Mutter für ihn hinter dem Haus angelegt hat, wie sie es einst für Uwe und mich getan hat. Ich ernte mit Aljoscha, was Mama gesät hat, so wie Mama damals bei seiner Geburt geerntet hat, was ich gesät habe.

Ich trage jetzt Kontaktlinsen. Meine Brille habe ich für alle Zeiten in den hintersten Winkel meines Nachtkästchens verbannt.

In den Sommerferien ist die Familie zum ersten Mal ohne mich in Urlaub gefahren; ich fragte nicht einmal, wohin. Die drei Wochen, in denen das Haus leer war, habe ich mit Bettina und ihrem Freund verbracht. Wir waren fast immer draußen. Bettina hat den Führerschein gemacht und sich eine klapprige Ente mit Schiebedach gekauft. Von morgens bis abends lagen wir an einem moorigen See voller Algen, von denen ich Ausschlag bekam. Wir badeten nackt und trugen, wenn wir nicht badeten, schwarze Kleidung wie die Existenzialisten. Wir redeten über Kafka. Über Sartre und Camus. Wir redeten und schwitzten in unseren schwarzen Klamotten wie in der Sonne liegende Salamirädchen.

Nach dem Telefonat mit Dirk ist Vicky zu ihrer Poolliege zurückgekehrt. Unten im Dorf plärrt immer noch Schlagermusik. Riccarda, Michele und *Il Babbo* spielen Wasserball. Außerdem haben sich die beiden stämmigen Schwestern am Beckenrand niedergelassen, ihre bonbonfarbenen Turnschuhe neben sich gestellt und die Beine in den Pool gehängt. Vicky schmiegt sich in ihre Liege. Johann taucht mit einer Gartenschere auf und beginnt in der Rabatte unterhalb des Schwimmbeckens die vertrockneten Blüten der Löwenmäulchen abzuschneiden. Er hat die Jeans mit einer olivgrünen Sommerhose vertauscht. Auf seinen gebräunten nackten Waden unter den hochgekrempelten Hosenbeinen wachsen dunkle Härchen. Michele und Riccarda rufen: »*Giovanni, mettiti il costume e vieni in piscina!*« Als er lachend kontert: »*Venite con me in giardino!*«, versuchen sie ihn von weitem nasszuspritzen und mit dem violetten Wasserball zu treffen. Johann hebt ihn auf und zielt auf Michele. Die Kinder kreischen, die strammen Mädchen klatschen Beifall. Vicky beschränkt sich auf den Anflug eines Lächelns, bei dem sie kaum mehr als die Mundwinkel bewegt. Sie lässt ihren Roman nicht sinken, will sich in ihrer Lektüre nicht stören lassen. Oder wenigstens so tun, als ließe sie sich nicht stören. Dabei weiß sie jetzt schon: Das wird nichts mit dem Buch. Mit diesem Buch, das jemand geschrieben hat, der nicht sie ist.

Sie selbst hat ihren Traum bald nach dem Abitur begraben. Der Vater hielt Schreiben für eine brotlose Kunst, und die Geschichte, die sie hätte schreiben wollen, von ihrem Sommer in Wünschnofen, durfte sie nicht schreiben. Ob sie es aber heute noch will? Und selbst wenn sie wollte: Ob sie es auch könnte?

1994

Im Frühsommer habe ich Abitur gemacht. Mein Notendurchschnitt reicht nicht aus für den NC in Medizin. Insgeheim bin ich froh darüber; ich will nicht Ärztin werden. Ich will nicht im gleichen Leben landen, das mein Vater führt. Er ist als Stadtrat wiedergewählt und diesmal Stimmenkönig geworden. Ich möchte nicht werden, was Papa ist: lokalprominent, auf der Schiene des Dauergewinners dazu verdonnert, selbst nachts im Schlaf noch etwas darzustellen. Sein Leben wäre mir zu anstrengend. Vor der Kommunalwahl ist er wochenlang von Wahlveranstaltung zu Wahlveranstaltung gehetzt und seine Geheimratsecken haben sich ein Stück weiter in Richtung Hinterkopf gefräst.

Mein Vater hält hartnäckig an seiner Idee fest, aus mir

eine Akademikerin zu machen. Eine Weile lag er mir in den Ohren mit Jura, aber ich sagte: »Ich weiß nicht«, und zwei Tage später: »Nein, lieber nicht«, und dachte: Nur über meine Leiche, und sagte es nicht. Ich weiß nicht, ob ich überhaupt studieren möchte. Stattdessen jobbe ich nun schon seit Monaten planlos im Kaufhaus Wulfs, das zusammen mit dem Schreibwarenladen Moll, einem Eduscho, einem Tchibo und Pinos Pizzeria die Tunzheimer Einkaufsmeile bildet. Die Langeweile im Kaufhaus beginnt morgens früh zwischen schweigsamen Kurzwaren, Gummibändern, Zwirn, Druckknöpfen, Steck- und Nähnadeln aller Art. Die Herausforderung besteht darin, ein eifriges Gesicht zu machen und zu tun, als sei ich über beide Ohren beschäftigt, selbst wenn die Kundschaft auf sich warten lässt. In der Mittagspause gehe ich in den dämmrigen Schreibwarenladen und schmökere in der Reihe Bestseller auf dem Regal, bis Herr Moll mich hinauswirft. Manchmal kaufe ich einen Spitzer oder einen Radiergummi oder einen Notizblock, um länger bleiben zu dürfen.

Im August war ich auf Reisen. Ich hatte das Gefühl, mich belohnen zu müssen. Für alles Mögliche: die Maloche in der Schule, die Maloche im Kaufhaus, für meine Schwangerschaft und dafür, dass ich Aljoscha nur habe behalten dürfen, indem ich ihn hergegeben habe.

Ich belohnte mich für alle Strapazen meines Lebens mit einer Strapaze anderer Art. Wie weit kommt man zu Fuß? Gemeinsam mit Bettina und ihrem Freund Frank wanderte ich auf dem Europäischen Fernwanderweg Nummer 1 in drei Wochen von Konstanz nach Lugano. Zum ersten Mal seit unserem Urlaub in Südtirol war ich wieder in den Alpen.

Zu dritt sind wir losgezogen. In meinem Rucksack befanden sich drei Schlüpfer und zwei Paar Socken zum Wechseln, ein Hemd, ein Pullover, der Schlafsack. Obenauf geschnallt die Isomatte. Als einziges Buch habe ich ›Die Wand‹ von Marlen Haushofer über die Alpen geschleppt und ließ es, als Bettina und ich es gelesen hatten, in einer Jugendherberge liegen. Wir wanderten bei jedem Wetter. Wir krochen im Schneckentempo Berge hinauf. Manchmal streiften wir einen Gipfel. Ein Dreitausender war nicht dabei. Wir schimpften auf unseren Rucksack, den Feind in unserem Rücken. Wir verarzteten Millionen von Blasen. Wir übernachteten in Bauernbetten, im Freien, in Heuschobern, im Freien, in alpinen Hütten und wieder im Freien. Einmal in einer kleinen Schutzhütte auf einem Tisch aus groben Holzlatten. Wir wuschen uns, unsere Wäsche, T-Shirts und Strümpfe in Bergbächen, putzten die Zähne an Dorfbrunnen und badeten nackt in Seen. Wir ernährten uns von Beeren und kochten Pilze in einem Aluminiumtopf auf dem Gaskocher; dabei dachte ich an Großvater. Wir trafen immer wieder dieselben Leute. Irgendwann blieben wir zusammen. Wir wurden immer mehr. Junge Frauen und Männer aus Deutschland und der Schweiz. Jeder flirtete mit jedem. Eines Nachts in einem sehr dunklen Heuschober, Wand an Wand mit dem Stall und muhenden Kühen, knutschte ich mit dem Jungen, der sich neben mir zum Schlafen ausgestreckt hatte, einem glutäugigen Züricher, den die anderen Birchermüsli nannten. Obwohl seine Küsse nicht nach Müsli, sondern nach Abenteuer schmeckten, endete die Schmuserei dort, wo unsere Schlafsäcke anfingen, etwas oberhalb der Hüften.

In Airolo habe ich zum ersten Mal zu Fuß eine Grenze überschritten. Meine Blicke wanderten über die Berge und wagten sich auch dorthin, wo ich Südtirol vermutete. Jetzt ist Ingo vierundzwanzig und vielleicht verheiratet. Der Gedanke versetzt mir keinen Stich mehr, ich spüre keinen Schmerz, nicht einmal Wehmut.

In Lugano trennte ich mich von Bettina und stieg in die Bahn. Italien. Diesmal würde ich nicht heimkehren, bevor ich es für mich entdeckt und in Besitz genommen hätte.

Ich fuhr nach Mailand und von dort nach Florenz, die schweren Wanderstiefel immer noch an den Füßen. In Bergstiefeln besuchte ich den Dom, Santa Maria Novella, Santa Croce und zwanzig weitere Kirchen, alle an einem Tag. Auf meinem Streifzug durch die Uffizien machte ich Bekanntschaft mit Botticellis ›Frühling‹ und seiner ›Geburt der Venus‹. Ich stand vor den sanften Madonnengesichtern Filippo Lippis. In einem Selbstbildnis seines Sohnes Filippino meinte ich Ingo zu erkennen.

Von Florenz aus bin ich mit dem Zug nach Piombino gefahren und habe mich nach der Insel Elba eingeschifft.

Zum ersten Mal sah ich ein Meer, das nicht die Nordsee und nicht grau ist. In meinen Bergstiefeln stapfte ich zum Ufer. Ich schwamm im blaugrünen Wasser und lag in der Sonne. Ich lag im blaugrünen Wasser und schwamm in der Sonne. In der Sonne war es rasch zu warm. Im Wasser war es rasch zu kalt. Ich döste auf meinem Handtuch, einem blauweiß gestreiften schmalen Fetzen, der bereits mit mir die Alpen überquert hatte. Ich las. Im Hotel gab es ein Regal mit von Gästen zurückgelassenen zerlesenen Romanen. Bücher, deren Einbände knittrig waren und fettig von Sonnencreme, die Seiten fleckenverschmiert und eselsohrig. Jeden Tag nahm ich eines mit an den Strand und wartete darauf, dass es mit mir Zwiesprache halten würde.

Während der Tage auf Elba habe ich mir angewöhnt, barfuß zu gehen. In dem Örtchen Porto Azzurro, in dem ich hängen blieb, lief ich abends barfuß zur Gelateria, um mir Eis zu holen. Als ich den Blick von der Vitrine hob, um meine Bestellung aufzugeben, blieb mir der Mund offen stehen und ich vergaß zu sprechen. Mir gegenüber hinter den Milcheisgletschern in allen Bonbonfarben Italiens stand der schönste Mann, den ich je gesehen habe. Seine Haut schwarz, wie aus dunkler Schokolade, sein Körper wohlproportioniert, seine Gesichtszüge ebenmäßig, sein Mund vollkommen. Von Kopf bis Fuß trug er Schwarz und auf dem kurzen Haar saß ein kleiner runder Hut, eine Charlie-Chaplin-Melone, die an jedem anderen Mann lächerlich ausgesehen hätte; ihn zierte sie, ebenso wie das geflochtene Lederband auf seiner Brust. Er war hochgewachsen, so dass ich zu ihm aufsehen musste, und das tat ich.

Als er mir mein Cornetto reichte, versuchte ich ein Lächeln – er erwiderte es. Ich reichte einen Tausend-Lire-Schein über den Tresen und lächelte wieder. Er strahlte mich an.

Während der drei Wochen in den Bergen habe ich mir, was die Kunst des Flirtens anging, von meinen Wanderkameradinnen einiges abgeguckt. Als die Gelateria schloss, hatte ich die komplette Farbskala der Gletschergebirge in der Vitrine getestet, und der Adonis und ich hatten etwa zweihunderttausend Arten zu lächeln durchprobiert.

Er kam aus der Eisdiele und gleich zur Sache. »*Ti voglio baciare*«, sagte er und weil *baciare* das erste italienische Verb gewesen ist, das ich einst mit Ingo gelernt habe, wusste ich, dass er mich küssen wollte, und sagte: »*Lo voglio anche io.*«

Ich wollte nicht Nein sagen, weder zum Küssen, noch zu allem anderen, im Gegenteil.

Pass auf mit freier Liebe, hat Mutter mich beschworen, bevor ich mich auf den Weg in den Süden gemacht habe, und ich habe gedacht, diese Warnung kommt fünf Jahre zu spät, habe Jaja gesagt und mir geschworen, nicht aufzupassen.

Und so habe ich meine Hand in die Hand des Schönen gelegt und bin mit ihm in mein Hotel gegangen, in dem ich für siebentausend Lire ein Zimmer ohne Fenster, aber mit einem winzigen Waschbecken gemietet hatte. Dort habe ich mir meine Kleider abstreifen lassen. Zum ersten Mal seit meiner Nacht mit Ingo habe ich wieder mit jemandem geschlafen. Als er mir gegen Morgen sagte, wie er hieß, und fragte, ob ich ihn vergessen würde, antwortete ich: *»L'uomo no, il nome si.«*

Beim Aufwachen war er weg, aber auf dem Boden lag ein Kassenzettel aus der Eisdiele mit einer Notiz, dass er mich wiedertreffen wolle. An jedem der folgenden Abende sind er und ich auf mein Hotelzimmer gegangen. Einmal hat er mich gefragt, ob ich keine Sorge hätte, schwanger zu werden.

»Ich werde nicht schwanger«, habe ich gesagt. Damit ich nicht aufpassen muss, habe ich vorgesorgt. Und mir trotzdem vorgestellt, wie ein Kind von ihm aussehen würde, eine Mischung aus Dunkel und Hell, über die Mama Augen machen würde und die jedenfalls nicht mehr als Resultat einer Liebesnacht mit einem Italiener durchgehen würde.

Die Sonne geht heute als halbe Sonne unter, zerschmilzt wie eine Kugel Erdbeereis und löst sich schließlich im Wohlgefallen eines hellroten Wolkenmeers auf. Kein Alpenglühen.

14

Nachts hat es geregnet, aber der Morgen kommt wieder mit Sonne daher. Nach dem Frühstück geht Vicky zum Parkplatz, um ein Tetra Pak Saft aus ihrem Wagen zu holen. Johann steht mit Mia und Martha bei seinem Auto. Er ist damit beschäftigt, Marthas Rollstuhl in den Kofferraum des Passat zu verfrachten.

»Wohin geht's?«, fragt Vicky und, an Mia gewandt, »ihr reist doch nicht etwa ab?«

»Nur zum Karersee«, antwortet Martha, »Johann ist so lieb und macht den Fremdenführer für uns.«

Johann steckt den Kopf unter der Heckklappe hervor.

»Lust, mitzukommen?«, fragt er leichthin.

»Ja, hab ich«, sagt sie. Sie muss nicht überlegen. Hat es nicht nötig, sich zu zieren. Aber sie möchte mit ihrem eigenen Wagen fahren. Vielleicht will sie hinterher noch anderswohin. Länger bleiben. Sie mag es, wenn der Beifahrersitz neben ihr leer ist. Ab und zu geschieht es dann, dass jemand darauf Platz nimmt, der oder die nicht oder nicht mehr da ist. Der Großvater zum Beispiel. Oder Bettina. Und wenn sie lange genug geschwiegen haben, fangen sie manchmal an, mit ihr zu reden.

Sie fahren im Konvoi hintereinander. Die Dorfmitte ist wegen der Kirmes gesperrt. Es geht hinab in die Schlucht und dann lange bergauf. Nicht endende Ketten von Motorrädern überholen sie und röhren die Kehren empor. Links und rechts jenseits der Windschutzscheibe erheben sich die steilen Gebirgsstöcke von Latemar und Rosengarten. Vicky ist die Strecke einmal mit Ingo gefahren – mit dem Postbus, um auf der Sonnalp Käse zu holen. Auf dem Weg sieht sie, ähnlich wie bei ihrer Wanderung zum Weißhorn, nur wenig Bekanntes; erinnern kann sie sich bloß an die Düsterkeit der Landschaft, je näher sie dem Felsenzirkus kamen, und an die Bangigkeit, die sie dabei ergriffen hat wie eine Vorahnung.

»Schau mal«, hört sie Bettinas Stimme, »wie viele verschiedene Grautöne dieser Latemar hat. Taubengrau. Schiefergrau. Beigegrau.«

Vicky hat das Fenster auf ihrer Seite ein wenig geöffnet, vielleicht mag ihre Freundin den Duft vom Holz und Harz der Tannen schnuppern. Wenn ihre Lieben aus dem Jenseits zu Besuch kommen, sehnen sie sich nach sinnlichen Erfahrungen.

Der Parkplatz am Karersee hat eine Schranke. Man muss ein Kärtchen ziehen wie in einem Parkhaus in einer deutschen Stadt. Auf dem Parkplatzgelände stehen dicht an dicht Autos mit deutschen und italienischen Kennzeichen.

»Kleine Bergblumen blühen hier oben«, sagt Bettina und Vicky antwortet: »Der Tourismus blüht auch.« Sie ist genervt. Auf der Suche nach einer Parklücke hat sie Johann und seinen Passat verloren. Kurz darauf ist auch Bettina weg. Tote meiden dicke Luft und so weltliche Dinge wie Blechlawinen und Fremdenverkehr, sie scheuen Autoabgase und italienische Schreihälse in Kinderwagen, die die Ausflügler vor sich herschieben, als seien sie auf dem Weg zum Einkaufen.

Ein Albtraum, denkt Vicky, während sie sich zu Fuß durch das Getümmel schiebt. Mülleimer quellen über von leeren Cola- und Bierdosen, von Kaffeebechern und ketchupverschmierten Papptellern, schon jetzt am Vormittag.

Johann, Mia und Martha warten beim Souvenirshop. Alle lächeln. Mia arglos und vergnügt, Martha im Rollstuhl voller Entdeckerlust in den Augen. Johann lächelt entschuldigend, als möge er den Rummel hier oben um den Karersee auch nicht, hätte ihn aber zu verantworten. Durch eine Unterführung gelangen sie auf die andere Straßenseite und bugsieren den Rollstuhl samt Martha über einen Trampelpfad hangabwärts. Und da ist er endlich, der See! Die Menschenmassen gehen ihn nichts an. Er schimmert wie vor tausend Jahren: smaragdgrün, flaschengrün, blassblau, preußischblau.

»Als hätte ein Riese Farben ausprobiert und seinen Pinsel hier ausgewaschen«, staunt Martha.

»Der Herr von Masaré«, erklärt Johann.

»Herr von was?«

»Von Masaré. Held einer alten Sage. Allerdings war er kein Maler, sondern Hexenmeister.«

»Sympathisch oder unsympathisch?«, fragt Mia.

»Gute Frage.« Johann wiegt den Kopf. »In der Legende wird er meist als hinterlistig und gemein beschrieben. Ich denke, er war ein bisschen schusselig und ungeschickt und am Ende war er wahrscheinlich furchtbar enttäuscht.«

»Erzählen Sie!«, befiehlt Martha.

»Wo ein See ist, ist auch eine Nixe«, fängt Johann an. »Und wo eine Nixe ist, da gibt es auch einen unglücklich Liebenden. Die Nixe also, die eine schöne Nixe war, saß am Ufer, flocht ihr langes Haar zu Zöpfen und sang: »*Good rockin' Daddy, good rockin' Daddy, yeeee-aaaah* …«

Mia unterbricht ihn: »Das ist das Lied, das Vicky immer singt, wenn sie meint, es hört niemand zu.«

Vicky lacht und sagt, an Johann gewandt: »Soso, Sie belauschen mich also?« Sie steht so nahe bei ihm, dass ihr sein Aftershave in die Nase steigt, eine Mischung aus etwas Herbem und etwas sehr Frischem, für das sie keinen Namen, sondern nur eine Farbe hat, ein Blau wie dunkle Tinte, ähnlich der Färbung des Sees an einer Stelle, die vielleicht die tiefste ist.

»Die Fee sang nicht englisch«, korrigiert Martha inzwischen. »Sie sang ladinisch.«

»Erzählerische Freiheit«, gibt Johann zu und fährt fort: »Eines Tages ging der Hexenmeister von Masaré am See vorbei, hörte die Nixe singen und verliebte sich in sie. Mit allen möglichen Tricks versuchte er, sie für sich zu gewinnen. Unter anderem, indem er sich als Juwelenhändler verkleidete und einen Regenbogen vom Rosengarten zum Latemar zauberte. Aber es hat einfach nicht geklappt. Die Nixe tauchte wieder im Karersee unter. Seit diesem Tag wurde sie nie mehr gesehen.«

Johann schweigt. Sein Blick hat einen abwesenden Ausdruck angenommen und heftet sich auf die tintenblaue Stelle mitten im See, als wünschte er sich, der auf Nimmerwiedersehen verschwundenen Nixe hinterherzutauchen.

Martha wartet eine Weile, ehe sie zaghafter, als es ihre Art ist, fragt: »Und weiter?«

»Wie bitte? Tja. Leider kann ich kein Happyend bieten. Der Hexenmeister war so wütend, dass er in seinem Liebeskummer den Regenbogen vom Himmel riss, ihn zerschmetterte und alle Regenbogenstücke samt seinen Juwelen in den See warf: Deshalb schimmert der Karersee noch heute in allen Farben des Regenbogens.«

»Deswegen also heißt er Regenbogensee«, sagt Martha. »*Lec de ergobando* sagen die Ladiner dazu.« Sie hat viel Muße, lesend die Umgebung zu erkunden, während ihre Freundin sie erwandert.

Nach Johanns Erzählung zücken Mia und Martha ihre Fotoapparate. Knipsen den See. Mit unsichtbarer Nixe drin oder ohne. Das Wasser nimmt den Wald und die zerrissenen Felszacken der Latemar-Silhouette als Spiegelbild auf und übersetzt beides in eine poetische Version.

Vicky fotografiert wie die anderen und bleibt dann noch einen Moment stehen. Als sie zum Auto zurückwandern, richtet es Johann so ein, dass er neben ihr geht.

»Wie schade, dass man all die wunderbaren Dinge, insbesondere die Natur, fast nur noch durch eine Linse anschaut«, sagt Vicky. »Durch eine künstliche, meine ich …«

»Dass man sich damit begnügt, die Natur aus zweiter Hand entgegenzunehmen, obwohl man sie aus erster Hand haben könnte, meinst du das?«

Sie hält den Atem an, weil Johann sie geduzt hat. »Ja. Man hält einen Apparat zwischen sich und die Landschaft. Und hält die geknipsten Bilder für ewiger als die Bilder im Kopf.«

»Man glaubt ihnen mehr als der Erinnerung?«

Sie nickt.

»Stimmt es etwa nicht?«, fragt er leichthin.

»Ich weiß nicht.« Sie überlegt. Und sagt: »Doch, wahrscheinlich schon.« Natürlich stimmt es, sie selbst ist das lebende Beispiel dafür. Sie denkt an die Urlaubsfotos von früher in ihrem Album, an das gerahmte Bild von Großvater Frohgemut, das sie seit seinem Tod überallhin begleitet, und daran, dass sie immer bedauert hat, dass sie von Ingo kein Foto besitzt. Bettinas Vogelfotos kommen ihr in den Sinn, die noch in der Welt und in der Zeit sind, aus der das Leben ihrer Freundin längst herausgefallen ist. Durch die Linse ihrer Kamera fing Bettina das ein, was hinter den Dingen war, durch ihren Blick wurde das Unsichtbare sichtbar.

Später schickt sie Dirk ein Foto vom Karersee. Schenkt ihm ihren Blick auf den Märchensee und denkt: Jedenfalls lassen sich die geknipsten Bilder besser teilen als die Bilder im Kopf.

1994

Mager, ungepflegt und braun wie Schuhcreme bin ich von meinem Italientrip zurückgekommen. Mutter hat gemeint, ich sähe aus wie eine struppige Katze. Sie beäugte mich argwöhnisch und fragte ein paarmal, wie es gewesen sei und ob ich einen Mann kennengelernt hätte.

»Einen?«, habe ich zurückgegeben, »Tausende. In Italien gibt es überhaupt nur Männer, Mama, keine Frauen.«

Aljoscha hörte es und fragte, woher dann die Kinder kämen, wenn keine Frauen da wären, um sie zur Welt zu bringen.

»Kinder bringt der Klapperstorch wie überall auf der Welt«, trompetete ich und fügte hinzu: »Kinder werden aus Liebe gezeugt. Sie entstehen durch Osmose. Frag Mama, sie kennt sich da aus.«

»Sei nicht so frech!«, blökte Mama.

»Was is Osmose?«, fragte Aljoscha und schaute mich aus seinem karibikblauen und dem braunen Auge groß an.

Papa meinte, ich solle meinem kleinen Bruder nicht so einen Quatsch mit Soße erzählen, sondern mir lieber überlegen, wie es mit einer Ausbildung aussehe.

»Ich will Schriftstellerin werden«, habe ich erklärt, obwohl mir klar war, dass Papa mich nicht ernst nehmen würde.

»Ich will Bücher schreiben«, wiederholte ich und blickte auf meine nackten Zehen hinunter. Obwohl mittlerweile September war, ging ich noch barfuß.

»Schriftstellerin ist kein Beruf«, sagte mein Vater. »Wenn du mit Büchern zu tun haben willst, studiere Germanistik. Oder mach in Gottes Namen eine Buchhändlerlehre.«

»Ich mag keine Bücher verkaufen«, sagte ich.

Ich dachte daran, dass ich im Kaufhaus Wulfs lauter Dinge verkaufen musste, die niemand haben wollte. Ladenhüter.

»Ich mag keine Bücher verkaufen«, wiederholte ich. »Ich mag überhaupt nichts verkaufen. Ich möchte Bücher schreiben, nicht verkaufen.«

In der Woche darauf bin ich wieder zu Wulfs gegangen. Ich war jetzt in der Abteilung gleich beim Eingang, wo es die Billigartikel gab, Wäscheklammern, Wäscheseile, Spüllappen, Spülbürsten, Siebe, Salatschleudern aus Plastik, alles für eine Mark. Lauter Schrott.

Einmal vormittags, während ich einer älteren Dame eine Käsereibe verkaufte, sah ich draußen Uwe vorbeischlendern, zusammen mit zwei Jungen, die viel älter waren als er und wie mein Bruder jeder eine Zigarette zwischen den Fingern hatten. Dass Uwe heimlich raucht wie einst ich selbst, weiß ich; dass er zu Zeiten, in denen er eigentlich in der Schule sein sollte, durch Tunzheims einzige Einkaufsstraße stromert, ist mir neu.

Mit seinen fünfzehn Jahren mutiert Uwe zum Sorgenkind unserer Eltern. Er macht kaum mehr Hausaufgaben und wird in der Schule schlecht und schlechter. Sein Klavierspiel klingt ganz anders als früher. Es fing damit an, dass er Blue Notes in Beethoven-Sonaten und Chopin-Walzer schmuggelte, ehe er sich weigerte, überhaupt Klassik zu spielen. Seither übt er Blues-Schemata und Riffs für Boogie-Woogie. Aus dem sonntäglichen Hausmusikstündchen hat er sich längst verabschiedet.

Uwe probiert alles aus. Er hat jetzt Freundinnen, die er wechselt wie seine T-Shirts. Ein paarmal hat Mama Dinge in seiner Jackentasche gefunden, die ihr komisch vorkamen: Pülverchen und Tabletten in Pastellfarben, harmlosem Wasserblau, Hellgrün und Babyrosa. Nachdem sie im Gesundheitsbrockhaus nichts dazu gefunden hatte, ging sie zur Drogenberatung – allein, denn Uwe weigerte sich, mitzukommen. Mama rang die Hände und weinte. Sie weint jetzt häufig: in ihre Schürze, auf unterpunktete Klassenarbeiten und in den Suppenteller beim Mittagessen, wenn Uwe nicht erscheint, weil er in seinem Zimmer mit einem Mädchen im Bett liegt. Aljoscha klettert dann auf Mutters Schoß, schlingt seine Ärmchen um sie und küsst sie ab.

»Nicht weinen, Mama«, sagt er eindringlich, »ich bin doch da.«

Ich beiße mir auf die Lippen, wenn ich solche stürmischen Liebesbezeugungen mitbekomme. Unbestimmte Missgunst gärt in mir. Und ganz konkrete Eifersucht. Ich bin eifersüchtig auf meine Mutter, die von Aljoscha abgeküsst und Mama genannt wird, obwohl sie nicht seine Mutter ist. Ich bin neidisch auf Uwe, darauf, dass er tut, was er will, dass er folgenlos mit einem Mädchen im Bett liegen kann, dass er die Musik macht, die ihm gefällt.

Seit ich meinen Part im Kammermusikensemble hingeschmissen habe, habe ich das Cello nicht mehr angerührt. Ich singe gern. Im Radio habe ich Mahalia Jackson gehört, mir CDs von ihr gekauft und angefangen, ihre Gospels mitzusummen, wenn niemand in der Nähe ist. ›When I wake up in Glory‹ und ›Down by the riverside‹ und ›Oh happy day‹.

Einmal hat Uwe mich gehört. »Du hast Talent«, hat er gesagt. Er hat Akkorde zu der Melodie auf dem Klavier gefunden und wir haben zusammen Musik gemacht.

Abends nach dem Essen oder vor dem Schlafengehen ist es schön auf dem Balkon. Die Stille, der sie sonst lauscht, ist an diesem Samstagabend keine Stille, die Nacht keine Nacht. Im Dorf ist der Bär los. Kinder- und Kettenkarusselle drehen sich. Dort, wo die Bühne steht, blinken Lichterketten. Alles ist farbig, sogar die Schlagermusik aus der Konserve. Vom Dorfplatz schallt es herauf von weißen Monden und roten Sonnen, von gelben Wagen und dem *green, green grass of home.* Marianne Rosenberg singt von einem fremden Mann, der schuld daran ist, dass sie nicht schlafen kann. Vicky grinst vor sich hin. Es kommt selten vor, dass Männer sie am Schlafen hindern, es sei denn, sie schnarchen. Bei Udo Jürgens wandern ihre Gedanken zu Efthimia in Bozen, die jetzt in der Taverna Mykonos griechischen Wein ausschenkt wie jeden Abend. Und zu Ingo, der vielleicht in einem anderen Lokal das Gleiche tut.

Vicky kennt die Schlager noch von früher. Wenn der

Vater in der Praxis und die Kinder in der Schule waren, wähnte sich die Mutter ungestört. Sie betrog die Familie und insbesondere ihren Mann, in dessen wählerischen Ohren keine Musik außer Klassik Gnade fand, mit Schlagern. Sie hatte ihr Rendezvous mit Costa Cordalis, Howard Carpendale, Bata Illic und Michael Holm. Manchmal auch mit Mireille Mathieu. Einmal hat Vicky, als sie früher von der Schule nach Hause kam, sie dabei überrascht, wie sie ›La Paloma adé‹ lauthals mitsang, hat in ihren Augen einen fremden Glanz gesehen und sich gefragt, ob die Mutter sich nicht manchmal nach einem anderen Leben sehne.

Vicky beugt sich übers Balkongeländer und seufzt. Man sollte nicht allein sein an so einem Abend. Wäre Dirk jetzt da, würden sie Hand in Hand hinunter ins Dorf schlendern, der schwachsinnigen Schnulzenmusik zum Trotz. Sie würde Wein trinken, Dirk ein Bier; und Dirk würde, obwohl er schon zu Abend gegessen hätte, noch mit Appetit eine Rote mit Ketchup in sich hineinspachteln und davon nicht dicker werden. Er würde für Vicky an der Schießbude eine Rose schießen und dann noch ein Plüschtier ihrer Wahl, das sie ihm zuhause schenken würde und das Dirk auf das Regal setzen würde, auf dem er seine Posaunen platziert hat und auf dem schon diverse andere Plüschtiere von ähnlichen Kirmesbesuchen residieren. Laut Dirk harren sie dort des Nachwuchses, den Dirk gern mit Vicky hätte und der auf sich warten lässt.

Ihr Handy klingelt. Dirk ruft an. Als hätten ihn von ferne Vickys Gedanken berührt. Er bedankt sich für das Foto vom Karersee. Er ist zuhause. Nein, kein Gig an diesem Abend.

»Aljoscha hat Besuch«, erzählt er, »ein Mädchen ist

da. Sie spielen Wii, sie haben das Sportprogramm eingelegt und spielen Wii-Sports-Tennis vor dem Fernseher.«

Vicky lacht. Sie hat schon oft mit Aljoscha Wii gespielt: Bowling, Tennis, Boxen. Im Bowling wirft Aljoscha stets beim ersten Wurf alle neune um. Dafür hat im Boxen niemand eine Chance gegen Vicky. Ob es nun Aljoscha oder sein Freund Max ist oder Dirk, gegen den sie auch schon angetreten ist, sie prügelt jeden knockout. Beim Wii-Spiel fällt ihr das Kämpfen und sogar das Gewinnen leicht, weil beide auf der gleichen Seite spielen; eigentlich fighten sie zusammen gegen einen unsichtbaren Dritten.

»Was ist das für ein Mädchen, mit dem Aljoscha spielt?«, fragt sie neugierig.

Aljoscha hat sich lange Zeit kein bisschen für Mädchen interessiert, sondern nur fürs Laufen. Wenn er Besuch bekommt, sind es meistens Männerschuhe, Treter, breit wie Elbkähne, die im Eingang stehen. Vicky dachte, er sei vielleicht homosexuell, bis sie ihn eines Abends engumschlungen mit einer jungen Frau auf der Königstraße gesehen hat, ohne dass er es bemerkte.

»Was für ein Mädchen?«, fragt Dirk am Telefon zurück. »Ein nettes.«

Vicky wartet. Will mehr hören.

»Blond«, ergänzt Dirk. »Mit Pferdeschwanz.«

»Und weiter?«

»Wie – und weiter?«

»Erzähl mir mehr.«

»Jetzt hör aber auf!« Dirk lacht. »Warum willst du das so genau wissen? Man könnte meinen, du wärst Aljoschas Mutter.«

Meinen Traum, Bücher zu schreiben, habe ich aufgegeben. Vorerst. Ich habe keine Lust, mir Geschichten auszudenken, und von der einen, die ich gern erzählen würde, muss ich schweigen. Vor allem aber habe ich es satt, bei Wulfs Salatschleudern zu verkaufen. Eigentlich will ich nach wie vor gar nichts verkaufen, aber da ich nun einmal Übung darin habe, Zeugs an den Mann zu bringen oder darauf sitzen zu bleiben, kann ich ebenso gut oder besser Bücher verkaufen als Nähgarn, Reißverschlüsse und Messbecher aus Plastik. Romane, die ich nicht selbst geschrieben, aber selbst gelesen habe oder lesen werde. Kinderbücher mit und ohne Bilder. Aljoscha liebt es, wenn Mutter oder ich ihm vorlesen, von Pettersson und Findus, Tiger und Bär, Jim Knopf und den Kindern aus Bullerbü.

Also habe ich mich für eine Buchhändlerlehre beworben. Ich habe das hausbackene Provinzkaufhaus Wulfs mit dem Halbdunkel einer kleinen, aber gut sortierten Buchhandlung in Heilbronn vertauscht, die mich als Azubi eingestellt hat. Was für ein Eldorado, verglichen mit Herrn Molls Schreibwarenladen und seinen Bestsellern von Utta Danella, Heinz G. Konsalik, Johannes Mario Simmel und Ken Follett. Jede Woche nehme ich zwei Neuerscheinungen mit nach Hause; aber auch die Klassiker begeistern mich. In einer einzigen Nacht habe ich ›Der liebe Augustin‹ gelesen, in einer anderen ›Und ewig singen die Wälder‹. Ich lese alles von Anne Morrow Lindbergh und Graham Greene, von Ingeborg Bachmann und Max Frisch. Ich lese in der Buchhandlung, wenn niemand im Laden ist, im Bett und auf dem Klo, bei meinem Mittagessen im türkischen Schnellimbiss und im Zug. In den ersten Monaten bin ich jeden Tag zwischen Tunzheim und Heilbronn hin- und hergefahren. Mittlerweile bin ich in ein

Zimmer in Bettinas WG in Ludwigsburg gezogen. Ich habe den Führerschein gemacht und mir einen alten roten Ford gekauft, mit dem Bettina und ich abends und am Wochenende oft unterwegs sind. Manchmal fahren wir auch mit der S-Bahn nach Stuttgart, zu Konzerten oder ins Theater.

Aljoscha geht jetzt in die erste Klasse. Er trägt einen Scout-Schulranzen mit fluoreszierender Außentasche in Neonorange auf dem Rücken und hat mir die Schätze gezeigt, die Mutter in seine selbstgebastelte Eulen-Schultüte gesteckt hat: außer Sportschuhen von Nike und einem Album, in dem er Sticker von Langstreckenläufern sammelt, eine Diddl-Maus. Mit ihr teilt Aljoscha Geheimnisse, manchmal teilt er sie auch mit mir.

»Ich sag dir was, das weiß nur meine Diddl-Maus. Du darfst es niemandem weitersagen. Auch nicht Mama und Papa.«

Ich verspreche es.

»Schwör's mir, du musst schwören!«

Ich hebe die Hand zum Schwur, und er verrät mir, wo er Süßigkeiten versteckt und dass seine Freunde und er manchmal halsbrecherische Sprünge von der Mauer der Räuberburg oben im Wald in der Nähe von Tunzheim vollführen. Mir ist beinahe das Herz stehen geblieben, als ich von diesen Mutproben erfahren habe, aber da ich geschworen hatte, nichts weiterzusagen, übe ich mich in Stillschweigen. Und empfinde sogar ein bisschen Genugtuung, dass ich Dinge von Aljoscha weiß, von denen Mutter und Vater nichts ahnen.

Manchmal allerdings denke ich an das große Geheimnis, das meine Eltern und ich in Bezug auf ihn teilen. Und dann komme ich mir Aljoscha gegenüber vor wie eine Verräterin.

Seit Bettina und ihr Freund sich getrennt haben, sind wir noch näher zusammengerückt. Bettina ist viel unterwegs für ihre Zeitschrift. Wenn sie nicht da ist, vergrabe ich mich in meine Bücher, die ich immer doppelt kaufe, eins für mich, eins für sie. Sie nimmt ihr Exemplar mit auf Reisen, wir lesen parallel und tauschen uns aus, wenn sie wieder daheim ist. Wie ich liebt sie den ›Lieben Augustin‹ und die Geschichte seines leichten Lebens.

Sie hat mir vorgeschlagen, zusammen einen Tanzkurs zu machen. Zu Schulzeiten sind wir beide drum herumgekommen, sie, weil sie sich auf ihren Südamerikatrip begeben hat, ich wegen meiner Schwangerschaft. Wir haben uns also bei einer Tanzschule als Paar angemeldet und Jive, Rumba, Walzer, Foxtrott und Tango gelernt. Bettina hat den Männerpart übernommen, während ich die Frauenschritte übte. Die anderen Paare guckten amüsiert, manche gafften. Ich bin sicher, sie hielten uns für Lesben, und manchmal machten wir uns einen Spaß daraus, diese Vermutung zu nähren, indem wir uns nach den Tanzstunden an der Bar auf den Mund küssten.

Mit unseren frisch erworbenen Kenntnissen stürzen wir uns ins Nachtleben, mal mit, mal ohne Tanzvergnügen, mal mit, mal ohne Männer. Bettina ist ganz wild auf diese Streifzüge. Sie genießt alles in vollen Zügen, Lesen, Tanzen, Reisen, nimmt sich weniger Zeit als ich; es kommt mir so vor, als sei sie auf der Überholspur unterwegs.

Bei einem unserer Küchentischgespräche hat sie mich gefragt: »Wenn du heute sterben müsstest, Vicky, was würdest du mitnehmen, ein Geräusch, einen Duft oder ein Bild?«

Für sie selbst war es das Aroma der Ylang-Ylang-Blüte, wenn es, sich abends im Urwald verstärkend, Insekten anlockt und Menschen betäubt.

Ich überlegte lange, schwankte zwischen Duft und Bild,

ohne mich entscheiden zu können. Ich weiß es immer noch nicht. Musik werde ich nicht mitnehmen müssen, denn ich bin sicher, dass ich auf der anderen Seite, wo immer das sein wird, mit Musik erwartet werde.

Vicky träumt etwas Schönes. Etwas Rotes. Hellrotes. Am nächsten Morgen kann sie sich nicht an den Inhalt des Traums erinnern, auch nicht an Personen. Nur an die Farbe.

15

Wie lange dauert es, bis man Gewohnheiten annimmt? Woche drei von Vickys Urlaub ist angebrochen. Vor dem Frühstück tritt Vicky auf den Balkon und sagt ihren Nachbarn Schlern, Rosengarten und Latemar guten Morgen. Um die Mittagszeit isst sie gewöhnlich eine Banane und einen Apfel, die sie unten im Dorf gekauft hat, und gewohnheitsmäßig schaut sie nach dem Frühstück und vor dem Schlafengehen auf ihr Handy. Zur Gewöhnung gehört auch, dass sie anfängt, im Hotel außerhalb ihres Zimmers Sachen herumliegen zu lassen. Es ist ihr ein bisschen peinlich, als ihr Johann einmal ihre bunte Strickjacke und einmal ihre Kamera hinterherträgt.

Wenn man sich fern von zuhause irgendwo daheim fühlen kann, noch dazu ganz ohne Mann, ganz ohne Dirk, so fällt es im Hotel Panoptikum sehr leicht. Viel leichter, als es damals in der Pension Blum ohne Ingo gewesen wäre. Am Spätnachmittag von einer Wanderung »nach Hause« kommen, aus der Hotelküche das Italienisch der Köche hören, die das Abendessen vorbereiten. Klitschko begegnen, in das funkelnde Gelb seiner Augen sehen und wissen, Hunde, die bellen, beißen nicht. Den herben Duft der Petunien aus den Balkonkästen schnuppern und das schwache Eukalyptus-Aroma, das sich aus dem Saunabereich im Untergeschoss bis ins Foyer gemogelt hat. Bergstiefel von den Füßen schütteln und ins Regal beim Eingang stellen. In verschwitzten Strümpfen die Treppe hinaufhuschen. Den Lift benutzt Vicky nur selten.

Die Nacht ist bei klarer Luft sehr bevölkert mit Sternen. Das Leben mit all seinem Licht, das des Tags und des Nachts am Himmel vorbeizieht, ist so still. Eigentlich mag sie Stille, wenn es nicht gerade die langweilige, domestizierte Stille des Sonntags ist.

In der Nacht hat es heftig geregnet. Vicky hat den Traum mit der Schmetterlingszucht und dem gespannten Seil in der Pension Blum geträumt. Statt der Puppen hingen diesmal nur noch leere Hüllen daran, durchsichtig wie Bonbonpapier. Die Falter tanzten zu Hunderten im Haus. Noch beim Erwachen spürt sie ihr Bedauern, dass die Schmetterlinge wohl dazu verurteilt sind zu sterben, wenn sich nicht bald ein Weg nach draußen auftut!

Vicky tippt den Traum in ihr Handy und schickt ihn als SMS zu Bettina ins Jenseits. Kommentarlos, denn Toten muss man nichts erklären. Bettina schon gar nicht, sie hat Vicky, schon als sie noch lebte, ohne Worte verstanden.

Nach dem Frühstück reisen die Italiener ab. Beim Abschied erfährt Vicky von Riccarda doch noch, wie es sich mit der Vaterschaft von *Il Babbo* verhält. Riccarda erzählt, dass sie in Siena bei ihrem Vater lebt, der demnach nicht identisch ist mit dem Mann, den Michele *Babbo* nennt. Sie sagt, dass sie es mag, dass sie zwei Väter hat, einen jungen und einen älteren. Der jüngere macht Quatsch mit ihr, der ältere die Mathe-Hausaufgaben; der jüngere spielt mit ihr Fußball, der ältere Gitarre – »gibt es *una combinazione migliore*, eine bessere Mischung?«, fragt sie unschuldig, während ein Grinsen über ihr Gesicht flitzt. Vicky pflichtet ihr bei, sie kann sich wirklich nichts Besseres vorstellen. Sie denkt an Aljoscha, der einen Vater hat, der nicht sein Vater ist, einen zweiten Vater, von dem er nichts weiß, und mit Dirk einen Ersatz für beide, einen, der – zugleich Kumpel und Beschützer – die Rolle am selbstverständlichsten ausfüllt.

Vicky umarmt Riccarda zum Abschied und es ist ihr, als verabschiede sie sich davon, selbst eine Tochter zu bekommen. Als sie mit wehem Herzen dem Citroën Picasso mit dem italienischen Kennzeichen nachwinkt, kommt eine WhatsApp von Aljoscha an. Er sei auf dem Weg zur Ostsee, schreibt er, von wo er weiterfahren werde in eine polnische Grenzstadt mit unaussprechlichem Namen. Von dort aus werde er am dritten September den Marathon nach Usedom laufen.

Auch Dirk hat eine WhatsApp geschrieben: *Sweetheart, das Haus ist leer, ich bin allein, verrückt, wie man sich an den Brummer gewöhnt hat.*

Dirk sagt »Brummer« zu Aljoscha wie Vickys Eltern. Er kümmert sich mit einer Fürsorglichkeit um Aljoscha, die Vicky rührt. Er fragt Aljoscha, wie seine Klausur in Systembiologie gelaufen ist und ob er ihm für das Bett, in dem er schläft, eine härtere Matratze besorgen soll. Er hilft ihm, einen Ikea-Schreibtisch aufzubauen, und kocht ihm Kamillentee, wenn er nach einer feuchtfröhlichen Nacht Bauchkrämpfe hat. Einmal hat er zu Vicky gesagt: »Aljoscha sieht dir auf eine Weise ähnlich, wie er niemandem sonst ähnlich sieht«, ein andermal: »Er sieht niemandem so ähnlich wie dir.« Dann war Vicky drauf und dran, ihm reinen Wein über sich und Aljoscha einzuschenken – und hat es am Ende doch bleiben lassen.

Sie hat ihr Gefängnis von Nicht-Verraten und Verrat, in dem sie seit Jahrzehnten im Kreis läuft, so satt.

1998

Uwe ist zuhause ausgezogen.

»Ich mach bald den Abgang«, verkündete er einmal, als ich mit ihm in Tunzheim auf Kneipentour war. Schon lange hat es Reibereien zwischen ihm und unseren Eltern gegeben, ein Gewitter hing in der Luft und hat sich schließlich entladen.

Die Schule ist für Uwe immer mehr zur Nebensache verkommen. Mir ist ein Rätsel, wie er es in den letzten Jahren geschafft hat, immer gerade noch das Klassenziel zu erreichen, ohne je eine Ehrenrunde zu drehen. Stattdessen übte er, seinen Idolen Vince Weber und Axel Zwingenberger nacheifernd, wie besessen Klavier und pflegte außer seinem Tamagotchi einen ausschweifenden Lebensstil. Er kam und ging zuhause, wann es ihm passte, in seiner Bude hing stets der parfümierte Nebel seines letzten Joints, und wenn unsere Eltern nicht da waren, feierte er wilde Partys, bei denen ein- oder zweimal auch Aljoscha mit von der Partie war. Aljoscha hat mir verraten, dass Uwe ihn dabei in die Geheimnisse des Whisky-Tastings eingeführt und ihn Glennfiddich, Black Label und McIntyre hat kosten lassen.

Mama weinte längst nicht mehr. Offenbar geht es ihr wie mir. Seit es mit Uwe so schwierig geworden ist, hat sie mit ihrem linken Auge so viele Tränen vergossen, dass sie irgendwann keine mehr hatte.

Letzten Herbst, nachdem Uwe in die zwölfte Klasse gekommen ist, hat er unseren Eltern eines Tages eröffnet, dass er die Schule hinschmeißen würde. Mutter hat nur vor sich hin gestarrt.

Papa dagegen hat getobt. Er war maßlos enttäuscht von seinem kleinen Kameraden. Immer hat er versucht, Uwe auf das zurückzubringen, was er die richtige Spur nannte. »Das schaffen wir schon«, hat er einmal gesagt, nachdem Uwe sich geprügelt hatte und mit blutverschmiertem Gesicht und zerbrochener Brille nach Hause gekommen war. »Wir kriegen das schon hin, dass du wieder auf die rechte Spur kommst.« Uwe aber wollte seine Unterstützung nicht, er wollte es allein schaffen, und vor allem wollte er nicht das schaffen, von dem Papa meinte, dass er es schaffen müsste. Er will so wenig Medizin studieren und Arzt werden wie ich. Papa verbittert das. Er hält immer noch daran fest, dass sein Sohn eines Tages in seine Fußstapfen treten und die Praxis übernehmen muss.

Einmal bin ich zufällig Zeugin geworden, wie er und Uwe miteinander stritten. Vater sagte: »Du könntest dich in ein gemachtes Nest setzen. Warum stellst du dich quer? Warum lässt du dir nicht von uns helfen? Du müsstest nur ein bisschen kooperieren. Es wäre eine glatte Lösung, die glatteste aller Lösungen.«

»Eine glatte Lösung?«, konterte Uwe. »Wohl vor allem für dich. Du liebst ja glatte Lösungen. Wenn ich nur daran denke, wie du damals das Problem mit Großvater gelöst hast. Einen Toten über die Grenze schmuggeln! Die glatteste aller Lösungen. Hast du dich oder mich mal gefragt, wie ich mir mein Leben vorstelle? Hat dich das je interessiert? Glaub mir, selbst wenn ich Schwierigkeiten hätte, du wärst der Allerletzte, von dem ich mir eine glatte Lösung auftischen lassen würde.«

Ich habe daran gedacht, wie Mutter und Vater mir einst geholfen haben, mein Problem zu lösen.

Ob ich den Mut dazu aufgebracht hätte, mich den Eltern zu widersetzen, wenn ich damals ein bisschen älter gewesen wäre?

Uwe meldete sich am Gymnasium ab, arbeitete zwei Monate bei der Esso-Tankstelle an der Ortsausfahrt von Tunzheim und kaufte sich für dreihundert Mark einen verbeulten alten Opel, der aussah, als würde er in sich zusammenfallen, wenn man ihn scharf anschaute. An dem Tag, an dem Uwe sein Tamagotchi bei mir in Pflege gab und mit seiner Rostbeule und seinem E-Piano sowie zwei Billigkoffern im Kofferraum nach Berlin aufbrach, hat sich Papa in seinem Sprechzimmer eingeschlossen. Uwe hat weder seinen Segen noch Geld für den Neuanfang bekommen. Nicht einmal verabschiedet haben sie sich voneinander.

In Berlin gründete Uwe eine Band und ist mittlerweile in allen Berliner Jazzclubs zuhause.

Kürzlich hat er angerufen und erzählt, er sei entdeckt worden. Er klang wie jemand, der sich auf der Flucht vor einem Feind versteckt hat und aufgespürt worden ist. Erst nach einer Weile begriff ich, dass ihn ein Schweizer Agent für ein Album verpflichtet hatte. Da sich Uwe in Geldnöten befand und manchmal dermaßen abgebrannt war, dass er sich nur eine einzige richtige Mahlzeit am Tag leisten konnte, stimmte er zu. Seitdem hören wir Uwe manchmal im Radio. Neulich habe ich ihn sogar im Fernsehen gesehen. Er hatte sich einen Backenbart wachsen lassen, worauf ich ihn umgehend angerufen und gefragt habe, ob er nicht wisse, dass ich Backenbärte hasse. Ich redete mit ihm wie eine beleidigte Geliebte und Uwe rasierte sich noch am selben Tag.

Obwohl Uwe und ich uns, seit er aus Tunzheim weggegangen ist, noch weniger sehen als früher, kommt es mir so vor, als seien wir einander nähergerückt.

Oft wundere ich mich, dass Uwe nicht längst selbst hinter mein Geheimnis gekommen ist. Vielleicht sind wir beide uns einfach zu nah? Manchmal entdeckt man Geheimnisse am wenigsten, wenn man sie direkt vor der Nase hat …

Immer wieder hätte sie ihr Schweigen brechen können. Ein paarmal hat sie Uwe in Berlin besucht und ist nächtelang mit ihm durch die Bars und Jazzclubs gezogen, in denen er spielte. Spätnachts, in einer Umgebung, geschwängert von Musik und Alkohol, hätte sie vielleicht reden können. Warum hat sie es trotz allem nicht getan? War sie zu beschäftigt mit dem, was sie für »ihr eigenes Leben« hielt? Ohne daran zu denken, dass Aljoscha ein Teil davon war und bleiben würde?

Damals hatte sie ohnehin nicht viel Zeit zum Nachdenken. Nach drei Ausbildungsjahren in der schnuckligen Heilbronner Buchhandlung hatte sie eine Stelle in einem großen Stuttgarter Buchhaus gefunden, womit sie, auch wenn sie immer noch in Ludwigsburg wohnte, endgültig in der Großstadt angekommen war. Sie verkaufte acht Stunden täglich Bücher, las sich weiterhin durch eine Vielzahl von Romanen, aß sich mit Geschäftskollegen durch die Speisekarten der Stuttgarter Lokale, tanzte sich mit Bettina durch die Tanzdielen. Sie lernte Männer kennen und ging mit ihnen ins Bett und manchmal einen Wein trinken. In der Erinnerung kann sie ihre Gesichter und ihre Körper kaum auseinanderhalten, was daran liegen mag, dass sie sich ihre Namen wie den des schönen Jungen in Porto Azzurro nicht merken mochte; nach ein paar Nächten war sie stets auf der Flucht. Sie lief auf Zehenspitzen durchs Leben, als würden ihre Füße am Boden festwachsen, sobald die Sohlen ihn länger berührten. Sie war bemüht, sich nirgendwo allzu lange aufzuhalten, sie lief und lief wie damals nach dem Abitur über die Alpen und wusste nicht, wohin oder wofür.

Gedankenversunken steht Vicky auf ihrem Balkon und blickt in den Gebirgssonntag. Die Wolken und der Regen haben gewonnen. Sie beschließt, die Sauna des Panoptikum auszuprobieren. Als sie den Wellnessbereich betritt, sind die strammen Schwestern schon da. Immer sind sie, wenn Vicky irgendwohin kommt, bereits da, wie in einem Hase-und-Igel-Spiel.

Sie richtet ihre Saunagänge versetzt zu denen der Schwestern ein. Nicht nur, weil die Sauna ein Kämmerchen und mit drei Personen eigentlich schon zu voll ist. Vicky genießt es, dort für sich zu sein und die trockene Hitze, die das Räumchen füllt, mit niemandem zu teilen. Sie will für sich allein seufzen; will für sich allein es da drinnen fast nicht mehr aushalten, bis sie kurz vorm Kreislaufkollaps endlich hinausstürzt. Sie mag auf so engem Raum nicht den Schweißgeruch anderer Menschen atmen, den der beiden Mädchen schon gar nicht. Sie mag sie noch nicht einmal nackt sehen, weil sie niemanden nackt sehen möchte, der ihr eigentlich unsympathisch ist. Sie schaut trotzdem hin, wenn die Rubensmädchen ihre Leiber aus den Liegen wuchten wie schweres Gepäck, sie mitsamt vollen Brüsten und stämmigen Schenkeln in die Sauna und dort zum Schwitzen bringen.

Zwischen den Saunagängen macht es sich Vicky im

Bademantel auf einer gepolsterten Liege gemütlich und versucht zu lesen. Es gelingt ihr nicht, denn die saunierenden Schwestern sind auch an diesem Tag in eine Unterhaltung über männliche Wesen verstrickt, die als potenzielle Ehe- oder Lebenspartner infrage kommen. Ohne die Ohren zu spitzen, erfährt Vicky, dass die beiden am Abend zuvor bei der Kirmes im Dorf auf Männerfang waren. Die Blonde findet eine dort gemachte Eroberung fast so süß wie Johann. Die nicht so Blonde bleibt dabei, dass sie Johann süßer findet.

»Du bist ein schwerer Fall, Schwesterherzchen«, seufzt die Blonde, ehe sie die Saunakabine verlässt. Die nicht so Blonde schwitzt noch ein bisschen weiter.

Die Blonde dreht die Brause auf, ächzt und prustet unter dem kalten Wasserstrahl, atmet, spuckt, hustet, pustet. Plötzlich mischt sich in die Duschorgie panisches Geschrei aus der Saunakabine. »Francis! Die Tür klemmt. Hilfe!«

Die Saunatür geht ein bisschen schwer. Man muss Kraft aufwenden, um sie nach außen aufzudrücken, weiß Vicky von ihren beiden Saunagängen. Die Dunkelblonde weiß es offenbar nicht. Sie rüttelt an der Tür und brüllt Zeter und Mordio.

»Francis! Hilf mir! Hilfe!«

Vicky rappelt sich aus ihrer Liege. Gleichzeitig mit Francis, die jetzt unter der Dusche hervorstürzt, ist sie an der Saunatür und reißt am Türknauf. Mit einem dumpfen »Plopp« springt die Holztür auf. Die Gerettete fällt ihrer Schwester in die Arme und schluchzt. Sie schnappt nach Luft, faselt etwas von Todesfalle und dass sie schon fast gestorben sei. Francis schüttelt sie. »Nancy! Beruhige dich! Reg dich ab, Schwesterherzchen!«

Aber das Schwesterherzchen regt sich nicht ab. Ihr Atem geht schwer. Rasselnd.

»Kann ich helfen?«, fragt Vicky. Sie hat sich schon wieder auf ihrer Liege ausgestreckt.

»Sie kriegt keine Luft«, sagt Francis.

»Sie hyperventiliert«, sagt Vicky.

»Hyper was?«

»Sie braucht eine Plastiktüte über den Kopf.«

»Plastiktüte? Wollen Sie sie ersticken?«

»Im Gegenteil.«

Aber Francis schaut sie an, als hätte sie nicht alle Tassen im Schrank, und Vicky bleibt auf ihrer Liege.

Schließlich beruhigt sich Nancys Atem auch ohne Plastiktüte und kurz darauf verlassen die Schwestern den Wellnessbereich. Vicky bleibt zurück mit zwei Mädchennamen, Modenamen, die sie nicht wissen wollte. Sie beschließt, sie sofort wieder zu vergessen, und steckt die Nase in ihr Buch.

2001

Mutter hat Brustkrebs. Sie ist operiert worden, dann bekam sie Chemo. Die Haare fingen an, ihr auszugehen; jetzt trägt sie Turbane und Kopftücher.

Um Mama während ihrer Krankheit zu entlasten, habe ich Urlaub genommen und bin für ein paar Wochen in Tunzheim eingezogen. Aljoscha ist jetzt in der fünften Klasse. Ich wecke ihn morgens zur Schule und mache ihm Müsli und Kakao zum Frühstück. Ich schmiere ihm ein Vesperbrot. Gebe ihm einen Klaps auf die Schulter, wenn er das Haus verlässt, und verspreche ihm, zur dritten Stunde, in der er eine Mathearbeit schreibt, die Daumen zu drücken. Dann habe ich frei. Ich lese und drücke Daumen. Ich putze die Waschbecken, das Klo und sauge Staub. Lege eine CD von Mahalia Jackson auf und singe. Den ganzen Morgen habe ich für mich.

Gegen zwölf mache ich Mittagessen. Hackfleischbällchen mit Reis und Kapernsauce. Spiegelei mit Reis und Senfsauce. Forelle mit Reis und Buttersauce. Aljoscha hat zur Forelle Kartoffeln statt Reis verlangt. Ich weigerte mich, ich wollte nicht den halben Vormittag am Herd stehen. Aljoscha zauberte aus den Tiefen der Küchenschränke einen Schnellkochtopf hervor, mit dem er die Kartoffeln binnen ein paar Minuten gar zauberte. Dann verzauberte er weißes oder hellbraunes oder hellgelbes Pulver aus einem verheißungsvollen Tütchen unter Beigabe von etwas Wasser oder Milch in einen Schokopudding oder eine Orangencreme. Er zaubert gerne, nicht nur in der Küche, er verzaubert auch Menschen. Er zaubert Mama in einen Menschen zurück und in ihre Augen ein müdes, aber optimistisches Lächeln, wenn sie am Spätnachmittag von der Therapie zurückkam. Er zaubert mir ein ungläubiges Staunen ins Gesicht, wenn er in Mathe eine Eins ohne Minus geschrieben hat. Schon seit einiger Zeit zaubert er ständig neue Schülerbestzeiten beim 400- und beim 1000-Meter-Lauf. Mit den Nikes, die ihm Mutter für den Sportunterricht gekauft hat, als er in die Schule kam, hat es angefangen. Sie waren Aljoschas Glücksbringer – zuerst bei Sprints, mittlerweile beim Streckenlauf. Er trainiert. Letzten Winter ist er beim Silvesterlauf in Tunzheim mitgelaufen und Dritter im Schülerwettkampf geworden. Er freute sich wie ein Schneekönig. Im Gegensatz zu mir hat er nicht das geringste Problem mit dem Gewinnen. Er sammelt seine Siege sozusagen im Vorbeilaufen ein und macht sich nicht viel daraus.

Aljoscha gelingt, was mein Vater mit seinem »Das schaffen wir schon« nicht immer vermochte. Vater sagt den Satz nur noch selten. Was meine Mutter und ihr Krebsleiden angeht, kommt ihm überhaupt nichts Aufmunterndes über die Lippen. Ich habe den Eindruck, sein Glaube, dass es für alles eine Lösung gebe, hat schon in dem Herbst, als Uwe seine Zelte in Tunzheim abgebrochen hat, einen Sprung bekommen; mit Mamas Krankheit, die nicht durch ein Rezept und den Einwurf von ein paar Pillen aus der Welt zu schaffen ist, ist der Riss so tief geworden, dass er nicht mehr zu kitten ist.

Manchmal kommt es mir so vor, als wäre Vater gar nicht da. Dabei empfängt er unten in der Praxis Klientel wie sonst auch. Wie sonst höre ich die Klingel und die Stimmen von Patienten. Die Stimme meines Vaters höre ich nie, sie ist leise geworden. Wenn ich ihn zum Essen rufe, reagiert er nicht. Ich husche in die Praxisräume, am Empfangstresen vorbei, wo Frau Möckel schon in die Mittagspause gegangen ist, klopfe an der Tür des Sprechzimmers, warte und öffne sie behutsam, wenn von drinnen kein »Herein« kommt. Dann sehe ich Vater in seinem weißen Kittel untätig an seinem Schreibtisch sitzen. Die Silhouette seines Oberkörpers ragt in die Helligkeit des Fensterausschnitts. Den Blick in Richtung Garten gerichtet, verharrt er reglos wie ein zerzauster Vogel im Regen. Wieder warte ich, unschlüssig, ob ich ihn stören darf.

»Papa«, sage ich schließlich, »alles okay mit dir? Es gibt Essen.«

Er dreht langsam den Kopf, verwandelt sich zurück in einen Menschen und lächelt.

»Natürlich, Spinne«, sagt er, wie man »natürlich« oder »selbstverständlich« sagt, wenn etwas nicht natürlich oder selbstverständlich ist. Nur die Anrede mit meinem Spitznamen signalisiert, dass er in die Gegenwart zurückgefunden hat. Umständlich erhebt er sich von seinem Stuhl und legt seinen Arm um mich. Obwohl er kein schwerer Mann ist, spüre ich sein Gewicht auf meinen Schultern, während wir ins Esszimmer hinaufgehen.

Spätabends sieht sie vom Balkon aus der nächtlichen Landschaft zu, in der sich sehr wenig nur sehr langsam bewegt. Der Himmel ist voller naher Sterne wie auf einem Van-Gogh-Gemälde. Es ist still. Da tritt unten jemand auf die Terrasse. Führt einen Monolog, unterbrochen von ungeduldigen Pausen. Nicht laut, aber auch nicht leise genug, dass Vicky nichts verstünde. Sie beugt sich etwas nach vorne, schaut übers Geländer. Vor der Terrassentür steht Johann, im schwachen Lichtschein, der von drinnen herausfällt.

Johann telefoniert. Der Klang seiner Stimme verstört sie. Das ist nicht der gut gelaunte, stets zu einem Scherz aufgelegte junge Mann, den nichts aus der Ruhe bringen kann. Sein Ton wechselt von gereizt über vorwurfsvoll bis heftig und richtig wütend. So streiten Männer nur mit einer Frau. Sie vernimmt Satzfetzen wie »unter Druck setzen«, »nie zu etwas gezwungen«, »in die Schuhe schieben«, »bei dir gibt es nur Schwarz und Weiß« und will das alles nicht hören. Auf dem Balkon nebenan, der durch eine Holzwand von ihrem getrennt ist, räuspert sich jemand. Johanns Stimme entfernt sich, sie hört, wie er nach drinnen geht und die Tür schließt.

Etwas später, als sie bei offener Balkontür im Bett liegt, geht die Tür unten noch einmal auf. Der Geruch einer nervös gerauchten Zigarette steigt zu ihr herauf. Sie weiß, dass Johann da unten inhaliert und mit leerem Blick in eine von Bergen verstellte Dunkelheit schaut. Warum rauchen alle Leute stumm, wenn ihre Seele schmerzt? Anstatt dass sie weinen, brüllen, klagen, fluchen, mit den Fäusten auf ein Kissen trommeln, mit dem Fuß aufstampfen oder gegen eine Wand treten? Auch wenn die Wand nicht umfällt?

Sie denkt an den Herbstnachmittag, an dem sie mit Bettina eine ganze Packung Roth-Händle zum Dachfenster hinausgeraucht hat. Es war die letzte Packung, die sie gekauft hat. Seither hat sie nur noch geschnorrte Glimmstängel geraucht, die meistens keine Roth-Händle waren.

Vielleicht hätte sie an jenem Nachmittag besser weinen sollen, statt zu rauchen.

Sie wälzt sich lange ruhelos hin und her. Sehnt sich nach Dirk. Nach seinen Berührungen. Nach seinem Körper an ihrem Rücken und seiner Hand auf ihrer Brust beim Einschlafen. Nach seinem Mund an ihrem Ohr, der »Warme Frau!« flüstert. Worauf sie »Warmer Mann!« murmelt und vor Behagen seufzt.

Herbst 2001

»Mach schnell den Fernseher an. In New York sind zwei Flugzeuge ins World Trade Center gerast.« Aljoscha klang atemlos, als er aus der Mittagsschule heimkam.

Ich hatte noch kein Radio gehört. Mama hatte sich hingelegt. Deshalb wussten wir noch nichts. Verstört saßen wir Minuten später vor dem Apparat und starrten auf den Bildschirm, der etwas Unfassbares, das sich auf der anderen Seite der Erde zutrug, in unser Wohnzimmer brachte. Aus den beiden Wolkenkratzern schlugen Flammen und dunkler Qualm wie aus riesigen Kaminen. An den Fenstern der oberen Stockwerke schwenkten Menschen Tischtücher. Wir sahen Gestalten in die Tiefe springen und wussten, es waren keine Puppen.

Aljoscha fragte, ob in den Türmen auch Kinder wären. Babys. Oder nur Erwachsene bei der Arbeit. Er bekam von niemandem eine Antwort. Sprachlos schauten wir zu, wie erst der Nordturm, dann der Südturm in sich zusammensackte. Ein gigantischer Rauchpilz breitete sich über den Bildschirm aus, dann war alles nur noch grau. Mutter unter ihrem Turban schluchzte, Tränen tropften aus ihrem linken Auge. Sie hatte den Arm um den weinenden Aljoscha geschlungen. Selbst Vater wischte sich die Augen. Nur ich saß wie versteinert da.

Aljoscha sah mich von der Seite an und fragte: »Bist du nicht traurig, Vicky?«

Ich schüttelte den Kopf. Mama wandte den Blick vom Bildschirm ab und mir zu und war so befremdet, dass sie für einen Moment zu schluchzen vergaß. Ich konnte nicht sprechen. Ich hatte das Gefühl, der Rauch würde aus dem Fernsehen direkt in meine Lungen kriechen und mich ersticken. Ich hatte keine Worte. Meine Augen brannten. Aljoschas Jungenhand fasste nach meiner, als wollte sie mich trösten, dass ich nicht traurig war.

16

Die Sonne scheint. Laut Internet und Johanns persönlicher Prognose hat sie vor, das den ganzen Tag zu tun. An diesem Montag fährt Vicky mit dem Auto zum Nigerpass, von wo aus sie damals mit Ingo zur Sonnalp gewandert ist, um Käse zu holen. Sie fährt mit offenem Fenster. Ein Getöse und ein Lärm auf den Bergwiesen ist das heute! Alle Landwirte sind mit ihren Mähmaschinen zugange.

Das Wirtshaus am Nigerpass, das es schon gab, als sie mit Ingo hier war, ist übervölkert von Bikern und einer Busladung Senioren aus Bergisch Gladbach. Mit Mühe findet Vicky einen Parkplatz. Nur rasch dem Trubel entkommen! Sie schnürt die Wanderstiefel und marschiert los. Das Wetter hält sein Versprechen, die Wanderstrecke auch. Wie damals spaziert Vicky längere Zeit durch Wald. Dann über Matten. Selbst hier oben ist die Luft geschwängert von dem Duft von frisch gemähtem Heu. Vicky niest und singt und hackt mit ihren Teleskopstöcken den Takt. Mehr Sommer kann nicht werden.

Die Alp, falls sie es ist, erkennt sie kaum wieder. Das aus Natursteinen gemauerte Haus hat einen Giebel aus warmem hellem Holz bekommen. Außerdem gibt es einen Terrassenvorbau aus Planken, gestützt von dicken Pfeilern, auf dem schwere Holztische und -bänke stehen.

Sonnenschirme mit aufgedruckter Coca-Cola-Werbung spenden Schatten. Aus hellem Holz ist auch das Interieur der Wirtsstube. Musik aus der Konserve dudelt. Hinter dem Tresen steht eine pummelige junge Frau, drückt eine Zigarette in einen Aschenbecher und telefoniert. Nichts erinnert an die Einsiedelei von damals. Was mag aus dem jungen Ehepaar geworden sein? Sie werden Nachwuchs bekommen haben, zu den drei Hunden drei Kinder, und mit ihnen ins Tal gezogen sein, zurück auf den Boden der Tatsachen und der Pflichten, Kindergarten- und Schul- und Arztbesuch und Verdienen des Lebensunterhalts. Kinder mögen ein Traum sein, aber mit Kindern lösen sich manche Träume schnell auf.

Vicky nimmt an einem Tisch auf der Terrasse Platz. Heute ist sie nicht allein hier oben. An den Nachbartischen sitzen Familien mit Kindern und Hunden, die Pommes essen und mit Feldstechern die Ferne in die Nähe holen. Die Aussicht wenigstens ist noch dieselbe wie vor Jahren. Die Rosengartenfelsen sind zum Greifen nahe wie damals; bedrohlich wirken sie heute nicht. Es ist klar und so hell, dass Vicky die Augen mit der Hand beschirmt. Jenseits des Tals Weißhorn und Schwarzhorn, am Horizont die Spaliere von Brenta, Ortlergruppe und Ötztaler Alpen. Dreitausender. Auf der Wanderkarte sucht sie nach bekannten Namen. Wie viele von ihnen hat ihr Vater einst zusammen mit Uwe bestiegen?

Wie damals lässt sie sich Brot und Käse bringen; statt kuhwarmer Milch trinkt sie mitten am Tag einen Goldmuskateller. Sie hält das Gesicht in die Sonne.

Aljoscha schickt Fotos auf WhatsApp, auf denen er am Ostseestrand ein Rad schlägt und einen Handstand macht, und eins, wo er einfach so dasteht mit durchtrainiertem nacktem Oberkörper und in flatternden roten Shorts, die bis zu den Knien reichen.

Auch an der Ostsee gibt es Sonne. Auf dem Foto taucht sie Aljoschas rötlich blonde Locken und seine Haut in ein goldenes Licht. Noch nie hat er Vicky so sehr an Ingo erinnert.

Wäre er nicht mein Sohn, denkt sie, ich würde mich auf der Stelle in ihn verlieben.

Verliebt in Aljoscha ist vielleicht auch die junge Frau, die auf einem der Fotos neben ihm steht. Ob es die gleiche ist, von der ihr Dirk erzählt hat, die am Samstagabend mit Aljoscha Wii gespielt hat? Das Mädchen ist blond, hat einen glänzenden Pony und einen Pferdeschwanz; es trägt ein schwarzes T-Shirt, im weit ausgeschnittenen Dekolleté schimmert die Haut sehr weiß; ob es nett ist, kann Vicky auf dem Foto nicht sehen.

2003

Mama ist wieder gesund. Sie hat ihre schönen üppigen Brüste verloren, die mich, auch wenn sie unter burschikosen Wollpullovern verborgen waren, immer an Honigmelonen erinnert haben. Ihr Haar ist nachgewachsen, dichter als zuvor, mit vielen grauen Fäden; sie ist fast wieder die Alte und dennoch hat sie sich verändert. Mutter hat aufgehört, nutzlose Dinge zu tun, sie bügelt keine Unterwäsche mehr wie früher und putzt die Fenster nur noch einmal im Jahr, meist im Herbst, wenn die Sonne schräg steht und es allzu sehr auffällt, dass sie blind und schmutzig sind. Wenn die Sonne im Frühling wieder ebenso schräg steht, hat sie meist zu viel zu tun. Sie bindet im Garten Tomatenstauden an und zieht

Auberginen, Kürbisse und Zucchini. Sie sät und pflanzt alles, was rundliche oder doch in irgendeiner Weise bauchige Formen hat, und freut sich daran, die Früchte, wenn sie reif sind, in der Hand zu halten und zu streicheln.

Bei Papas Kammermusikstündchen spielt Mama immer noch die zweite Geige. Darüber hinaus aber macht sie Musik auf dem Instrument, das sie als Mädchen gelernt hat. Eines Tages ist sie auf den Dachboden gestiegen und hat dort oben Gegenstände verrückt. Als sie wieder nach unten kam, hing dort, wo früher ihre Brüste waren, an einem Lederband um ihren Hals ihr Akkordeon. Seitdem tönen, wenn ich zuhause in Tunzheim bin, oft Volkslieder durchs Haus. Manchmal stimme ich in Mamas Gesang mit ein und wir trällern zweistimmig.

Als Vicky nach der Wanderung mit ihren Badesachen auf die Terrasse tritt, sitzen die beiden strammen Schwestern auf der hölzernen Eckbank am Tisch und Johann leistet ihnen Gesellschaft. Vicky zuckt zusammen, als hätte eine glühende Nadel sie dorthin gepikst, wo ihr Herz sitzt. Die drei haben Sektschalen vor sich, eine Flasche auf dem Tisch ist zu drei Vierteln leer. Ist das der Tag, an dem alle Menschen schon vor sechs Uhr abends Alkohol trinken? Die Mädchen Francis und Nancy haben rote Backen, ihr Lachen ist höher, schriller und affektierter als sonst. Vicky hat es nicht geschafft, sich ihre Namen nicht zu merken. Nancy scheint ihre gestrige Panikattacke weggesteckt zu haben. Ebenso wie Johann den nächtlichen Telefonstreit unter Vickys Balkon vergessen zu haben scheint, den sie wider Willen belauscht hat. Johann erzählt etwas, unterbricht sich und lacht. Als Vicky an den dreien vorbeigeht, hebt er die Hand und eine Augenbraue und sagt »Hallo!«.

Sie nickt ihm zu, leichthin, ohne zu lächeln.

»Schon zurück?«, fragt Johann, »so früh? Nicht verlaufen, nicht verirrt und von niemandem verfolgt worden heute?«

Sie weiß, er meint es lustig und will sie ein wenig necken, trotzdem würde sie ihm am liebsten eine scheuern.

Die Mädchen kichern.

»Tja, die Berge«, sagt Francis, »sind für gewisse Leute ein gefährliches Terrain. Manche Bergsteiger lassen sich einen Ortungschip einsetzen, damit sie nicht dauernd verloren gehen.«

Nancy hält sich die Hand vor den Mund und gluckst.

In Vicky beginnt etwas zu brodeln. »Es gibt Leute, für die lauern die Gefahren schon am Swimmingpool oder im Wellnessbereich«, entgegnet sie schnippisch. »Sie halten Hauskatzen für Bestien und eine Sauna für eine Todesfalle. Da hilft dann auch kein Ortungschip.« Die panische Nancy läuft rot an. Johann schaut verständnislos von einer zur anderen.

Vicky wendet sich ab und streckt die Nase in die Luft. So weit, dass sie bei ihrem Weg über den Rasen eine Blumenschale mit törichten Stiefmütterchen übersieht und stolpert. Sie weiß, dass ihr die Blicke der drei auf der Terrasse folgen, und ärgert sich. Von wegen Gefahren am Swimmingpool! Die Blumenschale hat zweifellos schon immer hier gestanden. Am liebsten würde sie dem blöden Teil einen Fußtritt geben. Ohne sich umzusehen, marschiert Vicky zum Schwimmbecken und breitet ihr Badehandtuch auf einer Liege aus.

Die Unterhaltung auf der Terrasse hat wieder eingesetzt. Die Mädchen reden so laut, dass Vicky jedes Wort versteht. Sie reden davon, dass sie die Berge lieber mögen, wenn sie weiß sind, dass sie nur ihren Eltern zuliebe mit hierhergefahren sind, dass sie lieber auf Skiern Hänge hinuntersausen, als schwitzend in Bergstiefeln welche hinaufzuschnaufen. Sie reden über schwarze Pisten in Crans-Montana und in Davos, in La Valle und am Kronplatz. Johann schwärmt von einer Skitour um die Drei Zinnen. Sie reden mitten im Hochsommer davon, dass sie alle drei auf Skiern sozusagen laufen gelernt haben, und sind sich so einig darin, dass es die beste Art ist, in der Welt unterwegs zu sein, dass sich die Härchen auf Vickys Armen sträuben vor Verdrossenheit.

Ich bin eifersüchtig, denkt sie, beobachtet die Härchen und ärgert sich über ihre Eifersucht. Sie kann nicht Skifahren. Sie kann dem Winter, der so heißt wie sie, nichts abgewinnen. Wieder einmal kommt sie sich lahm und trottelig vor. Eine alternde Schachtel, die nicht elegant auf langen Brettern durchs Leben gleitet, sondern es mit Schweißperlen auf der Stirn zu Fuß durchwandert und dabei über Blumenschalen, ihre Vergangenheit und in die Jahre gekommene Geheimnisse stolpert.

Sie schwimmt ein paar Längen, teilt wütend mit den Armen die spiegelnde Fläche und macht sie kaputt. Schwimmt mit dem Kopf unter Wasser, was sie sonst nie tut. Krault auf dem Rücken und macht Lärm dabei. Steigt aus dem Becken, schüttelt sich energisch wie ein nasser Hund, bedauernd, dass die drei auf der Terrasse zu weit weg sind, um sie mit ihren Bewegungen nass zu spritzen. Trocknet sich energisch ab. Versucht sich energisch in ihr Buch zu vertiefen. Es gelingt ihr nicht.

Was mit daran liegen mag, dass das Buch schon wieder ein neues ist. Sie gibt auf. Legt das Buch weg und schließt die Augen. Die Sonne scheint von hinten auf ihr Haar und wärmt ihren Kopf. Tröstlich.

Als sie die Augen wieder öffnet, ist der Tag dabei, Feierabend zu machen, und lässt zum Abschluss die Berge glühen. Die Zackenparade des Rosengartens posiert heute in der Farbe des Roséweins, den Johann manchmal abends beim Essen in ihr Henkelglas gießt. Bei jedem Alpenglühen ist Vicky erstaunt, wie viele verschiedene Rottöne die untergehende Sonne auf dem Felsrelief zuwege bringt. Sie schaut auf die Uhr. Hat sie geschlafen? Das Geplauder auf der Terrasse ist verstummt, der Ecktisch mit den leeren Sektschalen verwaist.

Auf einmal steht Johann neben ihr.

»Entschuldigung wegen vorhin«, sagt er.

Sie blinzelt ihn schläfrig an.

»Sorry«, wiederholt er, »das war blöd von mir.«

Sie macht eine abwinkende Handbewegung in Richtung Alpenglühen. »Schon gut.«

»Die zwei sind ziemlich jung«, sagt er, als seien die strammen Mädels seine ungeratenen Töchter, deren schlechte Manieren er entschuldigen muss.

»Alt genug, um sich danebenzubenehmen«, sagt sie trocken.

»Sie reden eine Menge Stuss«, gibt er zu.

»Man muss sicher eine ganze Weile mit ihnen zusammensitzen, um zu dieser Erkenntnis zu gelangen«, versetzt sie spitz.

Um seine Lippen zuckt es amüsiert. »Scharfzüngige Frau! Sie können ganz schön biestig werden!«

Schade!, sagt eine enttäuschte Stimme in ihr. Johann

siezt sie! Das Du vorgestern am Karersee war nur ein Ausrutscher.

Da er, die Hände in den Taschen seiner Jeans, stehen bleibt und keine Anstalten macht, zu gehen, fragt sie: »Glüht der Rosengarten eigentlich auch im Winter?«

»Sie meinen, ob er blüht?« Johann lächelt und ist wieder der Mann, der ihr gefallen könnte und gefällt, auch wenn er Sekt trinkend mit postpubertären strunzdummen Kichergänsen zusammenhockt. »Warum sollte er das nicht?«, fragt er und seine Gesichtszüge verwandeln sich in die eines Märchenonkels. »Ob Sie es glauben oder nicht, es gab mal eine Zeit, da blühte an seiner Stelle ein echter Garten mit unzähligen roten Rosen. Das ganze Jahr hindurch, sommers und winters.«

»Ein echter Rosengarten?«, fragt sie, wider Willen fasziniert. »Was war das für eine Zeit?«

»Das war die Zeit vor der Zeit, als Menschen und menschenähnliche Wesen nebeneinander existierten. Damals gab es in Südtirol nicht nur Nixen und Hexenmeister, sondern auch Zwerge.«

»Ach ja?«, fragt sie. Für Johann, damit er weiterspricht, will sie gern so tun, also ob sie an diese Zeit vor der Zeit glaubt, wenigstens die nächsten paar Minuten, bevor die Sonne verschwindet, ihre magischen Kräfte mitnimmt und den Rosengarten als nackte, entzauberten Fels zurücklässt.

»Die Zwerge also lebten mit ihrem König Laurin im Innern der Felsen.«

»Laurin«, murmelt Vicky.

»Wie bitte?«

»König Laurin«, wiederholt sie etwas lauter, »den Namen habe ich schon mal gehört.«

»Ach ja?« Er spricht nicht weiter, scheint zu warten,

dass sie erklärt, wie, wo und wann, aber Vicky hängt ihren Gedanken nach. Es ist lang her, aber sie erinnert sich genau. Oben am Nigerpass ist es gewesen, da, wo sie heute war. Ingo und sie sind aus dem Postbus gestiegen und der Busfahrer hat zu Ingo gesagt, er soll achtgeben, dass Laurin ihm sein Mädel nicht klaut.

»Laurin besaß unermessliche Schätze«, fährt Johann nach einer Weile fort, da Vicky schweigt, »unter anderem eine Tarnkappe. Auch der Garten mit den zahllosen Rosen war sein Eigen.«

Sein Eigen, sagt Johann und Vicky murmelt: »Glücklicher Laurin!«

»Leider nicht«, sagt Johann mit seiner normalen Stimme und fährt fort: »Eines Tages erblickte Laurin auf einer Nachbarburg Prinzessin Simhild und damit nahm das Verhängnis seinen Lauf. Er verliebte sich in sie und raubte sie mithilfe seiner Tarnkappe.«

Richtig, die Prinzessin! Auch daran kann sich Vicky erinnern und dass Ingo da oben auf dem Nigerpass gesagt hat: »Eine *principessa,* wie du eine bist.«

»Scheint mit einem räuberischen Gen ausgestattet gewesen zu sein, die Männerwelt von damals«, stellt sie jetzt ein bisschen schnippisch fest. »Oder war das die feine englische Art, in der Zeit vor der Zeit die Frau seiner Wahl heimzuführen? Erst dieser Hexenmeister von Masaré und nun auch Laurin! Vielleicht hätte er mal mit herkömmlichen Methoden versuchen sollen, seine Angebetete zu gewinnen. Mit einem Rosenmeer aus seinem Garten, das er ihr per Fleurop schickt.«

Johann guckt skeptisch. »Ich weiß nicht, ob das geklappt hätte. Kleine Männer sind bei Frauen klar im Nachteil. Überlegen Sie mal, ein Zwergenkönig! Einer, der halb so groß war wie die Frau seiner Träume.«

»Äußerlichkeiten«, sagt sie, aber Johann lacht sie aus.

»Sie wollen also sagen, dass es keine Rolle für Sie spielen würde, wenn ein Mann, der sich für Sie interessiert, ein oder zwei Köpfe kleiner ist als Sie?«

»Sie wollen es aber genau wissen«, brummt sie und grinst. Ingo, der schöne Eisverkäufer, Dirk und sein Vorgänger Ian, keiner von ihnen war kleiner als sie. Auch Johann ist es nicht. Trotzdem sagt sie zu ihm: »Das käme drauf an.« Während eine Stimme in ihr widerspricht: Nein, käme es nicht.

»Soso, es käme drauf an«, amüsiert er sich. »Worauf denn, gnädige Frau? Ob er Geld hat? Simhild wollte Laurin noch nicht mal seines Goldes wegen haben. Sie wurde depressiv und kam in Laurins Zwergenreich fast um vor Heimweh.«

»Und weiter?«

»Eines Tages drang ihr Bruder mit seinen Rittern in Laurins Reich ein und befreite Simhild. Laurin wurde in Ketten gelegt und weggeführt, sein Zwergenreich eingenommen.«

Johann bricht ab, kratzt sich an der Nase, seufzt ein bisschen. »Tja. Auch diesmal kein Happyend. Etwas, das mit einer Entführung anfängt, kann nicht gut ausgehen.«

»Wirklich?«, fragt Vicky, »genau daran hätte ich jetzt gerne geglaubt. Dass eine Geschichte, auch wenn sie mit einem krummen Ding anfängt, eine gute Wendung nimmt. Wenigstens, wenn Sie sie erzählen. Was geschah mit dem Rosengarten?« Sie macht eine Kopfbewegung in Richtung des Gebirgsmassivs, an dem gerade das letzte Fünkchen Sonnenglut lautlos zu grauer Felsenasche verbrennt und erlischt. Sofort ist der Tag auf dem Rückzug.

Aus der Rotunde, deren Panoramafenster schon lange im Schatten liegen, ruft jemand nach Johann. Eine helle Frauenstimme, wahrscheinlich die von Josefa.

Johann schaut auf seine Armbanduhr und ruft: »Ich komme!«

Aus der offenen Terrassentür zieht ein Schwaden von in Rosmarin gebratenem Fleisch. Die Tür verstellen Mia und Martha und der Herr mit der Glatze und nippen einen Aperitif aus Burgunderkelchen.

Johann beeilt sich, die Sage zu Ende zu erzählen. »Um sich zu rächen, hat Laurin einen Bann über den Rosengarten ausgesprochen. Weder Tag noch Nacht sollten die Rosenpracht je wiedersehen. An ihrer Stelle sollte es nur noch nackte, bleiche Felsen geben.« Er zuckt die Schultern, lächelt. »Ein Glück, dass Laurin vergessen hatte, die kurze Zeit der Dämmerung in seinen Bann einzubeziehen. So kommt es, dass vor Sonnenuntergang der Rosengarten glüht und blüht wie ehemals.«

»Alle Südtiroler Sagen enden traurig«, sagt Vicky. »Mit verschmähter Liebe und Verschwinden und Verlust.«

»Wie im richtigen Leben«, meint Johann und klingt ein ganz klein wenig bitter. Wie einer, der dazu verurteilt ist, Geschichten mit traurigem Ende nicht nur zu erzählen, sondern auch in ihnen zu existieren, und aufgehört hat, sich dagegen zu wehren.

»Gibt es auch schöne Legenden aus der Gegend?«, fragt sie.

Johann überlegt. Es fällt ihm keine ein. Bevor er nach drinnen geht, umfasst er die erloschene Felskulisse mit einem Blick. In seinen Augen glimmt es und Vicky kann sehen, was er denkt. Was immer ihm fehlt, dieses

Panorama ist sein Eigen, das ihm niemand nehmen kann.

Von Dirk kommt keine WhatsApp an diesem Tag.

2004

*I*ch habe Ian kennengelernt. Auf einmal habe ich etwas, was ich nie haben wollte: eine Beziehung. Auf einmal habe ich einen Freund.

Ian kannte ich schon, als ich ihn richtig kennengelernt habe.

Er arbeitet in der Fachbuchabteilung meiner Buchhandlung, und wir sind bis dahin nicht ins Bett, keinen Wein trinken, nur ein paarmal zusammen Mittagessen gegangen. Ian trug einen Bart und ich mochte keine Bärte, auch keine gepflegten. Ian spricht sich Eijän, ist aber weder Engländer noch Amerikaner, sondern kommt aus der schwäbischen Provinz wie ich, und die großgeschriebene Einzelsilbe ist die Abkürzung für irgendeinen grunddeutschen Namen, den er mir bis heute nicht verraten hat. Er sagt immer, er hätte ihn vergessen, er mache sich nichts aus Namen. Da ich mir, von Ingos abgesehen, die Namen der Männer nicht gemerkt habe, mit denen ich zusammen war, ist mir das sympathisch.

Ian und ich sind uns bei einem Betriebsausflug nach Straßburg nähergekommen. Nachmittags auf einem Ausflugsdampfer bei einer Bootsfahrt rund um die Altstadt. Es war ein heißer Tag, die Sonne ein brennender Furunkel im makellosen Blau über uns. Audioguides wurden verteilt, und während wir am alten Zollamt und an Fachwerkhäusern vorbeifuhren, erzählte die Frauenstimme im Kopfhörer etwas von Folter während des Mittelalters. Panisch riss ich mir das Gerät von den Ohren.

»Ich sag dir, wenn's vorbei ist«, sagte Ian und der väterliche Ton in seiner Stimme ließ mich vermuten, er sei auch sonst väterlich und fürsorglich. Ian, habe ich lautlos vor mich hin gesagt und war zum ersten Mal bereit, mir einen Männernamen zu merken, ihn vielleicht sogar laut auszusprechen.

Zuhause in Stuttgart hat mich Ian zu sich eingeladen. Eines sonntagnachmittags, ganz altmodisch, zum Kaffeetrinken. Die Wände seiner Dachgeschosswohnung waren mit Regalen bestückt, in denen Bücher dicht an dicht und in zwei Reihen hintereinander steckten. Keine Kinderbücher, wie ich sie wochentags verkaufe, auch keine Fachbücher, wie Ian sie an den Mann bringt. Romane. Musil, Walser, Feuchtwanger.

»Warum keine Autorinnen?«, fragte ich beim Kaffee, den Ian erst, als ich schon da war, in einer etwas ramponierten Kaffeemaschine mit Kalkspuren aufsetzte. Es gab zwei Reststücke eines Apfelkuchens, den Ian am Vortag, wie er mir verriet, nicht selbst gebacken, aber selbst gekauft hatte, dazu Hefezopf und Sprühsahne. Auf meine Frage hin legte er die Gabel, die er gerade zum Mund geführt hatte, zurück auf den Teller und zuckte die Schultern wie ein Ertappter.

»Weiß nicht«, nuschelte er. »Zu viel Gefühl. Autorinnen heischen danach, dass du warm wirst mit ihnen, mit ihren Geschichten, mit ihren Charakteren. Ich will nicht warm werden, ich mag die Distanz, ich will inkognito in Büchern unterwegs sein. Als hätte ich eine Tarnkappe auf.«

Gleich nach dem Kaffee gingen wir zum Wein über. Der Alkohol stieg mir zu Kopf und ich bat Ian um ein Stück Brot. Er bot mir Brot mit Marmelade an, und ich sagte, nein, mit etwas Salzigem, ein bisschen Käse oder Wurst, aber das hatte er nicht. Dann gib mir einfach den Salzstreuer, schlug ich vor, doch Ian meinte, wir könnten auch etwas kochen. Er kramte in Schubladen, Regalen, Schränken und im Kühlschrank, bis sich herausstellte, er hatte auch sonst nichts da, nur eine Dose Ravioli konnte er uns warm machen und ich sagte, warum nicht. Wie durch Zauberei sprangen zu den Teigwaren ein paar Tomaten in den Topf, eine Knoblauchzehe, kleingehackt. Dazu Gewürze, Ingwer und Meerrettich, die Ian direkt von der Wurzel raspelte. Wider Erwarten schmeckte alles sehr gut, samt den Spänen von einem steinharten Stück Parmesan, das, so unverhofft und überraschend wie alle anderen Zutaten, aus den Tiefen des Eisschranks doch noch auf den Esstisch gefunden hatte.

Der Abend endete auf Ians breiter Couch, die, leer und müßig, den ganzen Nachmittag darauf gewartet zu haben schien, dass wir sie in Besitz nahmen. Ich küsste Ian auf den Mund, darauf bedacht, nicht den Bart zu erwischen.

Als wir nach der Liebe schweißnass nebeneinanderlagen, fragte Ian, ob es schön gewesen sei, und ich antwortete, es ist schön bei dir. Ian rollte sich zu mir herum, stützte sich auf seinen Ellbogen, blickte mir ins Gesicht und fragte: »Willst du bei mir einziehen?«

An der Decke surrte eine ruhelose Fliege um die Lampe, von deren sechs Leuchten nur eine brannte. Ich dachte an Ians Essen, das wider Erwarten so gut geschmeckt hatte. Ob das Zusammenleben mit ihm wohl genauso schmackhaft wäre? Bettina spielte seit längerem mit dem Gedanken, in eine eigene Wohnung zu ziehen, und auch ich hatte das unruhige WG-Leben mit permanent fluktuierenden Mitbewohnerinnen allmählich satt.

»Willst du bei mir einziehen?«, wiederholte Ian. Er sah mich an wie ein großes freundliches Tier und ich sagte, als hätte er um meine Hand angehalten, ja, ich will, und fügte hinzu, aber kannst du dir bitte den Bart abrasieren? Ian schüttelte bedauernd den Kopf und meinte, ohne Bart sähe er aus wie ein Arsch mit Ohren.

»Mach dir die Borsten weg, dann ziehe ich bei dir ein«, beharrte ich.

Ian rasierte sich also und nun lebe ich in einer Junggesellenwohnung mit einem Mann zusammen, der aussieht wie ein Arsch mit Ohren.

17

Beim Frühstück sitzt heute Martha allein.

»Wo ist Mia?«, fragt Vicky.

»Weg«, sagt Martha, »ausgeflogen, Herr Petersen hat sie entführt.«

»Oh«, sagt Vicky, »wohin denn?« Sie muss nicht lang überlegen, um zu wissen, dass es sich bei Herrn Petersen um den älteren Herrn mit der Glatze handelt. Seit einigen Tagen ist Herr Petersen immer dann, wenn sich Mia und Martha auf der Terrasse oder im Hotelfoyer aufhalten, nicht weit weg.

»Aufs Schwarzhorn.« Martha deutet in die Ferne auf den dunklen Gipfel hinter dem Weißhorn, der im Morgenlicht aussieht, als leuchte er von innen heraus.

»Und Sie, meine Liebe?«, erkundigt sie sich, »was machen Sie? Haben Sie heute keine Lust zum Bergwandern?«

»Doch«, lacht Vicky, »hab ich.« Aber sie hat auch ein Buch, ihren dritten Roman, und Lust, ganztägig darin unterwegs zu sein. Am liebsten sofort, unverzüglich, heute.

»Ich glaube, ich mache heute Buchwandern statt Bergwandern«, verkündet sie und Martha meint, genau das habe sie auch vor.

»Wandern wir doch gemeinsam«, schlägt sie vor, »jeder in seinem Buch«, und Vicky stimmt zu. Lesend neben jemand anderem zu sitzen, der ebenfalls liest, ist noch schöner, als lesend irgendwo allein zu sitzen. Als sie nach dem Frühstück mit ihrem Roman auf die Terrasse tritt, hat Martha schon auf der Eckbank Platz genommen. Außer ihrem Stock und dem ›Stechlin‹ von Fontane hat sie ihre Lesebrille und ein Fernglas dabei, mit dem sie ab und zu die sonnenbeschienene Bergflanke absucht, an der ihre Freundin an diesem Tag mit Herrn Petersen herumkraxelt. Ob Martha damit zufrieden ist, hier im Gebirge nur in Büchern unterwegs zu sein, ob es ihr genügt, sich mit einem Teleobjektiv in die Landschaft zu zoomen, anstatt sie unter den Füßen zu spüren?

Martha will wissen, was Vicky liest.

»Das kann ich noch nicht genau sagen.« Vicky zuckt mit den Schultern. »Ich weiß nur, dass es um ein Geheimnis geht.«

»Oh«, sagt Martha, »ich liebe Geschichten mit Geheimnissen.«

»Wirklich?«, fragt Vicky gedankenverloren. »Ich hätte auch noch eine auf Lager.« Sie beißt sich auf die Zunge. Das ist ihr so herausgerutscht.

Martha lacht. Sie will Vickys Geschichte mit ihrem Geheimnis nicht wissen. Sagt stattdessen: »Geschichte ist gut. Geschichte mit Geheimnis noch viel besser. Manche haben weder das eine noch das andere, sondern nur eine Vergangenheit. Warum schreiben Sie sie nicht auf?«

»Ich weiß nicht. Sind Geheimnisse nicht dazu da, Geheimnisse zu bleiben?«

»Papier ist verschwiegen«, sagt Martha bloß, »es verrät nichts, was Sie nicht wollen.«

Vicky grübelt. So hat sie es noch nie gesehen. Früher

hat sie gedacht, sie darf ihre Geschichte wegen des darin eingewobenen Geheimnisses nicht zu Papier bringen. Auf einmal fragt sie sich, ob es nicht umgekehrt und das Geheimnis in ihrer Geschichte der erste und vielleicht einzige Grund ist, diese Geschichte aufzuschreiben.

Ob schreiben ein Weg ist? Der Weg, den sie sucht? Ob es ein Weg ist, ein Geheimnis verschwiegenem Papier anzuvertrauen?

Sie lehnt sich neben Martha auf der Bank zurück, streckt die Beine unter dem Tisch aus und beginnt zu lesen. Aus dem Buch steigt der Duft eines Sommers an einem ungarischen See und vermischt sich mit dem Südtiroler Sommerduft.

Um die Mittagszeit tritt Johann auf die Terrasse. Er nickt den beiden Frauen zu und macht sich auf den Weg in den Garten. Vicky wird ihrer Lektüre untreu und beobachtet, wie Johann sich vor dem Beet mit den Gewürzen bückt und hinhockt, Schnittlauch und Salbei pflückt und Unkraut rupft. Sie richtet ihre Gedanken auf ihn, wie sie es oft früher als Mädchen und jetzt schon lange nicht mehr getan hat. Sie fährt mit ihren Gedanken durch Johanns dunklen Schopf, auf dem die Sonne Lichtsprenkel verteilt. Ihre Gedanken streicheln Johanns bloße Fußgelenke, die zwischen seinen hochgeschlagenen Jeans und den Sockenbündchen hervorgucken. Ob Johann die Berührung spürt?

Funktioniert nicht mehr, denkt sie nach einer Weile und ist zugleich erleichtert und enttäuscht. Im selben Moment wendet Johann urplötzlich den Kopf, sucht ihren Blick, hebt die Hand und lächelt.

Auch heute erhält sie keine WhatsApp von Dirk.

Stattdessen klingelt am Spätnachmittag ihr Handy.

Auf dem Display die Tunzheimer Nummer. Sie nimmt ab. Die Stimme ihres Vaters. Er bedankt sich für die Postkarte mit der Wünschnofener Dorfkirche. Er hat sich gefreut. Sie freut sich, dass er das sagt. Er wähnt sie längst wieder zuhause in Stuttgart und ist erstaunt, als sie ihm erzählt, dass sie noch in Südtirol ist und wandert und liest und wandert.

»Wo wanderst du?«, will er wissen.

In meiner Vergangenheit, etwa auf halbem Weg, denkt sie und sagt: »Weißhorn. Weißt du noch, wie wir damals umkehren mussten?«

»Ja, ja.« Er erinnert sich. »Ein Gewitter.«

»Ich weiß jetzt, wie es da oben aussieht. Das Gipfelkreuz ist sehr groß.« Warum erzählt sie das? Und warum eigentlich stehen auf Bergen immer Gipfelkreuze? Als würde es nicht genügen, dass die Kirchen voll davon sind.

Der Vater erzählt von der Mutter. »Sie ist immer müde zurzeit. Schwindelig. Schläft viel. Danach ist sie noch schwindeliger. Verwirrt. Manchmal aggressiv.«

Er seufzt. Fährt fort zu erzählen. Dass die Mutter ihn beim Aufwachen oft nicht erkennt und ihn dann siezt. Sich im Krankenhaus wähnt wie damals, als sie an Krebs erkrankt war. Wieder seufzt er. Ein Seufzen, in dem so viel Schwermut liegt, dass sie sich auf Vicky überträgt. Sie will nicht, dass das Telefonat mit diesem Seufzen aufhört. Sie klappert ihr Hirn nach Sätzen ab, die den Vater aufmuntern. *Kopf hoch! Das wird schon wieder.* Sie weiß, es wird nicht mehr. Sie schweigt.

Ian und ich waren bei meinen Eltern, Kaffeetrinken. Ich habe diesen Antrittsbesuch hinausgezögert, weil ich ahnte, was kommen würde, und es kam. Papa unterzog Ian einer Art Examen; er befragte ihn – nach seinem Elternhaus, nach seinem Studium, seinem Beruf, danach, ob er finanziell abgesichert sei und ob er sich sicher sei, mit mir die Frau fürs Leben gefunden zu haben. Aljoscha saß auch dabei. Er ist jetzt vierzehn und war mit seinem Mathebuch und irgendeinem Heftroman zum Kaffeetisch gekommen. Während des von Papa veranstalteten Verhörs trug er mehrere Stücke von Mamas Schwarzwälder Kirschtorte ab und schaufelte sie in sich hinein. Schließlich vertiefte er sich in sein Heftchen und blickte erst wieder auf, als Papa Ian fragte, ob wir Kinder wollten.

»Kinder?«, fragte Ian ratlos. Als hätte mein Vater von einem Genre gesprochen, das er nicht kannte.

Mutter sagte: »Armin, also ich weiß nicht …«

Ich habe gesagt: »Papa, jetzt ist es aber gut.«

Aljoscha hob den Kopf von seiner Lektüre und sagte: »Papa, du bist peinlich. Schon die ganze Zeit.«

»Man will doch wissen, wen man als Schwiegersohn bekommt«, brummte Vater.

»Tut mir leid, Papa«, sagte ich, »von Heirat ist nicht die Rede.«

Über der Nasenwurzel meines Vaters erhob sich eine steile Falte. Ich war auf eine Moralpredigt gefasst, was man von der Tochter eines stadtbekannten Arztes und Gemeinderats eigentlich erwarten könne, doch ehe Papa den Mund aufmachen konnte, schaltete sich Aljoscha ein und fragte, an Ian gewandt: »Kennst du dich mit Vektorrechnung aus?«

Das war etwas, worauf Ian eine prompte Antwort geben konnte. »Zeig mal her«, sagte er.

Aljoscha klappte den Heftroman zu und ich erkannte plötzlich an dem rot-blauen Logo auf dem Umschlag, dass es ein Perry-Rhodan-Heftchen war. Ein Heftchen, wie es vor langer Zeit die Jungs in meiner Klasse und auch Ingo gelesen haben.

»Na so was«, sagte ich. »Perry Rhodan lebt also immer noch.«

»Du kennst Perry Rhodan?« Aljoscha war begeistert.

»Nicht persönlich«, sagte ich bescheiden. »Ich kannte mal jemanden, der ihn kannte.«

Nach dem Abendessen spielt sie wieder mit den Mannsdörfers. Herr Mannsdörfer hat einen Würfelbecher geschüttelt, Vicky, Mia und Martha zu sich und seiner Frau an den Tisch gewinkt und zu einer Runde Kniffel eingeladen. Mia hat sich mit den Worten, sie schlafe nach ihrer Bergtour im Sitzen ein, entschuldigt.

Ihr Mann sei ein leidenschaftlicher Spieler, erklärt Frau Mannsdörfer, einer, der noch leidenschaftlicher wird, wenn er dabei nicht auf dem Trockenen sitzt. Weshalb Herr Mannsdörfer einen Krug Lagrein bestellt hat und vier Gläser; dazu hat Johann ein Schälchen Knabberzeug gebracht. Jetzt knabbern, trinken, würfeln sie um die Wette und tragen ihre Ergebnisse in vorgedruckte Kästchen auf ihren Kniffel-Blöckchen ein. Eine Viererrunde Italiener am Nebentisch, die am Morgen angekommen ist, schaut ihnen zu. Ihre deftigen italienischen Kommentare schwirren durch den

Raum. Es ist laut und lustig in der Gaststube und wird immer lauter und lustiger, ganz ohne Jukebox. Die Jukebox hat heute ihren freien Abend wie Josefa, weil Herr Petersen, der ältere Herr mit der Glatze, nach dem Marsch mit Mia fußfaul ist. Herr Petersen hat es sich auf der Eckbank vor dem Latemar-Fenster mit hochgelegten Beinen und seinem Handy gemütlich gemacht und sieht aus, als würde er sich demnächst dort für die Nacht einrichten.

Vicky spürt eine behagliche Wärme in den Schläfen, Haarwurzeln und im Bauch, ein Gefühl, das eigentlich ganz woanders hingehört als hierher in die Rotunde. Der Tiger streicht um ihre Beine, springt auf ihren Schoß, verflacht sich dort zur Pfannkuchenform und beginnt zu schnurren. Die anderen schmunzeln. Vicky grinst geschmeichelt. Wenigstens der Tiger schmust mit ihr, wenn schon Klitschko sie behandelt, als hätte er ihr was zu verzeihen.

Die Tür zum Gastraum öffnet sich. Francis und Nancy steuern auf Johann zu, wedeln mit einem Kartenspiel und fragen, ob er Skat spielt, sie brauchen einen dritten Mann. Binnen Sekunden verändert sich die wohlige Wärme in ihr zu etwas Unangenehmem, Ungesundem, einer Hitze, die in ihr hochsteigt und sich im Brustkorb staut. Sie schwitzt. Dass Francis und Nancy Skat spielen, hätte sie ihnen nicht zugetraut. Sie beobachtet Johann aus den Augenwinkeln.

Wenn er mitspielt, nehme ich den Tiger in Geiselhaft und gebe ihn nur gegen Lösegeld wieder heraus. Ich schließe mit der Abendsonne einen Pakt, dass sie nie wieder den Rosengarten glühen lässt.

Aber Johann winkt ab. Er sagt, er sei ganz schlecht im Skat und sie hätten wahrscheinlich keine Freude an seinem Spiel. Die Mädels sehen aus, als hätten sie an allem Freude, bei dem Johann mitmacht, egal ob er gut oder schlecht darin ist. Mit Blick auf Herrn Petersen schlägt Johann vor: »Vielleicht versucht ihr's mal bei ihm«, und das tun sie.

Johann zieht sich hinter den Schanktisch zurück. Während Vicky mit den Mannsdörfers und Martha kleine und große Straßen würfelt, steht er neben dem Zapfhahn, die Ellenbogen auf den Tresen gestützt, und blättert in einer Zeitung. Im ›Tiroler Boten‹. Einmal blickt Vicky auf, als er gerade auch aufschaut, und ihre Blicke verschränken sich. Da fährt es ihr durch Mark und Bein, als hätte sie einen Streifschuss abgekriegt, und sie kommt sich vor wie in einem Déjà-vu. Ist plötzlich wieder fünfzehn, und der Mann, der hinter der Theke steht, ist nicht Johann, sondern Ingo. Ingo, mit dem sie morgen zu ihrem Platz auf dem Felsvorsprung gehen wird, wo Ingos Hand unter ihr T-Shirt schlüpfen und sie streicheln wird. Wo es nach Beeren und Thymian riecht und selbst die Steine duften. Wo die Bienen summen und ein Greifvogel seine Kreise über ihnen zieht. Ingo wird ihr erklären, woran man erkennt, dass es sich dabei um einen Mäusebussard und nicht um einen Wanderfalken handelt. Später werden sie Musik hören, ›Un ragazzo come te‹ und …

»Vicky, Sie sind dran«, Martha hält ihr den Würfelbecher hin. Rasch presst ihn Vicky auf den Bierdeckel und schüttelt ihn.

Die Jukebox spielt ›Stand by me‹. Das gehört nicht mehr zu Vickys Tagtraum. Jemand hat sich an die Musikbox erinnert und dass es ihr eigentlich nicht zusteht, in einer Gaststube voller Feriengäste sang- und klanglos herumzustehen.

I won't cry ... just as long as you stand ... stand by me.

»Kniffel!«, ruft Frau Mannsdörfer. Vicky starrt auf die Würfel, die vor ihr auf dem Tisch ausgerollt sind und von oben alle sehr gleich aussehen.

»Lauter Fünfen«, brüllt Frau Mannsdörfer, »beim ersten Wurf. Das gibt's ja gar nicht.«

Die Italienerrunde am Nebentisch johlt. Herr Mannsdörfer philosophiert über die Wahrscheinlichkeit eines Kniffels mit einem Wurf und nennt Vicky ein Glückskind. Einen Glückspilz.

Glück im Spiel muss gedeutet werden. Alle reden über die fünf Fünfen, die es nicht gibt, und jemand fragt, mit wem Vicky im Bunde sei. Und ob sie sonst auch so viel Glück hat. In ihrem Beruf. Im Leben. In der Liebe.

Vicky zuckt mit den Schultern. Lacht. Verlegen. Wieder trifft ihr Blick den von Johann am Tresen. Sie fragt sich, ob man es Glück nennen soll, wenn fünf Würfel nach einem Wurf die gleiche Augenzahl zeigen. Wenn man ein Spiel gewinnt oder einen Mann oder den Kampf gegen eine Krankheit. Oder ob Glück etwas ganz anderes ist.

2006

In den Herbstferien war ich mit Aljoscha in New York. Aljoscha wollte den New-York-Marathon miterleben. Er ist jetzt sechzehn und träumt davon, ihn eines Tages selber zu laufen. Aljoscha hatte für die Reise nur einen kleinen Rucksack dabei; er liebt Hosen mit vielen Reißverschlüssen und Taschen und hat ein genaues System, was er wo verstaut, um alles Notwendige bei sich und zugleich die Hände frei zu haben, wenn er unterwegs ist.

Auf dem Hinflug geriet unsere Maschine in Turbulenzen; mir wurde schlecht und ich erbrach mich in eine Kotztüte mit der tröstlichen Aufschrift »Alles wird gut«.

»Ich weiß schon, warum ich Achterbahnfahren hasse«, sagte ich zu Aljoscha und dann, ohne nachzudenken: »Seit ich schwanger war, ist mir nie wieder so übel gewesen.«

»Hä?«, fragte Aljoscha. »Schwanger? Wann warst du schwanger?«

Ich spürte, wie mir die Hitze ins Gesicht stieg.

»Vor … vor ein paar Jahren«, stammelte ich, dann versagte mir die Stimme.

»Oh«, sagte Aljoscha und dann lange nichts mehr. Die Stewardessen teilten Tabletts voller Alu und Plastik aus und Aljoscha machte sich auf die Suche nach dem darin versteckten Essen. Er mampfte mit gutem Appetit, während ich selbst an einem Becher Tee nuckelte und meinte, ich könne in diesem Leben nie wieder etwas anderes zu mir nehmen.

Zwischen zwei Bissen Hähnchen mit Krautsalat stellte Aljoscha fest: »Du hast es nicht bekommen.«

»Was?« Natürlich wusste ich, was er meinte.

»Das Kind.«

»N-nein«, habe ich gepiepst.

Aljoscha spießte Fleischstücke auf seine Plastikgabel.

»Schmeckt wie Gummisohle«, meckerte er kauend. »Wissen Mama und Papa davon?«

»Nein«, wiederholte ich mit noch dünnerer Stimme.

Ein paar Tage später im Central Park, während wir den Marathonläuferinnen und -läufern zusahen, wie sie in die Zielgerade einbogen, fragte Aljoscha unvermittelt: »War das schlimm für dich, das Kind, äh, abzutreiben?«

»Ich habe es nicht abgetrieben«, sagte ich. Ich hatte mich auf seine Frage vorbereitet und als Aljoscha mich verständnislos ansah, schob ich nach: »Ich hatte eine Fehlgeburt.«

»Ach so«, sagte er und atmete auf.

Erleichtert, weil er so erleichtert war, fügte ich hinzu: »Ganz früh, im zweiten Monat. Es ging ganz schnell, ich war nicht einmal in der Klinik.«

»Ach so«, sagte Aljoscha noch einmal, wie einer, der froh ist, dass er etwas falsch verstanden und sich umsonst Gedanken gemacht hat.

Ich dachte, Fehlgeburt, Frühgeburt, das klingt doch fast gleich. Fast nicht gelogen.

In New York haben wir viel herumgestanden. Nicht nur am Sonntag beim Marathon. Bei Macy's standen wir nebeneinander vor einer Spiegelfront, und Aljoscha verglich seine schlanke, aber muskulöse Statur mit meiner zierlichen.

»Kaum zu glauben, dass wir Geschwister sind«, sagte er, und wieder einmal stolperte mein Herz. »Mama und Papa haben schon recht, dass sie uns Brummer und Spinne nennen«, fuhr er fort. »Aber unsere Gesichter sind ähnlich.«

Wir standen am Ground Zero, der Stelle, an der fünf Jahre zuvor das World Trade Center in Flammen aufgegangen und eingestürzt war.

»Es ist nichts mehr übrig als ein Datum«, stellte Aljoscha fest und ich widersprach: »Das stimmt nicht ganz.«

Die Katastrophe hatte sich in eine Grube verwandelt, eine geschäftige Baustelle voller Bagger, Planierraupen und wuselnder Arbeiter. In allem steckte ein unbestimmter Trost, dass es immer irgendwie weitergeht. Wir erinnerten uns an den Nachmittag, an dem wir gemeinsam zuhause in Tunzheim vor dem Fernseher gesessen hatten.

»Du hast nicht geweint«, sagte Aljoscha, »alle haben damals geweint, nur du nicht.« Er schaute mich aus seinen zweierlei Augen forschend an, als könnte ich ihm jetzt eine Erklärung geben, die er damals noch nicht verstanden hätte.

»Es stimmt nicht, dass du damals nicht traurig warst, nicht wahr?«

»Nein«, sagte ich, »es stimmt nicht.«

Er ist mir auf der Spur, habe ich gedacht, es fehlt nicht viel und er wird Dinge von mir wissen, die nicht einmal ich selbst weiß. In diesem Augenblick war sein Gesichtsausdruck nicht der eines halbwüchsigen Jungen. Aljoscha sah aus wie ein junger Mann und wurde beim Sprechen älter.

»Wir haben Menschen beim Sterben zugeschaut an dem Nachmittag«, sagte er, »wir haben hingeschaut wie bei einem James-Bond-Film und nicht geholfen.«

»Wir konnten nicht helfen.« Behutsam nahm ich seine Hand.

»Ich habe damals gebetet, dass niemand in den Türmen wäre, der jünger ist als ich«, fuhr Aljoscha fort. Er räusperte sich. »Später habe ich mal irgendwo gelesen, dass auch ein paar schwangere Frauen unter den Opfern waren. Sie trugen Babys, die nicht geboren werden durften.« Er schluckte, entwand mir seine Hand und wandte sich ab. »Ihr Leben war zu Ende, bevor es angefangen hat.«

Vom Ground Zero aus schrieb Aljoscha eine Postkarte an die Eltern. Er schreibt immer Postkarten an sie, wenn er unterwegs ist, und vergisst es nie. Auf Klassenfahrt, im Schullandheim, auf Radtour mit Freunden oder von seinen Lauftrainings. Er ist aus seinem bisschen Pubertät, in dem Mütter und Väter ein Hindernis sind, schnell wieder herausgewachsen. Unsere Eltern behandelt er mit liebevollem Respekt; er nimmt sie ernst, ohne sich je aus der Spur werfen zu lassen, die ihm seine eigenen Pläne vorgeben. Auf die Postkarte vom Ground Zero schrieb er in seiner eiligen Jungenhandschrift zunächst das Übliche, was man auf Ansichtskarten so schreibt. Und dann einen Satz, der mir, wenn ich weinen könnte, die Tränen in die Augen getrieben hätte. *Liebe Mama, lieber Papa,* schrieb Aljoscha an unsere Eltern, die seine Eltern nicht sind, *liebe Mama, lieber Papa, es ist schön, am Leben zu sein.*

Den Rückflug hatten wir nach Berlin gebucht. Aljoscha machte dort Station; er wollte noch ein paar Tage bei Uwe verbringen. Ich flog weiter nach Stuttgart und ging wieder arbeiten.

18

»Heute Morgen habe ich geträumt, ich hätte Moos zwischen den Zehen«, sagt sie lachend zu Johann nach dem Frühstück.

»Das müssen wir ändern«, meint Johann und schlägt eine Wanderung vor.

»Nein«, sagt sie. Sie sagt Nein, weil sie nicht zu allem, was er sagt oder fragt, Ja sagen will. Sie findet, es ist Zeit, nach all dem Lächeln, dem Lauschen, dem beipflichtenden Nicken und dem Einverständnis etwas zu verneinen, den Kopf zu schütteln.

Johann macht ein enttäuschtes Gesicht.

Vicky legt den Kopf in den Nacken und blickt in den Himmel. Blau mit ein paar Wolken, wie sie sie mag. Wolken, die noch Konturen haben und doch nahezu verschwimmen mit dem Blau, das an diesem Mittwoch fast ein helles Violett ist.

»Also gut«, sagt sie, »machen wir eine Wanderung.«

Johanns Miene hellt sich auf. »Was möchten Sie machen?«

»Was Schönes. Was Hohes. Was Anspruchsvolles.«

»Wenn's weiter nichts ist«, Johann lacht amüsiert, »sonst noch was?«

»Was Aussichtsreiches.«

»Wo mögen Sie hin?«

Sie überlegt, aber nicht lang. »Auf die Rotwand?«

Johann macht ein etwas bedenkliches Gesicht. »Das ist eine Klettertour. Geht über den Masaré-Steig. Wenn man es leichter haben will, über den Rotwand-Klettersteig. Die Rotwand ist ein Kletterberg.«

»Na und«, sagt sie, »Sie sind doch Bergführer.«

»Sie wollen's aber wissen. Dann haben Sie sicher eine Klettersteigausrüstung.«

»Klettersteigwas?« Darunter kann sie sich nicht viel vorstellen.

»Tja.« Er grinst. »Das braucht man da. Es ist eine ganz schöne Kraxelei. Mit Gurt und Seil und Karabinerhaken und Helm und allem Drum und Dran.«

»Gurt, Seil, Karabinerhaken, Helm«, wiederholt sie kleinlaut. »Nein, das gehört leider nicht zu meiner Wanderausstattung.«

»Tja«, sagt er wieder, »wobei – die Ausrüstung ist eigentlich nicht das Problem, die kann man leihen.«

»Umso besser«, meint Vicky, »was ist dann das Problem?«

»Übung. Ausdauer. Trittsicherheit.«

Sie überlegt, ob sie beleidigt sein soll.

»Habe ich alles«, sagt sie schließlich würdevoll. »Trauen Sie mir nicht mehr zu als schattige Rundwanderungen im Tal mit Schwierigkeitsgrad eins?«

»Ihnen traue ich grundsätzlich alles zu«, sagt Johann schmunzelnd. »Sind Sie schwindelfrei? Das habe ich noch vergessen.«

»Und ob«, beteuert sie und fährt eifrig fort: »Da oben im Fels kann man sich jedenfalls nicht verlaufen.«

»Meinen Sie?« Johann lacht. »Leider doch. Nirgends verliert man die Orientierung so schnell wie im Hochgebirge. Alles eine Sache der Witterung. Manchmal ziehen sich die Wolken mit Lichtgeschwindigkeit zusammen, dann sieht man im Nebel nicht mehr die Hand an der Seilsicherung vor Augen.« Er schaut vor sich hin und überlegt.

»Wie wäre es mit einer Wanderung rund um die Rotwand?«, schlägt er schließlich vor. »Eine Tour mit Rotwandbesteigung oder ohne. Paolinahütte, Rotwandhütte, Vajolonpass. Je nachdem, ob Sie dort oben noch Lust dazu haben oder nicht, klettern wir auf die Rotwandspitze. Wenn Sie die Nase voll haben, steigen wir ohne Gipfeltour wieder ab zur Paolinahütte. Einverstanden?«

»Einverstanden.«

»Wir müssen früh los.«

»Klar«, nickt sie.

»Wir brauchen den ganzen Tag.«

Wieder nickt sie. Dann kommt ihr ein Gedanke.

»Vielleicht –«, sie zögert und verstummt.

»Vielleicht was?«

Sie weiß nicht recht, wie sie es sagen soll. Dass es ihr plötzlich peinlich ist, dass Johann diese Tour nur für sie plant. Dass sie Angst hat vor ihrem eigenen Mut. Dem Mut zu einer Klettertour. Dem Mut, mit Johann einen ganzen Tag lang allein zu sein.

»Ich weiß nicht. Ich meinte nur – vielleicht haben noch andere Gäste Lust, den Stier bei den Hörnern zu packen und mitzukraxeln.« Sie denkt an Mia, der sie auch alles zutraut. Auch wenn sie fünfundzwanzig Jahre älter ist als sie selbst.

Johann schaut sie an, als wüsste er nicht genau, ob das eine gute Idee ist. Wahrscheinlich bereut er bereits, dass er den Vorschlag mit der Wanderung gemacht hat und sich dabei eine Hochgebirgstour samt Klettersteig ans Bein gebunden hat. Er verspricht aber, er werde herumfragen.

»Heute Abend soll es gewittrig werden und morgen kommt ein Zwischentief, aber am Freitag ist schönes Wetter angesagt«, überlegt er. »Klar mit guter Fernsicht.«

»Fassen wir den Freitag ins Auge.«

Vicky und Johann fassen einander ins Auge, halten den Blick einen Moment lang aus und lachen.

Es ist offensichtlich: Dirk schreibt weniger WhatsApps. Er fragt Vicky nicht mehr, was sie anhat und wie sie ihr Haar trägt. Es ist ihr nicht gleich aufgefallen. Als es ihr auffiel, dachte sie sich zunächst nichts dabei. Bis sie gemerkt hat, dass er oft online ist, wenn sie auf dem Smartphone online geht. Es gibt nur eine Erklärung dafür: Er schreibt WhatsApps, aber nicht ihr. Sie fragt ihn nicht, mit wem chattest du?

2007

Aljoscha und ich sind wieder zusammen verreist. Pfingsten haben wir in einem kleinen Ferienhaus am Meer in Südfrankreich verbracht. Wir badeten und lasen, machten Spaziergänge und gingen essen. Abends war es still, das einzige Geräusch bildete das Umblättern der Seiten, manchmal gleichzeitig. Wir sind uns ähnlich, Aljoscha und ich, im Laufen und im Lesen.

Bei unseren Ausflügen ins Hinterland habe ich ihm Autofahren beigebracht. Die Straßen waren schmal und leer.

»Versuch's mal«, ermunterte ich Aljoscha, wie ich ihn vor

vierzehn Jahre ermuntert habe, das Fahrradfahren zu versuchen. Wir tauschten die Plätze und er testete den Fahrersitz. Er machte sich vertraut mit Schaltknüppel, Kupplung, Gas und Bremse. Langsam zuckelten wir bei heruntergelassenen Fenstern durch die einsame Karstlandschaft. Ich beobachtete Aljoschas Hand- und Fußgriffe, fand, dass sie Hand und Fuß hatten, und hielt mich mit Kommentaren zurück. Manchmal betrachtete ich ihn verstohlen von der Seite. Aljoscha trägt jetzt, wie es gerade Mode ist, fast immer eine Mütze, unter der ihm seine rötlich blonden Locken ins Gesicht fallen. Sein Haar ist lang geworden, länger, als Ingos im Jahr unseres Urlaubs in Wünschnofen gewesen ist. Er fuhr umsichtig und konzentriert und ich sah seinen Augen an, wie stolz er war, ohne eine einzige Fahrstunde genommen zu haben, nur mit ein paar Tipps von mir, einen Wagen die Straßen entlangzudirigieren. Einmal kam uns in einer Kehre die Polizei entgegen, ein unförmiger blauer Kastenwagen, höher als breit, in dem zwei Flics mit törichten Kopfbedeckungen saßen. Ich bekam einen fürchterlichen Schrecken. Von da an gaben wir noch besser acht – es passierte nicht wieder.

Eines Abends nach einer Fahrt nahm mich Aljoscha in den Arm und sagte: »Du bist eine wundervolle Maman.«

»Maman?«, wiederholte ich begriffsstutzig.

Aljoscha antwortete munter: »So heißt das doch auf Französisch, oder?«

*I*ch fuhr zusammen. Einen Moment lang dachte ich, er weiß es, alles. Im Nachhinein frage ich mich, warum ich so erschrak, als wäre die Katastrophe, falls es je eine gegeben hat, nicht längst geschehen. Was wäre anders, wenn er es wüsste? Wenn er noch einmal Mama zu mir sagt oder Maman, werde ich ihm alles erzählen.

Die Stadt im Eisacktal ist die gleiche wie vor sechs Tagen. Man schaut an Felswänden empor, anstatt ihnen auf Augenhöhe zu begegnen. Auf dem Markt preisen die Händler immer noch ihre Waren an; sie stehen inmitten ihrer Gemüse und Früchte, als hätten sie sich die ganze vergangene Woche nicht von der Stelle gerührt. Beim Anblick der prallen Auberginen, Zitronen und Tomaten muss Vicky an die Mutter denken. Sie würde sie sehen, darüberstreichen, sich an der Berührung freuen und den Augenblick wieder vergessen.

Am späten Spätnachmittag ist Vicky noch einmal nach Bozen gefahren. Diesmal hat sie sich nicht in Schale geworfen, sondern die Jeans anbehalten. Das T-Shirt über dem Spaghettiträger-Top auch. Und es sofort ausgezogen, als sie in Bozen aus dem Auto gestiegen ist. Die Stadt ist heute so warm, dass alle Frauen helle Tops und Flipflops tragen, auf die Zeit am Arm verzichten, jedoch nicht auf das Handy am Ohr. Die Hitze steht in den Gassen zwischen den Steinen. Unter den Lauben spielt eine Combo ›Hello Mary Lou‹ und ›Summertime‹. Der Himmel wirkt heute so hell und ausgewaschen wie die Jeans der Musiker. Zu dieser Art italienischem Stadtsommer gehört auch das Röhren der Motorroller. Auf den Vespas sitzen die jungen Männer zu zweit, die Knie angewinkelt, Zigaretten in die Mundwinkel geklemmt. Sie rufen »*Ciao, dolcezza*!«, wenn sie an jungen Mädchen vorüberfahren.

Vicky kauft sich zwei Kugeln Eis in einem Hörnchen und promeniert auf der Promenade. Der Sinn steht ihr nach Abendessen im Freien, einem Essen, das nicht schon wieder griechisch sein muss. Einen Moment spielt sie mit dem Gedanken, ihr Vorhaben aufzugeben. Wer sagt, dass suchen besser ist als nicht suchen? Wer sagt, dass finden eine Lösung ist? Wer sagt, dass es nicht besser ist, wenn ein Geheimnis ein Geheimnis bleibt?

Die Taverna Hellas liegt ein bisschen außerhalb des Zentrums in einer Seitenstraße. Der Name täuscht. Auch wenn das Restaurant heißt wie das Land, dessen Speisen es serviert, sind darin keine Griechen. Kein Wunder, denkt Vicky, die sind alle in der Taverna Mykonos bei Efthimia und Giorgos. Sie ist heute viel weniger nervös als vergangene Woche. Hat kaum Herzklopfen, während sie den Blick durch das Lokal schweifen lässt. Der Gegensatz zu der engen quirligen Wohnzimmerkneipe in der Altstadt könnte nicht größer sein. Das Restaurant macht einen gepflegten, fast edlen Eindruck. Der Raum ist durch Säulen und Balustraden verstellt, auf denen Grünpflanzen thronen wie auf Fensterbänken. Nicht einmal die Hälfte der weiß gedeckten Tische ist besetzt. Die, die sie besetzt haben, sehen aus wie Verirrte. Gestrandete. Vicky schnappt Satzbrocken in Englisch auf. Und bayerische.

Ein Kellner kommt auf Vicky zu und fragt, wo sie sitzen will. Sie ist unentschlossen, weiß nicht, ob sie bleiben möchte. Nimmt schließlich an einem Ecktisch Platz, von wo aus sie den Raum überblickt. Im Hintergrund spielt das Radio ›Goldfinger‹ und andere amerikanische Filmmusiktitel, in denen es um viel Gold und wenig Herz geht. Vicky fröstelt. Der Kellner nimmt ihre Bestellung auf. Lammkoteletts mit Zaziki und Reis. Dazu einen kleinen gemischten Salat. Auch heute trinkt sie einen Retsina. Sie schwört sich, dass sie es mit einem einzigen Glas genug sein lassen und dass dieser Abend nicht lang werden wird.

Vicky holt ihr Smartphone heraus. Dirk hat geschrieben. Zum ersten Mal seit Sonntag. Eine längere WhatsApp. Eine lange. Sie liest begierig. Auch in Stuttgart ist es heiß. Dirk schläft nachts bei offenem Fenster und klemmt einen dicken kleinen Marmorbuddha in die Ecke zwischen die Rahmen, damit es nicht zufällt. Er erzählt von einem Gig am Abend zuvor bei einer Weinprobe. *Schade, dass du nicht dabei warst, sweetheart! Du als Weinliebhaberin hättest deinen Spaß gehabt. Der Kellermeister hatte ein ganzes Arsenal markiger Sprüche auf Lager: Was dir heute bleibt im Glase, verlässt dich später durch die Blase.*

Vicky lacht in ihren Retsina.

Dirk hat ein Foto mitgeschickt, das die Band in Aktion zeigt. Alle haben blaue Brillen auf und tragen klatschgelbe Hemden. Auf dem Bild schiebt Dirk das Becken nach vorne, während er seine Posaune Richtung Decke richtet. Wie oft hat Vicky ihn so spielen sehen! Sie kennt alle seine Posen während seiner Konzerte: wie er bei bestimmten Griffen die rechte Schulter hochzieht und bei den Solos der anderen Bandmitglieder die Lippen kräuselt, spitzt und dehnt, um sie zu entspannen und geschmeidig zu halten. Wie er die Brille, die immer rutscht, auf die Nase rückt. Und im Takt mit den Fingern schnippt, bevor er wieder mit seinem Einsatz dran ist. Vicky liebt alle seine Bewegungen, ebenso wie den porösen Klang seines Instruments, das er »Trombone« nennt. Mit der Zoom-Funktion holt sie Dirk auf dem Display näher heran und streicht zärtlich mit dem Zeigefinger darüber.

Sie schaut erst wieder auf, als jemand mit ihrem Essen vor ihr steht. Schaut auf – und blickt in ein Gesicht. Erschrickt. Ein Mädchengesicht, das ihr auf eine unheimliche Art bekannt ist. Braungebrannt, mit ein paar

Sommersprossensprenkeln auf der Nase, nicht allzu vielen, und einem Rahmen aus üppigen glänzenden Locken, die zugleich rötlich, blond und braun schimmern, je nachdem, wie das Licht darauffällt. Klare Augen, türkisblau, karibikblau, die Vicky an den Tag am Karersee erinnern. Und an ganz andere Tage.

Sie träumt. Oder doch nicht?

Das Mädchen lächelt, deutet einen Knicks an, der sie nicht kleiner, aber jünger macht, und platziert den Teller vor Vicky auf dem Tisch. Rückt das Besteck und die Serviette zurecht. Eine dicke rot-weiß gestreifte Papierserviette. Warnt, dass alles noch ein bisschen heiß sein könne, und wünscht guten Appetit. Ihre Stimme macht die junge Frau für Vicky zugleich fremder und wirklicher. Sie trägt wie der Kellner einen langen schwarzen Schurz, dessen Enden hinter ihr herflattern, während sie weggeht. Von hinten sieht sie älter aus, keine Schülerin mehr, sondern eine Studentin, die sich an diesem Abend etwas dazuverdient und das wahrscheinlich schon oft gemacht hat.

Vickys Blick saugt sich an einer Schwingtür fest, durch die das Mädchen verschwindet und wieder auftaucht, mit und ohne Tablett. Obwohl Vicky das Essen vollkommen gleichgültig ist, hebt sie die Hand, um noch eine Portion Taramosalata zu bestellen. Ein kleines Mineralwasser, als ihr Weinglas schneller leer ist als beabsichtigt. Später noch einen Nachtisch. Sie möchte ein paar Sätze mit dem Mädchen wechseln, um sich seine Stimme einzuprägen und hinterher sicherer zu sein, dass sie sich nicht alles nur eingebildet hat. Viel fällt ihr nicht ein. Sie lobt das Essen, obwohl sie kaum weiß, was sie auf dem Teller hat. Fragt, wie lange es das Lokal schon gibt.

»Seit vier Jahren«, antwortet die junge Frau, die vorhin am Tresen jemand Lara genannt hat, »vorher war hier ein Türke drin, der ist pleitegegangen.«

Als Dessert serviert sie Feigen mit Honig und Nüssen. Ihre Handbewegungen erinnern Vicky an Aljoscha. Genauso hat Aljoscha seine Puddings und Paradiescremes kredenzt, als die Mutter an Krebs erkrankt war.

Mit einem Kugelschreiber kritzelt Vicky zwei Städtenamen auf die rot-weiße Serviette. In einen weißen Streifen schreibt sie Murmansk, in die rote Spalte darunter Marrakesch. Sie spielt mit dem Kuli und ihren Gedanken. Wenn sie die Serviette nun der jungen Frau überreichen und sagen würde: Bitte grüßen Sie Ihren Vater!

Sie hebt die Hand und sucht Laras Blick.

»Ich möchte bezahlen.«

Bevor die junge Frau die Rechnung bringt, zerknüllt Vicky die Serviette und lässt sie auf ihren Dessertteller fallen. Sie sieht zu, wie Lara beides fortträgt, den Teller und die Serviette. Sie stellt sich vor, wie sie oder jemand anderes die Serviette, auf der Murmansk und Marrakesch steht, in der Küche in den Abfalleimer werfen wird, unwissend, achtlos; wie etwas, was zu ihrer und Ingos Geschichte gehört, im Müll landet, und auf einmal kommen ihr die Tränen. Gleichzeitig kriecht Übelkeit in ihr hoch. Sie hat sich überfressen – an der griechischen Speisekarte und an der Vergangenheit. Sie legt ein paar Scheine auf das kleine silberne Tablett mit der Rechnung und bezahlt – für den Abend, das Essen, den Wein, ihr Leben, Aljoschas Leben und den Spot auf einen Zipfel von Ingos heutigem Leben. Sie bezahlt für ihre Lust zu lieben. Für ihre Unersättlichkeit. Für ihre Unfähigkeit, die Dinge auf sich beruhen und ruhen zu lassen.

»Was studieren Sie?«, fragt sie, als das Mädchen wiederkommt, um das Tablett abzuholen. Die junge Frau ist schließlich Aljoschas Halbschwester, eine Verwandte also. Verwandte darf man fragen, was sie studieren. Lara schaut sie misstrauisch an.

»Ich gehe noch zur Schule«, sagt sie verschlossen. Über ihrem rechten Mundwinkel hat sie ein kleines halbmondförmiges Muttermal, das sich zusammen mit ihren Lippen bewegt, wenn sie spricht.

Sie nimmt außer dem Silbertablett mit den Scheinen auch den Kugelschreiber mit. Und den Dessertlöffel, den sie vorhin beim Abtragen übersehen hat. Nichts liegt oder steht mehr auf dem Tisch, um sich daran festzuhalten.

Vicky fummelt mit ihrem Handy herum. Schreibt an Dirk: *Ich bin ein Star, hol mich hier ab.*

Lara kommt noch einmal an den Tisch mit dem Wechselgeld. Vicky rührt es nicht an. Berührt stattdessen Laras Lockenmähne, die der von Aljoscha so ähnlich ist, mit ihrem Blick.

Es ist noch nicht spät, als sie die Taverne Hellas verlässt. Diesmal findet sie den Rückweg zum Parkhaus auf Anhieb. Ohne Umwege fährt sie aus Bozen hinaus. Nach Hause. Dorthin, wo jetzt gerade ihr Zuhause ist. Tränen laufen ihr über die Wangen. Während sie mit einer Hand steuert, gräbt sie mit der anderen nach einem Tempo in ihrer Hosentasche und findet keins. Sie hat selten Taschentücher dabei, weil sie nie weint. Jetzt aber ist ihr Gesicht auf einmal feucht, eine nasse Landschaft, benetzt von zwei Warmwasserquellen; außerdem läuft die Nase. Sie schmeckt das Salz einer Träne auf der Oberlippe.

Im Panoptikum hört sie Johann hinter der angelehnten Tür zum Restaurant halblaut mit jemandem sprechen. In der Jukebox läuft ›Take a chance on me‹ von ABBA. Sie huscht die Treppe hinauf, nur niemandem begegnen jetzt! In ihrem Zimmer öffnet sie die Balkontür. Tritt hinaus, holt ein paarmal tief Luft, als wäre sie kurz vorm Ersticken. Hinter dem Rosengarten erhellt Wetterleuchten die Nacht wie der zuckende Strahl einer Taschenlampe. Dicke Gewitterwolken haben sich über dem Felsenzirkus zusammengeballt. Dazwischen lugt dann und wann ein verschmierter Mond hervor. Vicky würde jetzt gerne rauchen. So wie Johann neulich nachts auf der Terrasse geraucht hat. Sie hat selten Lust dazu, jetzt aber ein richtiges Bedürfnis.

Als sie sich auszieht, um zu Bett zu gehen, meldet das Smartphone den Eingang einer WhatsApp.

So, what's up with you, sweetheart?, will Dirk wissen, und ob sie das ernst gemeint habe, dass er sie abholen solle. Zehn Minuten später ergänzt er in einem PS: *Wo ist »hier«? Wo soll ich dich abholen? Wenn ich soll.*

Spaß, tippt sie, *schlaf gut, Süßer!*

19

Es wird eine unruhige Nacht. Im Halbschlaf hört sie jemanden schwer atmen, wacht davon auf und merkt, dass sie es selber ist. Vor dem Fenster zucken Blitze. Überziehen den Himmel mit Spinnennetzen aus Licht. Die stumm gekritzelten Leuchtschriften illuminieren lange Zeit die Kulisse eines geräuschlosen Theaterstücks, bis sich der Donner zuschaltet. Das Theaterstück heißt ›Weinende Frau in einem Bett im Gebirge‹ und ist nicht besonders originell. Es ist ein Stück, in dem Tränen die Hauptrolle spielen. Sie stellt sich vor, dass irgendwo in der Gegend ihres Herzens ein von ungeweinten Tränen vollgelaufener See jetzt leergeweint werden muss. Wie lange mag das dauern? Stunden? Tage? Jahre?

Eines Nachmittags saß sie mit Ingo an »ihrem« Platz auf dem Felsvorsprung. Sie haben auf den schäumenden Fluss hinuntergesehen. »Er sammelt Gebirgstränen«, hat Ingo gesagt. Sie weiß es jetzt wieder. Sie hat ihn gefragt, ob ein Gebirge weinen kann und warum, und Ingo hat geantwortet: »Damit sein Herz nicht ertrinkt.«

Mit dem Zeigefinger hat er ihre Lippen gestreichelt und gesagt, er wünscht sich, dass Vickys Herz nicht ertrinkt, es sei denn in Liebe.

Draußen schüttet sich der Himmel aus. Tränen über Tränen. Es blitzt und donnert jetzt im Sekundentakt. Es donnert überall. Donnern ist ansteckend und im Gebirge noch ansteckender. Der Donner poltert und grollt und will nicht mehr aufhören. Das Gewitter kann sich nicht beruhigen und dauert bis zum Morgen.

2009

Anfang des letzten Jahres hat Bettina Krebs bekommen. Es begann mit einem Knoten in der Brust wie bei Mama und nun kämpft sie schon eine Weile. Der Krebs hat gestreut und sich im Bauchfell eingenistet.

Vor der Chemo hat sich Bettina die Haare abrasiert. »Ich habe keine Lust, darauf zu warten, dass sie mir ausfallen«, sagte sie. »Das Schlimmste ist nicht, keine Haare mehr zu haben, sondern sie zu verlieren und in Büscheln in der Hand zu halten.«

Ihre Glatze hat Bettina mit Würde wie einen Schmuck getragen, anstatt sie zu verstecken. Gerade ist ihr Kopf wieder mit einem Flaum bedeckt, und sie freut sich wie ein Kind.

Sie erholte sich. Unternahm eine Südafrikareise, um sich und anderen zu beweisen, dass sie sich erholte. Sie kehrte mit einem geschwollenen Lymphknoten am Hals zurück, dem die Ärzte mit Bestrahlungen zu Leibe rückten. Der Knoten verschwand und Bettina brach zu den Fidschi-Inseln auf. Wieder reiste die Krankheit hinter ihr her und holte sie ein. Wohin sich Bettina auch aufmacht, stets ist der Krebs schneller, ihr und den Ärzten immer einen Schritt voraus.

Manchmal denke ich an ihren Tod. Und wünsche mir, sie

soll nicht sterben. Ich wünsche es mir mehr als alles andere. Mama hat der Krebs irgendwann in Ruhe gelassen, warum nicht auch meine Freundin, die viel jünger ist als sie. Ich schicke ihr die ganze Kraft meiner Gedanken. Bettina, die so tapfer kämpft und immer vergebens, soll nicht sterben, ohne zuvor gesund geworden zu sein. Ganz gesund. Ihr Genesen soll etwas anderes sein als eine Pause in ihrer Krankheit. Etwas anderes als eine Gnadenfrist, die eigentlich eine Galgenfrist ist.

Wenn wir uns treffen, reden wir. Wir treffen uns oft und reden noch mehr – ganze Nächte lang: über Bücher und Musik, über Politik, über Blumen und Vögel, über unsere Eltern, über Aljoscha und über Männer. Dabei präge ich mir Bettinas Gesicht ein, ihre Mimik und ihre Art, die Stirn in Falten zu legen, wenn sie über etwas nachdenkt. Ihre Gestalt mit den breiten Schultern. Manchmal leeren wir jede eine Flasche Wein, auch wenn ich am nächsten Morgen wieder arbeiten muss. Wir trinken Glühwein aus vergessenen Tetra Paks und es riecht mitten im Juni nach Weihnachten. Auch wenn wir vielleicht nicht mehr viel Zeit haben – wenn wir zusammen sind, bleiben die Uhren stehen.

Das nächtliche Gewitter hat als Souvenir für den Tag Nebel dagelassen. Er klebt am Fenster und an der Balkontür und löscht die Welt draußen aus. Als Vicky vom Frühstück gekommen ist, hatten die Frauen vom Zimmerservice ihr Kopfkissen frisch bezogen. Ein knitterfreies reinweißes aprilfrisch duftendes Kissengebirge thronte da, und dort, wo der Knick war, lag eine Praline aus Edelbitterschokolade. Als hätten die Frauen vom Zimmerdienst gewusst, dass sie Trost braucht. Das passt, hat sie gedacht, die Praline aus dem Goldpapier geschält und sie auf der Zunge zergehen lassen. Das Edelbittere war zugleich süß und wieder dachte sie, das passt.

Jetzt liegt Vicky auf ihrem Bett, den Kopf in den Knick des frischen Kissengebirges gekuschelt, ihr Buch in der Hand. Die Welt draußen kann sie mal. Mitsamt all ihren fucking Geheimnissen.

Vicky liest ihren dritten Roman. Sie liest und liest. Als müsste sie etwas nachholen. Lesen heilt, lindert, lenkt ab. Lesend badet sie in dem Trost, dass es die heile Welt auch in den Büchern nicht gibt. Den ganzen Morgen verbringt sie auf ihrem Zimmer. Gelegentlich schweift sie ab und lässt den gestrigen Abend Revue passieren. Sie kann jetzt ruhiger nachdenken. Sich überlegen, ob sie mit ihrer Fahrt nach Bozen einen Weg beschritten hat, den sie nun zu Ende gehen muss. Und wenn ja, wie der aussehen würde. Als sie vor zweieinhalb Wochen nach Wünschnofen gereist ist, hatte sie Heilung im Sinn, jedoch keine Operation, schon gar nicht am offenen Herzen. In erster Linie wollte sie sich erinnern. Wenn bei ihr etwas heilen musste, so war sie auf eine sanfte Gesundung und nicht auf eine Radikalkur aus gewesen.

Wenn ihr Leben der Roman wäre, den sie nie zu Papier gebracht hat, würde sie Ingo an dieser Stelle vielleicht einen Brief schreiben. *Lieber Ingo, Du hast außer Deinen Töchtern noch ein weiteres Kind.* Wie blöd das klingt. *Lieber Ingo, Du bist Vater eines Sohnes.* Wie hölzern. Wie ungelenk.

Lieber Ingo, Dein Sohn Aljoscha ist fünfundzwanzig Jahre alt. Einfach mit der Tür ins Haus fallen.

Aber nein, denkt sie, das Leben ist kein Roman, meines schon gar nicht. Ingo hat damals auf meine Briefe nicht geantwortet. Warum sollte er es jetzt tun?

2010

Im April ist Aljoscha den Paris-Marathon gelaufen. Seit seinem Abitur im vergangenen Sommer hat er kaum etwas anderes gemacht als trainiert. Nacheinander absolvierte er Marathons in Freiburg, Mannheim, Hamburg und Berlin.

Nach Paris haben ihn Ian und ich begleitet und trafen am Vorabend des Laufs auf meine Eltern, die ebenfalls angereist waren. Mutters Haar ist jetzt richtig grau, genauso grau wie das Haar meines Vaters. Ian hat mich in die Seite gestoßen und geflüstert: »Warum tragen alte Ehepaare eigentlich immer Partnerlook, und auch noch in langweiligen Alte-Leute-Farben?« Ich musterte meine Eltern, die beide in beigen Hosen und hellblauen Jacken steckten, murmelte »Keine Ahnung« und begann zu kichern. Etwas, was im Zusammensein mit Ian selten vorkommt. In letzter Zeit haben wir wenig zu lachen, noch weniger zu reden, und selbst die körperliche Liebe zwischen uns ist Routine geworden. Ian hat sich seinen Bart wieder wachsen lassen, und ich muss beim Küssen so sehr achtgeben, dass mich die Haare im Gesicht nicht kitzeln, dass ich es meistens bleiben lasse.

In einem Bistro im Quartier Latin aßen wir blutig gebratene Entrecotes, nur Aljoscha verzichtete auf Fleisch und stopfte stattdessen eine doppelte Portion Spaghetti in sich hinein. Kohlenhydratreserven für den Marathon. Am nächsten Morgen standen wir am Straßenrand unweit der Île de la Cité und warteten darauf, dass er vorbeilief und wir ihn anfeuern konnten. Er hatte eine ungerade Startnummer jenseits der 6000 auf seinem blauen Trikot. Ich fing einen Blick aus seinem braunen und seinem karibikblauen Auge auf und hob die Hand. Ich wollte stolz sein – aber hatte ich darauf ein Anrecht? Stolz sein kann man nur auf Söhne, nicht auf Brüder. Aljoscha legte die Strecke in drei Stunden dreizehn zurück und kam bei über 30 000 Finishern unter den ersten dreitausend Läufern ins Ziel. Mutter strahlte. Vater strahlte. Unter »seinen« drei Kindern ist endlich ein Gewinner. Einer, der es schafft und für glatte Lösungen sorgt, ohne dass Papa nachhelfen muss. Auch wenn Aljoscha so wenig Lust hat wie einst Uwe und ich, in Vaters Fußstapfen zu treten und die Praxis zu übernehmen.

Er könne kein Blut sehen und ihm graue vor Wunden, hat Aljoscha zu ihm gesagt. Er wolle keine toten Menschen sezieren und lebendige mit irgendwelchen Spritzen stechen oder mit Messern aufschneiden. Er wolle etwas tun, was mit dem Leben, nicht mit Krankheiten zu tun habe. Biologie will er studieren. Und Papa hat klein beigegeben, ganz ohne das Getöse, das er einst bei Uwe gemacht hat.

Am Arc de Triomphe stand Aljoscha in eine Wolldecke gehüllt bei uns. Mutter hatte sie vorsorglich mitgenommen und ihn darin eingepackt, nicht ich.

»Du frierst, Kind«, sagte sie, sah mit einem rührenden Gesichtsausdruck an ihm hinauf und strich ihm das verschwitzte Haar aus der Stirn.

Während Mama Aljoscha in das Plaid einmummelte, habe ich ihn betrachtet, seinen gut gebauten Körper, die Muskelpakete an seinen Waden, das von langen rotblonden Locken umrahmte Gesicht. Ob Jesus so ausgesehen hat, als er ein junger Mann und noch nicht Christus war? Aljoschas Ähnlichkeit mit seinem Vater ist subtil. Es sind Kleinigkeiten, die mich an Ingo erinnern: die Art, wie Aljoscha sich räuspert oder beim Grinsen einen Mundwinkel hochzieht.

Ian klopfte Aljoscha anerkennend auf die Schulter und witzelte, wenn er während seiner Schulzeit für Vektorrechnung so viel Eifer wie für Marathon an den Tag gelegt hätte, hätte das vielleicht irgendwann für den Nobelpreis in Mathematik gereicht.

Den Rest des Nachmittags haben Ian und ich im Jardin du Luxembourg verbracht. Dort saßen wir auf einer Bank mit verschnörkelten Sitzlehnen nebeneinander wie eins der alten Ehepaare, über die sich Ian lustig gemacht hatte, auch wenn wir nicht die gleichen Klamotten trugen. Ian las. Ich beobachtete die anderen Paare, die sich um uns herum auf Parkbänken niedergelassen hatten, eng umschlungen, nicht mit einer Armlänge Abstand wie wir selbst. Paris, das ist die Stadt der Liebe, in der man nicht nur »Merci« und »Pardon«, sondern auch »Je t'aime« sagt. Ian hat es noch nie zu mir gesagt, weder auf Französisch noch auf Deutsch noch in irgendeiner anderen Sprache. Wenn ich genau überlege, habe ich seit damals mit Ingo nie wieder einen Liebesschwur getauscht. Auf einmal aber hätte ich es gerne getan, hätte gerne mit Ian von Liebe geredet, ihm tief in die Augen geblickt und dabei wohlig geseufzt, mich auf seinen Schoß ziehen und von ihm küssen lassen. Mitsamt seinem Bart im Gesicht. Ich wünschte mir, die Gegenwart dieser Stadt würde aus Ian einen anderen und aus uns beiden ein richtiges Liebespaar machen.

Vorsichtig rückte ich Ian auf die Pelle, doch anstatt sich für mein Alternativprogramm erwärmen zu lassen, begann er mir einen Vortrag zu halten über das Verhältnis von Nähe und Abstand und erklärte schließlich: »Ich mag die Distanz.« Ian sagt den Satz bei allen möglichen Gelegenheiten, bei solchen, die passen, und bei ganz unpassenden. Mir ist schon lange klar, dass das sein Lebensprogramm ist, an dem nicht zu rütteln ist. Aber ist es auch meines?

Sie macht einen Gang ins Dorf. Der Nebel hat sich gehoben und ist dünner geworden. Helles Blau blinzelt von oben durch. Vicky pflückt Glockenblumen, Skabiosen und Löwenzahn am Wegrand und arrangiert sie zu einem Sträußchen, das sie mit einem Grashalm zusammenbindet.

Im Konsum in Wünschnofen, der auf der Fläche eines Badehandtuchs einen Supermarkt vorgaukelt, kauft Vicky zu einem sündhaften Preis eine Flasche Cognac. Um den Schmerz zu dämpfen, wenn er wiederkommt. Falls er wiederkommt. Wenn es dunkel wird, lösen sich die Schatten aus den Ecken und werden zu quälenden Gespenstern …

Dann geht sie auf den Kirchhof. Zu Resis Grab. Findet eine grüne Plastikvase, füllt sie am Brunnen mit Wasser und stellt ihren Strauß hinein. Rammt die Vase mit dem spitzen Stiel in die Erde. Das Sträußchen ist zu klein für die Vase, ertrinkt darin wie ein Kinderfuß in einem zu großen Schuh.

Vicky betrachtet Resis Foto auf dem schmiedeeisernen Kreuz. Die kurzsichtigen Augen der Frau, die Ingos Mutter und Aljoschas Großmutter war, blicken sie an. Ob Ingo ab und zu hierherkommt? Das Bild von Resi anschaut, wie sie es gerade tut, und mit ihr spricht?

Sie bleibt lange vor dem Grab stehen. Wie nach einer Beerdigung, wenn man sich klar wird, dass man zu den Überlebenden gehört und nicht weiß, ob man das für ein Geschenk oder eine Tragödie halten soll.

Ihre Gedanken wandern zum Großvater. Ob Resi und Großpapa sich an dem Ort getroffen haben, den man Himmel nennt und der vielleicht kein Ort ist, sondern ein Zustand und überall? Ob die beiden ihre

Zuneigung leben, vielleicht die zweite und große Liebe ihres Lebens?

Manchmal, zuhause in Stuttgart, wenn Vicky abends heimkommt und ein bisschen betrunken ist von ein, zwei Vierteln Wein, denkt sie, vielleicht ist es nur ein Traum, dass ich lebe, aber der Traum dauert schon sehr lang.

Jetzt fragt sie sich, wie es sein wird, eines Tages, wenn sie den Weg geht, den Resi und der Großvater und Bettina gegangen sind, ob es das Erwachen aus einem langen Traum oder das Überschreiten einer nie wahrgenommenen Grenze oder etwas ganz anderes sein wird. Und ob sie dann wissen wird, dass es etwas ganz anderes ist. Oder etwas Selbstverständliches.

Juni 2010

Bettina ist tot.

In den letzten Wochen ist sie immer schwächer geworden und ich habe sie besucht, sooft ich konnte. Ich kochte ihr nahrhafte Suppen und Desserts, wie ich es einst bei Aljoscha gesehen und mir abgeguckt habe. Vielleicht könnte ich sie gesund zaubern, so wie Aljoscha einst mit seinen Paradiescremes gezaubert hat. Unsere Gespräche dauerten nicht mehr bis in den Morgen, Bettina wurde rasch müde, und dann ging ich nach Hause.

Noch immer habe ich gedacht, sie genüge sich selbst und brauche niemanden, bis sie mich eines Nachts bat, bei ihr zu bleiben. Wir legten uns gemeinsam in ihr Bett und sie rollte sich an meiner Brust und meinem Bauch zusammen wie ein Baby im Mutterleib. Ich roch den vertrauten Grasduft ihres Haars, den ich kenne, seit wir zusammen die Schulbank gedrückt haben. Ich schnupperte den Geruch nach Chemie und Medikamenten, den ihr Körper ausströmte, und etwas Fremdes, das nicht zu ihr gehörte und nicht zu mir, das überhaupt nicht zum Leben gehörte und mir Angst machte.

In jener Nacht haben wir über das Leben vor dem Leben geredet und ob es vielleicht nach dem Leben auch eins gibt. Ob es, wenn es eines gibt, dem Leben vor dem Leben gleicht und ob wir anders dorthin zurückkehren, als wir daraus gekommen sind. Wir redeten nicht über Gott. Wir redeten über Einstein und die vierte Dimension, davon, dass es vielleicht noch weitere Dimensionen gibt.

»Vielleicht ist, was wir Welt nennen, sehr viel umfassender, als wir uns vorstellen können«, überlegte Bettina. »Unsere Wahrnehmung ist so begrenzt.« Vielleicht sei es nur ein kleiner Schritt ins Leben nach dem Tod, die Toten näher, als wir ahnen.

»Wenn ich vor dir sterbe, was wahrscheinlich ist«, hat sie gesagt und dabei ein Lachen gelacht, das ganz ohne Bitterkeit war, »wenn ich vor dir sterbe, dann gebe ich dir von dort ein Zeichen. Du musst nie mehr Angst haben.« Das sagte sie wie zu sich selbst und fügte hinzu: »Niemand ist jemals allein.« Es klang wie eine Beschwörung. Ich spürte ihren Atem an meiner Brust wie einen leisen Wind.

Als sie starb, war sie allein. Seit sie gestorben ist, bin ich allein.

Am Tag ihrer Beerdigung habe ich sie noch einmal gesehen. Sie schien jünger geworden, wie sie da in ihrem Sarg lag, das Gesicht von einer klaren und einfachen Schönheit, die mich stumm machte.

Ich hatte mir über einen Blumenladen Ylang-Ylang besorgt, dunkelgelbe langfingrige Blüten. Ich ließ sie in die Grube rieseln und stellte mir vor, ihr Duft würde zu ihr ins Jenseits strömen. Geweint habe ich nicht.

Nach der Beerdigung haben mir Bettinas Eltern in drei großen Stofftaschen alle Bücher zurückgegeben, die ich Bettina geschenkt habe. Ich bringe es nicht fertig, sie an ein Antiquariat zu verkaufen oder weiterzuverschenken. Etwas herzugeben, in das sie sich vertieft hat, käme mir wie Verrat vor. So stehen in meinen Bücherregalen nun zwei Dünndruckausgaben von Dostojewskis ›Idiot‹ und den ›Brüdern Karamasow‹, ich habe den ›Lieben Augustin‹, Ingeborg Bachmanns Erzählungen und alles von Brigitte Reimann doppelt. Manchmal öffne ich vor dem Schlafengehen einen der Bände und meine, Bettinas Duft zu riechen oder sie in den Zeilen, die ich lese, zu mir sprechen zu hören.

Bei Vickys Rückkehr ins Panoptikum hockt Johann am Boden auf der Terrasse und bepflanzt einen Kübel, in dem eine Palme wächst, mit irgendeinem Dickblattgewächs. Klitschko fläzt sich neben ihn. Vicky lächelt beide an. Johann lächelt zurück, Klitschko kommt auf die Pfoten, geht in Ich-bin-ein-ganz-gefährlicher-Hund-Stellung, funkelt mit den Augen und knurrt.

»Er mag mich einfach nicht leiden.« Vicky zuckt resigniert mit den Schultern.

Johann hört nicht auf zu lächeln und sagt: »Ich kann mir nicht vorstellen, dass es irgendjemanden gibt, der Sie nicht leiden mag.«

Sie überlegt, ob sie sein Kompliment plump finden soll, obwohl sie sich bereits darüber freut.

»Ich glaube, er ist eifersüchtig auf Sie«, fährt Johann fort und sie beginnt zu lachen.

Erst nach einem Augenblick kapiert sie, was er da gesagt hat. Sie spürt, wie ihr das Blut in den Kopf steigt, so sehr und so viel, dass es in ihren Ohren rauscht. Das ist ihr schon lange nicht mehr passiert.

»Morgen früh um halb acht«, sagt Johann und scheint wirklich nicht zu merken, wie rot sie geworden ist. »Wir sind zu sechst.«

»Wer kommt denn noch mit?«, will sie fragen. Kürzlich hat sie im Vorbeigehen gehört, wie Herr Petersen im Foyer auf Mia eingeredet und sie ermuntert hat, die Tour im Rosengarten zu wagen. »Wer es aufs Schwarzhorn schafft, schafft auch einen Rosengartenrundweg«, hat er gesagt und Mia hat ein wenig ungläubig gelacht und sich an der Nase gekratzt, wie immer, wenn sie verlegen ist. Ob es Herrn Petersen gelungen ist, sie zu überzeugen? Und wen mag Johann noch für die Wanderung erwärmt haben? Die stämmigen Schwestern?

Sie verkneift sich ihre Frage.

Johann lacht vor sich hin und sagt, dass er sich freut, mal wieder als Bergführer unterwegs zu sein.

Sommer 2010

Uwe ist von Berlin nach Stuttgart gezogen. Ich habe ihm beim Umzug geholfen, bei dem er ein in die Jahre gekommenes Bechstein-Klavier mit einem weichen Klang transportierte. Ansonsten war seine Habe überschaubar. Uwe ist Vollblutmusiker und pfeift auf jeglichen Luxus, der nicht sein

Metier betrifft. Schnell hat er sich ein Publikum in allen Stuttgarter Jazz- und Blueskneipen erobert. Von Anfang an ging ich oft zu seinen Sessions. Abends, wenn Ian mit seinem Musil abgekehrt von mir und der Welt auf der Couch lag.

Uwe spielt in wechselnden Besetzungen. Manchmal steht der Leadgitarrist unter Drogen, ein andermal ist der Bassist besoffen. Manchmal kommt beides zusammen. An solchen Tagen leidet die Qualität, der Auftraggeber beschwert sich und Uwe hat alle Hände voll zu tun, zu beschwichtigen, zu entschuldigen – die anderen und sich selbst. Hinterher schreit er den Rest der Band an, noch einmal so was und ihr könnt euch einen anderen Pianisten suchen, aber sie suchen dann doch nicht und es bleibt alles beim Alten.

»Uns fehlt eine Sängerin, warum lernst du nicht singen, Vicky?«, hat Uwe eines Abends gefragt, als wir nach seinem Gig noch mit den Bandmitgliedern zusammensaßen. Alle tranken, alle rauchten und ich mit ihnen. Ich war die einzige Frau.

»Ich singe doch«, habe ich gelacht und ihm und allen anderen verraten, dass ich manchmal mit unserer Mutter zusammen Volkslieder schmettere.

»Nicht so«, meinte Uwe, »Jazz- und Bluesstandards.«

»Ich weiß nicht. Da müsste ich ja Unterricht nehmen.«

Der Musiker, der eigentlich Posaunist war, an diesem Abend aber als Bassist in Uwes unsteter Band aushalf, lachte, ach was, Unterricht, nicht nötig, ich übe mit dir. Durch die Nebelbank des Zigarettenrauchs, in dem wir saßen, sah ich, dass er ein hübsches Lachen hatte, bei dem er einen kleinen Spalt zwischen den oberen Schneidezähnen entblößte. Sein Angebot nahm ich nicht ernst. Für meinen Geschmack zeigte er sein Interesse an mir ein wenig zu deutlich.

Am nächsten Morgen fand ich eine Mail von Dirk in meinem Account, in dem er mir den Text und die Noten von ›Good rockin' Daddy‹ sandte.

Ich reagierte nicht. Und dann doch. Zwei Wochen später schickte ich abends zwei dünne Dankeszeilen, auf die Dirk innerhalb von drei Sekunden antwortete. Ich schrieb eine weitere Zeile – Dirks Antwort kam prompt. In den folgenden Stunden gingen etwa drei Dutzend Mails zwischen uns hin und her. Bis Mitternacht hatten wir ein paar Gemeinsamkeiten ausgemacht. Ziemlich viele, um genau zu sein.

In den folgenden Tagen habe ich jede freie Sekunde am Computer verbracht. Ich erzählte Dirk mein Leben, oder doch das, was ich für erzählbar hielt, und er erzählte mir seins. Wir schalteten unsere Geräte gerade mal aus, um zu schlafen, und es geschah, was mir mit Ian, selbst in den Momenten, in denen wir nach der Liebe noch verstöpselt auf der breiten Couch lagen, nie passiert ist: Ich wurde warm mit ihm. Ich wurde auf die Ferne und trotz Technik zwischen uns so warm mit Dirk, wie ich es mit Ian in unseren intimsten Momenten nie gewesen bin.

Diese Wärme war mir zunächst mehr als genug, weshalb ich mit Panik reagierte, als sich Dirk in Woche zwei unseres Mailkontakts mit mir treffen wollte.

Ich weiß nicht mal genau, wie du aussiehst, habe ich ihm geschrieben, worauf Dirk antwortete: *Eben, es wird höchste Zeit.*

Ich kann mich nicht mehr an deine Stimme erinnern – und wenn ich ihren Klang nicht mag?, fragte ich frech.

Dirk erwiderte: *Dann spiele ich eben Posaune.*

Und wenn ich dich nicht riechen kann?

Dirk hatte auch darauf eine Antwort: *Ich benutze Aftershave*, erklärte er, *falls das nicht genügt, lege ich deinen Lieblingsduft auf.* Worauf ich ihm gestehen musste, dass ich keinen habe.

Ich hasse Blind Dates, behauptete ich, obwohl ich noch nie eins gehabt habe, *was ist, wenn wir uns bei unserem Treffen nicht verlieben?*

Dann verlieben wir uns eben später, meinte er.

Und so haben wir uns verabredet. Auf dem historischen Jahrmarkt am Stuttgarter Killesberg. Im Pavillon wurde Tango Argentino getanzt. Im antiken Karussell saß niemand. Auch die Schiffschaukel stand still. Schließlich entdeckte ich Dirk auf einer Parkbank. Seine Arme lagen über der Rückenlehne, als wären sie Teil der Bank und nicht seines Körpers. Einen Moment lang wusste ich nicht, ob er es war oder ob er zur alten Zeit gehörte.

Er erhob sich, als ich näher kam. Besser gesagt: Er faltete sich auseinander.

Was für ein Hüne, dachte ich und war auf einmal ganz schwindelig vor Glück. Da unser Beisammensein nach dem Gig im Sitzen stattgefunden hat, hatte ich das vergessen.

»Bist du groß!«, sagte ich.

»Bist du schön!«, erwiderte er und lächelte breit.

Wir machten uns auf den Weg zum Kiosk, um uns etwas zu essen zu holen, und ich mochte es, wie Dirk neben mir herging, in seinen extravaganten roten Schuhen, mit einem federnden Schritt, ein bisschen, als tanze er.

An diesem Abend tanzten wir nicht, sondern fuhren Karussell, ich auf einer Giraffe, Dirk auf einem weißen Pferd neben mir, das viel zu klein für ihn war, so dass er nicht wusste, wohin mit seinen Beinen. Obwohl wir uns auf unseren Tieren vor Lachen kaum halten konnten, drehten wir eine Menge Runden. Dann schauten wir den Tanzenden zu, während wir jeder einen Flammkuchen verspeisten und dann noch einen zweiten gemeinsam. Dazu leerten wir eine Flasche Rotwein, obwohl Dirk, wie er mir später gestanden hat, an dem warmen Abend lieber Bier getrunken hätte. Sobald er nach dem

Essen die Hände frei hatte, legte er den Arm um mich. Nach Mitternacht brachte er mich zur Stadtbahn und gab mir, ehe ich einstieg, einen Kuss auf den Mund.

Drei Tage später bin ich zu ihm gegangen, um mit ihm ›Good rocking Daddy‹ zu üben. Er bewohnt eine Zwei-Zimmer-Wohnung in Zuffenhausen, die, freundlich, aber spärlich möbliert, nicht für die Ewigkeit eingerichtet ist. Dirk machte den Kaffee, anders als Ian, als ich ihn zum ersten Mal besucht habe, nicht in einer abgelebten Kaffeemaschine. Er ließ ihn aus einem Espressoautomaten neuesten Fabrikats in blitzblanke hellgrüne Cappuccinotassen fließen. Die Topfpflanzen auf der Fensterbank im Wohn-Ess-Zimmer sahen gepflegt aus, steckten in dunkler, gut angefeuchteter Blumenerde und trugen Blüten, der Schreibtisch aus hellem Holz war aufgeräumt und mir beinahe zu leer.

Mein Blick suchte nach Büchern und fand nur zwei Dutzend Musiksachbücher, für die die eine Regalreihe zu lang war. Ein paar Biographien von Keith Richards, Stanley Clarke und anderen. Keine Romane. Auch wenn ich keinen Philosophen erwartet hatte, machte der bisher in meiner Vorstellung hochgereckte Daumen, was meine Einschätzung von Dirks Bildungsniveau anging, kurzfristig eine 180-Grad-Drehung und zeigte nach unten. Ich tröstete mich mit dem Klavier und dem nicht allzu ordentlich obenaufgeschichteten Notenstapel und nagte dennoch an meiner Unterlippe. Würde ich mit einem Mann glücklich werden können, der nicht oder doch viel weniger las als ich selbst?

Um es vorweg zu sagen: Ich bin glücklich. Ich erlebe Nächte mit Dirk, in denen ich so glücklich bin, wie man nur sein kann. Und Tage, die mich erfüllen, ganz ohne Bücher.

An diesem Nachmittag lernte ich unter Dirks Anleitung singen. Ich lernte, dass man, um Jazz zu singen, nicht nur Töne, sondern auch den Takt halten muss. Dirk war geduldig, aber streng. Für die Zeit seiner Lehrerrolle legte er alle Romantik und sogar sein Lächeln ab. Er lobte selten und äußerte seine Zufriedenheit nur, wenn er wirklich zufrieden war. An diesem ersten Nachmittag kamen wir nicht so weit. Nach zwei Stunden Üben entschied Dirk, dass es nun genug sei. Wir wechselten vom Klavierhocker aufs Sofa, er stellte mir zunächst seine »Haustiere« vor, einen riesigen Tiger und ebensolchen Löwen aus Plüsch, und dann seine Musikinstrumente. Seinen Bass in der Ecke kannte ich schon, seine fünf Posaunen jedoch nicht. Sie residierten auf einem bestimmten Bord, das ich mit Büchern vollgestopft hätte, und jede hatte einen Namen. Eine grüne Plastikposaune hieß Vera. Ich verkniff mir die Frage, ob er sie nach einer seiner Freundinnen benannt hatte. Dirk sprach von seinen Posaunen und ihren Qualitäten wie ein Scheich von den Frauen seines Harems. Ich habe mich darüber amüsiert und ihm verschwiegen, dass es eine Zeit gegeben hat, in der nicht einmal die Männer, mit denen ich ins Bett ging, für mich einen Namen hatten.

»Wird es dir nicht zu viel, wenn du dir neben all den Instrumenten- und Tiernamen nun auch noch meinen merken musst?«, wollte ich wissen.

Nachdem Dirk verneint hatte, wandte ich ihm mein Gesicht zu und ließ mich von ihm küssen.

Der Schmerz kommt an diesem Abend nicht zurück.

Ich werde gesund, tippt sie in ihr Handy, und Dirk fragt postwendend, was in den letzten Tagen selten geschehen ist. *Warst du denn krank, habe ich etwas überlesen?*

Etwas ist leichter geworden, antwortet sie unbestimmt. *Stell dir vor, irgendwo in deinem Brustkorb, in der Gegend, wo dein Herz ist, hast du einen Eisklumpen, der da schon sehr lange sitzt. Dieser Klumpen fängt auf einmal an abzuschmelzen.*

Ich habe nie bemerkt, dass da so eine kalte Stelle bei dir war, schreibt Dirk. *Alles an dir ist warm und schön. Meine Warme. Meine Schöne.*

Außerdem habe ich mein drittes Buch fertig gelesen, schreibt sie. *Und morgen besteige ich die Rotwandspitze. 2806 Meter.*

Sie zögert, dann ergänzt sie noch: *Alles wird gut.*

Dirk antwortet an diesem Abend nicht mehr. Sie fragt sich, ob er, seit sie zusammen sind, jemals wahrgenommen hat, dass sie nicht weinen konnte. Und ob er merken wird, wenn sie zu ihm nach Hause zurückkehrt, dass sie es wieder kann.

2010

Als wir das erste Mal zusammen schliefen, war es, als wären wir wie Ikarus versehentlich der Sonne zu nah gekommen und hätten uns verbrannt – wir taten es so schnell nicht wieder.

An diesem Abend ging ich ernüchtert nach Hause und mit Ian ins Bett, was wir schon eine Weile nicht mehr getan hatten.

Später hat Dirk mir anvertraut, wie aufgeregt er gewesen sei, ängstlich, dass es nicht klappen und er versagen würde.

»Du musst mir nichts beweisen«, habe ich gesagt, aber er versuchte es noch ein paarmal. Als er es nicht mehr versuchte, wurde es immer besser zwischen uns und schließlich so gut, wie es vorher mit niemandem gewesen ist.

20

Die Rotwand besteht wie alle anderen Zacken des Rosengartens hauptsächlich aus Kalkstein und nur zu einem kleinen Teil aus Dolomit, einem gelben Mineral, das den Dolomiten ihren Namen gegeben hat. Ein gigantisches Kapitel Erdgeschichte ist in das Massiv eingelagert, gefaltet und gepresst. Von früherem Meeresleben, von Muscheln und Korallen, aber auch von feuerspeienden Vulkanen hat Vicky in einem der Wanderführer gelesen, die im Foyer des Panoptikum im Regal stehen. Sie hat sich informiert. Sie hat den Masaré-Klettersteig gegoogelt, hat von luftigen Passagen, senkrechten Abbrüchen, Türmen und Kaminen gelesen und Respekt bekommen. Im Nachhinein ist ihr ihr großspuriges Getön Johann gegenüber peinlich. Nach einem Sonntagnachmittagsspaziergang hört sich das nicht an. Vicky hat ihre Bergschuhe gewachst, das Profil gesäubert und sich gefragt, ob es den Ansprüchen der Klettertour genügen wird. Sie hat den Rucksack gepackt, dabei wie schon bei der Wanderung aufs Weißhorn auf die Kamera verzichtet und auch kein Buch eingesteckt.

Vor sechs Uhr ist sie aufgewacht, viel früher, als sie hätte müssen. Sie erinnert sich, dass sie den Schmetterlingstraum wieder geträumt hat. Ganz wie gehabt. Faltertanz in der Pension Blum, die aussah wie ein fest verschnürtes Paket. Nichts Neues unter der Sonne. Oder vielmehr am Traumhimmel. Dieser Traum wird allmählich zu einem alten Bekannten. Ein bisschen zu einer Fessel.

In der Rotunde verteilt Josefa Lunchpakete. Punkt halb acht Uhr ist Vicky am Hoteleingang. Klitschko rollt mit den Augen, als wolle er sagen: »Die schon wieder!« Sie lächelt ihn an. Sie lächelt Johann an, der eine Plastikbox mit Helmen in den Kofferraum des blauen Passat hievt. Sagt, dass es ihr leidtue, sie habe ihn zu dieser Tour ja beinahe genötigt.

»Genötigt?« Johann hebt belustigt eine Augenbraue. Er ist frisch rasiert und duftet nach Aftershave. »Nötigung findet im Straßenverkehr statt. Oder im Bett.« Er zwinkert und lacht.

Da muss sie auch lachen. Fasst kurz nach seinem Arm, drückt ihn von sich weg. »Ach – Sie!« Ach – du!, will sie sagen. Sie ist froh, dass er keine Bundhosen trägt, sondern Jeans, kein rot-weiß kariertes Hemd, sondern einen dunkelblauen Pullover über einem weißen T-Shirt. Kein Bergsteigerhütchen mit Gamsbart und gesticktem Edelweiß auf der Hutkrone. Eine kastanienbraune Locke fällt ihm in die Stirn, flirrt in der Morgensonne. Gut sieht er aus.

Die sechs, die an diesem Freitag gemeinsam und doch jeder für sich im Rosengarten wandern und vielleicht einen seiner Gipfel besteigen werden, sind Mia, Herr Petersen, die Mannsdörfers, Johann und sie. Mia nennt Herrn Petersen Per, Per sagt Du zu Mia, und Johann nennen eh alle beim Vornamen. Nach kurzem Palaver beschließen sie, alle Du zueinander zu sagen.

Ein makelloser Morgen. Ein Morgen, der neu anfängt. Mit allem.

Er schneidet mit der scharfen Schere des schräg einfallenden Lichts die Zackengebirge aus dem Himmel und legt ihnen eine frisch gewaschene blaue Pelerine um die Schultern. Wo jetzt nur Schatten ist, könnte in ein paar Stunden ein Flammenmeer züngeln. Ich freue mich auf das Alpenglühen, würde Vicky Johann gerne sagen. Sie schauen sich an. Und dann schnell weg.

Ich irre mich, denkt sie. Was soll Johann an mir alter Schachtel finden? Sie weiß, sie irrt sich nicht. Oder nur halb. Johann mag noch nichts an ihr gefunden haben, aber er sucht, das spürt sie.

Heute lässt Vicky ihr Auto stehen. Zusammen mit Mia und Per steigt sie in Johanns Wagen. Ein sauberes, aber nicht übermäßig gepflegtes Inneres. Das gefällt ihr. Sie mag keine Männer, die Autos wie Heiligtümer behandeln. Langsam rollt der Wagen den Hang hinunter. Die Mannsdörfers folgen mit ihrem Audi. Auf der Strecke zum Karerpass ist um diese Zeit wenig Verkehr. Der Parkplatz am Karersee ist leer, der Feensee träumt noch, mit einer Decke aus Frühnebel über sich.

Bei der Talstation des Paolina-Sessellifts ist die Fahrt zu Ende. Johann verteilt die Klettersteigsets, bestehend aus Hüftgurt, Seil und Karabinerhaken, dazu bekommt jeder einen Helm und ein Paar fingerlose Handschuhe.

Mia scheint erst jetzt zu kapieren, worauf sie sich mit dieser Wanderung eingelassen hat. Sie ist womöglich noch erschrockener über ihren Wagemut als Vicky.

»Die Rotwand ist Kür, nicht Pflicht«, versucht Johann sie zu beruhigen. »Die Wanderung allein ist vielleicht kein Bummel auf einer Großstadtpromenade, aber gut zu schaffen, zerbrich dir nicht den Kopf!«

Dennoch will Mia noch im Sessellift am liebsten alles rückgängig machen. »In meinem Alter«, jammert sie. »Wenn ich das gewusst hätte.«

»Hast du doch. Wird schon schiefgehen.« Per legt beruhigend seine Hand auf ihren Arm. »Wie alt bist du? Fünfundachtzig? Zweiundneunzig?«

»Sechsundsechzig«, sagt Mia. Es klingt so verzagt, dass Per laut loslacht. Seine Hand tätschelt Mias Arm und wird dann dort vergessen. Mia sitzt zwischen Per und Vicky in der Bahn. Johann fährt mit den Mannsdörfers in der Gondel hinter ihnen. Vicky möchte nicht wissen, was Johann jetzt denkt. Über diese Deutschen, die immer hoch hinaus wollen, im Hochgebirge mit T-Shirt und Turnschuhen losziehen, die Natur unter- und sich selbst überschätzen und am Ende kleinlaute Rückzieher machen. Letzteres hat Vicky allerdings nicht vor.

Auf der Bergstation ist es kühl. Vicky zieht ihren Wollpullover über ihr Sweatshirt. Während eine Tube Sonnenmilch von Hand zu Hand geht, wandert ihr Blick hinüber zum Höcker der Rotwand. 2806 Meter. Auch diesmal kein Dreitausender. Dafür ein Kletterberg. Die rote Wand ist heute Morgen nicht rot, sondern karamelltönig mit Tupfen in der Farbe heller Asche. Sieht aus wie die glatte Stirnwand eines Hauses. Von der Seite her, auf die sie blickt, unmöglich zu besteigen. Durch ihre Nachforschungen weiß sie, dass der Klettersteig, den Johann nehmen will, auf der rückwärtigen Rosengartenseite über den Nordgrat führt.

»Können wir?«, fragt Johann. Alle nicken. Die Mannsdörfers, Per und Vicky mit entschlossener, Mia mit verzagter Miene. Sie können. Sie wollen. Von der Paolinahütte bis zur Rotwandhütte sind es laut Wegweiser 45 Minuten. Sie sind nicht allein. Viele wandern vor ihnen, hinter ihnen. Fast nur italienische Familien, dunkelhaarige Väter und Mütter mit maulenden *bam-*

bini an der Hand, die können, aber nicht wollen. Herbert Mannsdörfer streift missbilligend die Völkerwanderung: »Wollen die alle auf die Rotwand?«

»Keine Sorge«, erklärt Johann über die Schulter. »An der Rotwandhütte ist für die meisten Schluss. Für manche schon beim Christomannos-Denkmal.«

Dieses Denkmal ist ein gewaltiger auf einem Felsvorsprung festgewachsener Bronzeadler, der schon mehr als hundert Jahre da sitzt und mit seinen angelegten blanken Schwingen dazu verurteilt ist, in alle Ewigkeit zwischen einem Gewusel von Geschöpfen in Bergstiefeln und Windjacken zu verharren, anstatt sich dorthin zu erheben, wohin ein Adler gehört: in die Lüfte.

Hinter dem Denkmal führt der Pfad weiter auf die Rückseite des Rosengartenmassivs. Ein kühler Wind pfeift, zaust Grasbüschel, zerrt am Heidekraut und an blauen Lupinen. Die Enziane, die hier oben wachsen, sind sehr klein. Johann deutet auf eine Mulde zwischen zwei Höckern rechts vor ihnen. »Der Sattel des Ciampaz.«

Daneben liegt die Rotwandhütte, badet im Licht der Morgensonne.

»Bis jetzt war es ja einfach«, sagt Mia hoffnungsvoll.

»Unschwierig«, grinst Vicky, »so heißt es im Wanderführer.«

Ihr Blick schweift über das Haus aus dunklen Holzschindeln und die blau-weißen Klappläden, deren Anstrich nicht verwittert genug aussieht, um noch derselbe zu sein wie vor sechsundzwanzig Jahren. Aus der Hüttentür mieft es nach kalt gewordenem Essen und warmem Mensch. Sie sucht in ihrem Gedächtnis nach Erinnerungsbruchstücken und findet nur den Fotoschnappschuss aus ihrem Album, der sich für sie erinnert.

Hinter der Rotwandhütte wird es schlagartig ruhig. Sie wandern durch einen schweigsamen Felsenzirkus. Von hinten sieht dieser Rosengarten ganz anders aus als von seiner Postkartenseite her. Als wäre man in den Theaterkulissen hinter einer Bühne.

Plötzlich sieht Vicky noch etwas von hinten. Vielmehr jemanden. Einen Jemand mit einem orange-blau gestreiften Hemd. Wie angewurzelt bleibt sie stehen. Der Mann wandert so weit vor ihr, dass Vicky seine Sonnenbrandglatze nur undeutlich erkennen kann. Und dennoch, kein Zweifel: Er ist es.

»Alles in Ordnung?«, fragt Johann neben ihr.

»Da vorne!«

»Was?«

»Der Mann, der mich neulich verfolgt hat.«

»Er wandert«, Johann zuckt die Schultern und lacht. »So wie du und ich.«

»Warum wandert er immer dort, wo ich wandere?«, überlegt sie. »Warum hat er keinen Rucksack dabei? Und warum trägt er nie etwas anderes als dieses orangeblaue Hemd? Das ist doch merkwürdig.«

»Komm«, sagt Johann leichthin, »vielleicht können wir ihn einholen, dann kannst du ihn fragen.«

Die Wanderer, die ihnen entgegenkommen, waren heute schon Kletterer. Sie sehen zufrieden aus und sprechen alle deutsch. Sie riechen nach Lenor, sagen »Grüß Gott« oder »Guten Tag« und lächeln dabei.

Der Aufstieg zum Vajolonpass soll laut Wegweiser eine Stunde zwanzig dauern und ist ein bisschen mühsam. Die Sonne steht jetzt hoch und radiert alle Schatten aus. Längst hat Vicky ihren Wollpullover im Rucksack verstaut. Und den Mann mit dem orangeblauen Hemd aus den Augen verloren. Hätte Johann ihn nicht auch gesehen, würde sie an eine Sinnestäuschung glauben.

Ab und zu gellen Pfiffe durch die Mondlandschaft und werden von den Felsen als Echo zurückgeworfen. »Murmeltiere«, weiß Johann, »bei Gefahr auf dem Boden pfeifen sie zweimal, bei Gefahr in der Luft einmal.«

Hin und wieder meldet einer der Truppe: »Ich muss austreten.«

Dann witzelt Johann: »Gut, aber nicht zu weit. Das könnte bös enden. Wir warten.«

Sie warten ziemlich oft und brauchen länger als eine Stunde zwanzig bis zum nächsten Etappenziel. Böse enden tut nichts.

Neujahrstag 2011

Dirk und ich ziehen zusammen. Dirk hat mir singen beigebracht und ich ihm tanzen, wir übten Töne und Tanzschritte im Takt, wir bestritten unseren ersten gemeinsamen Gig in Uwes Band, wir bestritten unsere erste gemeinsame Fahrradtour, wir gingen zusammen spazieren, zusammen essen, zusammen in Bars, in Jazzkeller, am Ende jedes Abends, den wir miteinander verbrachten, zusammen ins Bett, und danach jeder in sein eigenes. Irgendwann hat er gesagt, das sei kein Zustand. Wir haben eine Wohnung im Stuttgarter Osten gefunden, die ein Zimmer mehr hat, als wir brauchen, dazu Balkon mit Blick in Richtung Talkessel. Am Silvestertag habe ich meine Lieblingsklamotten, meine Lieblingsbücher, die Bücher, die Bettina gehört haben, Großvaters Bild und ein paar Toilettenartikel in zwei Koffer gepackt.

»Ich komme nicht zurück«, habe ich zu Ian gesagt.

»Überleg es dir«, entgegnete er, »glaubst du wirklich, dass du ohne Bücher leben kannst?«

»Nein«, sagte ich, »und ich weiß auch nicht, ob ich ohne dich leben kann. Ohne deinen Bart, das ja. Aber ganz ohne dich?« Ich wusste es nicht, obwohl ich nie wirklich mit Ian gelebt habe, sondern allenfalls neben ihm. Kann man sich an Distanz in einer Beziehung so sehr gewöhnen, dass man am Ende um sie trauert? Mit brennenden Augen verließ ich die Wohnung. Den ganzen Weg im Auto zu Dirks und meiner neuen Bleibe sehnte ich mich nach Tränen. Der Kloß in meinem Hals verschwand erst spätabends, als ich mit Dirk ins neue Jahr tanzte.

Das dicke Ende kommt nach, und es ist ein sehr dickes Ende.

Sie haben den Vajolonpass erreicht und starren jetzt alle auf das Felsenmonstrum, das sich vor ihnen erhebt. Da ist kein Weg, kein Pfad mehr auszumachen. Ab und zu ein Stück Drahtseil mit Menschenpüppchen dran. Der Nordgrat der Rotwand.

»Müssen wir da hinauf?« Vicky ist bei dem Anblick die Luft weggeblieben. Sie holt tief Atem.

Johann grinst. »Von Müssen kann keine Rede sein. Soweit ich mich erinnere, wolltest du was Hohes, Anspruchsvolles, Aussichtsreiches.«

»Stimmt«, murmelt sie. »Aber doch nicht so!«

Mia sieht ihre schlimmsten Befürchtungen bestätigt.

»Ich habe es geahnt«, murmelt sie.

Vicky hat nichts geahnt. Was für ein Schock! Von hinten ist diese Rotwand keine Wand, sondern ein Koloss. Ihr Rücken auf seine Art genauso unnahbar wie ihre Schokoladenseite. Ein weiteres Mal ärgert sich Vicky über ihre Naivität. Eine Wolke, die eben jetzt Schatten über den Grat legt, lässt ihn noch abweisender und bedrohlicher erscheinen und ihren Respekt ins Unermessliche wachsen.

»Sagtest du nicht, der Rotwand-Klettersteig ist nicht wirklich schwer?«, fragt sie Johann stirnrunzelnd.

Er zuckt die Achseln und gibt leichthin zurück: »Irgendeinen Grund für die Klettersteigsets muss es ja geben.«

Er lacht und schlägt vor, erst mal Vesperpause zu machen; währenddessen könne jeder in sich gehen und für sich entscheiden, ob er die Variante zum Gipfel wagen oder hier auf dem Pass eine verlängerte Mittagsrast genießen wolle.

Per lässt sich das nicht zweimal sagen, jedenfalls was den Teil mit der Vesperpause angeht. Während die anderen ihre Lunchpakete auspacken, befördert er aus den Tiefen seines Rucksacks italienische Antipasti: Bresaola, Parmaschinken, Wildschweinsalami, Kirschtomaten, Oliven, Paprika, verschiedene Käsesorten, dazu Ciabatta. Er drapiert alles auf einer schneeweißen Stoffserviette und beginnt den ersten Gang eines Gourmet-Menüs zu zelebrieren.

»Was so alles in einem Salewa-Rucksack Platz hat«, amüsiert sich Johann. »Das hast du alles hierherauf geschleppt?«

»Man gönnt sich ja sonst nichts«, grinst Per und knabbert an einer Gewürzgurke. Mia bekommt von seinen Schätzen auch was ab, aber fast nichts hinunter.

Zu trinken gibt es Zweigelt, den Per in Plastikbechern an alle ausschenkt, und später einen Fingerbreit Quittenschnaps, »selbst gebrannt«, wie er stolz vermerkt.

Der Alkohol lockert rasch die Stimmung. Niemand unterzieht sich der von Johann verordneten Selbstprüfung. Ohne in sich zu gehen, sind sich die Mannsdörfers schnell einig, dass sie da – Herbert macht eine Kinnbewegung in Richtung Monsterrücken – mit hinaufwollen.

»Wir verlassen uns auf Johann. Mit einem erfahrenen Bergführer kann eigentlich nicht viel passieren, nicht wahr, Verena?«

Verena Mannsdörfer nickt.

»Vicky?«, fragt Johann.

Vicky blickt an dem Felsfurunkel empor. Die Wolke ist weitergezogen, jetzt liegt der Steig im Sonnenlicht.

Sie hat niemanden, mit dem sie einig sein kann.

Sie will sich auf sich selbst verlassen.

Sie überlegt. Ausdauer hat sie. Aber ist sie auch wirklich schwindelfrei? Trittsicher?

»Meinst du, ich schaffe das?«, fragt sie ihren Plastikbecher und nimmt ein Schlückchen Schnaps.

»Es ist leichter, als es aussieht«, antwortet Johann anstelle des Bechers.

»Okay«, sagt sie. Sie weiß, dass es in ihren Augen jetzt glitzert, wie immer, wenn sie anfängt, ein bisschen mutiger zu werden, als sie sich traut. Wenn sie etwas probiert, ohne Netz und doppelten Boden.

»Per, was ist mit dir?«, fragt Johann.

Per meint kauend, er würde schon, vorausgesetzt, Mia geht auch mit.

Aber Mia schüttelt den Kopf. Sie streikt. Sie schiebt es auf ihre Knie. »Ich habe es hierherauf geschafft. Und muss es wieder dorthinunter schaffen«, sagt sie. »Der Ausblick hier genügt mir, mehr brauche ich nicht.«

Per findet das vollkommen verständlich. »Das war eine Leistung hierherauf. Kannst dich jetzt schon von und zu nennen, auch ohne Rotwand«, sagt er. »Ich bleibe bei dir. Es gibt ohnehin noch Dessert.«

»Okay«, sagt Johann. »Dann sollten die Rotwandhelden jetzt mal ihr Zaumzeug anlegen. Der Ritt beginnt.«

Sie hantieren mit ihren Klettersteigsets. Ein Gewirr von Gurten und Seilen ist das! Herbert Mannsdörfer hält ratlos seinen Klettergurt hoch, deutet auf die beiden kleineren Schlaufen und fragt: »Kommen da die Arme rein?« Den Helm hat er schon auf.

»Nein, die Beine.« Johann hilft ihm.

»Handschuhe nicht vergessen«, sagt er.

»Handschuhe, wieso Handschuhe?«, fragt Herbert.

»Damit du dich beim Festhalten am Stahlseil nicht verletzt. Falls es sich irgendwo aufgedröselt hat, kann das ziemlich wehtun.«

Sie schlüpfen in die Handschuhe, klimpern mit den Karabinerhaken. Johann zeigt ihnen, wie sie die Haken in das entlang des Steigs gespannte Drahtseil einhängen müssen. »Den zweiten seitenverkehrt zum ersten«, erklärt er. »Wenn eine Sicherung zu Ende ist, den einen Haken umstecken, und erst wenn der an die nächste Sicherung geklammert ist, den anderen. Niemals beide Karabinerhaken zugleich lösen.« Er geht voraus, Vicky und die Mannsdörfers folgen. Konzentriert auf Füße und Fels. Immerhin – es gibt keine Türme, die sie erklimmen, keine Kamine, durch die sie hinabklettern müssen. Luftige Stellen allerdings schon. Immer wieder kommen ihnen Gipfelstürmer beim Abstieg entgegen, dann müssen sie anhalten und warten. Es geht langsam. Geredet wird kaum.

Nur einmal, während sie schon länger auf dem steil gewordenen Grat balancieren, wendet Johann den Kopf und sagt todernst: »Sollte einer von euch jetzt hier runterstürzen, bitte die linke Seite wählen, da ist die Aussicht besser. – Ein blöder Bergsteigerwitz«, fügt er hinzu, als die Mannsdörfers ihn mit offenem Mund anstarren, »nicht ernst nehmen bitte.«

Vicky lacht. Der Ausblick auf das Szenarium zur Linken ist tatsächlich spektakulär. Mit jedem Höhenmeter, den sie gewinnen, schälen sich neue Gipfel, getaucht in ein Wechselspiel von Sonnenlicht und Schatten, aus dem Alpenrelief und bieten sich ihrem Blick dar. Weit unter ihnen der Vajolonpass. Schon fast eine Stunde sind sie unterwegs. Vicky hat ihre Angst verloren, ihren Respekt nicht. Hier oben gilt: Jeder für sich und Johann für alle. An einer Stelle, an der eigentlich jeder beide Hände braucht, hilft Johann erst Herbert, dann Verena Mannsdörfer auf einen Vorsprung. Als Vicky dran ist, streckt er ihr die Hand entgegen und sagt, als sie zögert, ermunternd: »Na.« Da reicht sie ihm ihre Hand wie ein Geschenk. Er lacht. Ihre beiden Blicke haken sich ineinander. Es knistert so vernehmlich zwischen ihnen, dass die Luft davon vibriert und Vicky meint, die Mannsdörfers müssten es hören. Ihr Gesicht brennt – nicht nur von der Sonne.

Noch bevor sie ganz oben sind, bleibt sie stehen und blickt in den Himmel. Schlagsahnewolken mit schnurgeraden, wie mit dem Lineal gezogenen Unterseiten treiben auf dem unwahrscheinlichen Blau wie ruhige Schiffe.

Auch mit Dirk war ich bei meinen Eltern zum Kaffee. Uwe, der sich mit Vater ausgesöhnt hat, und Aljoscha hatten sich ebenfalls eingefunden.

Meine Eltern haben das Fachwerkhaus im Ort samt Praxis verkauft. Jetzt bewohnen sie einen der kleinen Würfelzucker-Bungalows oberhalb Tunzheims auf dem Berg. Vater hat sich verändert, seit er im Ruhestand ist; er ist klein geworden in dem Stuhl mit den Armlehnen, der früher Großvater gehört hat und jetzt seiner ist. Nur noch wenig erinnert an den Halbgott in Weiß, in dessen Wartezimmer einst ein Dutzend Patienten auf eine Audienz wartete. Nachmittags hält er oft ausgedehnte Mittagsschläfchen. Es ist lange her, dass er einen Alpengipfel erklommen hat, und noch länger, dass es ein Dreitausender war.

Vater hat begonnen, Dinge zu sammeln, über die Uwe den Kopf schüttelt und die Aljoscha Klimbim nennt, Hunde aus Plüsch, aus Porzellan, aus Holz, aus Glas, aus Ton, aus Wachs mit einem zwischen den Ohren herauswachsenden Docht, kleine Hunde, große Hunde, Pinscher, Boxer, Dackel, Möpse, Pitbulls, Hunde-Schlüsselanhänger, Hunde-Weihnachtsbaumschmuck, Staubfänger, die in Regalen und auf Fensterbänken hocken und die nie versetzt werden. Bei ihrem Anblick wird mir stets der Mund trocken. Niemals will ich etwas anderes sammeln als Beeren und Pilze, wie ich es mit Großpapa und mit Ingo gemacht habe, Dinge, die vergänglich sind, die verbraucht, gekocht, gebraten und gegessen werden können.

An diesem Nachmittag, als wir zu sechst um den Esszimmertisch saßen, hat Dirk darüber gestaunt, dass Aljoscha Augen in zweierlei Farben hat, und ihn gefragt, wem er das strahlende Türkisblau zu verdanken hätte. Wie immer blieb mir fast das Herz stehen. Bevor es peinlich werden konnte, hat Mutter irgendetwas von einem rezessiven Gen gefaselt, das sich über Generationen hinweg in unserem Stammbaum erhalten hätte und von dem niemand genau wüsste, welcher Urahn es in unser Erbgut geschleust hat. Niemand schien an ihrer Antwort etwas zu finden. Aljoscha, der sein Haar gekürzt hatte, grinste, und Uwe fing an herumzualbern und behauptete, der Kopf seines kleinen »Bruders« mit seiner neuen Frisur erinnere ihn an eine griechische Vase. Alle bis auf Papa und mich schütteten sich aus vor Lachen. Vater sah abwechselnd Dirk und mich an, und mir war klar, dass hinter seiner Stirn die Frage rumorte, ob ich und vor allem ob er mit einem Mann an meiner Seite glücklich werden konnte, der nur Mittlere Reife und nicht studiert hat. Vielleicht hat er deshalb nicht gefragt, ob ich diesen Mann nun heiraten und er endlich einen Schwiegersohn bekommen würde.

Waren sie während des Aufstiegs Kämpferinnen und Kämpfer, so werden sie oben auf dem First zu Herrscherinnen und Herrschern.

»Geschafft!« Herbert und Verena Mannsdörfer umarmen sich.

Vicky und Johann umarmen einander nicht, stattdessen umfasst Vicky das Panorama mit einem Blick. Wie wulstige Fingerkuppen ragen die Rosengartengipfel aus dem Felsenzirkus.

»Rosengartenspitze, Kesselkogel, Plattkofel, Langkofel«, zählt Johann auf, der neben sie getreten ist. Er dreht sich um und deutet auf ein Massiv, höher als alle anderen und mit einer Schneekappe versehen. »Die

Marmolada«, erläutert er. »Dort drüben die Sellagruppe mit der Boespitze.«

Der Felsenkranz der Sella sieht aus wie eine mehrstöckige Schokoladentorte, durchzogen von zwei dünnen Sahneschichten.

»Als hätte sie jemand gebacken«, sagt Vicky, »auf der Boespitze war ich als Mädchen mit meinen Eltern.«

»Was du nicht sagst«, frotzelt Johann, »schon damals wolltest du also gern hoch hinaus.«

»Eigentlich nicht«, lacht sie, »ich wäre lieber bei jemandem unten im Tal geblieben.« Im nächsten Augenblick beißt sie sich auf die Lippen. Wahrscheinlich macht es die dünne Luft hier oben, dass man sein Herz auf der Zunge trägt.

Johann wirft ihr einen unergründlichen Blick zu und wiederholt leichthin: »Was du nicht sagst.«

Sie wendet sich in eine andere Richtung, dorthin, wo ihnen eine blaugrüne Hügellandschaft zu Füßen liegt, in der sie Wünschnofen vermutet. Mit einem Fernglas, das von einem zum anderen geht, findet sie die Kirche. Etwas außerhalb am Hang das Panoptikum. Auf der gegenüberliegenden Seite des Dorfs die Pension Blum. Von hier aus sieht man nicht, dass sie verlassen ist. In jenem Sommer, als sie mit ihren Eltern und Uwe im Rosengartenmassiv war, hat sie die Pension auch gesucht. Und an Ingo gedacht, der da unten irgendwo war, winzig klein.

Jetzt denkt Vicky an Aljoscha, fern von ihr in Polen. Sie denkt an den Großvater, der noch weiter weg ist. Und dass gerade diese beiden Menschen, die ihr so nahe, vielleicht am nächsten waren und sind, einander nie gekannt haben. Dass Aljoscha in der Zeit entstanden ist, als Großvater gegangen ist. Dass sie nichts gemein haben als diese einzige gemeinsame Autofahrt von Wünschnofen nach Tunzheim, als Aljoscha noch nicht und Großvater schon nicht mehr da war.

»Komm her, Vicky«, ruft Johann. »Gipfelfoto machen.« Er hat seine Kamera auf einem Stativ postiert. Vicky stellt sich zu den anderen. Sie greift sich ins Haar, das sich hier oben weicher anfühlt als unten im Hotel und viel weicher als zuhause. Johann kommt mit zwei großen Sätzen angehechtet. Er stellt sich hinter Vicky und legt ihr und Verena Mannsdörfer je einen Arm um die Schultern. Es fühlt sich gut an, so gut! Nicht nur deswegen lacht sie dorthin, wo die Kamera klickt, als stünde dort jemand, der mit ihr flirtete. Lachen kann sie mit ebenso viel Charme wie Dirk, der das weiß, darauf achtet, wem sie dieses Lachen schenkt, und manchmal eifersüchtig ist, wenn es ein großer Mann ist, an dem Vicky hinaufsehen muss wie an ihm selbst.

Bevor sie sich an den Abstieg machen, deutet Johann auf eine Schatulle aus Edelstahl, die am unteren Ende des Gipfelkreuzes klemmt, und erinnert daran, dass sie sich im Gipfelbuch verewigen müssen. Nachdem Herbert und Verena Mannsdörfer sich eingetragen haben, übernimmt Vicky das Buch und überfliegt ihre Zeilen. Sie danken Johann für seine hervorragende Bergführertätigkeit und dem Himmel für das schöne Wetter. Vicky setzt ihren Namen unter die Namen der beiden und kritzelt rasch einen Satz, ehe sie das Buch an Johann weiterreicht.

»Warum setzt du nicht die Pille ab?«, hat Dirk gefragt.

»Wieso sollte ich?«, fragte ich.

Dirk schwieg.

»Wieso?«, wiederholte ich. »Willst du denn Kinder?«

Darüber haben wir noch nie gesprochen.

Dirk sagte nichts. Er hatte die Arme unter dem Kopf verschränkt, starrte mit einem schmerzlichen Blick zur Decke und schwieg sehr lange. »Ja, ich will«, sagte er dann.

Nach einer Weile fragte er: »Und du? Willst du Kinder?« Ich brauchte für mein Schweigen nicht so lange wie Dirk. »Ich weiß nicht.« Ich wusste es wirklich nicht. Ich wusste noch nicht einmal, ob ich darüber nachdenken wollte. Zwischen Ian und mir ist das nie ein Thema gewesen, nicht einmal nach jenem Nachmittag bei meinen Eltern, als mein Vater Ian dazu befragt hat. Wir haben die Kinderfrage totgeschwiegen, und ohne mir Gedanken zu machen, warum, bin ich froh darüber gewesen.

Jetzt habe ich die Pille abgesetzt. Ich weiß nicht genau, warum ich das getan habe. Ich weiß tatsächlich nicht, ob ich ein Kind möchte. Ich weiß aber genauso wenig, dass ich keins möchte. Ich bin mir in nichts sicher. Ich weiß nur, dass ich Dirk haben will. Ihn behalten möchte. Und vielleicht allein aus diesem Grund ein Kind mit ihm haben muss. Ein Kind, das zu Aljoscha Onkel sagen und nicht erfahren wird, dass es einen älteren Bruder hat. Wie Aljoscha wird es Träger eines Geheimnisses sein, das ihm ohne sein Wissen weitergegeben wird wie ein heimtückischer Krankheitskeim, mit dem sich Familienangehörige gegenseitig anstecken. Das Theater wird weitergespielt werden, eine niemals endende Tragikomödie.

Den Rückweg vom Vajolonpass machen sie alle gemeinsam. Der Abstieg über die Vajolonscharte ist steil, eine Rutschbahn. Vicky weiß jetzt, wozu Teleskopstöcke gut sind. Sie benutzt sie auch auf dem Stück Hirzelweg, das danach ein Klacks ist. Zurückgekehrt auf die Paolinahütte machen sie Jause.

»Was für eine Volksfeststimmung, was für ein Getümmel!« Verena Mannsdörfer schüttelt den Kopf. Und wirklich: Ganz schön was los ist da jetzt am Nachmittag, wenn viele, wie sie, in Hochstimmung zurückkommen vom Gipfelsturm und andere sich erst jetzt mit der Sesselbahn vom Tal hochtragen lassen, um noch vor Sonnenuntergang die Rotwandhütte zu erreichen.

Die sechs haben eine Bank im Freien vor der Paolinahütte mit Blick auf den Latemar belegt. Die Mannsdörfers essen Erbsensuppe mit Speck, Johann und Per Speck mit Bauernbrot, Mia Bauernbrot mit Kaminwurzen und Vicky wieder mal einen Kaiserschmarrn. Sie hat einen Mordshunger. Alle haben einen Mordshunger.

»Ich könnte eine ganze Konditorei verdrücken«, sagt Vicky. Johann wendet den Kopf und lässt seinen Blick an ihrer Figur entlangwandern, als schätze er ab, ob eine Konditorei in sie hineinpasst. Dabei hebt er amüsiert die rechte Augenbraue. Das kennt sie allmählich. Er sitzt neben ihr.

Per spendiert eine Runde Bärwurz. Und dann noch eine. Sie stoßen an. Auf die Berge. Auf den Vajolonpass, die Rotwand, das Gipfelkreuz, ihre Helme und die Karabinerhaken. Auf Johann. Auf Johann vor allem. Alle loben Johann, unter dessen Führung sie gemeinsam ein Abenteuer bewältigt haben. Das schweißt zusammen, obwohl sie sonst wenig teilen. Und wie immer, wenn Menschen sich einander näher fühlen, als sie es eigentlich sind, und sich nicht allzu viel zu erzählen haben, aber etwas erzählen wollen, erzählen sie einander Witze. Bergsteigerwitze, mit denen Johann oben an der Rotwand schon angefangen hat. Von Almhirten und Elefanten, von einem Schnarcher und den Boxhieben einer jungen Dame in einem Matratzenlager.

Herr Mannsdörfer erzählt: »Fallen zwei schwäbische Bergsteiger in eine Gletscherspalte. Die Bergrettung kommt mit dem Hubschrauber angeflogen und ruft in die Spalte: Hallo, wir sind von der Bergwacht und vom Roten Kreuz! Schreien die unten: Wir geben nichts!«

Gelächter.

»Gäbbad«, sagt Vicky, »mir gäbbad nix.«

»Den Witz hätte eigentlich Vicky erzählen sollen«, sagt Johann, »als Schwäbin. Als Stuttgarterin.«

»Ich weiß auch einen«, sagt Vicky. Anstatt zu erzählen, beginnt sie zu kichern. »Ein Bergsteiger geht den Berg rauf und ein anderer runter.« Sie unterbricht sich, kichert. Die anderen kichern einträchtig mit.

»Als sie sich treffen, sagt der Bergsteiger, der hinuntergeht: Grüß Gott! Der andere: Nein, so weit geh ich nicht!« Mit Müh und Not hat es Vicky zur Pointe geschafft, jetzt lacht sie, lacht über ihren eigenen Witz, kann nicht mehr aufhören. Ihr Pullover, den sie sich als Schutz gegen den Wind über die Schultern gebreitet hat, fällt zu Boden. Johann bückt sich, hebt ihn auf und legt ihn wieder um sie herum. Seine Bewegungen haben etwas Fürsorgliches, Zärtliches. Er streicht den Pulli auf ihrem Rücken glatt. Seine Hand an ihrem Rücken fühlt sich selbstverständlich an wie die Hand eines Lebensgefährten, die das darf und schon oft gemacht hat.

Vor über einem Jahr habe ich die Pille abgesetzt. Eigentlich habe ich damit gerechnet, dass ich im Nullkommanichts schwanger werde – wie damals bei Ingo. Wir haben viel miteinander geschlafen, aber meine Periode stellte sich mit der gleichen Pünktlichkeit ein wie sonst.

Anfangs hat Dirk darüber gelacht und gesagt, gut Ding will Weile haben. Ich habe mich erinnert, wie unsere Nachbarin in Tunzheim, Frau Kaufmann, als Aljoscha sich ankündigte, einmal gesagt hat: »Aller guten Dinge sind drei.«

Ich korrigierte Dirk: »Wir wollen ein Kind machen, kein Ding.« Dirk hat auch darüber gelacht.

Ein paar Monate später lachte er nicht mehr. Stattdessen pfiff er an Tagen, an denen meine Periode ausbleiben sollte und nicht ausblieb, vor sich hin, zog sich zurück und übte stundenlang Posaune oder schrieb einen Song für mich um.

Mittlerweile hat auch das Pfeifen aufgehört.

An Tagen, an denen meine Periode kommt, erfinde ich, damit Dirk das Blut nicht sieht, Ausflüchte, wenn er mit mir schlafen will. Ich sage, ich bin müde. Manchmal sage ich es schon am Morgen.

Johann und Vicky sind allein in einer Gondel.

»Das ist süß, wenn du lachst«, sagt Johann, »und dich nicht mehr halten kannst.«

Er versucht das Visier aus Plexiglas vor den Vierersitz zu ziehen, entscheidet sich dann aber anders. Von keiner Hülle umgeben als der des Dufts von Moos, Heu und Harz schweben sie abwärts.

Johann will wissen, ob die Tour nach Vickys Geschmack war.

»Ganz und gar.« Sie nickt heftig. »Meine Endorphine reichen bis ins nächste Jahrhundert.« Sie überlegt. »Der Abstieg von der Rotwand war schwerer als der Aufstieg.«

»Das ist meistens so«, sagt er trocken, »Rückwege haben es in sich. – Was macht die andere Wanderung?«

»Welche Wanderung?«

»Die zu dir selbst. Bist du angekommen?«

»Das ist ein weites Feld«, sagt Vicky. »Reden wir später darüber.«

Sie weiß, sie haben nicht viel Zeit. Nur diese paar Minuten, in der sie nebeneinander in der Gondel zu Tal schweben. Sie wirft unmerklich einen Blick auf sein Profil. Im Sitzen ist er etwas größer als sie.

»Apropos Rückwege«, fängt sie vorsichtig an, »was ist mit deiner Frau? Wann kommt sie zurück?«

Johann zuckt die Achseln.

»Kommt sie zurück?«

Er schweigt.

Nachdem kostbare Zeit verstrichen ist, in der sie der Talstation ein beträchtliches Stück näher gekommen sind, sagt er: »Sie hat einen anderen. Ich weiß nicht, wie sie sich entscheiden wird. Ich kann sie nicht zwingen. Sie nicht entführen und gegen ihren Willen zurückholen. Solche Manöver haben schon in den alten Sagen nicht funktioniert.«

Er lächelt ein schiefes Lächeln und fährt fort: »Ab und zu ruft sie mich an, um mit mir zu streiten. Wir streiten und sie bekommt die Bestätigung, dass sie recht hat, einen anderen zu haben.« Aus Johanns schiefem Lächeln wird ein bitteres Lachen. Er hat die Ärmel seines blauen Pullovers bis zu den Ellbogen hochgekrempelt. Vicky betrachtet die dunklen Härchen auf seinen Unterarmen. Sie würde gerne darüberstreichen.

»Und du?«, fragt er, »warum bist du hier? Warum willst du wissen, was aus der Pension Blum und ihren Besitzern geworden ist? Wer war der Jemand, bei dem du damals als Mädchen lieber im Tal geblieben wärst, anstatt auf die Boespitze zu steigen?«

Jetzt ist sie es, die schweigt. Sie überlegt, ob sie Johann die ganze oder die halbe Wahrheit oder etwas völlig anderes erzählen soll. Und dann sagt sie: »Der Sohn von Resi Blum und ich haben ein Kind miteinander.« Fünfundzwanzig Jahre nachdem sie sich Bettina anvertraut hat, gibt sie wieder jemandem ihr Geheimnis preis und es ist nicht Dirk, den sie liebt, sondern dieser junge Mann, nur ein paar Jahre älter als Aljoscha, von dem sie so gut wie nichts weiß.

Wenn Johann überrascht ist, dann lässt er sich nichts anmerken. »Aha«, sagt er. »Weiß er davon?«

Vicky schüttelt den Kopf.

Johann sagt wieder: »Aha.«

»Hast du ihn gefunden?«, fragt er noch.

»Ich habe herausgefunden, wo er lebt. Ich bin in das Restaurant in Bozen gegangen, das er betreibt. Dort bin ich einer seiner Töchter begegnet.«

»Deshalb warst du in Bozen«, stellt Johann fest.

Vicky nickt. »Es war nicht an dem Abend, als ich betrunken zurückgekommen bin«, erklärt sie. »Ich war zweimal in Bozen. Es war erst vorgestern.«

»Du ersparst dir auch nichts, was?«, meint Johann.

Den Rest der Fahrt schweigen sie.

Kurz bevor sie aussteigen, sagt Johann: »Das Leben ist zu kurz, um die Dinge auf die Goldwaage zu legen.«

Vicky wirft ihm einen Blick zu und nickt.

»Das hast du oben auf der Rotwand ins Gipfelbuch geschrieben«, fährt Johann fort.

Wieder nickt sie. »Stimmt.«

»Welche Dinge?«, fragt Johann.

»Alle«, sagt sie, ohne zu überlegen.

Oktober 2013

Dirk und ich haben einen neuen Mitbewohner. Aljoscha, der an der Universität Vaihingen Technische Biologie studiert, hat so lange nach einer Studentenbude gesucht und keine gefunden, dass Dirk eines Tages vorgeschlagen hat: »Warum zieht er nicht bei uns ein? Wir haben ein freies Zimmer, und solange unser Nachwuchs auf sich warten lässt …«

Wir werden zugleich jünger und älter dadurch, dass Aljoscha bei uns wohnt. Manchmal lädt er abends Freunde ein; dann dringt aus seinem Zimmer Musik, wie wir selbst sie weder machen noch hören. Deep House, Metal und Minimal, erklärt uns Aljoscha. Um Mitternacht riecht es nach im Backofen aufgewärmter Tiefkühlpizza, während Dirk und ich schon im Bett liegen. Wir umarmen uns, ich bin glücklich, Dirk aber seufzt.

»Stell dir vor, es wäre unser Kind, das da drüben seine Mitternachtspartys feiert«, hat er einmal gesagt, und ich habe erwidert: »Du müsstest lange warten, bis es so weit ist, dass es um Mitternacht Pizza aufbackt. Zuerst kommen Babygeschrei und Windeln und kurze Nächte und verpasster Schlaf, den wir nicht nachholen können.« – Ich bin neununddreißig, mein Lieber, ist dir das klar? Diesen letzten Satz verschluckte ich, weil es Dirk klar ist und es ihn alles andere als beruhigt.

21

Sie hat geschlafen wie ein Stein. Einen schweren Schlaf. Zu schwer für einen leichten Traum oder überhaupt einen Traum. Sogar das Läuten der Morgenglocke hat dieser Schlaf einfach verschluckt. Als Vicky nach der Armbanduhr auf dem Nachttisch tastet, ist es neun.

»Ich habe Muskelkater in den Armen«, sagt sie beim Frühstück zu Johann. »Das Abstützen mit den blöden Teleskopstöcken hat mir den Rest gegeben. Allerdings wäre ich ohne Wanderstöcke jetzt wahrscheinlich tot.«

Er lacht und sagt, das wäre jammerschade, denn heute Abend gebe es wieder Livemusik und ein Buffet in der Rotunde, das ihr dann entginge.

Bis zum Abend ist es lang hin und sie hat noch etwas zu erledigen. Zur Pension Blum wird sie fahren und von dort aus den Weg zu dem Felsvorsprung suchen, auf dem sie mit Ingo die Nachmittage verbracht hat.

Auf der Blumstraße sind Wanderer unterwegs. Sie treten zur Seite und heben die Hand wie Bekannte, als Vicky vorbeifährt.

Das Haus, sonnenbeschienen, sieht heute anders aus als die Male zuvor. Als wäre es zusammen mit Gras und Farn und Bäumen aus dem Sommer gewachsen. Am Eingang fehlt das quer über die Tür genagelte Brett. Und als Vicky um die Pension herumgeht, ist am Fenster von Ingos früherem Zimmer der Vorhang, der vor der Vergangenheit hing, zurückgezogen. Der Raum ist leer und wirkt größer als damals, als er mit Ingos Mobiliar vollgestellt war. Die Tapete hat Lochwunden. In einer Ecke liegt ein Poster mit einem Riss, der mitten durch Scarlett Johanssons Gesicht geht. Vielleicht hat eine von Ingos Töchtern hier gewohnt.

Die Zimmertür steht halb offen. An die Klinke hat sie am Morgen vor ihrer Abreise ihr Bärchen ohne Härchen gehängt.

Vicky schließt die Augen. Etwas tut weh. Sie wendet sich um, tritt wie neulich ein paar Schritte vom Haus weg ins Gras und schaut an der narbigen Fassade empor zu dem Fenster, in dem vor sechsundzwanzig Jahren Aljoscha gezeugt worden ist. Aljoscha, der mittlerweile erwachsen ist und Marathon läuft. Die Madonna in ihrer Nische nebenan hat heute ein Lächeln auf. Vicky weiß nicht, ob sie sie beneiden soll – um ihr Lächeln und das Kind vor ihrer Brust.

Sie schultert ihren Rucksack und macht sich auf den Weg Richtung Mahd-Alm. Es ist warm. Ihr Atem pfeift ein bisschen. Neulich mit Mia ist ihr der Aufstieg nicht so steil, nicht so mühsam vorgekommen.

Vor zwei Jahren haben Dirk und sie sich untersuchen lassen. Es war alles in Ordnung. Sie beide zeugungsfähig. Der Arzt hat sie gefragt, ob sie Kummer hätte. Sie hat überlegt und schließlich gesagt: »Keinen, den ich nicht gewöhnt wäre.« Kummer klang so blöd. Gewiss, es stört sie, dass sie Aljoscha nicht sagen kann, wie es mit ihm und ihr ist, und dass sie es Dirk nicht sagen kann. Doch wenn das ein Kummer ist, verzehrt er sie nicht, sie hat sich an ihn gewöhnt.

Bettina fehlt ihr. Jeden Morgen, wenn sie aufwacht.

Nicht wie ein Partner, nicht wie ein Kind. Und dennoch: Sie fehlt. Wie ein großes Stück, das man aus einem fertigen Puzzle herausgebrochen hat.

Wird das immer so weitergehen?, fragt sie sich manchmal. Und gibt sich die Antwort selber: Ja, es wird immer so weitergehen. Mein ganzes Leben. Aber auch das Wissen um Bettinas Fehlen mag sie keinen Kummer nennen. Es ist nicht zu ändern und sie hält es aus.

Der Arzt hat gemeint, manchmal gäbe es, ehe man frei würde für eine Schwangerschaft, ein Kind, im eigenen Leben etwas zu erledigen. Zu bearbeiten. Zu bereinigen. Sie hat sich über alle drei Wörter geärgert. So geht das nicht, hat sie gedacht. Etwas Unbestimmtes in einer Gegend namens Seele bearbeiten, das klingt, als könnte man einen Nagel in eine Wolke schlagen.

Der Bergrücken oberhalb der Alm ist noch zugewachsener als früher, ein kleiner Urwald. Er heißt immer noch Monte Blum, Blumberg, nach dem Bauernhof von Ingos Sippe. Ingo hat sie nicht verkohlt damals, sie hat nachgeschaut, den Namen auf der Wanderkarte gefunden und daneben sogar eine Angabe in Höhenmetern, fünfzehnhundertirgendwas.

Sie pirscht sich durch das Gestrüpp niedriger Tannen, stiefelt über Thymianpolster, steigt über Heidelbeer- und Preiselbeersträucher voller Beeren. Weiß wie früher nicht, ob sie der Stelle, wo der Fels abbricht und zu Tal stürzt, schon nahe ist – und steht dann plötzlich davor. Wo an dieser Kante ist es gewesen, dass sie mit Ingo gelegen hat? Der felsige Boden ist überwachsen wie alles andere. Mit Moos und von der Sommerhitze gebleichtem Heidekraut.

Sie geht in die Hocke. Blickt über den Felsrand in die Tiefe. Der Fluss führt wenig Wasser und rauscht fast gar nicht. Sie schnuppert an dem grünen Dickicht, als könne sie dazwischen den Duft der Nachmittage von damals herausriechen, Ingos Geruch und ihren eigenen. Sie riecht das Aroma, das von der Erde aufsteigt. Die Erde vergisst nichts. Speichert alles.

Vicky breitet ihre Decke aus. Kramt ihr Handy aus dem Rucksack. Sie muss eine WhatsApp von Dirk beantworten, die er bereits gestern Abend geschickt hat.

Mission possible erfüllt?, fragt er. *Warst du auf der Rotwand? Und bist gesund zurück?* Da sie nicht reagiert hat, hat er im Lauf des Vormittags eine weitere Nachricht folgen lassen: *Hey! Bist du da oben verschollen? Muss ich einen Suchtrupp losschicken?*

Alles gut, tippt sie, *mach dir keine Sorgen.*

Ihr Herz war randvoll gestern Abend – aber nicht von Dirk. Von Höhenluft, weiten Blicken und Johanns Nähe. Dirk ist weggerückt – samt seinem Kinderwunsch, von dem Vicky immer noch nicht weiß, ob er auch ihr eigener ist.

Nachdem sie damals den Arzt konsultiert haben, hat Dirk nacheinander von Heiraten gesprochen und dann von Tapetenwechsel, davon, woanders hinzuziehen. In einem anderen Stadtteil könnten sie neu anfangen, hat er gemeint und nicht gesagt, womit sie neu anfangen sollen. Sie ist auf keinen der Vorschläge auch nur mit einem Wörtchen eingegangen, sondern hat lieber gesungen. Ihr Unbehagen weggesungen. In Uwes Band. ›As time goes by‹. ›Sentimental Journey‹. ›Night time is the right time‹. Aber selbst in den Musiktiteln schien sie ihr Dilemma einzuholen.

Als sie Dirk im Frühsommer eröffnet hat, sie werde eine Zeitlang wegfahren, alleine, ohne ihn, hat er sie nur angeschaut. Nicht versucht, sie von ihrem Vorhaben abzubringen. »Tu es«, hat er gesagt, »fahr weg, wenn es nützt.«

Hinter ihr auf dem Waldboden knackt es. Sie stützt sich auf und wirft einen Blick über die Schulter. Ist darauf gefasst, den Mann mit dem orange-blau gestreiften Hemd zwischen den Büschen stehen zu sehen. Dann wird sie ihm, anstatt ihm Pfeffer ins Gesicht zu sprühen, Spray gegen seinen Sonnenbrand anbieten. Und die Frage stellen, die sie ihm gestern nicht stellen konnte: ob er eigentlich nur dieses eine orange-blaue Hemd besitzt. Sie hat keine Angst mehr vor ihm. Aber da ist nichts. Nur ein Vogel, der auf einem Heidelbeerstrauch schaukelt und Beeren nascht.

»Bettina?«, fragt sie. Dann legt sie sich auf den Rücken und blickt in den Himmel. Nickt ein. Träumt den Traum, für den ihr Schlaf in der Nacht zu schwer war. Ein Gesicht beugt sich über sie, lächelt. Das Gesicht kann sich erst nicht entscheiden, ob es Bettinas Gesicht sein will oder Ingos, und wird dann zu dem von Johann.

Frühsommer 2015

Vor kurzem saßen wir abends auf der Terrasse. Dirk hatte mir Wein eingeschenkt und trank selbst in großen Schlucken ein Weizenbier aus einem beschlagenen Glas. Plötzlich teilte eine riesige Sternschnuppe, brillant wie eine Silvesterrakete, die Nacht. Wir sahen sie beide. Sie kam von rechts oben, zog einen langen hellen Schweif hinter sich her und verglühte in einem kalten grünen Licht. Ich wusste sofort: Das erlebt man nur einmal im Leben. Trotzdem haben wir wie bei einem Feuerwerk darauf gewartet, dass sich das Ereignis wiederholen und es noch mehr Sternschnuppen regnen würde.

Ich hoffte, Dirk würde mich nicht fragen, ob ich einen Wunsch losgeworden sei. Denn was hätte ich mir wünschen sollen? Dass endlich Schluss ist mit der Geheimniskrämerei? Dass Bettina zurückkommt? Dass Dirk und ich auch ohne ein Kind zu haben glücklich werden oder bleiben?

Nachdem keine weitere Sternschnuppe aus der Nacht gefallen war, hob Dirk sein Glas, stieß damit sacht an meines und sagte: »Auf unser Leben, Liebste.«

Der Abend fängt rot an. Gerade rechtzeitig zu Beginn der kurzen Spanne zwischen Tag und Nacht, in der König Laurins Rosengarten blüht, kommt Vicky von ihrem Ausflug auf die Felskante ins Hotel zurück. Sie beobachtet das Spektakel vom Balkon aus. Wirft der Rotwand, auf der sie gestern gestanden hat und die jetzt so rot ist wie ihr Name, eine Kusshand zu.

Sie zieht sich um. Ist dieser rote Abend der richtige für das rote Kleid, das sie mitgebracht hat, ohne zu wissen, ob sie es hier tragen kann?

Johann hat sie heute Morgen eingeladen – zu Buffet und Livemusik in der Rotunde – und sie hat ihn angelächelt.

Vicky nimmt das Kleid vom Bügel, schlüpft probeweise hinein und lässt es an. Sie hat es sich für einen Tanzabend mit Dirk angeschafft, der bisher nicht stattgefunden hat. Obwohl neu gekauft, ist es schon vertraut. Vicky hat es sich zur Regel gemacht, neue Kleider oder elegante Schuhe schon im Alltag einmal anzuziehen. Sie trägt die neuen Sachen vor dem Event, damit die sich an sie gewöhnen und die Fremdheit zwischen ihnen und ihr verschwindet, das Steife von zur Schau getragenen Ausstellungsstücken auf einer Schaufensterpuppe, die andere sofort spüren.

Vicky zieht den Lidstrich nach und trägt Lippenstift auf. Kein Nagellack.

Sie sprüht Parfüm in die Luft und stellt sich in den Nebel.

Unten im Foyer vermischt sich ihr Duft mit anderen Düften und Rasierwassern. Es riecht nach Abenteuer und nach Essen.

An der Bar hocken Francis und Nancy. Sie haben Sektschalen vor sich und kauen Kaugummi. Francis trägt Flipflops, Nancy High Heels mit goldenen Riemchen und so hohen Absätzen, dass Vicky beim Hinsehen schwindelig wird.

Auf der Terrasse wird gegrillt. Einer der beiden italienischen Köche, von denen sie sonst immer nur die Stimmen durch die schräggestellten Küchenfenster vernimmt, wendet Steaks, Würste und Käsetaler auf dem Grillrost und Johann steht neben ihm. Johann trägt eine Lederhose an diesem Abend. Großer Gott, und tatsächlich auch noch mit gestricktem Edelweiß vorne auf dem Latz! Lederhosen findet Vicky noch dämlicher als Bergsteiger-Bundhosen. Das schneeweiße, tadellos gebügelte Hemd lässt sie gelten. Es bildet einen anziehenden Kontrast zur Sonnenbräune seines Gesichts und dem dunklen Haar. Ob Johann seine Hemden selber bügelt wie Dirk, der sich auch ihrer Blusen und Jeans annimmt, während Vicky lieber den Einkauf erledigt?

In der Rotunde sind alle Tische zu einem großen

Hufeisen aneinandergerückt. Auf den Simsen der Panoramafenster stehen stille weiße Kerzen in großen Gläsern. Die Kerzen sind heute Abend das einzig Stille im Raum.

Vicky stellt sich bei der Schlange am Grill an. Johann legt ein rosa gebratenes Lammsteak auf ihren Teller. Mitten auf dem Fleischstück drapiert er eine gegrillte Tomatenscheibe in der Form eines Herzens und lacht Vicky an. Sie lacht zurück. Das Herz auf dem Lammsteak leuchtet, das Herz in ihrer Brust hüpft und tuckert auch noch weiter, während sie sich am Buffet Salat und Fladenbrot holt.

Die von Johann angekündigte Livemusik entpuppt sich als eine Drei-Mann-Band, die mit schmalziger Alpenfolklore aufspielt, Ländler, Walzer, alles in Dur. Einer spielt Ziehharmonika, einer Gitarre, einer Bass, alle drei jodeln und singen. Von Tiroler Buabn, schönen Dirndln, schwindelnden Höhen, Freiheit und Alpenglühen. Alle tragen sie Lederhosen wie Johann, dazu karierte rot-weiße Hemden und Hütchen mit Gamsbärten.

Dies ist nicht der Abend für tiefschürfende Gespräche, dazu ist es viel zu laut. Martha erkundigt sich, ob Vicky begonnen habe, ihre Geschichte mit Geheimnis aufzuschreiben. Vicky schüttelt den Kopf. Den Versuch einer Unterhaltung gibt sie nach zwei Sätzen auf. Heute geht nur Essen, Trinken, Schunkeln im Dreiertakt. Sie lässt sich unterhaken von dem Österreicher zu ihrer Linken, der beim Kufsteinlied Messer und Gabel aus der Hand legt und lauthals mitsingt, obwohl er nicht aus Kufstein, sondern aus Klagenfurt kommt.

Als Vicky sich Dessert holen geht, begegnet ihr Johann.

»Komm mit«, sagt er und fasst sie am Arm. Halb belustigt, halb neugierig lässt sie sich aus dem Gastraum ziehen und folgt ihm.

Ist das jetzt Nötigung, fragt sie lachend, doch Johann winkt ab und sagt, keine Sorge. Etwas zeigen möchte er ihr und führt sie hinters Haus, weg von der Musik, den Essensgerüchen und dem Stimmengewirr.

Was denn zeigen, will sie wissen, und dann sieht sie es. Sieht *Es*, das an diesem und allen Abenden in Italien eine Sie und in Deutschland ein Er ist. *La Luna*, der Mond, ist heute eine *Luna piena*, ein riesiger Vollmond, die oder der vor kurzem dort, wo sich der Rücken des Schlern Richtung Tal krümmt, aus dem Lavendelstaub der Dämmerung getaucht ist. Vicky ist neben Johann stehen geblieben. Sie starrt den Mond an, ein leuchtendes Einrad mit gestochen scharfen Rändern auf seiner Bahn durch die beginnende Nacht. Ein Mond ohne Hof, ohne Hofstaat, dennoch möchte Vicky am liebsten Majestät zu ihm sagen und einen Hofknicks machen.

Johann hat Vickys Arm losgelassen. »Hab ich gezaubert, extra für dich«, lächelt er, »statt Juwelen, Regenbogen und statt Rosen aus Laurins Rosengarten, das kann ich alles nicht. Ich dachte, für eine Nachtschwärmerin mit Neigung zum Höhenrausch ist ein Vollmond vielleicht eine angemessene Alternative.«

»Er ist wunderbar«, haucht Vicky und überlegt, ob sie Johann zum Dank für sein Geschenk umarmen soll, aber dafür ist es zu früh, und überhaupt: Wenn hier jemand jemanden umarmt, muss Johann den Anfang machen. Johann jedoch macht den Anfang nicht, denn jetzt ruft wieder jemand nach ihm, wie an dem Abend, als er Vicky die Sage von Laurin, dem Zwergenkönig, erzählt hat. Er geht, um nach dem Rechten zu sehen, und Vicky bleibt allein mit dem Mond, der am Himmel emporklettert, über die Berge reist und dabei Geschichten einsammelt.

In der Rotunde kommt Herbert Mannsdörfer zu ihr an den Tisch und fragt, ob sie einen Walzer mit ihm tanzen würde.

»Was sagt denn deine Frau dazu?«, fragt Vicky und nimmt Blickkontakt mit Verena Mannsdörfer auf. Die lächelt und Herbert Mannsdörfer sagt: »Meine Frau, ja also, die ist keine Tänzerin.«

Und ich bin eine?, denkt Vicky und steht dabei schon auf. In letzter Zeit ist sie mit Dirk nicht mehr oft tanzen gewesen. Warum eigentlich nicht? Nun dreht sie sich mit Herbert Mannsdörfer auf der Tanzfläche. Er macht seine Sache ganz gut, nicht besonders geschickt, aber auch nicht ungeschickt.

Ich bin glücklich, denkt Vicky und fängt in diesem Moment einen Blick von Johann auf, den Martha in eine Unterhaltung gezogen hat. Nur weil Vicky eine Tänzerin ist, ist Johann noch lange kein Tänzer. Er tanzt nicht, weder mit ihr noch mit einer anderen. Auch nicht mit der strammen Nancy in ihren hochhackigen Schuhen, die Johann noch hingebungsvoller anschmachtet als sonst.

Vicky lacht über die Schulter von Herbert Mannsdörfer hinweg. Ich bin verliebt, denkt sie. Nein, natürlich nicht in Herbert, der für diese Szene, in der ihr Johanns Blick über die Tanzfläche folgt, eigentlich einen Kopf größer und gut gebaut sein müsste, der breite Schultern und einen graumelierten Charakterkopf haben und Doktor heißen müsste. Dr. Mannsdörfer, der sich um Vicky in unerfüllter Liebe verzehrt und nicht nur einfach einen Walzer mit ihr tanzt, weil seine Frau, mit der er Hand in Hand die Vajolonscharte hinabgestiegen ist, keine Tänzerin ist.

Ich bin verliebt, denkt Vicky und lächelt Johann über die Schulter von Herbert Mannsdörfer, der keinen Doktorhut hat und nur unwesentlich größer ist als sie, zu.

Vielleicht macht das auch nur die Musik, dass ich mich fühle, als wäre ich verliebt. Schmalzige Durklänge verwandeln einen manchmal in ein kopfloses sentimentales Wesen mit Sehnsucht nach irgendwas, aber nein, kopflos fühle ich mich eigentlich nicht.

Als der Walzer zu Ende getanzt ist und danach noch ein zweiter und ein dritter, und ein Ländler nicht getanzt werden kann, weil Herbert Mannsdörfer und Vicky sich uneins über die Schritte sind, macht ihr Tanzpartner eine Verbeugung, bedankt sich und geht um den Tisch zu seiner Frau zurück. Vicky geht nicht zurück an den Tisch, sondern an die Bar und bestellt sich, ja was denn, einen Apérol Sprizz, ein Glas Muskateller?

Einen Magenbitter, sagt sie zu Josefa und hofft, dass dies das Einzige bleiben wird, was an diesem Abend bitter ist. Sie hängt das eine Bein über einen Barhocker und bleibt auf dem anderen stehen, während sie an dem bitteren Magenbitter nuckelt und in eine Richtung schaut, wo kein Johann mit irgendjemand ins Gespräch vertieft steht.

Es gibt Menschen, die eine Wohnung nicht verlassen können, ohne sich zu verabschieden. Ich gehöre dazu. Wenn niemand da ist, verabschiede ich mich bei den Dingen, bei Menschen auf den Fotos an der Wand, beim Bett, beim Blick vom Balkon und den beiden Birken, die man von dort aus sieht, bei der Espressomaschine, bei meinen Kleidern, die den Schrank hüten, während ich weg bin. Bei dem Riesenplüschtiger von Dirk namens Kuno und seinem bärtigen Plüschlöwen Omar.

An dem Sonntagmorgen, an dem ich nach Wünschnofen aufgebrochen bin, war ich bald nach dem Aufstehen abfahrbereit. Ich hatte schon am Vorabend gepackt und wäre am liebsten heimlich, ohne dass jemand davon Notiz nahm, bei Nacht und Nebel davongefahren. Es gelang mir nicht.

Aljoscha war das Wochenende über mit Freunden unterwegs. So verabschiedete ich mich nur bei seinen schwarzen Laufschuhen mit den roten Schnürsenkeln, die mitsamt den verwurstelten Frotteesocken, die er als Letztes darin getragen hatte, im Flur vor seinem Zimmer standen. Dann drückte ich die Türklinke zum Schlafzimmer herunter, aus dem ich mich nach dem Aufwachen hinausgestohlen hatte. Dirk war in der Nacht zuvor nach einem Gig spät heimgekommen und schlief noch. Dachte ich. Als ich mich über ihn beugte, drehte er sich auf den Rücken und sah mich aus wachen Augen an. Ich konnte eine Frage in ihnen lesen, die Dirk nicht stellte.

»Ich komme wieder«, sagte ich, »es ist nur ein Urlaub. Eine Auszeit. Nur vier Wochen.«

»Ein ganzer Sommer«, seufzte er.

»Nicht einmal ein halber. Was ist ein halber Sommer gegen ein ganzes Leben? Bitte versteh.«

Ich drückte meine Nase in sein Haar. Es roch frisch nach Shampoo. Er musste gestern Nacht, als ich schon geschlafen hatte, noch geduscht haben. Das macht er nicht immer nach einem Auftritt. Ob er mich noch hatte lieben wollen?

Dirk schloss die Arme um mich. Suchte meinen Mund. Ich hatte schon meine Lederjacke an. Ich hatte Angst, dass Dirk sie mir wieder ausziehen würde. Ich hatte Angst, dass ich sie mir würde ausziehen lassen. Und außer der Lederjacke noch einiges mehr. Alles. Und dass ich dann statt in meinem vollgepackten Vectra bei Dirk im Bett landen und nicht fahren würde.

Sanft, aber entschieden befreite ich mich aus Dirks Griff. Nur meine Lippen ließ ich ihm. Und auch die nur für einen Moment. Dann löste ich mich ganz von ihm und richtete mich auf. In sicherer Entfernung zum Bett, zu Dirks Armen und seinem Geruch sagte ich: »Tschüss, Liebster.«

Ich weiß nicht, ob er mir nachsah, als ich mich abwandte. Ich verließ Wohnung und Haus und versuchte mit allen Türen, die ich schloss, ganz leise zu sein. Wie zur Entschuldigung, dass ich wegfuhr.

Den Wagen konnte ich nicht leise starten. Statt meiner heulte der Motor. Ich erschrak vor seinem Jammern. Und vor meinem Mut, der keine Verwegenheit war, aber doch mehr, als ich mich jemals getraut hatte. Meine Reise in die Vergangenheit begann.

Das Alpentrio hat abgebaut, die Jukebox übernimmt. Per macht sich an dem Gerät zu schaffen und legt ausnahmsweise nicht ABBA auf. Stattdessen ertönt ›Mit 66 Jahren‹. Per steuert zielsicher auf Mia zu und schleppt sie ohne viel Federlesens ab auf die Tanzfläche.

Vicky und Johann stehen nebeneinander an den Schanktisch gelehnt und schauen zu, wie die beiden übers Parkett schieben. Mia ist aufgekratzt, noch nie hat Vicky sie so ausgelassen lachen sehen. Sie spürt Johanns Nähe beunruhigend neben sich.

Sie denkt an den Sommerabend in Porto Azzurro auf Elba viele Jahre zuvor, als sie vor der Gelateria den schönsten Eisverkäufer aller Zeiten nicht aus den Augen gelassen hat, bis er es spät am Abend für seine Entscheidung hielt, sie küssen zu wollen, und sagt sich, damals hatte ich noch einen Arsch in der Hose. War ich damals ein ganz anderer Mensch? Oder bloß jung?

Los, spring über deinen Schatten, frag ihn, ob er Tipfox tanzt, denkt sie und springt dann doch nicht, obwohl der Schatten sehr klein ist, viel kleiner als damals vor der Eisdiele in Porto Azzurro.

»Ich geh schlafen«, sagt sie stattdessen, eine Möglichkeit, die ihr Mund einfach so plappert, ohne dass sie ihm die Erlaubnis dazu gegeben hat.

»Gute Nacht«, sagt sie und ärgert sich darüber, wie kleinlaut ihre Stimme klingt. Johann hält sie nicht zurück, natürlich nicht. Aber sie spürt seinen Blick im Rücken wie ein Kribbeln, während sie das Kreuz durchdrückt und zum Fahrstuhl geht. Oben in ihrem Zimmer zieht sie das rote Kleid aus und streicht über die Stelle, wo sich Johanns Blick eingebrannt hat, ohne ein Loch zu hinterlassen.

Vielleicht täusche ich mich, denkt sie, hängt das Kleid an die Garderobe, zieht ihr Nachthemd über und die Vorhänge vor den Vollmond, den Johann früher am Abend für sie gezaubert hat.

Vielleicht täusche ich mich, denkt sie eine Stunde später im Halbschlaf, als es leise an ihre Zimmertür klopft. So behutsam, als hätte jemand eine Feder gegen das Holz geblasen.

»Wer ist da?«, ruft sie halblaut und meint, sich zu täuschen, als sie Johanns Stimme vernimmt: »Ich bin's.«

Ich täusche mich, denkt sie, als sie die Tür einen Spaltbreit öffnet und Johanns Silhouette im Flur steht.

»Darf ich hereinkommen?«, flüstert er und es ist ohne Zweifel Johanns Stimme, die flüstert, keine Täuschung.

Sie sagt nichts, macht nur die Tür ein wenig weiter auf, so dass er gerade seitlich hindurchpasst. Dann schließt sie die Tür rasch wieder, überlegt, dass das Deckenlicht zu grell ist für das, was gleich passiert oder auch nicht, und dass sie die oberen Knöpfe ihres Nachthemds wie immer nicht geschlossen hat.

Johann schaut anderswohin. »Also«, sagt er zu den blauen Punkten auf dem Teppichboden.

»Ja«, sagt sie.

»Also, ja?«, fragt er. Sein Blick sucht ihren. Er riecht nach dem Abend unten in der Rotunde und sehr frisch nach dem Aftershave, das sie an ihm so gern hat.

»Willst du was trinken?«, fragt sie, »Cognac mit Kirschsaft im Zahnputzglas hätte ich anzubieten«, aber Johann sagt, er sei nicht zum Trinken gekommen.

»Wozu dann?«, fragt sie.

Sie stehen so nahe beieinander, dass sie die bernsteinfarbenen Späne im Braun seiner Iris sieht.

»Das Leben ist zu kurz, um die Dinge auf die Goldwaage zu legen«, sagt Johann. »Das hast du geschrieben.«

Sie nickt. Neigt ihm ihr Gesicht entgegen. Dann geschieht alles von selbst.

Im Nachhinein erinnert sich Vicky von all den Berührungen dieser Nacht besonders an eine: Er streicht mit der Hand über ihr Kinn. Ertastet mit den Fingern die kleinen und größeren Wölbungen, Vertiefungen in ihrem Gesicht. Sagt ihr wortlos: Ich meine dich. Fragt wortlos: Wer bist du?

Irgendwann kehren sie zu den Worten zurück. Ohne nachzudenken, sagt sie, das erinnert mich an was. Vielleicht ist es die Wärme seiner Armbeuge, in die sie sich gekuschelt hat, die in ihr den Wunsch nach Mitteilsamkeit weckt. Als er nachfragt, stoppt sie sich sofort, schluckt, was ihr auf der Zunge lag, hinunter.

Alles ist gleich, alles ist wie damals, bloß älter geworden, denkt sie, der Geruch nach Holz im Zimmer, die Enge im Bett, die bedrängend ist und zugleich schön. Dass draußen der Mond scheint und wie vor sechsundzwanzig Jahren ein Vollmond ist, ein Gesicht, das uns zuschaut durch den Spalt zwischen den Vorhängen. Dass durch denselben Spalt irgendwann der Morgen seine fahlen Finger strecken wird und wir wie damals den Moment verpasst haben werden, in dem die Dinge eine Farbe bekommen. Alles ist gleich. Auch dass es morgen früh vorbei sein wird für immer und ewig.

Manches ist auch anders als damals.

»Wie alt bist du?«, fragt Johann, stützt sich auf seinen Ellbogen und schaut von der Seite in ihr Gesicht wie ein Forscher.

»Dreißig«, sagt sie.

»Nein, ehrlich«, sagt er.

»Warum willst du das wissen? Bin ich eine Eroberung, eine Trophäe für dich?«

»Ach, sei still.« Er küsst sie. »Du bist …«

»Sag jetzt bloß nicht, du bist die wunderbarste, schönste Frau, die ich jemals kennengelernt habe, ganz gleich, wie alt du bist«, droht sie. »Oder irgend so einen Scheiß.«

Er lacht. »Stimmt aber.«

22

Als Vicky zum Frühstück kommt, ist von Johann nichts zu sehen. Er ist in der Kirche wie jeden Sonntag. Statt seiner fragt Josefa sie: »Gut geschlafen?«

Vicky lacht und nickt. Alles ist gut an diesem Morgen.

In der Rotunde, die sich über Nacht in einen Frühstücksraum zurückverwandelt hat, duftet es nach frischen Brötchen. Vicky tischt sich auf wie sonst, nur ohne Spiegelei.

Vor den drei Panoramafenstern wartet ein weiterer Südtiroltag, an dem die Sonne mit ihrem grellen Licht Königin ist und sonst niemand. Kein Wölkchen hinter ihren Thronfolgern Rosengarten, Schlern und Latemar. Die Luft ist so klar, dass Vicky die Paolinahütte und die Kölner Hütte mit bloßem Auge erkennen kann. Die Felsgiganten locken: Komm uns besuchen!

Was wird sie tun nach dem Frühstück? Wandern und dabei singen? Faul am Pool herumliegen und Schlaf nachholen? Warten, dass Johann, wenn er von der Kirche zurückkehrt, einen Umweg an ihrer Schwimmbadliege vorbei nimmt und ... ja was – machen wird? Wie soll es weitergehen, wenn Johann zurückkommt? Soll es weitergehen? Sie hat keine Ahnung. Hat keine Lust auf Theaterspiel. Auf verstohlene Blicke. Keine Lust darauf, mit Johann ein Geheimnis zu haben, keins von dieser Sorte. Auch nicht darauf, dass es kompliziert wird. Darauf am allerwenigsten. Alles soll so leicht bleiben wie Johanns federleichter Kuss, mit dem er sich bei Sonnenaufgang von ihr verabschiedet hat.

Sie fasst einen Entschluss und wundert sich, wie rasch sie sich sicher ist. Wenn's am schönsten ist, soll man aufhören. Das hat Großvater immer gesagt, wenn sie miteinander Gesellschaftsspiele gespielt haben. Noch sehnt sich Vicky nicht nach einer weiteren Nacht mit Johann. Noch weiß ihre Haut, wie sich seine Hand, wie sich sein Mund auf ihrem anfühlt. Noch ist ihr Herz voll frischer Spuren. Voller Eindrücke, die eine Weile vorhalten werden. Und es müssen.

Auf einmal hat sie es sehr eilig.

Sie beendet ihr Frühstück, geht hinauf in ihr Zimmer und beginnt zu packen. Die Klamotten aus dem Schrank. Die bunte Strickjacke über dem Stuhl. Das rote Kleid auf dem Bügel. Das Nachthemd, das ihr Johann vorige Nacht abgestreift hat. Erst ein paar Stunden ist das her. Mit jedem Stück, das im Koffer verschwindet, wird der Raum ein bisschen weniger ihrer, wird kühler, nackter, unpersönlicher. Am Ende, als Vicky auch die Nasszelle von ihren Utensilien leer geräumt hat, ist das Hotelzimmer, das die letzten drei Wochen ihr Reich war, eine Waise, die nur noch nach ihr riecht, nach ihrer Zahnpasta und ihrem Eau de Toilette, ihren Büchern, ihrem Schlaf; nach Bettzeug, gelagertem Obst, Sonnenmilch. Dieser Duft wird noch da sein, wenn sie schon lange weg ist, und Johann wird vielleicht in diesem Zimmer stehen und ihn schnuppern.

Noch vor zehn Uhr ist Vicky reisefertig. Bevor sie den Raum verlässt, tritt sie noch einmal auf den Balkon. Der Blick auf das große Bergtheater wird ihr, so oder ein wenig anders, immer gehören. Sie wendet sich wieder in Richtung Zimmer. Verabschiedet sich von dem zerwühlten Bett, in dem sie zwei Wochen und sechs Nächte allein und eine Nacht zusammen mit Johann verbracht hat. Ein Bett ist ein Bett ist ein Bett und darüber hinaus so vieles andere. Sicherer Hafen, Zuflucht, Obdach, Hort zum Schlafen, Schmollen, Weinen, Kokon für Träume, Nest für Leidenschaft und Lust, Ort, um geboren zu werden und das Zeitliche zu segnen. An einem Sommertag wie diesem ist Großvater im Bett seines Ferienzimmers in der Pension Blum in Wünschnofen gestorben. Wenn's am schönsten ist, soll man aufhören.

Sie bugsiert ihr Gepäck aus dem Zimmer. Dann schließt sie die Tür.

Als sie ihren Koffer zum Lift rollt, begegnet sie Mia und Martha.

»Ich habe einen Anruf bekommen«, sagt sie. »Mit meiner Mutter ist was nicht in Ordnung.«

Auch wenn die Lüge niemandem wehtut – im Oberstübchen stehen sofort Gewissensbisse auf der Matte, kleine grüne Männchen, die im Chor »Schäm dich!« rufen. Wie früher die Eltern. Die Mutter. Schäm dich, Vicky! Sie schämt sich. Gelernt ist gelernt!

Mia und Martha merken nichts, weder von der Lüge noch von Vickys Scham. Sie bedauern, dass Vicky ihren Urlaub so plötzlich abbrechen muss, schließen sie in die Arme und drücken sie.

»Unsere Adresse hast du«, sagt Mia. Ihre Augen sind jung und leuchten in dem knittrigen tiefbraunen Gesicht. Mia ist eine andere geworden in den letzten drei Wochen.

»Ich habe einen Anruf bekommen«, sagt Vicky unten an der Rezeption zu Josefa. »Ich muss nach Hause.« Gegenüber Josefa fühlt sie sich mit ihrer Flunkerei weniger schurkig als gegenüber Mia und Martha.

Sie zahlt die ganzen vier Wochen, obwohl sie nur drei Wochen hier gewesen ist.

»So plötzlich? Wie schade«, sagt Josefa neugierig, während sie die Rechnung über den Tresen schiebt, und fährt fort: »Hoffentlich nichts Schlimmes.« Sie fragt, ob sie Johann grüßen soll. Vicky macht eine Kopfbewegung, die Ja oder Nein heißen kann. Josefa nickt.

Vicky holpert mit dem Rollkoffer zum Parkplatz. Auf der Wiese tollen die beiden Katzenkinder herum. Von dem Tiger keine Spur.

In das Geräusch des startenden Wagens mischt sich Klitschkos Kläffen. Während sie das Auto den Berg hinunterrollen lässt, sieht sie den Hund schwanzwedelnd im Rückspiegel. Sein Bellen wird immer leiser und ist schließlich nur noch zu sehen, nicht mehr zu hören.

Die Frage, wohin jetzt, kommt erst, als sie das Ortsschild von Wünschnofen hinter sich gelassen hat. Weiter als bis zu diesem Ortsschild hat sie bisher nicht gedacht. Wohin? Nach Hause?

Fast von allein rollt der Wagen ins Tal. In der Schlucht plaudert, plätschert und schäumt der Fluss.

Kurz vor der Autobahneinfahrt trifft Vicky ihre Entscheidung.

Fünf Stunden später in Piombino: Vom Hafen aus ist Elba nur eine Ahnung. Nicht viel mehr als blaugrüner Dunst. In der Ferne ragen Umrisse einer Bergkette aus dem Wasser. Eine Stunde Überfahrt mit der Fähre macht aus Elba eine Welt.

In Porto Azzurro findet Vicky ein Zimmer in einem

kleinen Hotel in der Altstadt. Eine geflieste Mönchszelle mit einem französischen Bett und einem einzigen, quer über die Matratze gespannten, oben umgeschlagenen Leintuch als Decke. Während die Wände des Schlafraums vollkommen kahl sind, schmückt die rotbraun glasierten Kacheln der Nasszelle ein kleiner, schwarz gerahmter Farbdruck. Inmitten eines weißen Passepartouts und einer weiteren schwarzen Umrandung wie bei einer Traueranzeige sitzt eine sehr kleine Figur, halb Vogel, halb Mensch, auf einem dicken braunen Ast. Der Vogelschnabel ist in den zu blauen Himmel gereckt. Sehnsüchtig. Bettina, denkt Vicky.

Sie platziert ihren Rollkoffer auf dem einzigen Stuhl. Packt nur das Nötigste aus. Im Koffer riecht es nach ihrem Zimmer in Wünschnofen. In ihrem Nachthemd nach Johanns Rasierwasser. Sie vergräbt ihre Nase darin. Heimweh. Es kann fliegen, kein Meer hält es auf. In Südtirol glüht jetzt der Rosengarten, und im Panoptikum wird gleich das Abendessen aufgetragen. Johann wird von Tisch zu Tisch gehen und Edelvernatsch oder Rosé in Gläser gießen.

Sie schlendert durch die Gassen von Porto Azzurro. Aus den Läden duftet es nach Seife und nach der Hitze von frisch gebackenem Brot, auch jetzt am Abend. Sie schnuppert den Geruch von angebratenem Knoblauch und sucht die Vergangenheit. Gebäude in menschlichen Siedlungen wachsen oder implodieren genau wie Organismen in der Natur, etwas dazwischen gibt es nicht, hat Ian einmal gesagt, und sie hat nicht gewusst, ob sie ihm recht geben soll. Für Porto Azzurro stimmt es. Die Gelateria, in der sie mit dem Schönen geflirtet hat, ist dreimal so groß wie vor zwanzig Jahren und voller blinkender Spielautomaten. Das Hotel, in dem sie damals das Zimmer ohne Fenster hatte, gibt es nicht mehr.

Sie kauft sich eine Pizzaschnitte auf die Hand und merkt plötzlich, wie müde sie ist. Sie könnte im Stehen schlafen. Im Hotel schlüpft sie in ihr Nachthemd mit dem Johann-Duft und fällt auf ihr Bett. Die Hitze steht noch im Zimmer. Ganz ohne etwas auf sich zu spüren, liegt sie in der Dunkelheit. In ihrer Müdigkeit sehnt sie sich nur noch ein bisschen nach Johann. Und fast gar nicht nach Dirk. Dann kommt der Schlaf.

23

In Italien frühstückt man, anders als in Südtirol, außer Haus und im Stehen. Für ihr Frühstück hat sich Vicky eine Bar an der Strandpromenade ausgesucht. Auf ihrem Cappuccino schwimmt ein Milchschaumherz, das eher zum Abend gehört als zum Morgen.

Ohne Sehnsucht ist Vicky aufgewacht. Ihr Herz ist leicht wie ein Sahnebaiser und leichter als der rote Ausgehfummel, in den Johanns Blick vor zwei Tagen ein Loch gebrannt hat. Sie hat das Kleid angezogen, weil es das einzige wirklich Sommerliche ist, das sie dabeihat.

In einem Souvenirladen kauft sie ein kurzes dünnes Baumwollkleid und einen orangefarbenen Klappstuhl. Sie installiert sich am Strand unterhalb einer Versammlung von Pinien und weiß nicht, ob es der gleiche Platz ist, an dem sie vor zwanzig Jahren auf ihrem Badehandtuch gesessen hat. Bereits vor zehn Uhr geht sie im Meer schwimmen. Sie spürt die runden Kiesel unter den Füßen, teilt das kristallklare Wasser mit den Armen, denkt an das rechteckige Minimeer, den Pool in Wünschnofen, und an die stämmigen Mädchen Francis und Nancy. Ob sich Nancy jetzt, da sie selbst weg ist, Johann an den Hals werfen wird? Ob Johann sich mit ihr trösten wird?

Sie platscht an den Strand und legt sich zum Trocknen auf einen Felsen. Bereitwillig teilt der Stein die gespeicherte Wärme mit ihrem Rücken. Die Pinienzapfen teilen ihr Aroma mit Vickys Nase, ein Duft, den sie vergessen hat und doch liebt seit damals, als sie zum ersten Mal in Italien das Meer sah.

Sie hat ein Problem da am Strand, das darin besteht, dass ihr etwas fehlt. Kein Mensch. Ihr Lesestoff ist alle. Sie hat kein Buch mehr. Nur noch das eine, mit dem sie in Wünschnofen nicht warm geworden ist. Mangels Alternative hat sie es in ihre Tasche zu den Badesachen gesteckt und probiert es jetzt nochmal mit ihm. So wie Ehepaare es noch einmal miteinander probieren. Gib mir eine Chance, sagt sie zu dem Roman, dem sie keine Chance gegeben hat. Doch das Buch ist nachtragend. Verzeiht ihr nicht, dass sie es verschmäht und vorzeitig weggelegt hat.

Mittags nimmt sie getreu ihrer Wünschnofener Gewohnheit nur Obst zu sich. Den Apfel hat sie durch eine Nektarine, die Banane durch ein halbes Dutzend Feigen ersetzt. Die Feigen sind klein und mürbe, gelbgrün und zuckersüß und schmecken ein bisschen wie Johanns Samstagnachtküsse. Die Nektarine ist weniger reif, als sie rot ist.

Vicky spuckt den Kern in den Sand, leckt sich die klebrigen Finger und wischt sie an der Obsttüte ab. Eine Tüte aus festem weißem Papier. Papier, auf dem man schreiben könnte. Wenn man schon kein Buch hat, das man lesen kann. Wenn man einen Stift hätte. Vicky hat keinen Stift. Aber sie hat eine Idee. Eine Idee, aus der ein Bedürfnis wird, ein drängendes, zündendes Bedürfnis, ein Zwang.

Jetzt oder nie, denkt sie, rappelt sich von ihrem Badetuch auf und marschiert zu einer älteren Dame, die deutsch aussieht und außerdem so, als würde sie ab und zu auf etwas anderem schreiben als auf einem Laptop oder iPad. Sie fragt die Dame auf Deutsch nach einem Schreibstift und bekommt ihn.

An ihrem Platz klappt sie den Strandstuhl auf und rückt ihn in eine Position, in der sie die Sonne im Rücken hat. Sie lehnt sich zurück, streicht das ein wenig verkrumpelte Tütenpapier glatt, legt es auf das Buch, das kein Freund wird, und beginnt zu schreiben.

Die Tür der Pension Blum ist verrammelt. Alles sagt: Vorbei. Verboten.

Das Haus sperrt sich, es macht nicht mit. Manchmal beginnen Mauern, wenn man geduldig ist und sie lässt, von der Vergangenheit zu reden. Diese nicht. Die Pension steht da wie eingefroren, gefangen in einer Zeit, die es nicht mehr gibt.

Ich werde mich ohne das Haus erinnern müssen …

Vicky blickt auf. Die weiße Papierfläche ist ganz bedeckt von ihrer Schrift. Sie faltet sie zusammen, streicht das Gefaltete noch einmal glatt und legt es in ihr Buch. Dann gibt sie der deutschen Dame ihren Stift zurück.

24

Vicky schreibt. Sie hat sich im Souvenirladen, in dem sie den orangefarbenen Strandstuhl erstanden hat, ein dickes liniertes Heft gekauft, dazu gleich drei Kugelschreiber, falls sie einen verliert und den anderen vergisst oder umgekehrt.

Mit Schreibheft und Stift hat sich Vicky wieder am Strand niedergelassen, ein wenig abseits vom Badetreiben. Sie überträgt die Sätze, die sie tags zuvor auf die weiße Papiertüte gekritzelt hat, in das Heft. Dann schreibt sie weiter. Der Kugelschreiber flitzt über die Seiten. Ihre Erinnerungen sind wie Wein, der aus einem Fass in einen Kelch fließt, und sie muss trinken, trinken, trinken, damit der Becher nicht überläuft.

Einmal wird sie von der älteren Dame, von der sie am ersten Tag den Schreibstift entliehen hat, gefragt, ob sie Schriftstellerin ist. Ein Buch schreibt.

»Ich schreibe meine Geschichte auf«, sagt Vicky verlegen. »Nur für mich selbst.«

Sie denkt an Martha, die sie zum Schreiben ermutigt hat. Erst eine Woche ist das her. »Papier ist geduldig«, hat Martha gesagt, »es verrät nichts, was Sie nicht wollen.«

Vielleicht wird sie die gefüllten Seiten ganz hinten im Nachtkästchen verstauen, wie einst die verhasste Brille oder damals in Wünschnofen den leidenden Jesus.

Möglicherweise wird das dicke Heft auch im Papierkorb oder im Mülleimer landen, so wie die Serviette in der Taverna Hellas, auf die sie *Murmansk* und *Marrakesch* geschrieben hat.

Zwischendurch badet sie im Meer und spielt »toter Mann«. Sie legt sich auf die dünne von der Sonne gewärmte Haut der Wasseroberfläche, unter der es sofort kalt ist. Sie schwimmt als tote Frau zwischen all den lebendigen Menschen und Hunden und den Krokodilen und Delphinen aus Plastik, an die sich Kinder klammern und manchmal kichernde Mädchen. Wasser ist so weich und zugleich so tragend, wenn man den Mut hat, sich ihm zu überlassen.

Zweimal am Tag geht sie zum Klohäuschen, dessen Türklinke immer nass ist, weil es dort drinnen zwar Wasser gibt, um sich die Hände zu waschen, aber keine Papiertücher, um sie zu trocknen.

Wenn sie keine Lust mehr hat zu schreiben, beobachtet sie das Treiben am Strand. All die Männer, Frauen und Kinder in Bikinis, Badehöschen und Badeanzügen. Sie betrachtet die Tattoos auf Rücken- und Halsausschnitten, auf Armen und Schulterblättern. Wie viele Männer dicke Lederketten mit einem Silberkreuz um den Hals tragen, das können doch nicht alles fromme Italiener sein.

Viele von ihnen haben Kinder, obwohl sie aussehen wie alternde Playboys, die das Beste hinter sich haben. Samt ihrer Wampen tragen sie die Kleinen vor sich her, bauen für sie Strandburgen; mit grünen Blechschaufeln heben sie Gräben aus, in die das Wasser sickert. Hat jemand mit Aljoscha eine Wasserburg gebaut, als er klein war? Ihr Vater sicher nicht. Er hat Aljoscha mit in die Berge genommen, als Uwe lieber in Bars abhing und sein ehemaliger kleiner Kamerad ihm abhandengekommen war. Auf einmal wünscht sich Vicky ein Kind, nur damit es einen Vater haben soll, der eine Wasserburg mit ihm baut. Dirk zum Beispiel. Dirk, der so gern Vater sein möchte. Warum nicht Dirk. Ob Dirk eine Wasserburg bauen kann, ob seine Hände, die so gut streicheln und die Posaune bedienen können, mit einer Schaufel so hantieren können, dass ein Wassergraben entsteht und darin ein Schloss aus Sand?

Sie durchwühlt ihre Tasche nach dem Smartphone, um Dirk eine WhatsApp zu schicken. Seit sie von Wünschnofen weggefahren ist, hat sie ihm nur einmal kurz geschrieben. Dass sie jetzt am Meer ist und wo. Dirk hat genauso kurz geantwortet. Dass er immer noch da ist, wo er sonst auch ist, und nur ab und zu einen Gig spielt oder nach der Arbeit einen Ausflug mit dem Rad macht, damit ihm nicht die Decke auf den Kopf fällt. Ob es Dinge gibt, die er nicht schreibt? Dinge weglassen ist nicht lügen. Warum sollte Dirk die Kunst, Dinge wegzulassen, weniger gut beherrschen als sie selbst? Sie hat Sehnsucht nach ihm. Sie schickt ihm eine Reihe Kussmund-Icons und dann, ohne zu zählen, ein Feld roter Herzchen. Ein Feld, lang wie ein langer Liebesroman. Schon länger hat sie Dirk keine Herzen mehr geschickt. So viele auf einmal wie jetzt noch nie.

Sie legt den Kopf in den Nacken und blickt in einen Himmel, der blau und leer ist bis auf eine kleine weiße Blase, den abnehmenden Mond, der Samstagabend am Wünschnofener Nachthimmel ein Vollmond war und seither noch eine Geschichte mehr erzählen kann. Ob es des Vollmonds bedurft hat, ob aus jenem Abend etwas geworden wäre ohne Mond, ohne diese helle Stelle am Himmel, die man braucht, um im Dunkeln gemeinsam zu etwas aufzublicken, während man einander die Arme um die Hüften legt?

Abends wandert sie auf einem Felsenweg oberhalb des Strands zum Laghetto di Terra Nera. Das ockerfarbene Gestein gibt noch Wärme ab, während es vom Meer her bereits kühl wird. Bei einem dieser Abendspaziergänge kommt ihr eine Frau entgegen. Vicky erblickt sie von ferne und denkt, sie sieht aus wie Bettina, ihre breiten Schultern, ihr burschikoser Gang, ihr Haar, die Art, wie sie die Hände beim Gehen forsch in die Hosentaschen bohrt, alles erinnert an Bettina. Sie erwartet, dass sich wenigstens die helle Fläche ihres Gesichts differenziert zu einem Gesicht, das sie nicht kennt, während sie sich nähert, aber das Gegenteil passiert. Wie bei einem Bild, das sich scharf und schärfer stellt, werden die Gesichtszüge der Frau, die auf sie zukommt, immer mehr zu jenen gut vertrauten, bis sie vollkommen identisch mit denen der Freundin sind. Die Frau ähnelt nicht Bettina, sie *ist* Bettina. Sie trägt Jeans und einen roten Pullover mit einer schwarzen Spitzenborte um den Ausschnitt, die Kleider, die sie anhatte, als Vicky sie zum letzten Mal sah. Klamotten, die für diesen Abend in Porto Azzurro mit seiner abklingenden Hitze viel zu warm sind. Vicky bleibt stehen, fasziniert und entsetzt zugleich. Bettina geht an ihr vorbei, ohne sie anzuschauen. Ihr Blick ist aufs Meer gerichtet.

»Bettina!«, ruft Vicky, und da dreht die Fremde, die ihre Freundin ist, den Kopf. Sie lächelt ein unendlich wehmütiges Lächeln, ehe sie weitergeht.

Vicky steht wie angewachsen. Ihr nachzugehen wäre sinnlos. Sie würde sie nur früher ein zweites Mal verlieren, als wenn sie ihr mit Blicken folgte, so lange, bis die Frauengestalt um eine Biegung, die der Felsenweg macht, verschwunden ist.

An diesem Abend läuft sie lange durch die Altstadtgässchen. Ruhelos und wie benommen. Eigentlich wäre es Zeit, Hunger zu haben, aber an der Stelle, an der sonst der Hunger ein Loch in ihren Magen gräbt, rührt sich nichts. Ein Hauch der Welt, aus der Bettina an den Strand von Elba gekommen ist, umgibt Vicky immer noch. Eine Welt ohne Längen- und Breitengrade, ohne Geographie.

Bettinas wehmütiger Ausdruck hat sich in Vickys Herz gebrannt. Bettina hat das Abenteuer des Lebens geliebt – in all seinen Nuancen. Sie hat Farben und Vögel geliebt, Bücher und Reisen in fremde Länder und Erdteile. Am Ende hat sie sogar versucht, den Krebs zu lieben und ihm auf diese Weise ein wenig mehr von dem Stoff abzutrotzen, den man Leben nennt.

Schließlich nimmt Vicky doch in einem Restaurant Platz. Seine Türen sind an diesem Abend weit geöffnet, so dass man fast im Freien sitzt. Die Glocke einer nahe gelegenen Kirche beginnt zu läuten. Auch hier in Porto Azzurro gibt es Glocken, anarchische Glocken, die tönen, wann sie Lust dazu haben.

Während sie auf ihre *spaghetti alio olio* wartet, schreibt sie eine SMS an Bettina. *Liebste Freundin, du bist zurückgekommen, ich weiß, dass du es warst, und war das dein Zeichen?*

Sie weiß, sie wird keine Antwort bekommen. Die Begegnung am Strand war Bettinas Antwort. Es war die Antwort für alle Zeiten. *Du musst nie mehr Angst haben. Niemand ist jemals allein.* Das hat Bettina in jener Nacht, kurz vor ihrem Tod, gesagt. Vicky schickt die SMS nicht ab.

25

Noch vor der ersten Tasse Cappuccino in der Bar packt Vicky das Heimweh. Und sie ihren Koffer. Eigentlich hätte sie noch vier Tage Zeit.

Im Souvenirladen, in dessen Schaufenster Haarbürsten, Schuhbürsten, Kleiderbürsten mit polierten Griffen in Birnbaum-, Kirschbaum- und Nussbaumholz ausgestellt sind, kauft sie als Reisesouvenir für Dirk einen Rasierpinsel, weil er sich gerne nass rasiert. Sie berührt mit der Handfläche die weichen Tierhaare und stellt sich vor, wie sie Dirks raue Wangen streicheln werden. Sie freut sich. Über den Rasierpinsel, Dirks mutmaßliche Freude und den Souvenirladen, der einfach alles führt und in dem sie wahrscheinlich Gewinnbeteiligung bekommen würde, wenn sie noch länger bliebe.

Weil es im Souvenirshop auch eine lange Metallstange mit Männerhemden auf Kleiderbügeln gibt, findet sie für Dirk ein Hemd mit großen schwarzen und orangefarbenen Karos. Und ein zweites Schachbrett-Hemd in Schwarz-Grün. Für Aljoscha.

Mit ihrem Vectra rollt sie um zehn Uhr früh in Portoferraio in den geöffneten Schlund eines weißen Fährenmonsters namens Moby Dick, das sie eine Stunde später in Piombino wieder ausspuckt. Von dort aus fährt sie über die Alpen gen Norden. Anders als zu Beginn ihrer Reise vor dreieinhalb Wochen nimmt sie nicht den Weg über den Brenner, sondern vorbei an den oberitalienischen Seen und durch den Gotthardtunnel.

Die Berge stehen in einem wehmütigen Licht und sagen: Herbst. Ohne dass Vicky es bemerkt hat, ist aus dem August ein September geworden.

Bei ihrer Ankunft in Stuttgart ist es fast dunkel. Dunkel sind auch die Fenster im ersten Stock. In der Wohnung ist es still. Niemand zuhause.

Sie lässt das Gepäck im Flur stehen und macht Licht an. Die Türen zum Wohnzimmer, das zugleich Arbeits- und Musikzimmer ist, und zur Küche, die zugleich Esszimmer ist, sind angelehnt.

Vicky geht in die Küche. Im Spülbecken stehen zwei gebrauchte Teller. Zwei Messer, zwei Gabeln liegen darauf. Der Rest eines Geruchs nach etwas Gebratenem, der durch Lüften nicht ganz zu vertreiben war, hängt im Raum und sagt ihr, dass es noch nicht lange her ist, dass hier zwei Personen miteinander gegessen haben. Zwei Personen, die jedenfalls nicht Dirk und Aljoscha waren, denn Aljoscha ist noch an der Ostsee und hat ihr am Abend zuvor aus Usedom in einer WhatsApp geschrieben, dass er noch ein paar Tage bleiben wird.

Die beiden Personen, die nicht Dirk und Aljoscha waren, sondern Dirk und jemand anders, haben zum Essen Wein getrunken. Zwei Weingläser stehen noch auf dem Tisch. Sie stehen mit wenig Abstand zueinander. Vicky hält erst das eine, dann das andere Glas ins Licht und erkennt am zweiten Spuren von einem orangefarbenen Lippenstift. Sie öffnet den Schrank unter der Spüle und wühlt im Mülleimer. Zwischen Kartoffelschalen und einem Korken liegen zwei gelbe zerknüllte

Papierservietten. Sie faltet sie auseinander, glättet sie und fühlt sich dabei wie Miss Marple. Die eine Serviette ist voller Kussmünder im gleichen hellen Lippenstiftrot wie die Spuren auf dem Rand des Weinglases.

Vicky starrt auf die Abdrücke und weiß, dass sie schon lange weiß, was die Spuren ihr sagen. Dirk und sie haben keine gemeinsame Freundin, die ihre Lippen mit einem orangefarbenen Lippenstift färbt. Sie stopft die Servietten ganz zuunterst in den Abfalleimer. Danach stinken ihre Finger nach Müll. Sie schrubbt sich die Hände. Dann trägt sie, immer noch in ihrer Lederjacke, die beiden benutzten Gläser zur Spüle. Lässt Wasser ein und gibt Spülmittel dazu. Sorgfältig säubert sie Gläser, Teller und Besteck und stellt sie in das Abtropfsieb.

Mit einem Geschirrtuch trocknet sie sich die Hände. Sie legt endlich die Lederjacke ab, rollt ihren Koffer ins Schlafzimmer. Sie schnuppert und hofft, dass ihre Nase nichts riechen muss, was darauf hindeutet, dass die Frau, mit der Dirk hier gegessen hat, auch in ihrem Bett gelegen hat. Für alle Fälle öffnet sie das Fenster.

Sie lässt sich aufs Bett fallen. Ihre Hand tastet nach dem Nachthemd, schlampig zusammengelegt, nicht gefaltet, so wie sie es vor fast vier Wochen auf ihrer Seite des Betts unter die Decke gestopft hat. Nein, außer ihrem Nachthemd hat hier niemand gelegen.

Sie bleibt auf dem Bett sitzen, starrt auf ihre Hände, die sich auf ihrem Schoß gegenseitig festhalten, nagt an der Unterlippe.

Ich muss Dirk eine WhatsApp schreiben, dass ich angekommen bin, denkt sie. Sie will nicht, dass er nichtsahnend mit der fremden Frau im Schlepptau in die

Wohnung kommt, in sie hineinstolpert wie in eine Falle. Sie will ihn nicht ertappen, wie er, vielleicht mit der anderen zusammen, ins Schlafzimmer geht. Sie will die andere nicht sehen. Eine Begegnung hat etwas Unwiderrufliches, sie lässt sich nicht abspülen wie der Lippenstift am Weinglas.

Liebster Dirk, tippt sie in ihr Handy, *ich bin zuhause, nur dass du weißt. Wann kommst du? Küsse, Küsse, deine Vicky.*

Sie rechnet nicht mit einer Antwort, aber die kommt postwendend.

Konzert in der Jazzhall, gerade in der Pause. Wir sehen uns später. Freu mich, Küsse Küsse, Dirk.

Kurz darauf: *PS:Hatte nicht mit dir gerechnet jetzt schon. Sorry.*

Sie tippt: *Ich weiß. Sorry.*

Dirk kommt spät in der Nacht. Sie wacht auf, weil er mit dem Schuh an die Bettkante stößt. Er flucht leise. Draußen ist der Mond aufgegangen und taucht das Zimmer in diffuses Licht. Der Mond sieht heute aus wie ein Pfannkuchen, von dem jemand ein großes Stück abgebissen hat. Dieser Mond, der seine Form ändert wie ein Chamäleon die Farbe und der doch immer der gleiche ist! Vicky blinzelt, beobachtet zwischen den Lidern, wie Dirk das T-Shirt über den Kopf zieht und die Hose abstreift. Nackt bis auf den Slip schlüpft er zu ihr unter die Decke. Er riecht nach Zigaretten und nach Bier.

Sie kuschelt sich in seinen Arm, schnuppert an seiner Achselhöhle. »Du riechst nach abendfüllendem, schweißtreibendem Posaunenspiel«, sagt sie und Dirk antwortet: »Bingo, hundert Punkte, abendfüllend und schweißtreibend, das war es auch. Du riechst nach Urlaub, nach langer Autofahrt und nach anderem, das ich noch nie an dir gerochen habe.« Er vergräbt seine Nase in ihrem Haar und stößt einen wohligen Seufzer aus. »*Awesome.*«

»Und jetzt?«, fragt sie.

»Jetzt nicht«, sagt Dirk. »Morgen.«

»Morgen was?«

»Was auch immer.« Er seufzt und murmelt noch einmal: »*Awesome.*«

Sie lauscht, wie seine Atemzüge länger, tiefer und lauter werden und dann plötzlich Pause machen, so wie sie es kennt. Alles kennt sie, seinen Geruch, seinen Atem, das Gewicht seines Arms auf ihrer Hüfte, der immer schwerer wird, während er einschläft, und doch ist es, als nähme sie das alles zum ersten Mal wahr.

26

Als sie das nächste Mal blinzelt, ist es hell. Geschirrklappern. Dirk ist nicht mehr neben ihr, aber auch nicht weit weg. Sie schwingt die Beine über den Bettrand und schleicht zur Küche. Eine Stimme plappert im Radio. Dirk macht Frühstück. Auf einem Tablett stehen zwei Eierbecher, zwei Gläser Orangensaft, ein Teller mit Toast. Ihr Frühstück-im-Bett-Frühstück, wie Dirk es sonntags, wenn sie beide ausschlafen können, häufig zubereitet.

Heute ist nicht Sonntag, auch nicht Samstag, sondern der erste Freitag im Monat September. Erste Freitage im Monat sind in Dirks Arbeitsalltag besondere Tage, denn an ihnen hat Dirk Betriebsratssitzung. Er kommt abends spät nach Hause, anders spät, als wenn er einen Gig spielt. Sein Gesicht sieht zerknittert aus und er sagt Sätze, die er sonst nicht sagt. »Wir sind vorstellig geworden«, berichtet Dirk, »wir werden Einsicht nehmen, die Situation erfordert es, wir werden das mit Vehemenz betreiben.« »Mhm«, sagt Vicky dann und hört nur halb hin und schaut in den Fernseher oder in ihr Buch. Die Verwandlung dauert nicht lang, die Sprachhülsen verlieren sich und einen Tag später ist Dirk wieder er selbst. Zweimal im Jahr, wenn er auf die Tagung für Betriebsräte nach Hannover fährt, braucht er dazu etwas länger.

Vicky sieht Dirks geschäftigen Bewegungen zu, wie er im Kühlschrank nach der Butter kramt, die Himbeermarmelade zu den Dingen auf dem Tablett stellt. Sie weiß niemanden, der so appetitliche Im-Bett-Frühstücks-Tabletts herrichtet wie Dirk. Er ist im Bademantel.

»Musst du nicht arbeiten?«, fragt sie und Dirk wendet sich um.

»Ich arbeite doch«, grinst er, und Vicky sagt, nicht so, geht zu ihm und schmiegt sich an ihn. Schlüpft mit ihren Händen unter den Frottee des Bademantels und legt sie auf seinen Rücken. Streicht an seiner Wirbelsäule entlang. Spürt die Wirbelknochen unter ihren Fingern. Legt ihren Kopf auf jene Seite seines Oberkörpers, wo sein Herz schlägt. Immer hat sie es geliebt, dass ihr Gesicht seinem Herzen so nahe ist, wenn sie so stehen. Sie oder auch Dirk ist genau so groß, dass ihr Kopf dorthin passt. Dirk stützt sein Kinn auf ihren Scheitel, die Bartstoppeln kitzeln auf ihrer Kopfhaut. Dirk erzählt einen Witz in den Raum hinein, den er gerade im Radio gehört hat: »Sagt ein altes Frauchen zum Doktor: Immer wenn ich morgens aufstehe, ist mir die erste halbe Stunde so schwindelig. Was soll ich da machen? Der Arzt: einfach eine halbe Stunde später aufstehen. – Ich möchte mit dir schlafen«, fährt er fort, als würde das noch zum Witz gehören, während Vicky über den Witz kichert.

Sie entgegnet: »Das kommt doch erst nach dem Frühstück-im-Bett-Frühstück. Das kommt doch als Letztes, das ist doch der Nachtisch.«

»Heute habe ich vor allem Lust auf Nachtisch«, erklärt Dirk. »Ich habe unbändige Lust auf Nachtisch. Mehr als auf alles andere. Mit allem Drum und Dran. Ich lasse alles dafür liegen und stehen. Absolutely.«

Er hält sie ein wenig von sich weg. Schaut in ihr Gesicht, als suche er etwas. Etwas lang Vermisstes, fast Verlorengegangenes. Sein Mienenspiel verrät nicht, ob er es findet.

»Braun bist du. Und schön«, sagt er. Sein Mund sucht ihren.

Sie küssen sich. Lange. Sie streichelt Dirks Ohren, die einzigen Stellen an seinem Körper, die sie berühren, aber nicht küssen darf, das mag er nicht. Irgendwann hebt Dirk sie hoch, ohne seine Lippen von ihren zu lösen, trägt sie auf seinen Armen ins Schlafzimmer wie ein Baby.

Und so tun sie das Letzte zuerst.

»Ich habe vergessen, wie groß du bist«, sagt Vicky später. »Ich habe vergessen, wie und wie viel du lachst, es ist schön, dass ich es jetzt wieder weiß.«

Sie sind zusammen in der Küche und räumen die Reste vom Frühstück-im-Bett-Frühstück auf. Vicky nimmt das Geschirr, das sie am Abend zuvor gespült hat, vom Abtropfsieb. Sie hält die beiden Weingläser gegen das Licht. Keine Lippenstiftspuren mehr. Dirk wirft ihr einen Blick zu. Sie stellt die Gläser in das Ikea-Schränkchen mit dem Geschirr, das nicht Alltagsgeschirr ist und nur gebraucht wird, wenn Wein getrunken wird oder Gäste da sind.

Vicky überreicht Dirk das schachbrettgemusterte Hemd und den Rasierpinsel und freut sich über Dirks Freude. Sie erzählt vom Weißhorn und vom Karersee und von der Tour auf die Rotwand. Sie erzählt nicht von Johann. Ob Dirk spürt, wo die Leerstellen in ihrer Erzählung sind? Dirk berichtet von seinen Auftritten im Laboratorium, in der Jazzhall und in einem Jazzkeller in

Reutlingen. Sie fragt sich, wo die Stellen sind, an denen er etwas auslässt, und lässt es dann auf sich beruhen.

In der Nacht träumt sie den Schmetterlingstraum, den sie seit dem Morgen der Klettertour nicht mehr geträumt hat. Im Traum steht sie vor der Pension Blum. Alle Fenster sind weit offen. Sie schaut den bunten Faltern zu, die das verwaiste Gebäude umgaukeln und aus ihm ein Haus machen, das mit ihnen tanzt.

27

Zwei Wochen später. Vicky hat so ein Gefühl. Lange bevor ihre Periode ausbleibt. Eine Empfindung, als sei ihr Körper zu klein, zu schmal für etwas, das darin Platz haben will. Er spannt. An verschiedenen Stellen. Den Brüsten, den Hüften, dem Po, sogar den Oberschenkeln.

Ihr Appetit ist launisch. Sie fabriziert Tütenpudding und fällt darüber her, doch nach drei Löffeln ist ihre Esslust verpufft. Sie könnte sterben für Schwarzwälder Kirschtorte, verschlingt die Hälfte eines Kuchenstücks, legt dann die Gabel auf den Teller und rührt die andere Hälfte nicht mehr an.

»Was ist mit dir?«, fragt Dirk eines Abends in der Küche.

»Wieso?«

»Der ganze Kühlschrank steht voll mit Resten und Halbgegessenem von dir. Hast du keinen Hunger? Bist du krank?«

»Schlimmer.«

Auf Dirks Gesicht malt sich Erschrecken, dabei wollte sie ihn ein bisschen foppen. So sagt sie rasch: »Ich glaube, ich bin schwanger.«

Mist, denkt sie, das wollte ich ihm ganz anders sagen. Eigentlich wollte sie es ihm jetzt noch gar nicht sagen. Sondern erst dann, wenn sie Gewissheit hat. Und auch für den Fall, dass es Gewissheit wird, war sie noch vollkommen unschlüssig, wie sie es Dirk mitteilen wollte. Und was. Sie hat sich einen Schwangerschaftstest gekauft und ihn hinten im Schrank versteckt. Es heißt, man darf ihn nicht zu früh machen, ehe der Körper genügend Schwangerschaftshormon gebildet hat.

An diesem Abend macht sie den Test zusammen mit Dirk. Sie pinkelt über das Teststäbchen. Sie halten den Atem an, als sich das Ergebnisfeld auf dem Röhrchen verfärbt.

»Es wird rosa«, sagt Dirk. »Heißt das etwa, wir kriegen ein Kind?«

»Sag ich doch«, meint Vicky und denkt, dass sie das eigentlich nicht gesagt hat. Gesagt hat sie: »Ich bin schwanger.«

Sie bringt es nicht übers Herz, Dirk mitten in seine leuchtenden Augen hinein zu erklären, dass zwischen den beiden Sätzen ein Unterschied ist. Sie kann sich nicht erinnern, dass sie Dirk jemals so hat strahlen sehen.

An diesem Abend bleiben sie lange in der Küche sitzen. Vorher ist Dirk nochmal losgezogen und hat Sekt gekauft. Selbstverständlich alkoholfrei. Sie trinken eine ganze Flasche leer und dann noch eine halbe. Dirk macht Pläne. Wie sie die Wohnung so umräumen werden, dass das Baby Platz hat und Aljoscha nicht ausziehen muss. Obwohl der in letzter Zeit gar nicht viel da ist, sondern häufiger bei seiner Freundin Merle. Er schreibt jetzt an seiner Masterarbeit. Zweimal in der Woche trainiert er für den New-York-Marathon.

An diesem Abend stößt Aljoscha kurz vor Mitternacht zu ihnen. Er lehnt in der Tür zur Wohnküche und fragt, ob es etwas zu feiern gebe.

Dirk grinst breit und sagt: »Und ob! Überraschung! Du wirst Onkel!«

Später liegt sie wach und horcht auf Dirks regelmäßige Atemzüge. Sie ist also schwanger. Sie wird ein Kind bekommen. Ein Kind, von dem nur so viel klar ist, dass Aljoscha nicht sein Onkel, sondern sein Bruder ist. Eine völlig nutzlose Klarheit, weil niemand außer den Eltern und ihr selbst darum weiß.

Alles andere ist unklar, auch ihr selbst. Ihr zuallererst. Sie würde gern glauben, dass das Baby von Dirk ist. Sie weiß nicht, ob sie Gewissheit will. So oder so hat sie ein schlechtes Gewissen gegenüber Dirk. Es widerstrebt ihr, seine Ahnungslosigkeit für ein Glück zu halten.

Sie seufzt in die Dunkelheit und in Dirks Atemzüge. Sie ist nach Wünschnofen gereist, um sich von ihrer Vergangenheit mit dem darin festgezurrten Geheimnis zu befreien. Sie hat gehofft, das wäre leicht. Als könnte man sich von einem Geheimnis lösen, wie sich Lippen nach einem Kuss voneinander lösen. Sanft und ohne Schmerz. Stattdessen gibt es nun ein neues Geheimnis, und sie ist damit allein. Ist der Mensch dazu bestimmt oder verdammt oder verflucht, seine Geschichte und die Geschichten darin immer aufs Neue zu wiederholen?

In dieser Nacht kann sie nicht schlafen.

28

November 2015

Dirk ist stolz auf etwas an Vicky, was noch kein Mensch sehen kann. Er schwört, dass da ein Bäuchlein ist, und legt dort, wo das Bäuchlein einmal sein wird und jetzt noch nicht ist, das Ohr hin und lauscht auf Herztöne.

Der Sonntag ist graumeliert. Vicky hat es sich auf dem Sofa gemütlich gemacht. Sie hat sich zwei Kissen in den Rücken gestopft, die Beine hochgelegt und schreibt. Dirk hat ihre Füße und Beine abwärts der Knie in ein Plaid gepackt, dessen Farbe an ein Kaminfeuer erinnert und das fast so warm gibt. Dirk wacht mit Argusaugen darüber, dass Vicky sich genug ausruht. Nicht schwer trägt. Sich nicht übernimmt.

Schreibend auf dem Sofa ausgestreckt übernimmt Vicky sich nicht. Sie hat sich einen Laptop gekauft und überträgt das, was sie in Porto Azzurro mit Hand und Stift in ein Heft geschrieben hat, ins Digitale. Dirk hat sie gefragt, ob sie etwa ihre Memoiren aufs Display bringt.

»So ungefähr«, hat sie ausweichend geantwortet und vorsorglich hinzugefügt: »Aber nur für mich selbst.«

Tatsächlich hat sie so wenig wie in Porto Azzurro eine Ahnung, was sie hinterher mit dem Geschriebenen anfangen wird. Und schreibt dennoch weiter, ohne zu wissen, an welchem Punkt es genug sein und sie aufhören wird. Sie schreibt weiter, einfach weil es ihr guttut, und freut sich auf viele graue Wintersonntage, an denen sie Zeit dazu haben wird.

Dirk sitzt am PC und überarbeitet die Website von Uwes Band. Im Hintergrund läuft das Radio. Eine Moderatorin redet davon, dass bis zu diesem Tag in diesem Jahr fast 800 000 Flüchtlinge nach Deutschland gekommen sind. Dass es wahrscheinlich über eine Million werden bis zum Jahresende. In diesem Herbst handeln die Nachrichten fast nur von Flüchtlingen. Vicky friert, wenn sie Bilder der Menschenmassen auf der Balkanroute sieht. Männer mit Rucksack und kleinen Kindern auf den Schultern. Frauen mit Kopftuch und kleinen Kindern an der Hand. Kinder allein. Große Kinder. Kleine Kinder. Sie spürt den warmen Plüsch unter sich, auf dem sie liegt, die Wärme von Dirks Nähe und eine unbestimmte Dankbarkeit, dass ihr eigenes Leben sicher ist.

Am frühen Nachmittag läutet das Telefon. Nicht ihr Handy, sondern das Haustelefon. Nur wenige Leute rufen bei ihnen auf dem Festnetz an. Dirk nimmt ab.

»Oh«, sagt er. Und dann: »Mhm. Mhm. Mhm. Ja. Ja. Ja. Ja. Ich geb sie dir. – Uwe«, sagt er zu Vicky und reicht ihr den Hörer.

»Nicht erschrecken, Vicky«, sagt Uwes Stimme an ihrem Ohr, und sie erschrickt.

»Nicht erschrecken«, wiederholt Uwe, »Papa hat mich angerufen.«

Vicky rappelt sich auf dem Sofa hoch und setzt sich aufrecht hin. Sucht mit den Füßen, die immer noch in dem Plaid stecken, Kontakt zum Fußboden.

»Mama ist tot«, sagt Uwe.

»Nein«, sagt sie. Sie atmet ein und nicht wieder aus.

Sie will etwas sagen und hat stattdessen den Mund voll Schweigen.

»Wie?«, fragt sie nach einer Weile und Uwe antwortet: »Als Papa heute Morgen aufgewacht ist, lag sie tot neben ihm im Bett. Sie ist gestern Abend schlafen gegangen und heute Morgen nicht mehr zu sich gekommen. Genauso wie damals Großvater an dem Morgen in Wünschnofen, weißt du noch?«

»Nein. Doch.« Natürlich weiß Vicky es noch. Sie hat gerade darüber geschrieben. Sie kann nicht glauben, dass die Mutter tot ist. Dass sie ohne Abschied gegangen ist wie Großvater.

Uwe fragt: »Wie sagen wir es Aljoscha? Du musst es Aljoscha sagen.«

Vicky zögert. *Ich, wieso ich?* Und sagt dann: »Klar. Klar sage ich es ihm.«

Aljoscha ist in New York. Er läuft den New-York-City-Marathon, *right now*.

»Morgen«, sagt sie, »ich sage es ihm morgen.«

Tags darauf: Im Bungalow der Eltern auf der Tunzheimer Höhe ist es still. Anders still als sonst. Vicky kennt diese Stille. Es ist die gleiche Stille wie an dem Morgen, als sie Großvater tot in seinem Ferienbett in Wünschnofen gefunden hat. Eine Stille, in der die Abwesenheit eines Menschen, der bis vor kurzem noch da war, sich verdichtet.

Der Vater wirkt wie sein eigener Schatten. Kann man einen Schatten umarmen? Vicky drückt ihn, spürt seinen Bauch an ihrem und wundert sich, dass da so viel Substanz ist. Und so viel Schmerz, der mit der Umarmung auf sie übergeht. Bis jetzt war da nur so eine Dunkelheit in ihr, als hätte jemand ihr Inneres schwarz angestrichen.

Als Ersatz für die Mutter, die nicht mehr da ist, steht

im Wohnzimmer auf dem Schreibtisch, der immer ihrer war, ein Bilderrahmen mit einem Foto von ihr. Ein Schnappschuss, auf dem sie jung ist und zu jemandem, der kleiner ist als sie, hinunterlacht. Neben dem Foto brennt eine Kerze. Uwe hat sie angezündet.

Zusammen mit Uwe durchforstet Vicky die Schubladen von Mutters verwaistem Sekretär und den Büroschrank mit der Hängeregistratur nach Schriftlichem. Ohne den Vater, der sich zeitlebens aller Büroarbeit entzogen hat. Nachdem er Vicky und Uwe die Schlüssel zu jenen Möbelstücken ausgehändigt hat, die neben Küchen- und Wäscheschränken zur Domäne seiner Ehefrau zählten, hat er sich ins Schlafzimmer zurückgezogen. Vicky hört ihn telefonieren, während sie mit Uwe im Schneidersitz auf dem Perserteppich zwischen Aktenordnern, Papierbergen und wirbelndem Staub hockt. Sie niesen, kramen und sortieren. Was die Mutter alles aufgehoben hat! Krankenkassenanträge, getippt mit ihrer uralten Adler-Schreibmaschine, Abrechnungen über Heizkosten und Müllgebühren, aber auch Schulzeugnisse, Bestätigungen, Beglaubigungen, Beurkundungen. Briefwechsel, die teils Jahrzehnte zurückliegen.

»Du meine Güte!«, ruft Uwe einmal und hält ein Schriftstück mit Goldsiegel in die Höhe. »Meine Ehrenurkunde von den Sommer-Bundesjugendspielen 1992. 936 Punkte. Unterschrieben vom Bundespräsidenten persönlich. Richard von Weizsäcker. So viel Ehre ist mir seither nie mehr widerfahren.« Er grinst und Vicky lächelt. Der Büroschrank der Mutter entpuppt sich als Archiv, in dem das Leben der Familie Winter fein säuberlich konserviert und in Leitz-Ordnern abgeheftet ist. Eine blaue Mappe mit Dokumenten, auf der in Mutters Handschrift »Aljoscha« steht, nimmt Vicky beiseite.

Plötzlich wedelt Uwe mit einem Kuvert. »Vicky, das ist für dich. Ein Brief.«

Vicky streckt die Hand aus. Ihre Finger fühlen sich trocken an vom Blättern in dem vielen Papier. Uwe reicht ihr den Brief. Dann noch einen. Und noch einen. Und noch einen.

Vier beige Umschläge. Mit einem Brieföffner oder einer Schere geöffnete Umschläge. Auf der Vorderseite ihr Name samt der Tunzheimer Adresse, geschrieben in einer Jungenhandschrift, die sie nicht kennt. Kein Absender. Vier Poststempel aus Wünschnofen im Jahr 1989, der erste vom 5. Oktober, der zweite vom 23. Oktober, der dritte vom 15. November. Der vierte vom 1. Dezember.

Vickys Herz beginnt zu klopfen. Zu trommeln. Zu hämmern. Es hämmert den Countdown bis zur Zündung einer Bombe, die in ihrem Brustkorb tickt und jeden Augenblick detonieren wird. Uwe schaut auf Vickys zitternde Hände und die Briefe und dann in ihr Gesicht.

»Alles in Ordnung, Schwesterherz?«

Sie antwortet nicht. Mit bebenden Fingern nestelt sie den ersten der Briefe aus dem Kuvert. Ein auf beiden Seiten beschriebener Bogen Papier, unterzeichnet mit *Dein Ingo*.

Liebe Vicky, liest sie sechsundzwanzig Jahre zu spät, *ich bin so froh, dass Du geschrieben hast. Ich muss gestehen, ich habe nicht den Mut dazu gehabt. Und mich gerade deswegen unglaublich gefreut über Deinen Brief. Wie schade, dass Dein frohgemuter Großvater gestorben ist. Meine Mutter hat mir erzählt, dass es ihm nicht gut ging an dem Morgen, an dem ihr abgereist seid. Ich konnte es zuerst gar nicht glauben, als ich aus Bozen von der Fahrstunde zurückkam und ihr nicht mehr da wart. Ich hatte Sorge, dass Deine Eltern etwas rausbekommen haben und meinetwegen so rasch mit Dir weggefahren sind. Hast Du Angst, dass Du schwanger bist, habe ich das richtig verstanden? Eigentlich kann das doch gar nicht passieren, beim allerersten Mal, Du warst doch noch Jungfrau.*

(Hier muss Vicky lächeln. Offenbar war sie damals nicht allein mit ihrer Naivität.)

Egal, schreibt Ingo weiter, *bitte sag mir, wie es ist, ich halte zu Dir. Ich vermisse Dich, principessa, Du bist und bleibst mein ›capriolo marrone grazioso‹.*

Der Brief endet mit ihrem damaligen gemeinsamen italienischen Code *Ti voglio bene* und tausend deutschen Küssen.

Im zweiten Brief schreibt Ingo: *Du bist also doch nicht schwanger. Ich muss zugeben, ich bin schon erleichtert darüber. Wäre ja doch sehr früh gewesen. Aber ich hätte Dich nicht im Stich gelassen, da kannst Du sicher sein. Liebe rehbraune Vicky, Du solltest die Schule nicht schwänzen. Ich hoffe, Du rauchst nicht so viel. Lernst Du noch Italienisch? Machst Du Fortschritte? Ich wünschte, wir könnten uns bald wiedersehen, dann bringe ich Dir noch viel mehr bei. Dein Bärchen lässt Dich grüßen und hat Sehnsucht nach Dir. So wie ich. Ich schwöre, für mich war das mit Dir alles andere als ein Spiel. Magst Du in den Weihnachtsferien nach Wünschnofen kommen? Meinst Du, Dein Vater, der immer gewinnen muss, und Deine Mama, die so wenig von Dir weiß, erlauben Dir das? Du könntest mit dem Zug bis Bozen fahren und ich hole Dich mit dem*

Auto ab. Ja, mit dem Auto, denn letzte Woche habe ich die Fahrprüfung bestanden. Wir haben einen Mazda Kombi gekauft und Theo muss uns nicht mehr zweimal die Woche zum Großmarkt mitnehmen und uns die Lebensmittel in die Pension bringen. Auch die Mangelwäsche transportieren wir jetzt mit dem Wagen. Fährst Du Ski? Falls nicht, kann ich es Dir beibringen. Und ich habe Kondome besorgt. Damit nicht doch noch was passiert.

Im dritten Brief steht im Grunde das Gleiche wie im zweiten. Ingo bedankt sich für ihren Brief und fragt, ob sie den seinen vielleicht nicht bekommen hat. Er wundert sich ein bisschen, dass sie mit keinem Wort auf seine Neuigkeiten eingeht. Das mit der Maueröffnung findet er super. Noch einmal die Frage, ob sie ihn nicht besuchen kommen möchte in den Weihnachtsferien. Und dass er eines Tages mit ihr nach Marrakesch fahren will. Beziehungsweise fliegen. Und wenn sie will und es ihr nicht zu kalt und zu weiß ist, auch nach Murmansk. Weil das jetzt sicher bald möglich sein wird mit Glasnost und Perestroika. Statt *Ti voglio bene* schreibt er diesmal *Ti amo* und schickt ihr *Mille baci,* Dein Ingo. Dann folgt noch ein PS, in dem er hinzufügt: *Dein Bärchen sehnt sich nach Dir.*

Der vierte Brief ist kürzer als die anderen und schlägt einen anderen Ton an. *Ritschi ist gestorben,* berichtet Ingo, *wir haben ihn letzte Woche hinter dem Heuschober beerdigt.* Er fragt sie, warum sie nicht antworte und ob das bedeute, dass es aus sei zwischen ihnen. Er macht ihr keine Vorwürfe, will es bloß wissen. Er schreibt, dass er für die schriftlichen Abiturprüfungen büffelt und sich zuweilen nur schwer konzentrieren kann, weil er so viel an sie denken muss. Dass er manchmal drauf und dran ist, sich ins Auto zu setzen und zu ihr nach Deutschland zu fahren. Und es dann doch nicht tut, weil er befürchtet, dass sie einen anderen hat und er zu spät kommt. Der Brief endet mit der Nachricht, in Wünschnofen habe es einen Wintereinbruch gegeben und die ersten Skiläufer hätten sich in der Pension eingemietet. Allesamt Rentner. Langweilig. Und noch einmal schickt er ihr Küsse.

Vicky lässt die Hand mit dem letzten Briefbogen sinken. Sie kommt sich vor, als hätte ihr jemand rechts und links eine geknallt. Und dann noch eine. Und noch eine. Und noch eine. Ihr Blick fällt auf das Foto der Mutter auf dem Sekretär. Ihre Mutter lacht sie aus, sie allein und schon Jahrzehnte.

Der Vater im Zimmer nebenan hat aufgehört zu telefonieren. Er steht in der Wohnzimmertür und fragt: »Wollen wir ins Beerdigungsinstitut fahren, um Mutter nochmal zu sehen?«

Vicky atmet tief durch. Sie steht auf. Ihr ist schwindelig. In ihren Ohren tost ein Ozean. Schließlich macht sie ein paar Schritte, stellt sich vor den Vater und hält ihm die Briefe unter die Nase.

»Kennst du die?«

»Was ist das?« Der Vater kneift die Augen zusammen.

Aber Vicky wiederholt nur: »Kennst du diese Briefe?«

Ihr Vater schweigt.

Vicky hat aufgehört zu zittern. Kalte Wut steigt in ihr auf.

»Wer war es?«, fragt sie mühsam beherrscht, »wer von euch hat diese Briefe verschwinden lassen? Abgefangen, geöffnet, gelesen und in diesem Aktenschrank vermodern lassen? Du oder Mama?«

Der Vater zuckt hilflos mit den Schultern und lässt

sie dann hängen. Manchmal denkt Vicky bei seinem Anblick an ein in der Waschmaschine eingegangenes Kleidungsstück. Warum macht das Leben die Menschen, wenn sie alt werden, immer kleiner, warum lässt es sie schrumpfen wie zu heiß Gewaschenes? Manchmal hat Vicky Mitleid mit dem Vater, der in nichts mehr dem Arzt gleicht, auf dessen Heilkünste einst halb Tunzheim schwor. Heute bedauert sie ihn nicht.

»Wer war es?«, wiederholt sie. »Ihr beide? Wart ihr euch einig wie damals, als ihr Großvater über die Grenze geschmuggelt habt? Wie damals, als ihr …«

Sie bricht ab, blickt zu Uwe, auf die blaue Mappe mit der Aufschrift »Aljoscha« auf dem Fußboden, dann wieder zu ihrem Vater. Mit einem Mal hat sie es satt, sich zu zügeln. Sie überlässt sich ihrem Zorn. »Ihr Schmuggler!«, brüllt sie, »ihr Mauschler! Ihr hinterfotzigen Heimlichtuer! Findest du das gut, nicht nur die ganze Welt an der Nase herumzuführen, sondern auch die eigene Tochter?« Ihre Stimme überschlägt sich, birst und bleibt weg. Sie muss husten, atmet schwer. »Was habt ihr euch dabei gedacht, mir diese Briefe zu unterschlagen?«

Ihr Vater steht schweigend da mit seinen hängenden Schultern und wird noch ein bisschen kleiner. Uwe kommt zu Vicky herüber und legt den Arm um sie.

»Vicky! Du sollst dich nicht aufregen! Das Baby! Ist ja gut, ist ja gut, beruhige dich!« Seine Finger krallen sich beschwörend in ihren Oberarm.

»Nein, ich beruhige mich nicht«, kreischt sie, »ich will mich nicht beruhigen, nichts ist gut, gar nichts!«

Sie schüttelt Uwes Arm von ihrer Schulter, räuspert sich und sagt, plötzlich wieder gefasst: »Ich kann nicht mitkommen ins Beerdigungsinstitut. Jetzt nicht.«

Uwe macht gleichmütig »Mhm«. Er bugsiert Vicky zu einem Stuhl und fordert sie auf, sich hinzusetzen. Er holt ihr ein Glas Wasser aus der Küche und sagt, er sei nicht sicher, ob er sie jetzt allein lassen könne. Sie macht eine wegwerfende Handbewegung: »Natürlich kannst du. Wieso denn nicht? Ich war all die Jahre allein, ich hab Übung.«

Sie sagt nicht, womit sie allein war, und Uwe widerspricht: »Gar nicht warst du allein.« Er fasst den Vater unter und sagt: »Wir gehen ohne Vicky ins Institut, Pater Noster.« Er hat sich flapsige Anreden für den Vater angewöhnt, die der sich früher nicht hätte gefallen lassen. Sie wenden sich Richtung Tür. Im Flur hilft Uwe dem Vater in den Mantel und schlüpft in seine Lederjacke. Bevor sie sich anschicken, das Haus zu verlassen, sagt Vicky in einem Impuls, von dem sie nicht weiß, ob es ein Entschluss ist oder einfach nur Überdruss oder etwas anderes: »Uwe, ich muss dir etwas sagen.«

Ihre Stimme hat eine Färbung, die sie nicht kennt. Sie nimmt noch einmal Anlauf. Jetzt oder nie.

»Aljoscha –«, sie schluckt, »Uwe – Aljoscha, er ist nicht unser Bruder.«

Uwe wendet den Kopf. Die helle Glasfront neben der Haustür macht aus seinem blonden Schopf eine Aureole. Im Gegenlicht kann Vicky seinen Gesichtsausdruck nicht sehen.

»Das ist mir schon lange klar«, sagt er.

Wieder fühlt sie sich, als hätte sie jemand geohrfeigt.

»Woher weißt du …?«

»Ich bin ja nicht blöd«, sagt Uwe lakonisch.

Sie schweigt ein bisschen.

»Ich muss es Aljoscha sagen.« Sie stellt sich Aljoscha vor, der, *right now*, auf dem John F. Kennedy Airport in eine Lufthansa-Maschine steigt, ahnungslos, mit einer silbernen Medaille an einem regenbogenfarbenen Band um den Hals und mit seiner Freundin Merle an der Hand.

»Ich glaube, du musst ihm nicht so viel sagen.« Uwe steht immer noch im Licht der Glasfront und Vicky muss plötzlich an einen Verkündigungsengel denken. Fehlen bloß die Flügel.

»Aljoscha weiß mehr, als du denkst«, sagt Verkündigungsengel Uwe.

Hört das heute nicht auf mit den Ohrfeigen?

»Wieso?«, stottert Vicky, »warum … wann …?«

»Damals, nachdem ihr in New York wart«, sagt Uwe, »und Aljoscha noch ein paar Tage bei mir in Berlin geblieben ist. Er hat davon gesprochen, dass du angeblich eine Fehlgeburt hattest. Er war irritiert, wie du davon erzählt hast. Er hat mich gefragt, ob ich davon wüsste. Es war im Yorckschlösschen nach einem Gig spätabends. Wir hatten beide ein bisschen zu viel getrunken, er und ich auch, und dann sitzt das Mundwerk manchmal zu lose und man plappert zu viel. Ich habe ihm gesagt, du hättest zwar mal eine Geburt gehabt, aber ich wüsste nicht, dass die schiefgegangen wäre.«

Vicky schluckt. »Und weiter?«, fragt sie. Ihre Stimme klingt jetzt fadendünn und piepsig.

»Nichts weiter. Aljoscha ist so wenig blöd wie ich.«

»Da hast du recht«, murmelt sie. Sie starrt zu Boden. »Warum habt ihr mir nie etwas davon gesagt, dass ihr es wisst?«

Uwe zuckt die Schultern. »Wir haben gedacht, es wäre dir recht so, wie es war. Dass du nicht wolltest, dass es rauskommt. Ihr –«, sein Blick geht zwischen Vicky und dem Vater hin und her, »ihr habt immer so ein Geheimnis darum gemacht.«

»Wir??« Vickys Stimme wird wieder schrill. »Hast du *wir* gesagt? *Er* –«, sie deutet auf den Vater, »und *sie*« – eine Kopfbewegung in Richtung Foto –, »er und sie haben ein Geheimnis daraus gemacht. *Sie* wollten, dass es ein Geheimnis bleibt. *Sie* waren es, nicht ich.« Tränen stürzen ihr aus den Augen. Wie ein Wasserfall. Im Nu ist ihr Gesicht nass. Weinen, das kann sie jetzt wieder. Wenigstens das. Sechsundzwanzig Jahre laufen vor ihrem inneren Auge ab wie ein in Zeitraffer abgespielter Videoclip.

Nach einer Weile sagt sie: »Ich will es Dirk sagen.«

Uwe zuckt gleichmütig mit den Schultern. Er kommt noch einmal zurück, reicht Vicky ein Tempo, dann hakt er den Vater unter, öffnet die Wohnungstür und schiebt ihn hinaus.

»Sag es ihm. Tu, was du nicht lassen kannst. Ich sage dir, es wird für niemanden eine Überraschung sein.«

Der Tag der Beerdigung ist ein müder verhangener Spätherbsttag, den die Mutter nicht gemocht hätte. Novemberwetter. Die Mutter hätte sich geschüttelt angesichts der dunklen Wolken und der dunklen Mäntel, aber sie hätte sich gefreut über das riesige Bukett aus violetten, weißen und rosafarbenen Herbstastern und den allerletzten Dahlien auf dem Buchenholzsarg.

In der ausgekühlten Tunzheimer Aussegnungshalle sitzen sie alle in einer Reihe auf schwarzen Holzstühlen mit eiskalten Sitzflächen, Uwe, Aljoscha und seine Freundin, Vicky und Dirk. Uwe und Aljoscha haben den Vater zwischen sich genommen. Die Halle ist gut gefüllt mit Verwandtschaft und mit Tunzheimer Lokalprominenz.

Die Ehepaare Rappold und Huttenlocher, der ehemalige Sparkassenchef Herr Gögelein, Herr Stein von Tiefbau Zügel, ja selbst Altbürgermeister Kleinert – sie alle sind gekommen, um der verstorbenen Frau Doktor Winter und vor allem sich selbst die Ehre zu geben. Manche der Trauergäste sieht Vicky nach Jahrzehnten zum ersten Mal wieder; sie wirken zerknitterter, langsamer, müder und milder als früher, gezeichnet von der Anstrengung, in Würde alt zu werden. Frau Möckel, Vaters langjährige Sprechstundenhilfe, weit über siebzig und schlohweiß, sitzt neben der ebenfalls betagten Frau Kaufmann, die während der Familienurlaube immer das Doktorhaus gehütet hat.

Die Ansprache hält ein Pfarrer, der jung und noch nicht lange in Tunzheim ist. Der Pfarrer spricht vorsichtig, als wären Wörter etwas Spitzes und allein ihr Klang und ihre Lautstärke könnten die Trauergäste verletzen.

Er erzählt die Geschichte der Mutter, die nicht immer nur Mutter und auch nicht nur Arztgattin war. Vicky hört ihm zu, als schilderte er den Lebenslauf einer Fremden. Sie ist dem Pfarrer dankbar, dass er das Bild einer Frau zeichnet, die sie mögen kann. Ist froh um das Fragmentarische seiner Beschreibung, die das Zwiespältige im Wesen der Mutter ausspart und Dunkles im Dunkeln lässt. Warum nur hat die Mutter ihr, Vicky, Ingos Briefe vorenthalten? Und diese Briefe dennoch aufbewahrt? Sie grämt sich, dass sie sie nicht mehr fragen kann. Denn sie könnte jetzt ruhiger fragen. Ohne Wut. Vielleicht sogar ohne Vorwurf. Aber die Mutter ist, anders als einst Bettina, gegangen, ohne eine Spur von sich zurückzulassen, auch kein Versprechen, an das man anknüpfen könnte.

Musik kommt während der Trauerfeier von den Rappolds und Frau Frohwein – ohne den Vater, der an diesem Tag Zuhörer ist. Der langsame Satz aus einem von Mozarts Streichquartetten, den sie zu dritt spielen, klingt zerbrechlich wie altes Geschirr in zittrigen Händen, und man hört überdeutlich das Schweigen der zweiten Geige, die immer die Mutter spielte.

Danach übernehmen den musikalischen Part Uwe am Keyboard und Dirk, der ihn mit der Posaune begleitet. Sie spielen ebenfalls ein klassisches Stück, Uwe wahrscheinlich zum ersten Mal seit seiner Schülerzeit. Dann einen Schlager: ›La Paloma adé‹ – ganz und gar unabgestimmt mit dem Vater. Abgesprochen ist auch nicht, dass Uwe, als er und Dirk vor der Aussegnung zum dritten Mal an den Instrumenten Platz nehmen, Vicky mit einer Kopfbewegung zu sich winkt. Als sie nicht reagiert, fordert er sie auf: »Wir spielen ›Die Gedanken sind frei‹. Sing mit, Vicky!«

Sie will erst nicht und geht dann doch nach vorne. Singt zusammen mit Uwe das alte Volkslied, ohne dass sie weinen muss. Und weiß, dass es nicht irgendetwas Hartes in ihr ist, das verhindert, dass ihr die Stimme bricht.

Am Grab – demselben, in dem einst der Großvater beigesetzt worden ist – haben Uwe und Vicky den Vater untergehakt. Ein Schauer, halb Regen, halb Schnee, geht nieder. Unter ihrem Schirm lässt Vicky Blüten in die Grube schneien, während das Kind sich in ihrem Bauch bewegt. Seit vier Tagen spürt sie diese Bewegungen – wie den Flügelschlag eines Schmetterlings.

Sie führt den Vater vom Grab weg und bleibt ein wenig abseits auf dem Weg mit ihm stehen. Schüttelt Hände, bedankt sich für die Anteilnahme, lädt die Trauergäste zum anschließenden Umtrunk ins Café Hilpert ein. Von Frau Möckel lässt sie sich in den Arm nehmen. »Alles Gute für das neue Menschlein.« Vaters frühere Sprechstundenhilfe streichelt Vickys Bauch und fährt fort: »Einen wunderbaren Sohn hast du ja schon.«

Ob sich bereits herumgesprochen hat, dass die Geschichte mit Geheimnis, das all die Jahre ein Geheimnis bleiben musste, jetzt nur noch eine Geschichte ist? Vicky folgt Frau Möckels Blick auf ihren wunderbaren Sohn, der gerade jetzt ans Grab tritt.

Aljoscha, der früher laufen lernte, als »Mama« zu sagen, er, der seine Beine besser zu gebrauchen weiß als jeder andere seiner Sippe, bewegt sich, als versuche er gerade seine ersten Schritte. Sie lässt ihn nicht aus den Augen. Findet, er sollte nicht allein dort stehen. Nicht allein in diese Grube schauen, nicht allein dem Sarg der Frau nachschauen, die ein Vierteljahrhundert lang seine Mutter war.

Es drängt sie, zu ihm hinüberzugehen, aber sie hat den Vater am Arm, und Uwe ist weggegangen, um sich beim Pfarrer zu bedanken. Sie kann Aljoschas Gesicht nicht sehen. Hält Ausschau nach seiner Freundin, aber die steht abseits. Nichts an ihr traut sich dorthin, wo Aljoscha steht, noch nicht einmal ihr Blick. Da springt Dirk in die Bresche. Stellt sich an Aljoschas Seite, die nicht leer sein sollte. Neben Dirk ist sogar Aljoscha klein. Dirk holt die rechte Hand aus der Tasche seines neuen graublauen Wintermantels wie einen für den Notfall eingesteckten Gegenstand, den er jetzt gut brauchen kann. Die Gebärde, mit der er Aljoscha den Arm um die Schulter legt, treibt Vicky die Tränen in die Augen. Dirk sagt etwas, das Aljoscha das Gesicht heben und lächeln lässt. Die beiden wenden sich vom Grab ab und kommen zu ihr herüber.

Vicky löst sich vom Vater. Umarmt Aljoscha und drückt ihn an sich. Aljoscha sucht ihre Hand.

»Nicht weinen«, sagt er, »du hast ja mich.« Dabei laufen ihm Tränen die Wangen hinunter. Sie schauen einander an und lachen.

An seiner anderen Hand hält Aljoscha jetzt seine Freundin Merle, das Mädchen mit dem gestriegelten Pony und dem blonden Pferdeschwanz. Alles an Merle ist kontrastreich, die Ränder ihres weit ausgeschnittenen Dekolletés gegen die weiße Haut ihres Halses, die rot geschminkten Lippen gegen die weiße Haut ihres Gesichts. Die schwarze Handtasche gegen ihren grasgrünen Mantel, der in der dunklen Trauergesellschaft den einzigen Farbfleck bildet. Merle, die Grasgrün liebt und sich nicht an Gräber traut, kramt mit der freien Hand in ihrer Tasche und reicht Aljoscha ein Tempo-Taschentuch.

Aljoscha schnäuzt sich geräuschvoll und sagt in das Taschentuch hinein: »Gib Vicky auch eins.«

Er nennt Vicky weiterhin bei ihrem Vornamen. Aber am Vortag hat sie gehört, wie er am Telefon zu jemandem von seiner Maman redete, und gewusst, dass er nicht ihre Mutter meinte. Die heißt Mama und wird auch nach ihrem Tod so heißen. Aljoscha weiß noch nicht, wann er den Mann, der sein richtiger Vater ist und in Bozen lebt, kennenlernen will. Er möchte sich Zeit lassen. Seit seiner Geburt sind so viele Jahre verstrichen, in denen er Ingo nicht gekannt hat – wieso sollte er es jetzt auf einmal damit eilig haben?

Vicky hat begriffen, dass Aljoscha, der Läufer, viel früher als sie selbst aufgehört hat, der Vergangenheit davonzulaufen. Lange vor ihr selbst hat er mit ihr gelebt, obwohl er sie doch kaum kannte. Sie wundert sich, wie selbstverständlich er sich in all den Jahren darin zurechtgefunden hat. Und dabei nichts verloren, sondern eine Mutter dazugewonnen hat. Mama. Maman.

Am Abend nach der Beerdigung, im Bett, als sie das Licht schon gelöscht haben, fasst sie nach Dirks Hand. Seine Hand ist warm wie ein Nest und sie weiß nicht, warum ihr das im Herzen wehtut.

»Dirk«, sagt sie, und dann, ohne weitere Einleitung, sehr leise, sehr behutsam: »Was würdest du sagen, wenn das Kind nicht von dir wäre?«

Sie hört sich zu, während sie spricht. Ist froh um die Dunkelheit, die es ihr erspart, Dirk bei ihren Worten ins Gesicht zu sehen. Noch nie in ihrem Leben hat sie sich so geschämt.

Dirk schweigt. Ein lautes, anschwellendes Schweigen. Oder sind es ihre Ohren, die rauschen?

Schließlich fragt er: »Ist es das denn? Nicht von mir?«

Sie räuspert sich. Ihre Stimme ist kaum mehr als ein Wispern: »Ich weiß es nicht.«

Und Dirk schweigt wieder.

Wenn er nur brüllen würde. Mich beschimpfen, mir eine runterhauen würde.

Aber Dirk schweigt und schweigt und schweigt. Im Zimmer ist es still wie in einem Grab.

»Ich wollte dich wenigstens wissen lassen, dass ich es nicht weiß.« Ihre Stimme klingt jetzt traurig, hilflos, trotzig.

Dirk entzieht ihr seine Hand, dreht sich zur Seite, weg von ihr. »Zuerst die Eröffnung, dass Aljoscha dein Sohn ist, und jetzt das«, sagt er in die Dunkelheit, dorthin, wo auf dem Wandbord seine grüne Plastikposaune namens Vera steht. »Findest du nicht, dass das ein bisschen viele Neuigkeiten auf einmal sind?«

Sie seufzt. Es gibt keine sanfte Wahrheit, eine, die nicht wehtut, die niemandem Schmerzen bereitet. So wenig, wie es für alles eine glatte Lösung gibt. Die Versuche, zur Wirklichkeit zu stehen, wie sie ist, machen einen nicht freier, sondern nur älter. An diesem Abend fühlt sie sich uralt.

Epilog

Sie stöhnt. Die Wehen sind so heftig, dass sie sich in den kurzen Pausen immer schon vor der nächsten fürchtet. Man mag so erwachsen sein, wie man will, der Schmerz macht einen stets ängstlich und klein.

Die Hebamme sagt: »Jetzt dauert es nicht mehr lang. Wir sind bald so weit, dass wir pressen können.«

Wir? *Wir* können pressen? Wie oft Menschen »wir« sagen und »du« meinen! Wenn es nicht so wehtäte, würde sie darüber lachen. Da es so wehtut, amüsiert sie sich unter Tränen.

Die Wehen haben in der Nacht begonnen, drei Wochen zu früh. Im Halbschlaf hat sie das Ziehen im Bauch wahrgenommen und gedacht, ich kriege meine Tage, wie all die Monate, die Jahre zuvor, in denen sie nicht schwanger war. Dann das Begreifen: Nein, nicht *diese* Tage diesmal, keine Regel, keine Krämpfe, mit denen sich ihr Körper von den Schlacken eines schiefgegangenen evolutionären Feldversuchs befreit. Immer wenn sonst die Periode kam, hat sie sich gewundert über so viel Aufhebens um nichts, über diesen Aufstand in ihrem Unterleib, dieses Gewitter, mit dem er ein erfolgloses Experiment bereinigte und den Urzustand wiederherstellte, zurück auf Los.

Als sie begriff, die Geburt hat angefangen, das Kind

will heraus, hat sie gewohnheitsmäßig im Bett nach Dirk getastet, bevor ihr klar wurde, Dirk ist weg. Sie hat geseufzt. Gedacht, wie schön es wäre, wenn er ihr jetzt einen Kuss geben, *sweetheart* sagen und Kaffee machen würde, aber nein, Dirk ist weg. Sie hat sich samt ihrem Bauch aus dem Bett gemüht, den Kaffee selbst gemacht, ganz ohne dass jemand sie küsste und *sweetheart* zu ihr sagte. Sie hat die Zähne geputzt, sich angezogen und sich dabei tapfer gefühlt.

Sie hat ein Taxi gerufen. In eine Tasche ein paar Sachen gepackt. Ist in die Klinik gefahren, ganz allein. Im Taxi hat sie erfolglos telefoniert und dann eine WhatsApp geschrieben, die Wehen kamen nun schon alle drei Minuten. Der Taxifahrer hat ihr die Hand gereicht und ihr beim Aussteigen geholfen, und da sie seine Hand nicht losließ, hat er ihre Tasche in die andere Hand genommen und sie in die Klinik und auf die Entbindungsstation begleitet.

Jetzt liegt sie im Kreißsaal auf dem Gebärbett. Die Hebamme drückt ihre Hand. Wieder eine fremde Hand, lauter fremde Hände, die sie halten, sie führen, streicheln, beruhigen. Wie tröstlich können Hände von ganz Unbekannten sein, da doch keine andere Hand da ist, vor allem nicht die von Dirk.

»Nun pressen Sie mal.« Diese Hebamme hat eine sanfte Stimme und spricht leise, gelassen, ganz anders als das Kaliber von Feldwebel mit dem Herz auf dem rechten Fleck, das ihr vor sechsundzwanzig Jahren geholfen hat, Aljoscha ans Licht der Welt zu befördern.

Sie presst und japst vor Anstrengung.

»Vergessen Sie nicht, die Augen dabei zu schließen!«

Sie schließt die Augen. Sie presst. Sie ächzt.

Ob alle Frauen so allein sind mit dieser Qual?

»Das machen Sie prima. Tja, beim zweiten Kind flutscht das … Gelernt ist gelernt.« Die Hebamme lächelt spitzbübisch, während Vicky denkt, von wegen flutschen, flutschen ist gut, gar nichts flutscht hier.

»Die nächste Wehe veratmen wir. Einatmen, ausatmen, einatmen, ausatmen, weiter so.«

Vicky lächelt jetzt auch. Lächelt, obwohl sie weiß, dass der größte Kraftakt noch bevorsteht. Oder vielleicht, weil sie es weiß. Wer lächelt, dem kann niemand widerstehen. Auch ein Ungeborenes nicht.

»Prima machen Sie das. Wenn Sie wollen, denken Sie an etwas Schönes.«

Sie denkt an Dirk und an Aljoscha, an Bettina, an den Großvater und an Uwe. Ihre Gesichter huschen vor ihrem inneren Auge vorbei, lächelnd, wie sie selbst. Sie denkt auch an Johann. Ob seine Frau zurückgekommen ist? Sie wünscht es sich. Sie wünscht es ihm. Sie denkt an Ingo und die Berge. An Mia und Martha, an Riccarda und Michele, an ihre Wanderung aufs Weißhorn und die Klettertour auf die Rotwand. Wie viel Zeit man hat, um in der kurzen Frist zwischen zwei Wehen einen ganzen Sommer auferstehen zu lassen, ein ganzes Leben! So viel Zeit, dass noch weit mehr als ein Moment bleibt, um an die Eltern zu denken, die Mutter und den Vater, bevor die nächste Wehe anrollt.

»Nun pressen Sie wieder! Pressen, pressen, pressen, ja, gut so. Weiter, weiter, ein bisschen noch.«

»Ich kann nicht mehr.« Tränen rollen ihr die Wangen hinab.

Sie denkt: Ich werde das Kind nie aus mir herausbringen. Sie erinnert sich, dass sie das schon einmal gedacht hat. Und das Kind dann doch losgeworden ist.

Irgendjemand, vielleicht eine der Freundinnen von Uwe, hat einmal zu ihr gesagt, dass Babys eigentlich rauswollen, dass sie sich ganz allein auf den Weg machen, von Anfang an, und man bei der Geburt nur ein wenig mithelfen muss. Mithelfen, nicht nachhelfen. Nicht viel, nur ein bisschen.

Hinter ihr geht die Kreißsaaltür auf, sie spürt es am Luftzug. Eine Stimme fragt, ist Frau Winter da, ich bringe hier jemanden, der zu ihr will. Die Hebamme ist abgelenkt, blickt auf den Jemand an der Tür, der jemanden mitgebracht hat. Dann auf Vicky.

»Da kommt er ja doch noch«, lächelt sie, »Ihr Mann ist das, oder?«, und dann ist Dirk auch schon an ihrer Seite. Er legt den Arm um sie, sprudelt irgendetwas heraus von blöder Betriebsratstagung und sausen lassen und ICE von Hannover genommen und ohne Verspätung gerade angekommen, und dann hört er auf zu reden, denn jetzt muss Vicky wieder pressen, pressen, pressen, in einem plötzlichen, unwiderstehlichen Drang.

Noch ein Versuch. Aber jetzt ist Dirk da. Er hat einen lächerlichen blassgrünen Umhang an, wegen der Hygiene, erklärt die Hebamme, aber er ist da. Was kann ihr passieren?

»Glück gehabt«, keucht sie und lacht mitten in ihr Pressen hinein, ein irres, übermütiges Lachen.

»Augen zu«, befiehlt die Hebamme und sie schließt rasch die Augen.

Sie presst, überall wo und alles, was sie pressen kann. Sie presst Dirks Hand. Sie presst die Hand der Hebamme. Sie presst dort unten, wo jetzt der Kopf des Kindes bis zur Nase zwischen ihren Beinen erscheint und noch einmal verschwindet.

Eine letzte Wehe, eine mächtige Woge, und dann ist

das Baby da, aus seinem persönlichen Urmeer heraus an den Strand des Lebens gespült.

Unendliche Erleichterung. Sie hält die Augen geschlossen. Ihre Augen sind jetzt trocken. Sie hat sich immer gefragt, wie Mütter nach der Strapaze des Gebärens noch die Kraft haben, vor Rührung zu weinen. Ohne die Augen zu öffnen, lauscht sie dem beleidigten Quäken am unteren Ende des Gebärbetts.

»Es hat braune Haare«, sagt Dirk.

»Ein kleines Mädchen«, sagt die Hebamme.

Sie legt ihr das Kind in die Arme und Dirk legt von hinten die Arme um Vicky und das Kind. Stützt sein Kinn auf Vickys nackte Schulter. Dirks Kinn ist stachlig. Die Haut des Babys auf ihrer Haut ist weich. Das Kind hat aufgehört zu weinen. Seine Augen sehen anderes als ihre. Sie haben den Blick aus der Welt mitgebracht, aus der Kinder kommen. Den Blick, der sagt: Alles ist gut.

Felicitas.

Danksagung

Zuerst war Vicky nur eine Idee. Die alte Pension, das Haus war vor ihr da. Als ich 2014 in einem Südtiroler Dorf unterhalb des Rosengartens einen Wanderurlaub machte, habe ich es entdeckt oder vielmehr wiederentdeckt. Mehr als vierzig Jahre zuvor hatte ich mit Eltern und Geschwistern dort ein paar Ferienwochen verbracht. Ich war neugierig, was aus dem ehemaligen Urlaubsdomizil geworden war. Nach etwas Herumsuchen wurde ich fündig; allerdings war das Gebäude offenbar schon längere Zeit verwaist. Durch die Fenster blickte man wie durch ein Wurmloch in eine Welt, die an das Märchen von Dornröschen erinnerte. Die Schankstube mit ihrem Mobiliar wirkte wie in den Neunzehnhundertsiebzigern eingefroren und zugleich, als hätte hier gerade eben noch jemand sein Viertel Edelvernatsch getrunken: Auf den Tischen standen Vasen mit Trockenblumen, mit Papierservietten bestückte Serviettenhalter und Leuchter mit Kerzenstummeln. In der Küche gab es altmodische Küchengeräte, Töpfe und Teller – auch hier der Anschein, als sei das alles bis vor kurzem benutzt worden. Fehlte nur noch der in der Bewegung erstarrte Koch, der dem Küchenjungen gerade eine Ohrfeige geben wollte. Alles erzählte von früher und schrie danach, zum Leben erweckt zu werden. In der Folge gewann Vicky Gestalt und nahm sich der Vergangenheit an. Es war aufregend, in ihrem Leben unterwegs zu sein und ihre Geschichte niederzuschreiben.

DANKE

- an meine wunderbaren Probeleser_innen Julian, Robert, Syli und Birgit für Ermutigung, Lob, Kritik und Anregungen.
- meiner Agentin Elisabeth Ruge für ihre stets zuverlässige Unterstützung, ihre Intuition und kluge Beratung. Sie ist ein Glücksfall für mich, ebenso wie meine Lektorinnen Alice Huth und Friederike Zeininger. Es war großartig und tat gut, zu erleben, wie sich Alice Huth mit Engagement, Interesse und Kompetenz meines Romans angenommen hat und dazu sogar zu mir nach Stuttgart gekommen ist. Ihre kreativen Überarbeitungsvorschläge waren Gold wert. Friederike Zeininger hat mit ihrem einfühlsamen Schlusslektorat meinem Manuskript den letzten Schliff gegeben.
- Heike Bogenberger für einen inspirierenden Nachmittag mit interessanten Gesprächen in meinem Garten und die dabei entstandenen schönen Autorinnenfotos.
- Bianca Dombrowa für den Neuanfang bei dtv mit gerade diesem Roman.

Einen weiteren besonders heißen Dank an Syli und Robert, die weder Kilometer noch Kosten noch Schweiß und Mühen gescheut haben, um mit mir zusammen die Rotwand zu erklettern. Diese »Mission Possible« verdient ein paar Extrazeilen.

Um Vickys und Johanns Tour auf die Rotwand treffend zu schildern, musste – und wollte – ich den Kletterberg selber besteigen.

Drei Anläufe hat es bis zum Gipfel gebraucht. Ende Mai 2016 lag noch Schnee im Rosengarten und der Lift zur Paolinahütte war noch nicht in Betrieb; so beließen es Syli und ich bei einer Wanderung auf dem Hirzelweg.

Versuch Nummer zwei am 20. Juni 2016 brachte Robert und mich immerhin bis auf den Vajolonpass. Mein erster Eindruck des »Felsenmonstrums« ähnelte dem von Vicky und flößte mir gehörigen Respekt ein. Aus Zeitgründen und da wir keinerlei Erfahrung mit Klettersteigen hatten, stiegen wir unverrichteter Dinge wieder ab. Danach kauften wir uns Klettersteigsets und absolvierten im »Climbmax« in Stuttgart-Zuffenhausen einen Klettersteigkurs.

An einem strahlend schönen Augusttag 2016 war es dann so weit. Zum zweiten Mal brachen Robert und ich zum Vajolonpass auf und machten uns von dort aus auf den Weg zum Rotwandgipfel. Am frühen Nachmittag hatten wir es geschafft und wurden mit einem überwältigenden Panorama belohnt: Ganz Südtirol lag uns zu Füßen. Abgestiegen sind wir übrigens, anders als Vicky und Johann, nicht über den Nordgrat, sondern über den Ostgrat, ohne zu ahnen, was uns erwarten würde. Seither weiß ich, was eine Schlüsselstelle ist. Während ich mich zwischen Himmel und Erde, beide Hände um die Stahlsicherung gekrallt, an einer karamelltönigen glatten Wand von Eisenstift zu Eisenstift hangelte (nach unten blickte ich lieber nicht), hatte ich mehr als einmal das Gefühl, den lieben Gott zu versuchen. Ich tue es nicht wieder, versprochen.

Guntrun Müller-Enßlin